那条割裂生命的

河

刘晓刚 著

第3卷

长江出版传媒　长江文艺出版社

北京长江新世纪文化传媒有限公司
www.cjxinshiji.com
出品

子在川上曰：逝者如斯夫！

自 序

写了十七年长篇，第一次写自序。

什么事情都有第一次。

后记是总结，将那一口气的余韵含了再含，一吐为快。自序也是总结，但必须努力爬到一个高处，然后将满腔苦闷倾倒而下。不是高屋建瓴，是上墙泼水。

许多朋友问我书名的含义。我不会游泳，偏写一条大河，就是奔着望洋兴叹去的。寻了好几条船，甚至连救生圈、比基尼、浮木头都准备妥当了，才敢涌身跃入。

还好，迄今为止没有淹死。上天待我不薄。我有受了恩惠却拿不出精品的惭愧。

什么东西能割裂人的生命？欲望、死亡、时空、情感，也许还有信仰。

三十年来的中国，是我所见的，依靠欲望驱动发展的国家。我们见识了欲望排山倒海、翻天覆地的能量，它冲破了一切束缚，恣肆汪洋，将中国人的精神家园重新化为洪荒。我们没有息壤，没有大禹，没有补天裂的那一块石头。

我们没有方舟。至少目前没有。所以我们随波逐流。

不奢望彼岸。哪怕只有一块小小的沙洲。只要停靠一下就好。

写的时候在穷乡僻壤间奔波，浑身煤灰，满腹烈酒。改的时候撒了欢地满世界转悠，喝了许多咖啡，看了许多教堂，吃了许多生水冷肉，漂泊无依的一颗心还恋着故土。

渴望踏遍世界的青山。然后回来。

昔我往矣，杨柳依依。今我来思，雨雪霏霏。

扁舟一叶，在这条割裂生命的大河上独钓寒江。

第五十一章

傍晚时分，薛冬寒的灵柩抬进了神头村老宅。

包裹严密经过防腐处理的尸体从白亮亮轻薄薄的铝合金盒子里搬到铺了两床蚕丝被的黑漆漆厚墩墩的柏木棺椁中，盖上一床大红锦缎被面的蚕丝被，钉上棺材盖，停在堂屋。

白幔挂起，白蜡点燃，灵位摆上供桌，三牲祭品齐备。供桌两边四把太师椅，给祭灵的长辈们歇息；供桌下三个白蒲团，供薛家三姐弟守灵。花圈堆满了院子，写挽词的白条子纸在晚风中呼啦啦抖动，招魂幡立在大门两侧，八盏白纱莲花灯挂在堂屋檐下，照出一团团凄冷冷的光圈。院中的地面垫了黄土，洒了清水，当院矗立一口铜鼎，是上香烧纸的所在。门外黑压压站了几圈人，默然肃立，一边瞧热闹一边掂量薛家丧事的隆重程度，纷纷揣测如果县长市长前来吊丧，那可是神头村几十年没有过的大排场。

七点整，小殓开始。薛秋爽捅破一片窗户纸，惊起窗台上一只夏虫，噌的一声蹦进黑白的暮色，似乎是一只蟋蟀。薛秋爽挽起衣袖，将一只公鸡提到棺材后，一手将鸡翅膀和鸡冠子捏在一处，一手扯去鸡脖子上的毛。那鸡叫不出，两只爪子蜷得像麻核桃。薛秋爽将磨得雪亮的菜刀在鸡脖子上一抹，鸡血洒落如雨。倒头鸡杀毕，棺前的火盆里烧起纸钱，两边点起数十支儿臂粗细的牛油白蜡，将屋中照如白昼。

薛冬寒没孩子，薛秋爽的儿子远在美国，因此薛春梅的儿子与薛夏荷的姑娘做了孝子，上香致祭，放声号哭。薛春梅、薛夏荷两人更是泪如泉涌，泣不成声。薛秋爽脸色苍白，将写好的殃状贴到堂屋门上，让帮忙的乡邻拿了告白纸去村中四处张贴，算是完了小殓的过场。

殃状是请村委会老会计弯腰曲背、咳嗽眯眼、哆里哆嗦、颤颤巍巍写就一幅密密麻麻的蝇头小楷："薛氏冬寒，出身清苦，天资聪颖，乡试高中，金榜题名。万死投荒，建功立业，大汉恩泽，惠及异邦。一心报国，不顾亲丧，几捐性命，身负重伤，光耀门楣，衣锦还乡。今不幸身罹横祸，命丧他乡，呜呼，魂兮归来，呜呼，伏惟尚飨！"

老会计七十多岁年纪，解放前上过私塾，是村中的殃状专业户，几十年来价格一路攀升，从一张殃状一筐红薯两篮子土豆飙升到穷家小户三五百、缙绅干部一两千。薛冬寒的殃状薛秋爽花了一千八。老会计得了人民币，兢兢业业，点灯熬油，忙活了两宿，才诌出这一张告天诉地的状子，交货的时候悄悄对薛秋爽说，冬寒无论如何也是个六品的前程，官身，不是寻常百姓，这两晚熬得我的这双老眼迎风流泪。薛秋爽没接话，又掏了五百元。

院中的铜鼎中燃起熊熊烈焰，成垛成垛的纸钱将薄暮烧得通红，不知谁家的电视机里《新闻联播》高声嘹亮了半个小时，恰似薛冬寒小殓的伴奏。一只黑乎乎的飞蛾撞进灵堂，在烛光里燎了半边翅膀，掉在地上挣命。薛秋爽拈起那个"嗡嗡"响的蠢东西扔进火盆，"嗞啦"一声，灰飞烟灭。

村长喘吁吁地跑进堂屋，面色微红，脑门冒汗，才站住脚就一把拉住薛秋爽的手，滚动喉结，满怀激情地汇报："秋爽啊，镇政府通知我了，明天县长和副市长亲自来你家吊唁，让村里妥妥准备。你看咋准备呀？"

薛秋爽戴上黑纱，轻描淡写地说："没什准备的。该咋就咋。"

村长一愣，摸了摸后脑勺，恍然大悟，满面钦佩之色，登时在薛秋爽跟前手足无措，挡不得自惭形秽，扭身出屋，一道烟似的去了。门外诸多看客窃窃私语，这薛家兄弟把事情干大了，县长市长也只等闲，可惜死了一个，英年早逝，天不留人。

几个白须白发的老头子依着亲疏辈分，拿着帐子份子进灵堂行礼，薛秋爽跑出屋门接了，恭恭敬敬迎进来，不敢受礼，扶着在椅子上坐了奉茶。其余薛家近亲也依次上前燃香鞠躬，小辈们纷纷磕头，薛家姐妹的孩子按孝子的规矩还礼，一时间青砖之上此起彼伏，满是脑袋。薛春梅和薛夏荷两个忍不住又哀哀戚戚哭将起来，女人们围上两姊妹劝，递手绢，陪着淌眼抹泪。一屋子一院子闹哄哄，直到快九点钟薛家姐弟才送走吊客，掩了院门。

院子里静悄悄，院子顶上的星空也静悄悄，一只蛐蛐把静悄悄的院子和静悄悄的星空叫得更加静悄悄。薛秋爽提着一瓶白酒立在院子里喝，二十年的老白汾，朔州和神头海最受欢迎的美酒。两棵黑乎乎的核桃树比夜色还黑。

薛秋爽喝了半斤。他知道明天他的血压能上180，血糖能上9，但他还是想喝光这一整瓶火水。他心里有个什么东西一蹦一蹦的，每蹦一下他就得喝一口酒压一压。那个东西蹦得像一只不知疲倦的蚂蚱。那个蚂蚱简直就是一只千杯不醉的神虫。他好像看见那只蚂蚱蹦到了核桃树上，核桃树的叶子簌簌响，蹑手蹑脚的凉风从他身边溜走。

八两了。他晃了晃酒瓶，那只蚂蚱在酒瓶里碰壁。今天晚上他怎么喝也喝不醉。他知道他醉不了。他就是那只蚂蚱。他没有解开层层缠裹的白布。薛冬寒已经开始腐烂。他不可能再看亲兄弟最后一眼。他一口吸干了瓶中的二两酒，汗出如浆。

薛秋爽觉得自己还应该再喝一瓶。为了王国全再喝一瓶。朔州市主管煤炭的副市长是王国全的同班同学，为了王国全的面子，不得不屈尊俯就前来吊丧。副市长来了县长就得陪着，县长陪着镇长就得跟着，镇长跟着村长就得随着，不但得随着还得低头摇尾将西洋哈巴点子的谄媚模样做到十足。所以明天村中必定黄土垫道，清水洗街，薛家必定高朋满座，车水马龙。

厚葬是朔州的传统，老祖宗留下的规矩。风光大葬的薛冬寒必将为薛家的祖先，为已经入土的爹娘，乃至为薛家所有的亲戚增光添彩，犹如衣锦荣归的孝子贤孙。

魂兮归来！衣锦夜行！

薛秋爽长声一叹。士为知己者死，他们薛家两兄弟都得过王国全的提携关照，现在连薛冬寒的葬礼规格也沾了王国全的光。薛秋爽把空酒瓶放到一棵核桃树下，蹲在树坑旁抽了一支烟。他不能喝醉，明天他这个一家之主还要风风光光发送他的亲兄弟。

王国全从温向前的尖牙利爪下救了他，还央求老书记给他谋了一个前程，此等大恩，粉身难报。他实在应该再喝一瓶，在王国全一无所知的情况下为王国全喝一瓶。

他打了一个酒嗝，酒劲上涌，蹲不住，站起来围着院子当间的青铜鼎转圈。这是当年供在神女山上女娲娘娘庙里的器物，后来被村长悄悄搬回家镇宅子，如今为了薛家的丧事特意弄出来，声明是借用，用完了还得运回去继续镇宅子。

薛秋爽抓住青铜鼎的一只耳无声无息痛哭了一回，泪珠滚滚，双肩耸动，胸腹中一口气往来冲突，五内如焚。

远处丝竹锣鼓之声若隐若现，那是村长请来的戏班子给麦客们唱夜戏，一直要唱到午夜过后凉风习习才散场。神头海有许多片山田，种了莜麦，荞麦，小麦，还有紫蓝紫蓝像薰衣草似的豌豆花。那些山田收割机拖拉机上不去，村里的壮劳力全奔去城里谋生，收获时节只能请各地来的麦客打粮食。别的地方一百块割一亩算好价钱，到了神头海的山田梯田再实在的下苦人不给两百块也不下地。所以各家各户都挪好脸做好饭，所以村长才请了戏班子让麦客们的夜多些颜色和光彩。

薛秋爽收了眼泪，双手将面颊揉搓了两遍，推门而出，去村中的戏台子凑热闹。薛春梅没睡安稳，听见门响，跟出来看动静。薛秋爽摆了摆手，让姐姐回屋安心歇息。薛春梅回一趟屋又撵上来，将一个泡了苦荞茶的玻璃缸子塞给薛秋爽。

薛秋爽用两根手指头勾了缸子盖的塑料环，倒背双手朝黑地里走。路灯全是聋子的耳朵，一个亮的也没有，所幸一路上有几户人家拉了电线，将灯泡挂在大门上照亮，倒也不怕黑咕隆咚跌跤。

他的苦难从温向前踏进他的办公室对他说那件事的时候就开始了。当时他一点也没觉察到那个人是一只几乎将他毁灭的怪兽，它藏在黑暗中，不露行迹，悄无声息，连绿油油的眼珠子都刷了黑漆。温向前笑容可掬，轻声慢语，甚至表现出一丝羞涩，但嘴里吐出的那个数字却着实像一个大炸弹。薛秋爽觉得那是一个能把茅坑里的民粪炸成倾盆粪雨的大炸弹，所以他闻到了温向前的口臭，灼热兴奋焦急贪婪的口臭，夹杂着铜臭，混合着汗臭，活像一摊油炸臭豆腐和臭豆腐乳搅拌成的糊糊，直熏得薛秋爽后悔中午没吃大蒜大葱，以致失去了回喷的利器。

一千万一个。五十个，五个亿。

温向前代理的美国产300吨矿用自卸卡车每一个电动轮要价一千万，中天煤业计划更换五十个，因此温向前吐出来的那个数字就是五个亿人民币。薛秋爽上上下下、左左右右、前前后后打量了温向前一分钟，把温向前瞅毛了，恨不能找面镜子仔细照一照，是不是身上什么地方出了问题闹了笑话。

温向前问薛秋爽："咋了？你找什呢？什东西丢了？"

薛秋爽一本正经答道："我找刀呢。你把刀藏什地方了？"

温向前睁大眼睛笑道："开玩笑！我哪有刀？我拿刀干什？"

薛秋爽说："没刀肯定有锤子！你是不是把锤子别腰里了？"

温向前糊涂了，不知所措，一时答不出话来。薛秋爽认认真真，一字一句地说："你拿刀准备把中天宰得血淋淋，你拿锤子想狠狠敲中天的竹杠。一千万一个！美国鬼子的电动轮是金子做的？我去美国考察了那么多趟，还搞不清楚电动轮是个什价钱？！"

温向前的笑容向两边耷拉下去，嘴角抿出两道深沟，好像要把薛秋爽的话全部埋进去，盖上土，压瓷实，再拉泡屎。薛秋爽永远不会忘记温向前的那个笑容，因为温向前笑得像一条狗，就是昨天跟踪他被他踹了一脚的那条狗。那条狗又回来了，在他屁股后头逡巡，浑身的毛脏得打卷，伸着黄舌头喘气，一张狗嘴咧到了狗耳朵。

薛秋爽没料到温向前那条狗会变成疯狗，一条不把他撕碎决不罢休的疯狗。他哪里去寻洪七公的打狗棒呀！他站住脚四下趿摸称手的家伙，准备收拾这条锲而不舍、形影相随的脏狗。黑地里什也没有。狗得意地笑了，舌头掉在下巴底下晃悠。

薛秋爽继续朝戏台子走，寻思将家里的老鼠药裹进一个肉包子把这条该死的跟踪狗毒死。两块钱一包的毒鼠强，药性猛烈，保准毒得这条狗娘养的狗杂种四肢抽搐，满地翻滚，浑身疼挛，死得惨不忍睹。薛秋爽放松了槽牙，耳朵根旁边的那块肉咬得酸胀难忍。

薛秋爽对笑得比哭还难看的温向前慷慨陈词："一辆 300 吨自卸卡车不到 600 万美元，也就是不到 4000 万人民币，你一个轮子就要卖 1000 万，怕不怕撑了噎了胀肚了？你以为现在是什时候？还是以前一吨煤挣 100 块纯利润的时候？我们现在挖一吨煤赔 10 块钱，一年赔七个亿！越挖越赔，越赔越挖，利润不够数量补。你知道我们王董事长咋说？抱薪救火，薪不尽火不灭，烧死算尿！不是跟你温大官人诉苦，今年从领导到职工一律拿 70% 的工资，奖金减半，福利全免，大家相跟着朝勒紧肚子的那根裤腰带看齐！你倒好！一个电动轮子讹出 1000 万来，你还让不让我们这些挖煤的苦命人活！"

这世上最难控制的事情之一就是慷慨陈词突然蒙上了感情的阴影，宛如一只明亮的眼睛瞬间得了白内障。薛秋爽不由自主带情韵以行，自己把自己激动得气血翻滚，竟然将温向前当作了倾诉对象。

"你那个轮子卖 500 万，我这个中天煤业的机电动力部经理还可以跟你坐到桌子边上谈一谈，你开口就是 1000 万，我谈都没法子跟你谈，谈什都是扯淡！

"中天煤业要我们这些人是干什的？五个亿！省一半能给我们三千个正式工发三年奖金。我没见过钱！我是个穷怕了的穷鬼！你温大官人发发善心，往我们锅里弄些稠的。

"毛主席说过，闲时吃稀，忙时吃干，不忙不闲，半稀半干。你给我们这些下苦人整些填饱肚子的干饭，就算积德行善了！可不敢学西门大官人，开个生药铺子，一味地只要结交官府，包揽诉讼，横行乡里，见了潘金莲就走不动道！"

温向前笑得比黑影里那条脏狗还令人作呕，两个嘴角使劲朝两边撇，上嘴唇紧紧抿住下嘴唇，把两排大牙包得严实得像狗不理包子。薛秋爽替温向前的牙操心，那些牙齿在两片肉皮下蠕动，似欲掀开两扇肉门帘露露风采，急得鼓涌过来鼓涌过去，恨不能把嘴唇穿几个洞。当时薛秋爽就有预感，还出现了幻觉，温向前的两颗门牙突唇而出，化作尖利的硕鼠之齿，要将他啃啮得体无完肤。

薛秋爽叹了一口气。他只不过讲了几句良心话，并没有唱《诗经》里的硕鼠之歌，温向前居然非将他置之死地而后快。其实姓温的长得文质彬彬，并不像丑不忍睹的硕鼠，但老鼠成精必然善于腾挪变化，变成什样子他薛秋爽的凡胎肉眼岂能分辨清楚？早知温向前与陷空山无底洞的金鼻白毛老鼠精有渊源，他躲了就算了，岂能触这么大的霉头！薛秋爽觉得自己傻。确实傻。比挖得癫痫头似的神女山还傻。

神头村的戏台子在老爷庙里立了二百年，穿过大殿，左右厢房和钟鼓二楼之间的戏台灯火通明。台基是苍苔斑斑的条石，一圈雕花石栏杆泛出青光，木雕雀替红影闪闪，六根内柱錾花描凤，十二根檐柱兽跃鹰翔，单檐前卷直挑苍穹，挂下流水般的月光。

戏台之后耸立雌雄双柏，树冠参天，枝丫森然，雄柏近地之处别出一干，竟是一棵小枸杞，迎风飒爽，姿态婀娜。据传双柏植于北宋元丰年间，树龄近千岁，是神头村的镇村神物。每逢夏夜，清风绕树周匝，树叶响如脆纸，故老美其名曰"翻天书"。

薛秋爽走到戏台子前的空场上，一地黑压压的白头发脑袋，四处烟头烟锅明灭，此起彼伏的咳嗽吐痰，忽远忽近的呼噜喘气，还有汗臭脚臭烟油子裤裆臭混成的一种很老很老的夜壶味道。整个神头村已经老得呼啦呼啦吭哧吭哧吱扭吱扭的像一张积满灰尘即将四分五裂的古床。

戏台上已经唱完了耍孩儿的《赵匡胤千里送京娘》，正演酸戏《飞龙闹勾栏》，将宋太祖在妓院打砸抢耍泼皮的事迹大肆渲染，一勾栏的妓女花红柳绿站满了一戏台。扮赵匡胤的男演员把已经扮过京娘现在扮作花魁娘子的高个子女演员紧紧搂住，满台游走，指东打西，指南打北，将两个白鼻子龟奴撵得抱头鼠窜。

薛秋爽情不自禁替这个老戏台子担心，三反五反镇压过地富反坏右，大跃进承载过全村人的重量外加一口大锅饭，"文化大革命"批斗过牛鬼蛇神，风霜雪雨数十个春秋，哪里还经得住如此这般折腾！万一老迈年高轰然塌陷，见证了革命历史的革命文物岂不死于非命，不得善终？薛秋爽好像看见了戏台子逐渐崩裂的土渣渣。

李混田说一个叫傅山的明朝遗老喜欢《飞龙闹勾栏》这出戏，那个榆木疙瘩脑袋的汉人死也不出来做大清朝的官，就算被抬到了紫禁城也挣扎着滚在地上撒赖，终于成就了气节和愚忠，回到山西老家隐居。薛秋爽在晋祠见过傅遗老题写的那一眼名满三晋的泉水——难老泉。斗大的三个字笔力苍劲，蕴意深远，落款不是傅山，改了个名字叫傅青主。不是不老，而是难老，无怪李混田推崇。

上个月李混田特意到薛秋爽家里送了两把沙葱，炖羊肉拌土豆泥的好东西，洗得水灵灵，绿得亮油油。李混田讲了一段傅青主的笔记，傅遗老老了，写几行字就冒眼屎，干脆去村头听《飞龙闹勾栏》，跟村民扯闲篇，再熬一大锅粥填肚子，日子过得好不逍遥自在。

薛秋爽明白李混田的意思。李神仙能把他比喻傅青主，真是将裹脚布弄成孝帽子，高得他犯了恐高症。他没有傅青主才高八斗，也不敢躺倒在天安门广场装疯，但他这头倔驴还是踢了温向前的裤裆，让人家一顿无影鞭打得遍体鳞伤。

薛秋爽不禁联想到阿 Q，挺胸叠肚，趾高气昂，醺醺然赵趄着将村人指点，嘴里唱一句威风凛凛的戏词："我手持钢鞭将你打！"薛秋爽有点糊涂，搞不清楚他和温向前究竟哪一个才是鲁迅先生笔下的千古风流人物。黑地里一只狗溜过他的裤腿，呼哧呼哧喘狗气。

台上的女戏子们跑得娇喘吁吁香汗淋漓，大灯泡把油汗从粉底子下面烘出来，一片片嘴唇如杀猪般红，一块块腮肉宛似猴臀。高个子女主角挣脱了赵匡胤的挟持，在台上转着圈子甩水袖，袖子太短，将戏装紧紧包裹的两个大奶子颠得如同两坨子凉粉。薛秋爽旁边蹲在石碾子上的一个老农看得蹲不住，跳到地下，裤裆鼓得将腰微微弯起，把一个烟袋抽得火星四射，用一条羊肚手巾呼噜秃瓢上的大汗。

薛秋爽忍不住笑，递过去一只卷烟，老农接过，别在耳朵上，从一个木桶里舀了一搪瓷缸子凉水灌下去，喉结滚出咕噜噜的响声。薛秋爽喝了两口茶，与老农一起蹲上石碾子，一边谝闲一边瞅满台子的臀波乳浪，肥腿红鞋。

老农是宁夏中卫县来的麦客，回回，使得一手好镰刀，一天能割两亩麦子，腰不酸腿不疼，就是裤裆胀了受不了，因为弯腰跟割麦的弯腰不一样。薛秋爽笑得拿茶杯子捂嘴。老农五十五了，那东西跟三十年前一模一样，好像还更加躁动不安，更加愣头愣脑。薛秋爽不到五十就像绝了经的妇女，不但没了子弹，连枪都成了软塑料玩具。老农寻不下女人是因为没钱，薛秋爽的老婆死了，不续弦全赖胯下的老二不争气。两个性饥渴的老男人一起看着台上的酸戏，越谝越近乎。

老农说平原割麦用机器，就是不用机器一亩地也只有可怜兮兮的一百块钱，山西的山多，割一亩山田二百元，累是累些，但老天爷就是安排下苦人受累的嘛！咋敢不遵从老天爷的吩咐呢！薛秋爽注意到这个满脸沟壑纵横的回回用的那个词是"老天爷"，伊斯兰教的安拉有了一个中国名字。老农不好意思，嘿嘿了两声，不叫老天爷叫别的怕中原人听不懂么，听不懂没了活计挣不下钱回家么。

诹到家就诹到了老婆，诹到老婆两人同病相怜，都是鳏夫。薛秋爽问老农的老婆是咋死的，老农说中卫县临近毛乌素沙漠，不知谁人往沙漠里倾倒毒水，他老婆就是被那毒水的味道呛死的，癌症，熬成了一块肉干晾在炕上。薛秋爽听得眼热鼻酸，手指头发颤。

老农问薛秋爽的老婆是咋死的，薛秋爽说贾家湾搬来一个富丰味精厂，是开发区的利税大户，重点扶持企业，天天朝贾家湾放烟雾弹，他老婆就是让那毒烟熏死的，癌症，从一百九十斤的肥婆娘缩成了六十来斤的木乃伊，几乎把他吓死。

老农不知道啥是木乃伊，薛秋爽说木乃伊就是外国肉干。老农点头叹气，若有所思。两人都觉得各自的女人好像没死，或者说并没有走远，而是在一个什地方等着，等男人撵上来相跟着一起往那个地方去。薛秋爽说没了女人冬天的被窝像冰窟窿，老农抱怨做饭难肠，晚上饿了只能啃干锅盔。

台上的勾栏终于闹了个曲终人散，村长来到薛秋爽近前，说村委会摆了席面，留戏班子吃消夜，所有花旦全体作陪，所有须生小生武生统统滚蛋，请薛秋爽去略坐一坐，散散心，冲冲烦闷。

薛秋爽本不愿意去，瞥了一眼老农，改了主意，说："我重孝在身，本不该消遣，但失了一个亲兄弟，却遇上一位老哥哥。如此投缘，也是天意，我带着我的老哥哥去一遭。"

老农受宠若惊，双手连摇，满口推辞，那腰又渐渐弯了。薛秋爽不容分说，拉了麦客的粗手，请村长头前带路。村长不悦意，嫌薛秋爽端了一道上不了席面的狗肉，嘴上不说，脸上赔笑，还给老农递了一根纸烟。老农唯唯诺诺，路也不会走了，拐呀拐的像刚穿了虎皮裙的孙猴子。

村长向薛秋爽表功，打了一条狗，红烧了下酒，他老婆子的手艺，搁了上好的陈皮大料。薛秋爽琢磨一群阳痿老男人三伏天吃狗肉只怕也不得硬，白糟蹋了女戏子的花酒，心下拿了一个让老麦客爽快的主意，忍俊不禁，将笑容用夜色掩了。

酒席摆在村长他侄子家，当院一张圆桌，两女夹一男，两男夹一女，团团坐定，端上红烧狗肉，红烧猪蹄，红焖羊肉，一应下酒菜蔬，四瓶二十年老白汾。村长请薛秋爽坐首席，薛秋爽推辞，拉着老农坐了下手，中间安了一个胖丫头，面圆嘴大，腰粗臀肥，两只胀奶，一双描画得比熊猫还熊猫的熊猫眼。薛秋爽瞅了老农一眼，老农虽然局促，却也欢喜，眉梢眼角透着红晕，皱纹堆里放出一层光来。

村长的侄子挨个倒酒，先给薛秋爽倒了二两，再给他叔倒了四两，村计划生育委员会主任和村会计倒满杯，还给女人们一一斟上。老农正不知如何是好，胖丫头咧开血盆大口旁若无人般抄起酒瓶给老农倒了一玻璃杯。老农欢喜，两只黑粗大手捂着杯子，笑得露出牙龈，不敢正眼盯胖丫头，低头直勾勾望着那一双几乎从凉鞋里挤出来的肥脚丫子咽唾沫。坐在薛秋爽和村会计之间的女人问薛秋爽笑什呢，薛秋爽拨了半碗油炸花生米调上老陈醋，回说脸笑酸了明天好哭。

酒过三巡，陪村长的那个高个子女旦角唱了一段《苏三起解》，翻来覆去一个意思，洪洞县里没好人。众人不解，为何美女对洪洞县如此苦大仇深，细问原由，才知女旦家就是洪洞人氏，两年前县里修的水库溃坝，把她爹淹死了。村长叹息，揽女旦入怀，噘着毛嘴嘴对天盟誓，他这个叔往死里疼这个没了爹的侄女女。于是桌上众男人纷纷行动，各找各的嘴，各寻各的腿。

老麦客瑟缩着咽唾沫，胖丫头倒大方，抓住老头子的粗手往大腿上搁，老麦客浑身哆嗦如抽风，一个劲吸气，满面红光似鬼子炮楼上的探照灯。

薛秋爽光人一个，笑嘻嘻站起身把村长他侄子拉到院门口，悄声吩咐，夜黑一定要成了老农和胖丫头的好事。村长的侄子连连点头，没口子应承，满怀诧异，打了好几个酒嗝，弄不清楚这个农得不能再农的老农到底和薛处长是什关系。薛秋爽递给村长他侄子五百块钱，村长他侄子不敢要，被薛秋爽径直塞进裤腰，连忙双手捂住，放薛大善人走了。

村里的灯全黑了，天上的银河倾泻而下，流转出清冷的寂寞。薛秋爽觉得这寂寞与自己很般配，连一天能割两亩地的老麦客都有了女人，他可不就是那一个孤零零剩下的吗？薛冬寒在前方的黑地里等着他，要与他相跟着走一程。在入土之前，在彻底与这个世界告别之前，他兄弟薛冬寒想有个伴儿。

四下里静悄悄，头顶的银河却轰隆隆响。薛秋爽知道耳朵出了毛病。这条大水从来没这么响过。

那一个夏夜，他和薛冬寒搂着核桃树的枝丫从树冠中探出身子往墨水一样蓝的苍穹里挣扎，拼命缩短与银河之间的距离，结果先后从树上摔下，一个青了面目，一个破了额头。

这一个夏夜，他与他的兄弟永别了。他身上掉了一块什东西，不疼，空荡荡的麻木。圆圆的月亮吊在银河边上，月中的桂影嘎吱嘎吱作响。他听见了，薛冬寒没听见。

明天他要把薛冬寒送到月亮上去，送到银河里去，送到蓝墨水般的苍穹里去。

薛秋爽往家走。家里停着他的兄弟，一具于黑暗孤寂中缠裹得密不透风的尸体。岩石一般的黑暗，铁一般的愤怒，锈一般的孤寂。

回家的路很长很长。什地方藏着一只怪兽。被吞噬的感觉像极了窒息，被吞噬的他像极了皮皮虾。

他在天津煤码头吃过皮皮虾，在秦皇岛也吃过，没有天津的筋道。王国全问过他这只皮皮虾，不买一千万一个的电动轮，卡车停工了咋办。他的脸宛如在滚水中浸了一浸的皮皮虾壳，吐气扬眉、声如洪钟回答三个字：国产化。

为了这三个字他忙活了半年，活活把一只皮皮虾忙成了皮影影。美国人出价一千万一个的轮子交给中国南车国产化，每个轮子省了七百万。五十个轮子一共省了三亿五千万。王国全笑了。温向前哭了。他累得僵硬了，笑不出也哭不出，一张脸平得像一块抹布，慢慢地一点一点地擦拭掉温向前比哭还难看的笑模样。

王国全明天要在贾家湾为南车的电动轮国产化项目组庆功，听说南车的副总工程师也应邀出席。他去不了，那里已经没了他的位子。

狗肉和烧酒的热气冲撞上来，薛秋爽微微头疼。银河像一条扫帚，星星们不知是雪白还是苍白。他想起了薛冬寒的裹尸布。无论如何，他的兄弟明天就入土了。

薛秋爽走啊走，把黑暗走成了一条幽深的长廊，长廊尽头熹微的光亮仿佛经天流星的最后一闪。他想许个愿，但又把黑暗走成了一条扭曲蜿蜒的蛇，蛇信子掠过杨树叶子的沙沙声让他起鸡皮疙瘩。

李混田说蛇吃不得，蛇灵如跗骨之蛆，如影随形，必报剥皮食肉的大仇。他和薛冬寒吃过一条蛇，用一根细细的树枝子穿了，在野火上烤得焦黄，胡乱啃几口过肉瘾。那是一条花草蛇，像一条女人系的花裤带。

他望见了两棵核桃树树冠的轮廓。那两棵不离不弃的核桃树啊！一天一天地失去了它们华美的风姿。

他坐在门槛上仰望河汉。不知不觉间一双眼饱含热泪，一颗心彷徨无依。

第五十二章

海鸥：

今天下午我把你叔埋在了你爷爷奶奶的坟茔旁边。好一场大哭，痛断肝肠，比没了你爷爷奶奶还伤心。你如果在神头海，就能给他披麻戴孝，举哭丧棒，摔孝子盆，守灵烧纸抬棺材。我比你叔强，还有你这个儿子，死了有人送终，不至于借兄弟姐妹的后人完礼。

他们把你叔放在一个亮闪闪的铝合金盒子里运了回来。我不高兴，找了一口正经棺材。村长说老几辈没人用过金丝楠木的棺椁，我本来非要争一口气，寻一根上好的金丝楠木，但转念一想，只怕给你叔招罪，就把那口气吹了他灵前的蜡头。

李神仙让薄葬，他的话总有些道理，不可不听。中国几千年薄养厚葬的习俗只盼亲人死后有知、死后有灵，这个美好的愿望颇像秋天枝头将落未落的黄叶。昨夜我梦见你叔走了，他微笑与我告别，说要走很远很远的路，笑眯眯与我告别，院里的一棵核桃树断了一根大枝。

永别恰似村前几株远树后淡淡的暮光。

葬礼红火，摆了二十几桌酒席，把白事的热闹演绎到极致。县里市里来的领导都喝了几杯，村长彻底喝趴下了。午后我一个人顺着神女山的小路走了很久很久，在一块山田旁踟蹰流连，因为那一小块地里种着你喜欢的，颜色比普罗旺斯的薰衣草淡一些的豌豆秧子，蓝盈盈地在夏风中招摇。坡顶的莜麦长到我小腿高下，远看白晃晃芦苇相似，近观颜色淡如泛黄的信笺。于是我就想给你写信了。

非常想你，想得我巴不得立即漂洋过海去看你。思念是孤独的衍生品。孤独是暖暖远人村，思念是依依墟里烟。

你切不可如陶渊明先生那般归去来兮！我不希望你回来，我盼望你永远待在美国，成为一个美国人。之所以这么说是因为我无论如何也不可能成为一个美国人，你死去的妈绝不会答应我跑到美国疯魔去，你死去的爷爷奶奶更不会让我堕落成一个抛弃故土的孽障，你死去的叔叔就算死在非洲都要归葬在我们薛家的祖坟。

但是我愿意你留在那个遥远的国度，隔着一个大洋，我们是彼此的彼岸。

我第一次去波士顿是一个秋天，"翡翠项链"的红枫娇艳欲滴，黄叶溢彩流光，不是黄翡就是红翡，把绿翠的颜色抢得分毫不剩，哪里有半点绿肥红廋的意思！原来秋天的波士顿环城公园只是"翡"的天下。

饱含水汽的嫩阴天湿漉漉地从树梢滴答雨滴，小雨中的美国人不打伞，穿着风衣光着脑袋淋，下巴抬得高不可仰，我真担心他们那些不是防水材料做的大鼻子。

中午到了哈佛大学餐厅，我站在餐厅门口向里一望，登时激灵灵打了一个冷战，从喉咙到胸膛像燃了一根火线。所有的学生吃饭的时候手里都举着一本书，时不时放下刀叉拿起铅笔画重点做笔记。我从餐厅门口走到停车场，身旁围绕着绿莹莹的常春藤，原来那个久寻不见的"翠"偷偷溜到了这里。我在一个小花圃里默想了十分钟，静静听雨。青藤满架，秋燕低回。

在那个陌生的城市里，它是我最熟悉的角落。每次去哈佛看你，都会捡起它用我的回忆温热一遍。你一直不知道其中的缘故，今天我才告诉你。它是我认识的哈佛留给我的最珍贵的纪念。它是我坚持送你去哈佛的缘起。

那一天下午我在大西洋边上吃了一只大龙虾，二百美元，面包蔬菜沙拉免费，侍应生推荐一瓶波尔多白葡萄酒，我喝了两杯，一杯三十美元，远不如蒙古王。午后去邦克山散步，登上了二百多年前北美殖民地杂牌军击败英国皇室远征军的小山头。雨停了，太阳又高又远，温柔的海风像《绿岛小夜曲》。

黄昏时分，我走在波士顿的一条大街上，落日悬在街尽头，竟然孤独得失去了晚霞。儿子啊！我当时想到要把你放在那么一个茕茕孑立的地方，心中不由酸楚到了十分。

一个美国小女孩朝我笑，她准是把我当成了《白雪公主》里的小矮人，她的狗也朝我笑，亮出白森森的狗牙，她妈笑没笑我不知道，因为实在没有勇气抬头仰望一个比我高十公分的美国女人的脸。

街角立着一个黑人商贩，一边往热狗上抹番茄酱一边演绎吹牛老爹。我买了一个热狗，多要了一根香肠，涂了芥末酱。老实告诉你，那是我吃过的最难吃的最大的肉夹馍。可乐冰得冻舌头，咔里咔啦的冰块听起来像砂石磨刀。

我给了热狗黑人五美元小费，他把一顶牛角帽扣在我头上，让我这个小矮子更像拿破仑·波拿巴。我担心他的热狗引起便秘，他说咖啡能解决问题。我买了一大杯星巴克，纸杯子厚得像砖头，让我觉得自己像是初来乍到大人国的格列佛。

那天晚上我在一个露天啤酒馆坐到九点半，点了一瓶塞缪尔，味道真不赖，吃的什忘了，有一种很特殊的甜果酱，好像跟枫树有关系，抹在面包上比黄油有滋味。啤酒馆唱歌的是三个长头发男人和一个光头女人，他们唱了一首老鹰乐队的《加利福尼亚旅馆》，荡气回肠。是不是美国人不喜欢甲壳虫？我忘了你是谁的粉丝，只要不迷恋那个五十多岁的老太太麦当娜就行。你应该挺喜欢玛莉亚·凯丽，我听过你哼哼《未来水世界》的主题歌。

我的邻桌是一个美国话痨，他不遗余力地向我普及流行音乐知识，从非洲发源到欧洲成长再到美国辉煌。我说那不就是《伊利亚特》和《奥德赛》吗？他愣没听懂，以为我说的是类似"Humor"一类的搞笑噱头，后来弄明白了是荷马史诗，使劲抱怨我的英语发音不标准，用类似黑人的英语把荷马老先生糟蹋了。

我对美国的缪斯犯了弥天大罪，我亵渎了几千年的传世经典，我居然肆无忌惮地挑战了一位美国公民的英语听力。这一切都发生在波士顿。我跟波士顿缘分不浅。

九点四十分我晃荡到大街上，阑珊的灯火在含着大西洋淡淡的咸涩的秋风中飘零。我打了一辆出租车，司机是一个印度人，我们用半生不熟的英语聊了一路，各有各的口音，各有各的鼻腔共鸣，舌头打卷的角度也各有绝活，他卷的是咖喱，我裹的是王致和。

印度司机将我径直拉到哈佛图书馆门口，计价器显示出一个红红的九十八。这可是一个乘六的九十八，怨不得在美国人人开车，不管多破的车也有人开。我给了印度司机两百美元，让他等我。其实我可以找朋友接送，也可以找厂家要一辆气派的加长林肯，但我还是选择了痛彻心肺的出租车。因为哈佛让我觉得自己是一个特务。一个心怀敬畏的特务。

可是那时你爹爹我连要刺探什情报都不知道！以前跟你王伯伯听窗根，我还明白自己究竟想要什呢！你王伯伯脱了鞋踩在我肩膀上，脚臭得能把你爹爹我熏死。那个晚上很幸运，我提鼻子使劲闻了闻，清凉的夜气里弥漫着松针的淡苦。

图书馆黑黢黢矗立在晴明的夜色中，苍穹如盖，月华如练。图书馆里的灯光漫溢出来，浸润了它漆黑的轮廓，缓缓流淌过沧桑的长阶。我拾级而上，越过沉默的大理石柱，踏进空阔的走廊。墙上刻着许多我不认识的英文箴言，仿佛神秘的符咒。静悄悄的自习室里座无虚席，每张桌子上摆着一盏蓝色灯罩的台灯，散发出柔和的橘黄色光芒。

我拦住一位背着书包离开图书馆的中国留学生，请教晚自习什么时候结束。那个欢快的上海孩子告诉我哈佛的晚自习不存在结束的时间。如果第二天早上没有课，大家都会读书到黎明，吃完早饭再回宿舍睡觉。他今晚之所以早退，是因为明天有考试，必须保证充足的睡眠。他用了一个特殊的词——刷夜。不是刷牙，不是刷卡，是刷夜。哈佛的夜太伟大了，就这么被刷了上百年，居然还是黑的。

我一个人踟蹰在空荡荡的大厅。一句句箴言像一双双沉思的慧眼。一种庄严肃穆压得我喘息沉重，一颗绷紧的心却充满了无法言喻的欢喜，活像一只在荆棘树枝头六神无主的小鸟。时间已经被量化，爱因斯坦的相对论在哈佛图书馆测得了精准数据，它们是勤奋，它们是愉悦，它们是生生不息，它们是无尽求索。当然，它们还是一只不知道该不该为上帝献身歌唱的可怜可爱的小鸟。

那一刻，你爹我发誓必须把你送到哈佛去，不管你愿意不愿意，它都将是你驶往未来列车的最重要的一站。我在站台上向你挥手。那个站台注定没有几个人，一点也不挤，可能有些寂寞。不过是些寂寞罢了！

大学毕业背铺盖卷上火车去贾家湾的路上遭遇临时停车，前方路段塌方，我们这一群毕业生不得不在那个偏僻遥远的小站待了整整一夜。站外是草原，草根拌泥土的香味儿与月光弥漫在一处。车厢里热，我们把铺盖卷铺在站台上睡了一宿。那个凉爽舒服真是一辈子也忘不了！

牧民听说站里停了火车，不知从哪里拉来一马车甜瓜，皮上沾着新泥，瓜蒂上的茸毛都没弄干净，一块钱一大堆，找不着水，拍开直接塞进嘴。我的个妈呀！能把人甜死香死。甜瓜吃不饱人，吃坏了肚子能拉死人，整个人拉软了，嘴里还是甜瓜的甜味儿。车站的茅坑不够蹲，我们跑到站外拉到草原上。圆圆的大月亮照着彼此的光屁股，草叶子撩拨得痒酥酥，清风哗哗浇一身。那时光再也没有了！只剩下些回忆罢了！

当我第二次坐进印度司机的出租车的时候，我满怀希望要将你弄进这个青藤缠绕的有点像大教堂的学校。我知道你考不上，我也知道哈佛不稀罕钱，但只要你能在哈佛踏踏实实安安静静读几年书也是再好不过的事情。你就算只是一个哈佛的走读生，你爸我也高兴！

信仰印度教的司机知道了我的想法，握着方向盘兴奋地一个劲扭来扭去，扭得我晕车恶心。他大声宣布"坤湿那"会保佑我，还不断重复"哈雷"，让我觉得车灯光像彗星的尾巴。有钱上哈佛不算什，有钱来哈佛走读才叫一个精彩。印度司机觉得你有我这样一个老爹真是幸运，比碰见哈雷彗星还难得。

司机抱怨他爹不行，在新德里推一辆破自行车卖甘蔗水，家里穷得连床都没有。其实印度非常热，可以直接铺席子睡地上。我给了他一百美元小费。不能让人家印度兄弟白恭维，再说他撑着伞一直把我送到酒店大门口，还朝我双手合十深深鞠躬。

波士顿萧瑟的秋雨将梧桐树冠笼了一层白烟，雨声潺潺，由远及近，由近及远，把酒店滴成了一座孤岛。我一个人坐在窗前，关了灯，闭着眼听了半夜的雨。

一个人。你一个人在哈佛，我一个人在神头海，你妈一个人在另外一个世界，你叔一个人静静躺进了祖坟。我们独自存在，独自前行，独自死亡。但有些事我还是希望与你分享，要不然就太寂寞了。孤独是把山叫得空灵的鸟鸣，寂寞却是一只能将所有好梦吵嚷得稀里哗啦的蚊子。

我从未对你讲过那一年我被免职的事，你妈不让我说，她觉得一个男子汉不应该对另一个男子汉絮叨。你妈是一个女汉子，能打铁能跳沟，能扛三袋面，能吃数斤肉。她的话我不敢不听。其实我明白，她喜欢我只跟她一个分担所有的苦难，那样的苦难更致密，更坚牢，摸上去像才纳完的鞋底，能陪人走远得望不到头的路。

她死了好几年了，扁担的那一头还空着，既然我没给你找个后娘，跟你絮叨絮叨解解闷，谅你妈也不会从那边伸过手来抽巴掌。你总抱怨她下手比我重。傻小子，她的分量也比你爹我重得多啊！一想起她拧得你鬼哭狼嚎我就不寒而栗。不是找后账，也不是挑拨离间，没她把你管得服帖，我真不知道要操多少心！

那天我踏进事故现场简直透不过气来，空中充斥着浓重的血腥味，混杂着柴油汽油黄油人油的黏稠，堵得我渴望呕吐。我没吐，使劲咽了一口唾沫，嗓子眼紧得像塞了砂纸。一个维修工被轮胎爆炸后射出来的螺栓打了几个透明窟窿，其中一个窟窿从前额直通后脑，一大块脑浆冻得比果冻还有弹性，颤巍巍挂在后脖颈子上。尸体靠着轮胎拆装机，直挺挺僵立，从我站的地方望过去，天车的吊钩正好填上了脑袋的窟窿。另一个维修工四分五裂，因为炸崩的钢圈从不同角度切割了他的胴体，内脏涂了一地，肠子拖得像一根钢丝绳。第三个人坐在叉车的驾驶室里，大张着嘴，瞪着眼睛，身上一点血丝也没有，裤裆里溢出来的屎尿把座椅和踏板弄得一塌糊涂。后来我才知道气流从驾驶员的嘴里冲进去，将他的五脏六腑都打碎了。还有一个没死，吓傻了，又哭又笑又叫又抽风，忙活完了就像木雕泥塑一般纹丝不动。

那天是大年初五，四个人忙着回家享用破五饺子，图省事，不顾轮胎充气时必须处于静止状态的操作规程，一边充气一边搬运，硬生生把一条三米多高的轮胎折腾炸了。死亡三人以上算特大安全事故，主管领导就地免职。我这个车间主任责无旁贷。

没能阻止他们自杀，没能把他们从黄泉路上拽回来，我活该倒霉！但那一次还真没有这一次憋屈！这一次没有鲜血和尸首，只有一盆粪水兜头浇落，浑身爬满蛆虫，引来无数苍蝇。

无论如何我算是彻底走出贾家湾了。当年进来乘完火车乘汽车，乘完汽车坐渡船，上了岸一脚黄土没了膝盖，如今开着自己的吉普车翻山越岭，一脑袋扎进运煤大车的钢铁洪流，一时间还真产生了一种无家可归的感觉。说来奇怪，自打埋了你叔，我觉得神头村都不是落叶归根的地方了。儿子啊！这就应了李混田李神仙的那一句判词，不要只盯着出路，心里得寻到归宿。

我不让姓温的讹中天的血汗钱，姓温的就让我找归宿，让我一个年近半百满鬓苍然土埋了半截的老家伙满世界去找归宿。姓温的狠啊！他夺了我贾家湾的根，就是要了我大半条命。我一想起姓温的笑容浑身就像爬满了蚂蚁虫豸，鸡皮疙瘩起一层又一层。那笑里什也有！刀子脓水老鼠屎苍蝇粪，要什有什！

我想把贾家湾的房子卖了，今后就不回去了。你的贾家湾在美国，哪天我来了兴致去你美国的贾家湾住上个一年半载，喝一喝美国烧酒威士忌，啃一啃美国大餐烤火鸡，你可不许嫌弃我土得掉渣渣。

终于离了给你妈送终的那套房。1992年第一次房改，我们买了两室一厅，1998年第二次房改，我们买了三室一厅，两次都借了你叔的钱，每次都是两年之内一分不差还上。轮胎爆炸我被免职，突然发现了家的温暖，你妈的烩菜炖得香飘四邻，一个礼拜卤两只羊头给我下酒，一有大太阳你妈就晒被褥，睡里梦里都是灿烂阳光暖烘烘的味道。那两年你妈对我特别好，不打不骂不顶嘴，哄着惯着逗着，生怕我不顺心。我偷偷感念那三个抢着去阎王殿报到的兄弟，没他们三条性命，只怕我一辈子也享不上这样的福。两年后我官复原职，你妈也重整神威，该骂骂该打打，急了还抹我一鼻子臭黄酱。

我本想送你去了哈佛，我和她两个人做伴，什日子都不艰难。谁想天不从人愿，她竟得了绝症。那个从河南不远千里搬到贾家湾的味精厂多少体弱多病的熏不倒，偏偏把她这个山一样的婆姨熏死了。她死之前大口吐血，一个劲让医生给她打杜冷丁。我隔三岔五去医生办公室送红包，差一点求医生让你妈安乐死。她是一个疼死都不吱声的角色。被单扯烂了，枕套咬破了，墙皮都撞碎了。自古艰难唯一死！

儿啊！实话对你讲，自从你妈没了，那个房子我就待不住了。一个人孤零零困在里面转圈圈，活像一头上了磨的驴，咋拉也拉不到头。现在好了，姓温的逼我离了贾家湾，终于解了我的边套，让我把那个伤心地抛得远远的，眼前干净，就算心里还挂着，也就是一个时间长短的问题。什事情时光都抹得平！

我已经托人把房卖了，一百一十平米，五十万块钱。鄂尔多斯的房子已经跌到三千一平米，我打算买一套九十平的房子一个人住。感谢东胜的房地产崩了盘，如果还像三年前直眉瞪眼愣是卖一万多，你老子我顶多只能买一间单身宿舍。

儿啊！你爹我打算老死在这蒙古高原了。实在没有别的地方去。不管到了什地方，待不上三五天就巴望着快些回来。虽然这里的草原越来越小，小得像草甸子，我还是按捺不住纵马驰骋的渴望。你妈说过，无论我咋装，内里都是一个咋呼家伙。她是对的，我的内心有一团燃烧的烈火。我默默等待，等它烧成温暖的灰烬。你这个娇生惯养的小子没睡过土炕，不知道余烬的好处。它焐热了黎明来临前的黑暗。

本来写到这里就打住了，可又忍不住想问问你的女朋友。她是一个白人。这是一个惊喜。倒不是我种族歧视，之所以高兴是因为你的白人女朋友证明你已经融入了那个阶层。你爬得高我没意见。如果我们父子二人在彼岸都找到了归宿，你妈肯定欢喜。瞧瞧我们与她之间的这条大水！你听没听见它沉默的咆哮？

发出电子邮件之后薛秋爽去核桃树下圪蹴着吃了一碗羊肉面，放了许多辣子醋，还就了一疙瘩蒜。他放下碗，擦干净满头满脸的汗，叼着纸烟出了门。

午后的日头毒，晒得头皮热辣辣发紧。多少年前也是这样的毒日头，他和王国全在一场淋漓的夏雨浇饱了的黄土道上扛电缆。黄土表层干裂，一脚踩去，下面还是黏稠的泥汤汤，温热湿冷的泥巴裹得脚指头发胀。那是二十年前的事情。漫长的岁月在炽热的阳光下骤然缩短，像他脚后跟蠕动纠缠的影子。

今天晚上贾家湾开庆功宴，王国全要向中国南车的副总工程师表达电动轮国产化成功的感激之情。他薛秋爽只跟王国全隔了一道吕梁山，一条清水河，一座偏关，短短不到二百公里路。但他不能赴宴，席上没他的位子。他只是一个遭到抛弃的走卒。

他走啊走，汗流浃背，气喘吁吁。他是一个被流放的人，一个郁郁独行的人，一个远离尘嚣的人。

一路之上无有蝉声，因为知了不喜欢大叶杨稀里哗啦的叶子，得有绿的如烟似雾的柳树才肯赏赐流响，但柳树早被砍光了。他走到神女山下一个高坡，坡上三分麦地，一个老农，收下的麦子堆了半个板车。他站在地头，掏出一支香烟朝弯腰劳作的老农招手，老农笑嘻嘻撒下镰刀，迎上前来。

他瞪着老农的笑脸发愣，老农笑得愈发灿烂，皱纹里汗水点点闪光，一只手拄着腰，一只手摩挲青黢黢的头皮，白头发楂子像一根根麦芒。

薛秋爽问："牙咋了？"

老农使劲抿了抿上嘴唇，豁豁牙漏风应道："夜黑没骑稳，摔了一跤，把牙失了！"

薛秋爽笑得眼泪都出来了。两个人抽着烟说了一会儿话，将麦子捆了，推车回村。薛秋爽走得身如汗洗，端一盆水冲了凉，在核桃树的树荫里铺一张芦席，倒头便睡。一觉醒来，日影西斜，两只雀在核桃树的枝子上蹦。薛秋爽去屋里拿出笔记本电脑，坐在芦席上看儿子的回信。

爸：

　　我为冬叔美美哭了一场，也不知哪里来那么多眼泪，像发了大洪水，止也止不住。给你回信的时候突然明白，原来我是借他人的酒杯，浇自己胸中的块垒。来美国这几年从未像模像样哭过，连我妈去世也不号啕，泪债欠得实在多了，今天一股脑儿都还上。

　　我记得冬叔替我取了海鸥这个名字。本来你们要叫我水生，冬叔嫌土气，既然碰到发山洪的时节出生，干脆就跟大海扯上关系，海阔天空，随意遨游，再大的水也要归海。于是我就叫了海鸥。于是冬叔最终葬在了神头村的祖坟，百川归海，落叶归根，人好像怎么样也走不出上帝画好的那个圈圈。

　　冬叔告诉我神头海发大水的时候，山洪把村里冲出一条七八丈深的沟，他将不满月的我放进一个大木盆里，推着游水，我一点也不怕，笑得像个小甜瓜。对于他那样一个闯荡世界的人来说，替我取水生为名实在土气，但再可爱也不能叫海豚，所以将就便宜了海鸥那种飞禽。我在美国的第一个生日，他从非洲打来电话，告诉我一句杜甫的诗，"天地一沙鸥"，让我霎时体会到存在如逆旅，人生似云烟的意味，对陌生的国度打开了心扉。

　　冬叔没孩子，他把我当他的孩子，他对我比你对我还好。六岁时我朝村头水磨坊里扔知了和蝈蝈，弄污了几堆子白面，你拿皮带抽我，冬叔替我挡了一下，胳膊上冒起一条紫僵僵的印子。你的眉眼气歪了，冬叔却说扔几个知了蝈蝈不算什，毕竟没鼓捣出老鼠草蛇之类的恶心东西。

　　那时神头海还没干，磨坊除了磨面也磨香油。冬叔买了一小瓶芝麻香油，拿了一小壶醋，带我去河边烤知了，专烤知了脑袋下面那一小块肉，烤蝈蝈就不一样，要烤蝈蝈那两条矫健的长腿。烤完了，蘸着香油陈醋吃完了，冬叔摸着我的脑袋叮咛：傻小子，这么整比水磨里折腾的滋味强哩。忍了半日眼泪的我扑在他怀里哇哇大哭。

他怎么突然间就不在了呢？他发的乞力马扎罗的雪的照片还在我的相册里，他的名言还在我特意为他设置的语录里。

"我就是非洲寒冷的冬天！"

他说要捐一笔钱给哈佛，专门资助那些愿意在哈佛旁听的中国留学生。言犹在耳，斯人已逝！原来人是可以说不在就不在的。他曾经信誓旦旦指着他那张歪脸告诉我，上帝不会夺走他的生命！我第一次看见他的歪脸吓哭了，鼻涕眼泪口水混合奔流，差点把自己淹死。他的离去让我想起了邦克山上凋零如骤雨的樱花。它们随风起舞，飘然远逝，化作落日中的轻尘。

既然你讲了哈佛图书馆的故事，我也得说说我印象里的中国图书馆。去年冬天回老家，闲来无事去朔州图书馆转了一圈，远远望去气势巍峨，到了近前才发现门可罗雀，只有几只脏狗在大门前卧着晒太阳。图书馆里空空荡荡，走路有回声，呼吸有回声，好像身背后跟了一个人，一丝一丝朝脖颈子上吹凉气。阅览室里只有两三个人，管理员趴在桌子上梦周公，睡得脸蛋通红，还不停咽口水。我看了一遍可以借阅的书目，少得可怜，没有名著，都是些稀奇古怪的书名。我逃离了那个缺少人气的阴森森的图书馆，大门口的野狗对我热情洋溢，纠缠着不让走，摇尾巴耸鼻子，狗毛炸得如刺猬。我给狗们扔了些花生糖。不管咋说，它们到底替图书馆把了门站了岗。

老爸，我知道你不爱听，但我不能罔顾事实，也不能逃避事实，这个事实就是我们的文化正在消亡。如果我们继续对中华文明听之任之，随意丢弃，全世界就再也找不到费正清那样研究中国的大师了。即便不提Fairbank，也不提Fairbank Center，我在哈佛还能看到陈寅恪先生的著作，听到关于陈先生《寒柳堂集》的研讨。而这样一位英国牛津大学的终身教授，这个双目失明几十年，在黑暗中完成了几百万字经典论著的国学大师，仿佛已经从中国人的记忆中消失了。

我不得不承认中国进入了一个无信仰状态，这种精神上的无信仰状态就如同政治上的无政府状态。但我们连一个抽大麻的列侬都没有！这是我的一个哈佛学友宣讲的经典语言，我暂时借用一下，因为我知道你喜欢 Beyond。

我想说，我们连一个乱伦的尼采都没有！

我的同租室友是一个印度男孩，没事不是练瑜伽就是下国际象棋，我从他那里学到了古印度防御和西西里防御，他最佩服的国际象棋大师不是阿南德而是费舍尔。就是那个才华横溢的得了精神病的费舍尔。当他把两条腿缠着脖子跟我下棋的时候简直就是费舍尔再世！我们也上围棋课，哈佛大学有围棋社团，曾经邀请拿过世界冠军的中国棋手来讲座。他的围棋水平令我暗自得意，毕竟是祖国的国技，我还可以让他两个子。我们两个都修了约翰·纳什的博弈论，据说那个发疯的天才经常在一株玉兰树下找对手下围棋。我找遍了全哈佛也没找到那棵玉兰树。

我看《泰戈尔诗集》，他看《道德经》，我看《甘地传》，他看《毛泽东传》，罗斯·特里尔写的英文版的《毛泽东传》。他对我说中国最拿得出手的现存的世界级人物是袁隆平和任正非，而不是那些搞房地产和电子商务的富豪。

我很佩服这个浑身不扎窟窿眼的印度 boy。我俩都不扎窟窿眼，害怕半夜上厕所不小心掉进去。但我的确见过扎窟窿眼的，扎了几十个，活脱脱的受虐狂。印度 boy 倒替那些人说了好话，他把窟窿眼命名为"苦行"而不是我定义的"酷刑"。印度到处都有苦行忏悔的人，那些"苦行"的窟窿眼简直就是百慕大旋涡。

今年暑假放得早，我上个月去阿巴拉契亚山脉的一个小镇住了两个礼拜。那是一个幽隐于青山翠谷中的世外桃源，家家户户都种了桃树，樱桃树和三角梅，真真应了白居易那句诗："长恨春归无觅处，不知转入此中来。"离村子不远有一个中型露天煤矿，一百多个矿工，几百套设备，没有烟尘，没有污染，高速公路的运煤卡车都得去称重站过磅，严惩超载。矿工们晚上聚在酒吧喝酒，卷着袖子，敞着怀，露着毛，一口一杯龙舌兰。知道我是从中国贾家湾来的煤炭子弟，围着我非让讲故事，酒吧老板鼓励我做一个酒保演讲师，只要能拢得住客人，每小时多加我 20 美元的故事费。我讲贾家湾，讲黄河，讲黄河里的沙洲和黄河湾上的峡谷，还讲中天煤业，讲到思乡情切的浓快处，还能唱两首信天游。

老爸，你绝对想象不到我到底挣了多少小费！每天晚上回到住处我得花好长时间把一张又一张皱巴巴的一美元两美元的钞票摩挲齐整，摞成一叠，扎上橡皮筋。我借宿了一对老夫妻的阁楼，他们不收我的房租，但是让我每天给他们焖一顿米饭。我给他们做了西红柿炒鸡蛋，他们家的电炉子火不大，西红柿鸡蛋搅得像糊糊，可老爷爷和老奶奶喜欢，因为我放了葱花，葱花过了油，焦酥。我走的时候老爷爷开着他的皮卡送了我一程，七十五岁的驾驶员，车开得又快又稳，还哼哼了一首 *Country Rood*。那是一首西佛吉尼亚的乡村民谣，不知你听过没有？

下周印度室友想让我陪他去一趟英国。印度人都有英国情结，好比一个女人对曾经占有过她，如今依然令她动心的那个男人的情感。当然，这充分说明了那个男人的魅力。我不得不补充一点，那个男人的种子已经繁衍到了曾经的印第安人的家园，并将那个家园彻底改造成为一个世界性的 melting pot。

他想去看哈代笔下的巨石阵，苔丝被捕前曾在那里安眠了一夜，还有简·奥斯丁小说中达西先生的庄园以及莎士比亚故居。我想去参观劳伦斯在《儿子与情人》中描写的那个满是煤矿工人的小镇。印度室友笑话我的煤炭基因。从1960年开始英国逐步削减煤炭的使用而改用北海油田的天然气。我们两个都认为二十年后的中国也将抛弃乌金。

老爸，煤炭是没有前途的污染能源。别问我数不清的煤炭工人的出路，因为假如我们只关心出路就迷失了归宿。燃烧的煤炭会把中国人呛死！CNN和FOX里笼罩北京的雾霾如同人间地狱！多亏你住在贾家湾，多亏你即将搬到东胜。上帝保佑你呼吸的空气！

虽然美国上流社会的盎格鲁撒克逊后裔热衷飞越大西洋去英吉利寻根，虽然靠打零工挣来的钱足够支付我的旅费，我还是踌躇着没答应印度 boy。其实我当时考虑过回老家给冬叔送葬。我姓薛，扮孝子打招魂幡舞哭丧棒抬棺材更加名正言顺。我想回家看看你，给我妈给冬叔上坟磕头烧纸。

美国基督徒的葬礼挺有意思。牧师读一段《圣经》，埋了棺材，全家人招待亲戚朋友搞个聚会，喝酒唱歌，聊死者的生平趣事。什都聊呢！一夜情性怪癖什过瘾聊什！好像要把那个死人聊回来。我记得曹操好像说过一句话："使死者返生而生者无愧，可谓信矣。"按照曹丞相的理解，美国的死人即使还了魂也得被惭愧埋葬。我在类似的宴会上端过盘子，端着端着觉得还是死在美国好。追忆中没有眼泪，只有欢笑。最沉重的死亡也能在最无聊的笑话中消解。

说到死亡我想评论一下你那个血淋淋的故事。美国人喜欢再现著名的战争场景，我在葛底斯堡碰到过一次。南北战争转折性的战役发生的地方，艾森豪威尔指定的埋骨之所，林肯名垂青史的演讲之处，以及那一句传世的谎言，Every man is created equal。我直到不久前才明白，每个人在肉体上的平等根本无法抹杀精神上的差异。

许多群众演员扮演南军和北军的士兵，一个著名的百老汇话剧演员扮演在"死亡之钩"坚持到底的张伯伦上校。当然，还有白发苍苍的李将军，一个老头，疯疯傻傻，骑在马背上颠簸，像被绑架的圣诞老人。美国人离不开战争，依恋战争，渴望战争。老爸，为什美国禁枪比登天还难？几乎每一个成年美国男人都有一个相同的答案：如果遭到敌人的侵略，每一个家庭就是一个堡垒！

我的上帝啊！这个世界上有谁能侵略美国？这也太居安思危了吧！或者根本就是为穷兵黩武找借口。所以我的神经在美国变得柔韧了，不再惧怕鲜血和死亡了。虽然那三个工人死得有点惨，而且连累你丢了乌纱帽，我却只觉得滑稽。

让我真正担心的是他们到底还是把你隔绝了。那应该是一种比喷溅的鲜血还可怕的孤独。我的孤独有点不同。其实我在哈佛图书馆点灯熬油与那些精英学子们一起刷夜的时候，即便那个房间那么宽敞那么明亮那么温暖，我的内心深处依然隐隐不安。我提防的到底是什？老爸，实话告诉你，我提防的是属于我的自惭形秽的孤独。

我好像配不上这个世界。或者说我走错了门，闯进了一个陌生的美好。

因此我羡慕冬叔，他的黑非洲的孤独是骄傲的孤独，他总是昂着他的头颅，即便命运给了他一张扭歪的脸。而你却被你的同类隔绝了。你的同类。

我知道你跟他们一起扭曲了很多东西，当你要放手的时候，他们定义了你的背叛。或者，你们的相互抛弃是一种宿命。

老爸，我真想回去陪你住一阵子。最好是冬天，大雪封门，朔风怒号，冰碴子挂满树梢房檐。我们一起去四子王旗羊肉馅饼店买一大盆羊头羊蹄手把肉，打满满一瓶蒜汁，烫老大老大一瓷壶白酒，统统搬回家去，喝它三天三夜不出门。

几乎忘了羊肉馅饼的滋味了，油大，不能凉，趁热咬，烫嘴烫喉咙，牙缝里的肉末子能把人香死。那个开店的老头还在吧？有没有七十岁了？花白的短头发，肥嘟嘟的布满红丝的面颊，笑眯眯的眼角，温暖质朴的眼神。

老爹，我渐渐明白有些记忆是永恒的。残酷而美好的永恒。

我们拼命活下去，不停地堆积记忆，来不及拂去清尘。而那些清尘会随着微风荡漾在明亮的阳光里，欢快地蹦跳，散发出大地回春的味道。

如果可以，我想回家来看你。也许我会带女朋友一起回来。她喜欢吃中国菜，我告诉她美国的中国菜不是中国菜，就像印度boy老是抱怨美国的咖喱不是印度咖喱。

老爸，我实在信不过你的厨艺。拜托请稍微练习一下。希望你做的菜不会崩塌了她对中国美食的憧憬。

薛秋爽收了手提电脑，起身去村前停车场开了霸道吉普，直奔朔州市内的崇福寺。

夕阳炎威不退，道边树影婆娑，远处墟里依依的孤烟独自描摹出一道风光，让西边天际的晚霞少了几分颜色。

薛秋爽摘下墨镜，放下车窗，关了空调。

风，干燥灼热。

他们两个都没有写道别的话。海鸥没有提他死去的妈妈。孤独，就是如海苍山。

到了崇福寺，薛秋爽请了高香，直奔后院的观音殿。松影印上了廊下的石碑，啁啾鸟鸣叫得一院寂静。观音殿中灯火通明。薛秋爽跪倒在杏黄色的蒲团上，朝当中一座观音像虔诚下拜。

古老的石像已经破损，观音的面相模糊不清，只能看见两个微微弯起的嘴角。暮色中的晚钟震动了檐角的铁马，薛秋爽的心中一片空明。

他替王国全许了一个愿。今晚，他会为那个没有他的庆功宴独自痛饮。缭绕的青烟中飘荡出烈酒的醺香。

第五十三章

王国全着急赴宴，贾满喜却赖着不走，絮絮叨叨，没完没了。

"谁知道这煤价咋跌得这么快！上个礼拜坑口价二百六，今天就成了二百二，这才过去几天？掰着指头都数得出来。以前拉煤的车在我的堆场排长队，一排排出去十几里，有的从下午排到第二天早上都拉不上，急得裤带吊多长。现在可好，一天就那么几十车，掉的煤渣渣连以前路上压出的窝窝也填不平。听说还要跌呢！再跌还不把人跌死！周围的煤窑关的关停的停，眼见着挖一吨赔一吨，只怕连裤子都要赔进去呢！"

贾满喜说得兴起，一撸袖口，手腕上的金链子手指头上的金戒指光华灿灿，脖子上露出来的大拇指粗细的金项链把那条粗黑的脖颈衬托得更加污秽不堪。王国全垂下眼睑盯了一眼贾满喜抖动的裤腿，提防这位贾家湾第一煤老板学习印度大篷车美女，脚踝上戴金脚链。没有金脚链，只有两个尖得不能再尖的皮鞋尖，涂油打蜡，锃明瓦亮。

贾满喜感觉到金子晃了王国全的眼，连忙就势转移话题："这金子也拼了命地跌！从四百多跌到二百多，谁攒金条谁倒霉！还有用金子箍浴盆镶马桶的，现在屁股也没那么金贵了！咋连金子也扛不住了？还有什不跌？什都跌！还账没现钱，顶金子，一律按当日金价打八折，当铺都不爱收了，堆那多金子干什？等跌呢！"

王国全不说话，让贾满喜说完。贾满喜说话不能停，像拉痢疾，不拉干净止不住，不让拉憋不住，万一拉在裤裆里不好办。王国全之所以给贾满喜面子是因为贾满喜他爹是贾红她爹的拜把子兄弟，贾红她爹当了半辈子医生治了半辈子病救了半辈子人，贾满喜他爹当了半辈子村长挖了半辈子煤暖和了半辈子人。

三十多年前贾家湾的冬天冷得能冻死人，没有贾满喜他爹第一个挑头组织村民挖煤窑，只怕真有人冻成冰棍杵在炕上冰凉梆硬挺尸。那时候挖煤得担风险，破坏国家财产，扰乱社会治安，随便一个帽子就能把人压死。贾满喜他爹不怕，在包产到户之前搞包煤到户，家家出劳力，挖出煤来堆在一个破窑里按人头平均分配，谁也别沾光，谁也别吃亏。

贾红她娘佩服贾满喜他爹的胆气，排揎贾红她爹窝囊，撺掇着贾满喜他爹跟贾红她爹烧了香磕了头，两家好得如同一家。贾满喜比贾红小三个月，赶着王国全叫姐夫。既然捡着了这个便宜小舅子，王国全怎么也得给点面子。话再说回来，王国全尊重贾满喜他爹，给贾满喜面子就是给贾满喜他爹面子。

贾满喜继续说："煤跌了金子跌了，房子也跌了！好我的大哥呀！你料想到料想不到这房子也能跌？最近我没事就去东胜，去干什？去看那些黑窟窿一样的窗户到底什时候亮灯。他娘了个腿！一个亮灯的也没有！前年鄂尔多斯市中心国际花园一万二一平米，现在三千都没人要。这是要往死了抬谁呢？把地主一个个都抬死了，那些空房子白送给穷光蛋？白送了就共产主义了？白送了全中国就人人有房住了？

"我这个屎脑子干脆是什也想不明白了，只能天天掰手指头数数，过一天是一天，等哪一天跌死了完屌算。我的煤，我的金条，我的房子，天天揪我心头这一块肉！我的钱啊！好我的大哥呀！人活着钱没了可咋办呀？！"

王国全望着眼前这张如丧考妣的脸，以为贾满喜就要涕泪滂沱了，贾满喜却一滴眼泪也没流，一心一意洪水泛滥似的说话。

"还是我那吴艳霞妹子有远见，人家囤房囤在北京上海深圳，就算涨的价钱撵不上利息，也是涨不是跌呀！最近我都不敢叫我爹了，因为爹跟跌是一个音。

"欠我钱的人要钱没有，要命一条，我的债主像马蜂撵着我屁股蛋。当初我要像我那吴艳霞妹子一般精明，去北京上海买上几百套房，现在咋也能填上窟窿呀！

"眼见着公司的资金链就要断了，我成宿成宿睡不着觉，感慨我那艳霞妹子灵性，恨我是个猪脑子糨糊！"

王国全实在是被絮叨烦了。贾满喜一口一个妹子，是吴艳霞的哥就是吴玉真的哥，做完了小舅子又做大舅子，让他既当姐夫又当妹夫，死活要跟他套牢关系，套成一条线上的蚂蚱，一个风箱里的老鼠。他一伸手，隔空堵住贾满喜的嘴，掐断了贾满喜的话头。

"你到底想说什？赶紧说！我没时间听你叽歪！"

贾满喜张着嘴愣了片刻，闭上嘴，咬紧牙关，扑到王国全办公桌前，双手攥着桌子角嚼碎了一句话一块一块吐出来："你把配煤的生意给我！"

王国全恨贾康。贾康肯定是被买通了才在这个节骨眼未经通报就放贾满喜进来。王国全抬手一指贾满喜的鼻子。贾满喜缩回去，弯腰坐在沙发上，眨巴着红眼珠子盯着王国全的手指头，活像一只挨了皮鞭的顽猴。

王国全问："你不知道配煤是谁的生意？你惹得起惹不起那人？"

贾满喜张嘴半分钟，憋出一句话："管他是谁也得给你面子！"

王国全恨不能把贾满喜那张嘴撕烂了擦屁股。中天煤业的煤质中上，平均发热量4500大卡，为了能卖上5000大卡优质动力煤的价钱就得外购发热量5500大卡的井工煤炭往一块掺和。这样配出来平均发热量5000大卡的优质动力煤卖到电厂还得用2000大卡的褐煤再把发热量掺下去，要不然温度太高，烧坏了电厂的机组可是把天捅个大窟窿的麻烦。所以煤矿配煤是为了好价钱，电厂配煤是为了保机组。不管为了什，中天煤业既有煤矿又有电厂，既可以往高了配也可以往低了掺，这一高一低每年就产生了一千万吨的配煤业务。

一千万吨！对小煤窑老板来说，在眼下这个哀鸿遍野、凄惨萧条的煤炭市场绝对不是一根救命稻草，而是一根救命的椽子，说不定运气好还能用这根救命的椽子把轰然塌陷的祖宅顶起来呢！

王国全望着气急败坏的贾满喜，不知怎的突然仰天哈哈大笑。他想起了在云南边境吃过的从越南偷运过关的猴脑。那些猴子眨巴着红眼珠子，瘪着嘴耷拉着腮帮子撅着红屁股攥着铁栏杆，眼睁睁望着一把把即将凿开它们脑壳的寒光闪闪的钢锥。伺候王国全的四川厨师揭开猴子的头盖骨，把一勺冒着青烟的花椒油浇到红白相间的脑浆子上。猴子咯吱咯吱的尖叫拂起吃客浑身的鸡皮疙瘩。贾满喜还没有尖叫。因为还不到时候。

贾满喜被王国全眼中的冷光射得打了一个哆嗦，瑟缩着挪了挪屁股，坐在沙发沿上，左顾右盼，抬手搔了搔下巴颏。王国全长长出了一口气。猴子持续的尖叫宛如利箭贯耳，因为那个五短身材体肥面阔的厨子用一把桃木勺子小心翼翼聚精会神地搅拌猴脑和花椒油。猴脑的味道全在搅拌的功夫上，搅拌不匀则腥味过重，鲜味锐减。一直到吃光那团血豆腐，脑猴子们还都活着。

活着！王国全微微冷笑。贾满喜更摸不着头脑了，恨不能身前有面镜子好照照自己的模样，担心是不是什地方出了洋相。

王国全抬手摸了摸额头。最后猴子们全死了，但脑浆被刮得干干净净的时候猴子们还活着。一千万吨配煤能救多少只猴子？二十亿人民币能买多少只猴子？

他们的下场已经注定。他们不会尖叫，只会疯狂。

王国全轻声对贾满喜说："出去。"

贾满喜急了，噌的一声从沙发沿子蹦到房子当间，拐呀拐的转圈圈，一边转一边念念叨叨："你不管那我可咋办呀！我那艳霞妹子不还现钱，拿康巴什几十套房子顶账，我要那些天天跌价的房子干什呢！没有一个亿现钱债主们还不把我吃了？眼看河池子干了，我就成了烂泥里的鱼，挣扎着等死呢！一想起以前展油活水的日子我就想拿头撞墙！我的姐夫啊，你不能见死不救啊！我爸已经躺倒了，你不救我可是抬了两条命啊！"

王国全见贾满喜变成了"贾满疯"，无奈只得施缓兵计，安抚敷衍道："你找贾疙瘩说去，让他看我的面子把配煤的生意分两百万吨给你，解你的急，救你的命。"

贾满喜还要再疯，见王国全亮出手表连连挥手，怕真惹恼了不好收拾，这才提了提钻石皮带扣，拍了拍屁股蛋子，噘嘴吊脸，悻悻而去。

王国全拭去额头薄薄一层微汗，刚端起杯子抿了一口水，门缝里又钻进一颗脑袋。王国全抓起杯子要朝那颗脑袋扔，定睛一看，却不是贾满喜的猴头，而是贾虎子的猪脸。贾虎子是他的司机，万一砸破了首级，今晚无人开车送他赴宴。

王国全松开杯子，朝贾虎子招招手，贾虎子从门缝里挤进来，贴着门框站得直挺挺细溜溜，一张肥脸涨得通红。

王国全问道："虎子你咋了？什事情把你憋成这样？"

贾虎子逡巡上前，期期艾艾回答："王总，我好着呢。我就是想求你替我给贾满喜说个事情。我找了他好几次，实在是没办法了，一家老小的日子都过不下去了。"

王国全让贾虎子坐下说，贾虎子不坐，王国全让贾虎子喝水，贾虎子不喝。王国全看了一眼手表，还有时间，于是他用安静聆听鼓励贾虎子以最快的速度申诉。

"前年我给贾满喜的公司放了六十万，赚了二十四万利息。去年我连本带利全放上，赚了三十万。今年从年初到现在一分利息没拿到手，一百多万的本金怕也要打水漂。我跟贾满喜说只要以前那六十万的老本，剩下的等到什时候也行哩。

"他说没有六十万，连六万也没有，现金都先还了旗里公检法的各位老爷，我们这些平头百姓排都排不上。说来说去说到最后只给了一张欠条，赌咒发誓只要他人在就认账。

"好我的王总呀，谁知道他贾满喜这个人什时候就不在了啊！他要跳了楼卧了轨上了吊服了毒我可咋办呀？现在寻死的天天有，他要是明天轮上了，我的账寻哪一个？

"可怜我一个司机辛辛苦苦攒了十年的辛苦钱，我还指望着拿这钱供我那儿上大学呢，如今倒好，连中学也上不起了！"

贾虎子讲这一番言语的时候愁眉苦脸，像一只卡通猪头摆在供桌上朝佛菩萨呶呶不休。贾家湾有一家骨头庄做的好烤猪脸，提前预订，一天只烤十个，焦酥肥嫩，一咬满嘴油，尤其是猪鼻子，筋道，有嚼头，夹在刚出锅的热馒头里，那个味道啊，活活香死猪八戒他二姨。王国全爱吃猪头，小时候家里穷吃不上，逢年过节去村长家串门，村长留饭，给他弄上美美一碗，吃得鼻涕泡乱淌，撑得腮帮子发酸。村长喜欢他，要过继他当儿子，他爹不愿意，让他管村长叫干大。村长老婆的猪头肉卤得绝，猪耳朵脆脆香猪舌头滋味长。

王国全咽了一口唾沫，用怜悯的目光注视贾虎子的肥头大耳。这一颗猪头送进贾满喜口里，那还不立时成了打狗的肉包子。受到王国全眼神爱抚的贾虎子局促地靠着门框，手脚没地方搁，眼睛没地方藏，随时准备开门逃窜。

王国全朝这个心惊胆战走投无路给他开了两年车的司机招了招手，贾虎子蹭上前来。王国全嫌距离太远，一把拽住贾虎子的耳朵扯到下巴颏底下，低声吩咐道："明天你去找吴艳霞，她会把你的老本还给你。把老本缝进裤腰带里攥紧了藏好了焐热了，好歹供娃娃念上一个大学。"

贾虎子感激得挤眉弄眼，两个腮帮子失去控制，颤抖着上下左右前后运动，舌头怎么也捋不直，说不清楚话，只蹦出一堆叽里咕噜含混不清的单词。

王国全拽着贾虎子的耳朵不松手，继续低声命令："现在你去看看门外面还有没有人。有人打跑，没人咱走。你把我快快送到巨力酒店，晚一分钟我割你的耳朵下酒。"

贾虎子如奉圣旨，急吼吼蹿到门边探出肥头张了一张，一溜小跑下楼开车去了。王国全整了整领带，心疼那应承了的六十万。大汉奸放在美国的钱还没着落，中国的银子倒流水般花了出去。他深深体会到对钱的感情，这是一种越来越深厚的打断骨头连着筋的感情。他摇头叹气关上房门，朝空荡荡的走廊温柔地骂了一句："他妈的！"

酒宴摆在巨力酒店二层的正阳阁，中国南车铁路车辆厂的总工程师、副总工程师、轨道设备部经理及销售经理应邀赴宴。中天煤业由王国全领衔，总工程师贾廉、物资供应处处长贾中华作陪。七人坐定，酒菜摆上，宾主品茶寒暄。一杯茶过，身着蒙古族服装的侍女端上茅台、张裕葡萄酒、青岛啤酒，分别倒入大杯中杯小杯。王国全对面空了一个座位，侍女奉命将那空座的酒杯也倒满了。

王国全举酒开席，将一小杯茅台沉入一中杯葡萄酒，笑道："这叫潜水艇，内蒙古夏天绿草如海，潜水艇有了用武之地！来，大家照样干一个！"

众人欢笑饮尽。下酒菜是羊肝菠菜、冷切羊头、鹅肝羊脑、凤尾羊眼，道道精致。王国全说："空位子是秋爽的，他今天为弟奔丧，失陪了这英雄会，他的酒我代喝。"

王国全独自一个喝了第二个"潜水艇"。铁路车辆厂的郑总工程师感叹道："一等人忠臣孝子！秋爽当之无愧！我酒量不济，小李陪王总一个，也代我喝一个！"

轨道设备部李经理站起身喝了两个"潜水艇"，干脆利索一口闷，只听见喉咙里"咕噜"两响，那许多酒下肚，气定神闲，面不改色。

热菜端上，一盘红烧牛尾，一盘烤牛舌，一盘牛肝炒牛肝菌，一盘荷叶秘汁牛肋骨。众人一边吃一边聊薛秋爽的功劳。李经理讲起他和薛秋爽两个为了电动轮配套的国产电机拜访了南阳电机厂和佳木斯电机厂，在南阳的时候薛秋爽有空总去诸葛庙，将穷兵黩武不擅军略的诸葛武侯人前人后批评，批评得南阳人以为他是成都武侯祠派来的细作，专门挖南阳诸葛庐的墙脚。到了佳木斯顿顿大酒，不喝不谈，不喝醉不谈，不喝趴下不谈。薛秋爽喝多了躺在餐厅的地毯上挥舞图纸，跟人家的技术员辩论。攻坚小组前后共计四十五天搞出了电机图纸，提前一个月攻克配套难关，秋爽这一位逢山开道遇水架桥的前部正印先锋官功莫大焉。

贾中华瞧科了王国全的脸色，将薛秋爽因为国产化电动轮得罪温向前遭报复的事情讲了一回，没提温向前的姓名，辞气之间难免愤愤。铁路车辆厂四人听说薛秋爽已经调走，不禁扼腕叹息，唏嘘一片。

郑总工程师起身回敬，将一个白酒杯沉入啤酒杯中，笑道："王总那个潜水艇是核武器，我这个个头虽然大一些，却是常规柴电潜水艇，没有王总的威力大。"

王国全笑眯眯正要举杯，郑总工程师却问了一个问题："您觉得这次 300 吨自卸车电动轮国产化成功应该感谢谁？"

王国全不端酒，不回答，静待郑总工程师自解谜题。满桌子寂然无声，一只顺光飞来的大蛾子扑在纱窗上，丝网响得像弹棉花。

"没有那个人就没有中国的高铁，就没有中国铁路轨道车辆制造技术的提升，当然也就没有了中天煤业的电动轮国产化。不管那个人犯了多大的罪，他依然是让中国彻底告别绿皮车的英雄。反正我们四个是这么认为的，一辈子也不会改变！"

王国全沉声说道："我们四个也这么认为。公道永存人心！"

李经理笑眯眯自饮一杯，用玩笑的口气说道："高铁试运行那一天我们车辆厂的一把手被他叫到车上，四下一看，凡是跟高铁制造有关的各部门老总全在，像一根绳子拴了许多个蚂蚱。驾驶室小，他不让别人进去，自己坐在副座上给驾驶员敬烟。驾驶员受宠若惊，不敢接。他说，这满车领导的性命都在你手里，你连根烟都不赏脸，还真打算让我们这些铁路精英吓得尿裤子给你开眼呀！驾驶员抽了那支烟，最高车速飙到400多公里。

"运行完毕他从驾驶室钻出来，来回检查了一圈，又说，还行，一个尿裤子的都没有，我的纯棉背心全湿了，湿得能拧出水来。"

王国全端起红酒杯一饮而尽，大声说："这酒喝得我背心也拧出水来了！"

姓高的副总工程师陪王国全喝了一杯红酒，放下高脚杯，眼中满是温暖的回忆："我在工程项目部待的那两年正是高铁大建设的时候，每个省市每个项目谁没碰上穷山恶水冒出来的刁民？软硬不吃，死活不顾，只拼了性命要钱，不给钱就闹事，打了我们多少兄弟！

"有人朝我们的饮水机里撒尿，还有人往我们的灶台上拉屎，最操蛋的是给我们工地派泼妇，要跟你吃，要跟你喝，要跟你睡，拿到了钱就笑骂，饶你奸似鬼，喝了老娘的洗脚水，拿不到钱一翻脸就真要做你老娘，你不认，她一头撞你一个趔趄。

"咋办？工程还能叫那些刁民耽误了？他组织力量疏通各省各市各县的关系，惩奸除恶，强龙最终还是压了地头蛇！提起他的名字，项目经理们佩服得流眼泪。眼泪也是水么，湿不了背心湿手巾么！"

大家一起干了一杯冰凉镇齿的啤酒，姓单的销售经理接上了话头："我当过打狗队的小头目。各村各寨最难对付的不是人，是狗，每每都是人仗了狗的威风，咋呼得山摇地动。我们的人要真是让狗咬了，荒山野岭离城几十公里上百公里到哪里打狂犬病疫苗去？

"狗咬了人往草堆树丛里一钻，谁也不承认咬人的恶狗是他家的宠物。山里的狗厉害，撵兔子追野猪，狼也不怕，没经验没手段没防备就只剩下打哆嗦逃跑的份。那些狗最善乘胜追击，秉承了毛主席'宜将剩勇追穷寇，不可沽名学霸王'的战略思想，不把你追上树不算完。于是我们项目部组织了打狗队，朋友来了有好酒，恶狗来了有猎枪，先剪除刁民的羽翼，灭一灭他们的嚣张气焰！"

贾廉举起一个二两的酒盅满桌子一照，一口喝干，问单经理："你是不是说过评书啊？听口音像单田芳的老乡。你们跟《隋唐演义》里的单雄信是什关系？"

王国全拦住贾廉的调侃，把烤牛舌给单经理转过去："我爱听你的《打狗记》！你好好讲，贾家湾野狗多，我们学了你的招数拾掇狗日的！"

单经理得了趣，口若悬河，舌灿莲花："打狗第一招叫闷棍，一只手攥一根铁棍或者钢管藏在身后，不要长，三尺就行，另一只手扔一块肉骨头，等那畜生一口咬住，手起棍落，砸狗耳朵后面那一小块地方，须得眼明手快，雷霆电击，只一下，保准叫它狗头稀烂。

"第二招叫套绳，不管是套着脖子套着爪子立时倒吊在树上，狗是土命，沾土就活，四肢离地狗命就去了一半，任你刀割放血，水桶闷头，一时三刻结果了狗命，扒皮剔骨，红烧下酒。

"第三招钓狗更绝。肉块里藏了特制的鱼钩，卡住喉咙，那狗一声也叫不出，放两个狗屁，拉一摊狗屎，软瘫在地，狗腿乱蹬，呜呼哀哉。

"我们从不下毒，杀一只吃一只，新鲜生猛，大补元阳，连鼻血都吃出来了，脸上腰上屁股蛋子上长青春痘，晚上清早那东西硬得难受，憋得找母狗的心思都有！

"等村中家家户户没了狗吠，夜里死一般寂静，风刮过树梢子能吹出鸡皮疙瘩，刁民们就老实了，给多少拿多少，再不敢坐地起价，胡搅蛮缠。泼妇们也规矩了，真怕惹着裤裆里支帐篷鼻窟窿里淌血的男人，荒山野岭的，叫天天不应叫地地不灵，饿死事小，失节事大。

"打狗队变成夜袭队，没了村狗的搅扰更加得心应手，死硬分子连夜拿下，捆好了，铺盖卷一卷塞进卡车的翻斗里，推屋倒院，拆房破墙，不到黎明便大功告成，让他们讹不到钱讹一肚子晨露，趁着曙色未明，光溜溜撅着屁股日急慌忙抢裤子。"

众人哈哈大笑，举杯饮了茅台，你看我，我看你，心有灵犀。贾中华说："这正阳阁怕是没有狗肉，我知道一个街边小馆，狗肉锅子炖得神仙跳墙，你们如果不嫌简陋，我们搬过去再喝第二场。就是怕现在的天气，你们当不得那热。"

郑总工程师笑道："热了好。我们也尝尝湿背心的滋味。吓不出汗热出汗！"

说打就打，说干就干，七人起身离席，出了巨力酒店，趁着夜色在穷街陋巷一通乱走，来到贾家湾南边一个菜市场。菜市场的大铁门关了，边上的小门开着，从小门进去，穿过一排彩钢板房，闪出一个小小院落。葫芦藤葡萄架遮了墙头，院门口两个红灯笼，门板上贴着门神，门框上贴着对联。众人鱼贯而入，老板将七人迎进堂屋中的大炕，掩了院门，打开窗户，凉风徐来，新月初辉，好不清爽。

店老板将四个凉菜摆上炕桌，一盘捣蒜羊头，一盘凉拌莜面，四个咸鸭蛋切作一盘，四个松花蛋浇了姜醋汁拌了小葱豆腐。两只医用吊瓶里装满苞谷酒，一壶黑酽酽的砖茶配一盘奶皮子。七人脱鞋上炕，炕上铺着井水擦过的芦席，坐上去凉飕飕一片。一个大臀肥身的婆姨端上茶杯酒杯给众人倒茶满酒，红脸膛上笑容荡漾，一排皓齿，青鬓如云。

店老板赔笑道："厨下烤了一只狗，昨天用秘制酱料喂了一整天，两条狗腿筋满肉厚。灶上红烧了一盆狗肉，好肋排，没半点肥星。今晚各位随便喝到什时候，再不招待别人。"

众人就着咸鸭蛋松花蛋喝了一杯烧酒，滋味猛烈醇厚，闻见狗肉香等不得，将一盘捣蒜羊头吃得精光。

高副总工程师咂着嘴唇说："这狗肉香得日怪，把人的馋虫勾到喉咙眼，不上不下，就在那里鼓涌。刁民似恶狗，恶狗如刁民。但愿我们今天吃的是恶狗才好，别误咥了好狗，心下不安！"

李经理笑道："没想到这个小店的老板娘如此标致！胜过正阳阁里那些花枝招展的小姑娘多矣！媒体上炒得沸反盈天，说他睡了多少个明星，睡遍了红楼梦剧组，我偏不相信！一个几乎每天熬到凌晨两三点的工作狂，还有精神头搞那个？真把部长大人吹成神人了！果真如此，只怕他那一把老骨头早埋在女人小肚子底下了，还指挥高铁建设呢，修坟都来不及！"

贾廉冷笑一声，干了一杯，皱着眉眯着眼说："睡了咋了？那样的英雄好汉睡多少美女都不嫌多！不让他睡让那些成事不足败事有余的王八蛋们睡？那才真真没有天理了！"

众人齐齐重重拍桌，拍完桌子齐齐碰杯痛饮。老板以为敲桌子催菜，一连声应承着端进两只红亮亮的狗腿，每人面前放了一碗蒜汁，一碟孜然辣椒面，一把割肉小刀。

众人取刀割肉蘸蒜汁，老板娘在一旁笑语盈盈介绍这烤狗腿的妙处，烤一条狗刷九次酱料，秘酱中有沙葱洋葱大葱豆瓣薄荷，调上小磨香油胡麻油，用桃木梨木杏枝子架火，撒胡椒面花椒面陈皮面，故此味道与寻常狗肉大不相同。

老板娘轻声软语说毕，两条狗腿一吊瓶烧酒已然报销，人人赞叹，意犹未尽。老板端进一盆红烧狗排，与老板娘并肩而立，看七人饕餮。不一时，第二吊瓶烧酒喝光，老板从炕洞里又摸出两瓶摆上炕桌。

贾廉说："你上酒就上酒，搞得像扒手榴弹，就这点狗旮特尿我们原不放在眼里，你就是撂下一个炸药包我们眼也不眨一眨！今天任你扒多少苞谷酒，一顿干光！"

老板老板娘赔笑退下，七人啃着狗排骨下酒，恰似风卷残云。那狗排骨是烧了炸炸了再烧的手艺，酥嫩厚重，老汤味浓，裹齿缠牙。

郑总工程师酒劲上涌，将红彤彤的脸庞探海灯似的满炕桌一照，大声说："丁胖子的钱都是招待费，一分钱也没进他的腰包。高铁穿山越海，哪个省是省油的灯？地方上不打点不疏通，寸步难行啊！听说他闺女在北大念书，并没有出国留学，也没有转移资产，好歹总比那些吃里爬外，逍遥海外的汉奸强百倍吧？我就爱王总那一句抓根子的话，大家都拉屎，关键是屎拉在啥地方，拉完屎干什么。"

单经理乜斜了眼大着舌头接话："没错！真理！那丁胖子岂是一般女人？有多大吨位就有多大魄力，比男人还强几倍呢！几百万捞一个人，上千万也捞一个人，起码算一个讲义气的胖女人！仗义疏财啊！呼保义及时雨宋江宋公明啊！马踏黄河两岸，铜打三州六府，赛专诸似孟尝秦琼秦叔宝啊！怎么说也是一个女汉子！尿包蛋可比不了！"

不一时吃喝得杯干盘净，众人带了七八分酒意，不肯卧在炕上歇息，酒劲上冲，坐立不安，屋子里待不住。老板带众人去后院醒酒，七人趔趄出屋，满院树影，一阵凉风，正是月明星稀时分。院中央的树杈上蹲了一只枭，两只绿眸子幽幽放光。郑高单李四人围在树下仰着脖子看，那枭寂然不动，宛如木雕泥塑。单经理犯了评书脾气，四下里找棍子，要捅上一捅试验真假。其余三人拦不住，在树下纠缠成一团。猛然间那枭展翅腾空，翅尖后抿，无声无息没入黑暗。单经理不找棍子了，盯着枭尾巴挥胳膊招手跺脚扭屁股挽留，张大嘴吞吐异声，作枭鸣呼唤，早把众人笑得软了。

一路笑到后院，笑声戛然而止。后院山墙香椿树下拴了一只待宰的大狗，藏獒串种，双目血红，口喷白沫，龇牙咧嘴，暴烈狰狞，却悄无声息，动如鬼魅。七个人猛吃一吓，酒劲登时化作冷汗流满了前胸后背。

店老板轻轻巧巧走上前去，手中不知何时多了一根短棍。那獒发了性，低低咆哮，后腿蹬地，长起一人高的身子，泰山压顶般扑将下来。店老板不慌不忙，手中短棍一闪，不偏不倚正敲在獒鼻上，登时鲜血迸溅。那獒倒地打了一个滚，倏然蹿起，前爪堪堪搭上店老板的肩头。众人一声惊呼堵住喉咙，上，上不得，下，下不得。正在这个当口，獒瞬间轰然塌陷。原来店老板的棍头早杵上了獒的雄鞭，这一杵非同小可，睾丸稀碎，鞭茎折断。那獒挣扎爬起，狗腿发软，撒了一泡血尿，浑身抖如筛糠。

店老板丢了短棍，垫步躬身，右手探到獒耳朵后面一捏，獒的喉中发出一声哀鸣，前腿瘫软，撅屁股夹了尾巴。店老板出手如电，将獒头只一扳一扭，"咔啦"一声轻响，那獒四蹄乱刨，伸长狗腰，狗嘴里耷拉出一条黑红的舌头，圆睁狗眼断了气息。

众人酒醒。贾中华向店老板说："这硬棒的功夫竟然撂下了？还开了这么一个小饭馆！贾建军咋能舍得放你？方圆百里就没有你拾掇不了的狗撬不开的门！"

店老板望了老板娘一眼，淡淡笑道："我能拾掇狗，拾掇不了人。别的什也不图了，就图个老婆孩子热炕头。"

贾中华还要再说，前院一片打门声惊天动地。众人诧异，一齐到前院开了院门，跌跌撞撞冲进三个人，其中一个正是贾家湾法院院长贾正正。

贾正正睁着眼骂："日你妈！咋不开门呢？关了门日弄什呢？还不给爷上狗肉！"

店主赔笑才要答话，王国全伸手在贾正正肩头用力一拍，大喝一声："贾院长！"

贾正正几乎摔倒，再睁了眼仔细一认，满面堆下笑来，握住王国全拍他的那只手来来回回摇个不停："你就是个曹操，说到就到！你就是个及时雨，说下就下！

念叨了你半晚上，吃狗肉却吃到了一搭里。咱弄一只狗，傺两瓶酒，让老板娘伺候我们两个醉汉！"

贾廉见贾正正闹酒，早溜得没了踪影。王国全对贾中华使个眼色，贾中华连忙将铁路车辆厂的四位客人让出院门。王国全想把手抽回去，贾正正死命拉住不放，将满口的酒气笼罩了王国全的呼吸，大声嚷嚷："我有事跟你说，你走了我找吴家姊妹去！什好女人都让你占了，我们还活个屁意思！老板娘也好，虽然让狗肉老板占了，我还能说个酸话摸个手哩！你不能走，咱两个跟老板娘傺两瓶苞谷酒，一个炕头睡一夜，怕什哩，三个人还能干什违法的事情？我管法院我说了算！让她男人在边上看我们三个睡，做个证人！"

王国全恨不能用一块狗肉塞了院长的嘴："你有事说事！小声些！再胡说我可真走了！"

贾正正收了声，搂住王国全的肩膀往墙根溜达："我有三千万在吴艳霞那里，三分利，十个月了，想拿回来，她不让，非要满一年。你去跟她说一下，连本带利现在就给我。"

王国全不去，贾正正急了，瞪起醉眼口喷白沫："咋，用不着我了是不是？我给你们中天判了多少次强拆？平了多少个刁民？当年她妹要不是我姐夫在省高院……"

王国全伸手从葡萄藤上扯下一串青葡萄塞了贾正正一嘴，低声说："三千九百万，一分钱不差你！明天我就让她给你送去！"

贾正正听了，一声不言语，打着酒嗝嚼着葡萄解开裤带朝墙根撒尿。王国全疾步跨出院子，贾中华在菜市场的路灯底下等他，笑眯眯递上一根烟，轻声说："不怕喝醉怕装醉！贾院长那酒，说醉就醉，说醒就醒，跟他那东西一个毬样子，说硬就硬，说软就软，说起就起，说瘪就瘪。"

王国全憋不住笑，险些呛了一口烟，看看手表，九点十分，对贾中华说："时候还早，我们去广场散散步，消消食，你给我讲讲狗肉馆老板的故事。"

贾中华回道："我今晚要去吉米的教堂听李神仙布道，这已经迟了。"

王国全奇道："李神仙去吉米的教堂布道？什时候李神仙信了上帝了？这泼

天大的事情我咋一点消息没听见？莫非吉米果真是基督教间谍，李神仙被他策了反？"

贾中华连忙解释："是吉米请李混田去他的教堂交流信仰，借此机会切磋教理，探究天道。这一次十分热闹，把贾家湾信基督的人一锅全喊去了！"

王国全失声道："不好！万一'杨秘密'辩不过，将布道会变成了鸿门宴，李神仙岂不吃亏？我们赶紧去，提防老李人单势孤折了威风！"

贾中华答应着三步并作两步跟着王国全往教堂赶，突然嘿嘿笑了两声。王国全不解，贾中华说："倘若今晚'杨秘密'摆了鸿门宴，那鸿门宴上救驾的可是屠狗的樊哙。"

王国全也笑了："你管他屠狗还是杀猪，横竖不吃那生肘子就是了！这一阵疾走怕有三四公里，出了汗，活动了筋骨，美美跟'杨秘密'抬一架，出出胸中这口闷气！"

两人相跟着说笑着，踏着暗淡的星光一道烟似的直奔教堂而去。

第五十四章

吉米的小教堂里挤满了人，王国全和贾中华扒着门缝探进脑袋望了望，李混田站在耶稣像下面的一个木头台子上，身边的烛台插着十几只蜡烛，昏暗的烛光中人头攒动，四面墙上蠕动着奇形怪状的影子，活像一堆用被单遮盖得严严实实的阿猫阿狗。

贾中华溜进门缝，王国全站在门外。他看见了吴玉真，即便在这样纷乱杂沓的环境里他还是一眼就看见了吴玉真。半张雪白的脸，半边黑压压的头发，颀长秀美的脖颈，一眨不眨紧盯着耶稣像的毛眼眼，紧闭着的抿出一个深窝的嘴角。王国全心底涌上一股柔情。

星空逐渐明朗，星辉一点一点降临，风把一只猫吹进院子，绿油油的猫眼漂浮在凉丝丝的夜气里。吴玉真也来了。他温柔地叹了一口气，吐出萦绕心头的爱情的酸楚。

"我本不愿意来，杨秘密请了不知多少次，我就是不愿意来。今天为什来了呢？因为杨秘密说我再不来他就要死了，因为我这个李神仙天天给人讲秘密，把他杨秘密的秘密都讲完了，剥夺了他生存的意义。没办法，为了不让杨秘密死，我死也要来。人家不远万里跑到中国干国际主义的营生，丢了性命对咱贾家湾名声不好，影响中国的国际声誉呢！

"我现在立在这个木头台台上，后悔了，还是不应该来。为什？这满屋子人信他杨秘密那个洋教的不到四分之一，剩下的全都信我，就连信洋教的那四分之一嘴上虽说信洋教，心里头不敢不信我，怕我给他们请些妖怪，添些晦气，寻些麻烦，浇些婆烦。

"所以这一屋子人其实全都是我的信徒。我把耶稣基督的风头抢光了，杨秘密可就要气死了。他白花了这些钱，白费了这些气力，白跑了万里路，忙活了这些年，一个铁杆子信教的都没寻下。

"我给杨秘密推了一卦。他今天晚上肯定藏在被窝里扇自己的嘴巴子，从被窝里跳出来拿头撞墙，恨不能把墙撞个缝缝好藏进去。为什？他对不起他的上帝么！他没有完成神圣使命么！福音在贾家湾没响动么！"

嘻嘻哈哈的笑爆米花似的撒了一屋子。吉米的笑声最大，哇哇的，像小孩子哭。王国全从门槛外朝屋里一瞄，瞅见吉米旮旯在李混田左边的墙角，坐一个小板凳，拿一块手巾擦汗，大肚皮颤悠悠滚动，好像随时都有可能挣脱裤带的束缚砸向地板。王国全望见吴玉真似乎双眉微蹙，不由心中一紧，跺了跺脚，吓得那只绿眼睛猫"噌"的一声蹿上了院墙。

"贾家湾有一个眼睛不好的老汉，抱了一只母鸡赶集，圪蹴在一个烧饼摊子跟前卖，影影绰绰看见卖烧饼的一摆一摆搬烧饼，忍不住说，瞎忙什哩！不忙着挣钱搬什砖哩？你看哪个赶集的来集上买砖头？卖烧饼的反问，你个瞎眼窝还说我呢！你看谁来集上买鹰哩？"

又是一屋子笑，但笑声被李混田斩乱麻似的斩断了："在信仰面前，我和杨秘密就是卖烧饼的和卖鸡的，区别不大，都看不清也看不真。谁能比谁强些？五十步笑百步！但是我愿意卖鸡，卖不成还能抱回家下蛋，不像出了锅的烧饼，没人买只能自己吃，自己吃不了背回去给老婆娃娃吃。所以我比杨秘密聪明。这个事实杨秘密从来就不愿意透露。"

众人想笑又不敢笑，竖着耳朵静悄悄听。一支蜡烛冒了一个灯花，另一支蜡烛冒了两个灯花。那只野猫又溜回来了，竖着的尾巴像一个掉了毛的鸡毛掸子。

"说到看不清看不真信仰，杨秘密也有一个故事，絮絮叨叨讲给我，我嫌长，好比小脚女人的裹脚布，他说裹脚布也比我那个屁崩的笑话强。你们看，只要一论到对信仰的认识，不是屁进就是裹脚布，什味道！

"我和杨秘密是针尖对麦芒，铜锅碰上铁刷子，谁也不让谁！刚才我那个屁进的讲完了，你们也笑过了，现在我转述一下杨秘密这个裹脚布，你们不要嫌臭不要嫌长，耐着性子慢慢听。饿了杨秘密有饭，渴了杨秘密有水，瞌睡了杨秘密有枕头，贾家湾谁不知道杨秘密有钱！有钱得厉害！"

李混田找水喝，吉米递上一瓶矿泉水。李混田咕嘟嘟一口气喝下去半瓶子。

"我那个屁进的是卖烧饼的和卖母鸡的，他杨秘密的裹脚布裹的是船长和神甫，而且这是一条爱尔兰裹脚布，让杨秘密从欧洲扯到贾家湾来了。

"话说一百多年前，爱尔兰发生了饥荒，老百姓为了不饿死，争先恐后搭船去美国寻饭吃。船长往死里要钱，老百姓卖房子卖地，卖儿卖女凑船钱。神甫路见不平一声吼，该出手时就出手，把狗日的害熊船长告到法院，投进监狱。神甫以为为民除害，功德圆满，谁知道第二天早上他家却让爱尔兰老百姓包围了，朝他要人，要的不是别人，就是他弄进去的发国难财的船长。为什？因为没有船长开船老百姓眼睁睁只能饿死，没人愿意等死，因此痛哭流涕磕头烧香求神甫大人开恩，放船长出来继续犯罪。

"这一下把神甫叠住了，叠得美美的，四四方方，见棱见角，好一床棉被窝。神甫想来想去，想了两天，老百姓围了两天，不吃不喝不上厕所。最后神甫对老百姓说，害熊船长不能放，他不当神甫了，改行当船长开船，把爱尔兰老百姓往美国运。船钱照收不误，一部分用来维护保养修理船只，一部分买粮食捐给没船钱只能等死的老百姓。

"于是神甫就变成了船长，把成千上万爱尔兰人送去新大陆。后来遇到海难神甫陪一船人淹死了，害熊船长从监狱里放出来，良心发现，幡然悔悟，又当上了船长，继承了神甫船长的事业。

"这就是杨秘密的裹脚布裹的两个船长的故事。我觉得这个故事是杨秘密编的，至少是改编的，因为美国人爱当导演，爱当编剧，还爱当演员。但是人听了觉得眼热心酸，或多或少都动了些信他那个上帝的心思。难为杨秘密一片苦心！哎，那谁，甩拿裹脚布擦眼泪，味道不对，寻手帕，旁的谁有手帕给一块，眼泪都淌成河咧！"

　　笑声轰隆隆的像滚过天际的轻雷，王国全望见吴玉真擦眼泪，擦了一遍又一遍，他的眼泪也浸湿了眼眶。那只野猫趴在墙头，睁着绿油油的眼珠子，没有悲伤，没有怜悯，没有感动，没有温暖。它是一只无情的野猫。

　　风顺着房檐灌下来，灌进王国全的后脊梁。他抬头遥望天幕，星星越来越明亮，银河浩浩荡荡划开苍穹，漫空奔涌。如果银河灌下来会怎样？他打了一个哆嗦，起了一身鸡皮疙瘩。

　　如果银河灌下来，他要冲进去抱紧吴玉真，在那片银光灿灿的大水里挣命。他们两个都得活下去，必须活下去。

　　"杨秘密喜欢莫扎特，他说莫扎特的音乐是含着眼泪的微笑。现在你们含着眼泪微笑，杨秘密能高兴死！你们可能还不明白我讲这个屁进的和那个裹脚布是什意思，我的意思是爬山。你们看五台山那五个圆台台子，咋爬不行？从前爬从后爬，挂拐拐爬系绳子爬，背着抱着爬，实在有钱弄个直升飞机降到顶顶上倒省事。

　　"咋爬不是爬？只要能爬上去，山登绝顶我为峰，美美看看风景就值了！所以说不管你信什，咋信，信到后来明白了你为什到这世上来走一遭也就功德圆满了，非要拽别人的腿拉别人的胳膊，让别人走自己画下的道道，有什意思？强扭的瓜不甜么！

　　"只要信就好！怕你什都不信，到最后连自己也不信了，就把人弄失塌了！我愿意给你们说一说'信'这个东西，这可是老天爷给我们的救命稻草，给他们的诺亚方舟。不管你捞草呀还是乘船呀，只要带着那个'信'活着，一定能活踏实了！"

　　李混田喝了一口水，若有所思。一只飞虫撞进屋里，使劲扑腾窗玻璃。吉米打开窗户，一道黑色闪电破窗而入，瞬间，飞虫消失了。那是一只蝙蝠的突袭。墙头的野猫悄无声息爬上树，惊起一只睡鸟。王国全数着呼吸等李混田继续。

　　"你们里头不少人曾经求我给那一边的亲人捎话，有的我办了，有的我没办。没办不是因为费神，累得七死八活，浑身大汗，也不是因为钱给得少。为什？因为你们求我去问的事情不对。我都给什人办了？儿女忏悔爹娘在世的时候不孝顺，现在活明白了，给爹娘赔话，我办。爹娘后悔生前逼了娃娃们，苦了娃娃们，为难了娃娃们，求娃娃们谅解，我办。鳏夫寡妇要再娶再嫁，给那边的那一口子报个安心，我办。剩下问财产咋分，钱埋在什地方，亏了谁赚了谁要咋对付谁，我一概不办。

"去那边的次数多了，经常白日见鬼，还老碰见两个洋鬼，法国人，都是神甫，穿得烂死搭活，熬得人鬼不像，饿也饿了，渴也渴了，什罪都受了，死后魂灵还要跑到中国来。你们知道这两个洋鬼是谁？一个姓古，一个姓秦，带着一个蒙古伴当，一百六十多年前从法国跑到中国来传教。他们是第一批经过蒙古到达西藏的天主教神甫。不怕死不怕难只怕不能传播福音。姓古的留下了一本游记，世界驰名，《鞑靼西藏行纪》，比得上《马可波罗行纪》。他们为什死了魂也不走呢？因为他们在这里付出了他们的'信'。黄河泛滥，山崩地裂，沙漠戈壁盐碱地，无人区烂泥塘子沼泽地，什没经过？全靠一个'信'！

"所以我今天来杨秘密的教堂谈信仰，一大半原因是那两个洋鬼。他们信的是天主教，杨秘密信的是基督教，两家虽是一个门户，却不是一个路数。杨秘密沾了古神甫和秦神甫的光，他受的苦难是人家的九牛一毛。

"我对你们说，人要信呢，人也要受苦受难呢，人还要来得清清楚楚，去得明明白白。你们把我的话听了，回去好好信，好好受罪，好好活。就这！散了吧。"

吉米从暗影中跑出来，举着《圣经》大声说："等一等！等一等！各位信徒，请你们其中一位读一段福音吧！我们离别前必须听一听上帝的神谕！"

众人重新坐定，吴玉真捧着《圣经》站起来，一字一句诵读："这是多么惨的景况！我像一个饥饿的人，从无花果树上找不到剩下的果子，在葡萄园找不到留下的葡萄。所有的葡萄和无花果都被摘光了，所有诚实正直的人都死了。在这地方，连一个对上帝忠心的人也没有。人人都等着机会谋杀；人人都在陷害自己的同胞。他们全是作恶的专家。官吏和法官接受贿赂，有权势的人跟他们成群结党，狼狈为奸。在他们当中，就算最善良最诚实的人，也跟杂草一样毫无用处。"

这一段《旧约·弥珈书》将寂静钉在了空气中。李混田沉默的身影宛如印入石壁的画图。他凝视着吴玉真，轻轻点了点头，飘然离去。

人群渐渐散了，屋中只剩下吉米和吴玉真。吴玉真虔诚祈祷，吉米悄悄收拾烛台。王国全来到吴玉真身边，将一只手放在她纤弱的肩膀上。

她抬起头睁开眼睛望着他，眼波朦胧，好像一只迷途的羔羊。他握住她的一只手，感觉到她微微地颤抖，于是与她一起颤抖。

他们沉默了许久，他俯在她耳边悄声问道："为什选这一段福音？因为耶稣的愤怒？还是因为耶稣的无奈？你害怕了？"

她摇摇头又点点头，依着他的臂膀站起来，将厚重的《圣经》放在他手中。王国全托着沉甸甸的经书，揽住吴玉真的腰肢。他们沉浸在迷茫里，徘徊在光明与黑暗结合的边缘，两颗心跳在一处。他们不知道前方等待他们的是什么。他们想起了草原的那场大雨。他们十指紧扣，他们呼吸相闻，他们的爱情在静夜中无声绽放。

过了许久，吉米在门外探头探脑，轻声咳嗽。王国全向吉米要车钥匙，吉米很为难，他的福特皮卡经过特别改装，保险杠粗过悍马，车大灯亮过路虎，还加装了四个超级镁光顶灯，能将黑夜照如白昼。他爱他的皮卡如爱美国。

王国全伸出手，吉米圪抽着掏不出车钥匙。为了加宽驾驶室他花了五十万人民币，座椅能放倒当床睡觉，还是双人床，各种卧具一应俱全，骨灰级回绕立体声音响简直就是一个微缩的维也纳交响乐大厅。当然，车里还有一支大口径双管猎枪，曾经打过北美野牛，剿灭贾家湾当地的野猪不费吹灰之力。那是真正的一枪毙命，子弹轰掉半个牛头，送牛犄角飞向落基山脉蓝得令人心碎的晴空。

吉米实在不想让任何人开他的车，即便是吴玉真这样的美女，但他不能拒绝钱开他的车，王国全高兴了他杨秘密就有钱赚了。于是吉米圪抽着掏出了车钥匙，于是那辆全中国独一无二的福特皮卡呼啸着在吉米的祈祷声中刺入茫茫黑夜。

王国全把车开得飞快，吴玉真不知道去哪里，她默默将头颅枕在王国全的大腿上，两只手抱住王国全的一只膝盖，轻轻发出一声长叹。无论这个男人带她去什么地方，她已经别无选择。她以为他们的流浪开始了，一个男人，一个女人，漂泊天涯，相依为命。她幻想中的漂泊再加上他们的儿子就完美了。他们的儿子，那个娇弱美妙的生命。

灯光在前风挡玻璃上切割黑暗，头顶的星空焕发出奇异的光彩，忽远忽近的星星好像随时都会掉下来。那么多的星星，散落在那么远的地方，招摇着冰冷的温暖。

冰冷的温暖。

吴玉真想起了武夷山的雪花。消融在面颊上的雪花也带着一丝冰冷的温暖，仿佛心底刹那间的惊悸，转瞬间消逝了踪影。吴玉真不喜欢冰冷的温暖。她更喜欢满天灿烂的花火。王国全腾出一只手抚摸吴玉真的面颊。她紧紧抓住他的手。

王国全在想无花果和葡萄藤。是不是所有的果实都毁灭了？是不是所有的人都是杂草？是不是他们全部受到了耶稣的诅咒？他不知道吴玉真为什选这一段福音，也许是吉米替她选的，也许根本就是她本人的主意。

毫无疑问，这是迄今为止王国全听到过的最能打动他的福音。不可否认，因为这段福音他拥有了对耶稣的初始的信仰。如此犀利锋锐，如此鞭辟入里的预言，经由他深爱的女人之口于大庭广众之中颂读，对他而言的确是一次冲击。不，简直就是一次棒喝！

王国全觉得全身火辣，他打开车窗放进疾驰的凉风。远方的星空闪烁着一颗明亮的星星。也许这段福音是对所有身处末世的人发出的警告，也许这段福音就是所有身处末世的人不得不接受的最终审判，也许这段福音所蕴含的怜悯是一只摆渡罪人去彼岸的方舟。

王国全减缓车速，在娘娘滩的河岸上停车。他们下车站在一株大柳树底下，顺着波光粼粼的水面望向远方，星河在天际倾入，水天交接那一线银光闪闪。满天冰冷温暖的星星活跃了，星光吞吐，将苍穹一点一点拉向大地。

几只打鱼的小船在暗影中出没，水声潺潺如溪流，桨声伴着船头的灯影，将河面点缀得幽远深邃，如一条开辟给黑夜缓缓通行的隧道。他们立在隧道口，凝视着随水而逝的时光，心中惆怅凄冷。滩头传来收网的动静和渔夫的笑语，船划得远了，又划得近了，略显苍白的灯影中掠过一只水鸟。

他们静静站着，轻轻偎依着，默默聆听彼此的呼吸。他们记不得多长时间没有热吻了，也不记得多长时间没有倾诉了，甚至不记得上一次激情澎湃的做爱。

但他们记得那片草原，记得那场大雨，记得眼前这条黄河，还记得娘娘滩前的娘娘庙，娘娘庙里的水母娘娘，以及水母娘娘神座前的青铜香炉里他们两个一起供的檀香。

贾家湾的情人们信水母娘娘。姻缘是月老系绳捆绑，结婚是政府办证上枷，过日子是油盐酱醋打滚，牵肠挂肚的情爱却是水母娘娘温柔鞭挞。

他们只在夜里去过水母娘娘庙，偷偷摸摸祈求水母娘娘保佑他们偷偷摸摸的爱情。吴玉真担心夜太黑，水母娘娘的神鞭失了准头，王国全就用一句王洛宾的歌词宽慰："让她的皮鞭轻轻抽在我的身上。"吴玉真没有鞭子，现如今找一根牧羊的鞭子比找恐龙还困难。

这就是他们的爱情。没有鞭子的爱情。

一个黑影向他们靠近，伴随着窸窣的轻响，沉重的鼻息似乎吹起了地面的黄尘。吴玉真握紧王国全的手，吐气如兰。近一年这一带传说出了四不像，白天不见踪影，只在晚间出没，跟《封神演义》里姜子牙的坐骑一模一样，马头鹿角牛蹄驴尾，但是不会腾云驾雾驮着人满世界胡折腾。有一个挖煤的老板千方百计弄了一头，剥了怪物的皮，尝了神兽的肉，那皮三天之后缩成了一个毛蛋蛋，散发恶臭。煤老板得了失心疯，像中了举的范进，更似装疯卖傻的宋江，成天到晚捧着粪疙瘩当饭吃。帮煤老板放枪的猎人两只手抽成了鸡爪子，再也摸不得猎枪土雷，两条腿患了静脉曲张，肿成了水桶，疙里疙瘩，盘根错节，走路叫得像杀猪。这一下黄河两岸轰动，都说出了祥瑞，苦于找不到庙门烧香磕头，暂借娘娘庙供奉香火，参拜许愿。

王国全与吴玉真对望一眼，不知这黑影是不是那个传得沸沸扬扬的神兽瑞兽怪兽，心中正忐忑，那黑影却掉头而去，走下了河堤。

借着四不像带来的恐惧王国全吻住了吴玉真的双唇，冰冷的温暖一丝一丝浸透了王国全的舌尖。吴玉真轻轻颤抖，双手抓住王国全的胳膊肘，朝后仰着脑袋，垂下瀑布般的长发。

几个踏月而来的渔夫打断了他们的热吻，虽然没有打到黄河鲤鱼，但鲶鱼却装满了鱼篓。收获刺激得渔夫们逸兴横飞，嘶吼着漫瀚调，灌着村酿烧酒，肆无忌惮地穿越了王国全和吴玉真的柔情，轰隆隆顺着黑暗中的大河去远了。

王国全说："月光都让他们踩碎了。"

吴玉真用额头抵住王国全的下巴，笑道："还有星光呢！你看这些星星！"

王国全看见了那些星星。它们的光芒走了几十亿几百亿年，只为了映入某个人眼帘的一瞬间。他想起吴玉真颂读的一段福音："我像一个饥饿的人，从无花果树上找不到剩下的果子，在葡萄园找不到留下的葡萄。"

星空旋转，银河像一条白雪覆盖的山脉。星光还要走多远？还要走多久？走到他们两个消失？走到黄河消失？走到这个世界消失？

它们会一直随着银河奔涌！王国全不知道那个地方，但他相信它们一定会去那个地方。那个地方也许就是漆黑的彼岸。

吴玉真问王国全在想什么，王国全把去教堂的路上贾中华讲的狗肉馆老板的故事转述了一遍。狗肉馆老板外号"贾神手"，跟着贾建军混了十几年，领着一帮兄弟专偷鄂尔多斯各家国有企业的仓库，偷油偷物资偷电线电缆，把鄂尔多斯供电局都偷断电了。直到有一天碰上了他老婆，说不干就不干，非要洗心革面，重新做人，守着老婆过日子。贾神手洗手没金盆，贾建军准备了一个杀猪盆，不接猪血，要贾神手的两只手。不偷可以，偷东西的家伙得留下。贾神手他老婆陪着贾神手去见贾建军，不求饶不下跪，只等她家男人剁了手接回家去一起过下半辈子。

贾建军被夫妻二人情意所感，请他们吃了一顿饭，包了一个红包恭喜一对新人白头到老，拨出蔬菜市场旁边的那个院落让他们开了狗肉店。贾建军说哪一天他的兄弟们都有了这么美的归宿他就闭眼了，后来还认了贾神手的婆姨做干妹妹。

吴玉真叹了一口气，低头瞧了半晌手腕上的翡翠镯子，又叹了一口气，抬头仰望河汉星移斗转，叹了第三口气。

王国全笑眯眯刮了一下吴玉真的鼻子，低声说："叹第一声是想认贾神手的老婆做姐姐，叹第二声是感慨她遇到了贾神手这个好男人，第三声呢？是不是因为我和贾神手不一样？我不是他，他也不是我。"

吴玉真伸手指头戳了王国全一下，咬牙说："你就是一个鬼！"

王国全揽住吴玉真的头发，闻了又闻："人家是奉旨填词柳三变，你是情意缠绵吴三叹。人家柳三变将浮名换了浅酌低唱，你吴三叹跟了我却依然身似飘萍。我真恨不能把这冠带家私都交割了，和你跑到一个谁都不认识的地方去！可我不能！就是不能！我只怕到头来辜负了你，那才叫死不瞑目呢！"

吴玉真扑进王国全怀里，捂住王国全的嘴，打了他一下："我不许你说这样的话！我要你想着我们的孩子！无论如何你都要想着我们的孩子！"

他们顺着河堤走，夜越走越深，风越走越凉。晴朗的夜空堆起云团，遮蔽了星辉和银河。要下雨了。这些年娘娘滩从未断流，尽管水位持续下降，水域逐渐缩小，却依旧可以操舟行船。再下去三十里的太子滩早就露出了河床，不少农民在河滩地种了庄稼，放牧牛羊。夏天的娘娘滩雨水勤，巴掌大的雨云飘来一块，说下就下，或者淅淅沥沥，或者哗哗啦啦，浇得两岸一片生机。

两个人立在河堤上吹风等雨，雨就是含在半空里不落下来。远远地响了一个轻雷，好像滚过一只保龄球。他们谈起李混田的布道，满心敬仰。王国全问吴玉真选那一段福音的原因，吴玉真说是吉米的主意。

吉米的主意。这个美国人开办了非法的地下教堂，发展了许多信众，请李混田布道传法，还俘虏了吴玉真的信仰。吉米渴望成为圣徒的美国梦让王国全既佩服又不舒服，还隐含了一点嫉妒。他想起李混田讲的古神甫和秦神甫的鞑靼西藏行，不管怎么说李混田还是把吉米和那两个法国天主教神甫相提并论了，这是杨秘密的无上荣光。但是今晚李混田有点怪异，尤其是提到鞑靼西藏行的时候，王国全敏锐地捕捉到了李混田深藏的情感波动。这世上还有能让李神仙纠结的事呢！

吴玉真想的却是李混田临去时的注视，她觉得李混田有话想对她说，但最终却没有说。不就是一段福音吗？吉米挑了这段福音，她颂读了这段福音，居然值得李神仙行注目礼！吴玉真有了一个小小的骄傲。《圣经》是伟大的神谕。李混田的态度从另一面印证了《圣经》的至高无上，而这一段振聋发聩的福音则是锻造信仰的铁砧。

"在他们当中，就算最善良最诚实的人，也像杂草一样毫无用处。"

多么震撼的谕示啊！这分明就是山崩地裂，就是疾风骤雨，就是天雷地火。

吴玉真沉浸在她颂读过的福音里，握紧双手捧在胸口，呼吸急促，面颊滚烫。

　　雨就是不下，苍穹里的白云堆叠成一块块奇形怪状的太湖石。那个黑影跟着他们逡巡，咀嚼着河堤的青草，打着响鼻，甩着尾巴。他们快步走回到吉米的皮卡车前，王国全上车打开车灯，两道光柱照亮了兽的黑影。它猛吃一惊，仓皇掉头，昂着粗大的鹿角仓皇逃窜了。吴玉真一颗心怦怦狂跳，出了一身冷汗。

　　王国全打满方向盘倒车，看了一眼手机，有一条两小时前李混田发的短信。五个字：今晚别回家。王国全删除短信，驱车上路。吴玉真要回家，因为家里有他们的孩子。他要陪吴玉真回家，因为家里有他们的孩子。他没有告诉吴玉真李神仙的指示。一条五个字的短信，不是福音，也不是神谕，没必要大惊小怪。

　　下雨了，雨滴从半开的车窗扑到他的面颊上，丝丝清凉。他要回家。他渴望抱着吴玉真和孩子躺在属于他们的那张大床上，美美睡一觉。那可是他的家啊！不知怎的，他突然想起多年前在江南水乡一个黄梅雨夜里碰到的一只乌篷船，横在芦苇荡中，送出一束橘黄色的暖光，船头江水瑟瑟，船尾烟雨迷蒙。

　　两天之后，他生平第一次忏悔。他对冥冥中的那个存在说："那天晚上我不该回家。"

第五十五章

李混田一晚上睡不着，睡不着干脆就不睡，盘腿在沙发上打坐，眼前一片漆黑。坐了半天，他叹一口气，从沙发挪到地上，水泥地凉，铺一条毯子，继续打坐半个时辰，眼前依旧一片漆黑。他调匀呼吸，脑门上沁出一层薄汗，放开一颗心活泼泼地在偌大一个空屋子里跳，跳到天花板上，跳到茶几上，跳到窗台上。窗台上的星辉月色跳没了，心就蹦到院子里，院子大，不封顶，想跳多高跳多高，跳得苍穹的浓云垂下一条海螺尾巴。

吴玉真颂读的福音出乎他意料之外，也在他意料之中。耶稣基督对末世的描述更形象、更生动、更具体，一幕一幕活生生的，比葡萄架上的葡萄藤还鲜绿。贾家湾的葡萄不行，咋种也种不甜，酸苦难耐，倒牙涩舌，只能挂在葡萄架上做摆设。

没有了无花果。没有了葡萄。好人像杂草。

史东风派下来的中天煤业党委书记史浩博问他什是末世，他说北京城就是末世。史书记失笑，好端端的一个北京城咋能是末世呢？李神仙讲话不靠谱，危言耸听。

李混田给史书记上课："北京城六百万辆汽车，平均一辆汽车一天用五升汽油，就是三千万升。三千万升汽油烧起来，还不把北京城烧成火海！对，虽然三千万升汽油全部都是通过汽车发动机烧的，但依然是末世最恐怖的火海。

"咋烧不是烧？排尾气放雾霾也是烧的一种方式。佛祖说的火海不就在那里吗？世人看不见而已！"

一番话将初来乍到新官上任的史书记说得目瞪口呆，变颜变色，从此对李混田敬鬼神而远之，私底下悄悄对圈子里的人讲，多年后他重回贾家湾，给他下马威的不是王国全，而是李神仙。

要无花果没无花果，要葡萄没葡萄，这个救世主当得真是穷途潦倒。也许根本就没有无花果和葡萄。对，也许根本就没有无花果和葡萄。李混田嘟嘟囔囔从地板上站起来，走到窗户跟前勾着头瞧月亮。瞧不见月亮。不是没有月亮，月亮还在，只是瞧不见而已。

为什基督的福音偏偏从吴玉真嘴里宣讲出来呢？那个苦命的女子难道背负着更苦难的命运？他拉开五斗橱的抽屉，取出金钱和龟甲，焚起一炷香，卜了一卦，三卜不成。收了器物，在屋里转了两圈，测了一个字，给王国全发了一条短信，埋进沙发里重新入定。

一条滔天大水。骆驼死命不肯上船，鼻子拽出血也拽不动，急得秦神甫念经古神甫画十字，急得那个蒙古仆从喃喃咒骂，亵渎神明。他们必须渡过黄泛区往鄂尔多斯去，但那些忠勇憨厚任劳任怨的骆驼却畏水如猛兽。船老板想出一个法子，带着两个船夫以百米冲刺的速度撞击骆驼的屁股。那些可怜的进退无路的牲口受了惊吓，下意识迈出前腿踏进船舱，引起一阵喜悦的欢呼。

李混田伸手拭去额上涌出的急汗，试图用手指触动包裹他的画面。对，这只是一个画面，是他看到的幻境，是他由那条滔天大水逆流而上，从他身边掠过的参照物。

骆驼们一头一头上了船。秦神甫和古神甫也上了船。那个察罕胡尔蒙古人不上船，跳进齐胸深的水里帮船夫推船。船尾的一头骆驼惊惧未消，吐了推船的察罕胡尔人满头满脸反刍的秽物。那个可怜人腾不出手，只得将脑袋一次次埋进水中疯狂甩动，怒骂似霹雳，诅咒如雷鸣。

李混田不明白为什总能在时间的长河中碰到这两个法兰西神甫。他们冒充喇嘛，在鸦片战争之后中国痛恨洋人、严禁传教的情况下从澳门一路走到了西藏。他们的上帝没让他们死在中国，保佑他们取得了天主教传播福音的光辉胜利之后将他们安然送回了法国。这不能不说是天主教传教士的一个伟大成就。所以李混田认为这两个神甫实际上是战士，手中的圣经是他们的矛戈，褴褛的喇嘛长袍是他们的铠甲，颂读的福音是他们的万里平戎策。

李混田不想碰见他们，为他们的宗教的胜利如坐针毡。李混田又想碰见他们，为他们坚如磐石的信仰由衷赞叹。

我心非席，不可卷也。我心非石，不可转也。秦神甫和古神甫是两个没死成的殉道士，留下了没死成的殉道士的圣迹。当然，他们后来都死了。李混田查了资料，秦神甫因为热病死在南美的传教途中，古神甫撰写出版《鞑靼西藏行》，取得前所未有的辉煌之后，暴毙于祖国法兰西。他们最终还是死了，最终还是殉道了，最终还是青史留名了。

李混田第一次碰见两个法兰西神甫是 2009 年夏天。从 2008 年开始，贾家湾和鄂尔多斯周边地区以只争朝夕的大跃进精神，大肆开发房地产，营建开发区，到处征地拆迁。人们离开祖祖辈辈居住的房舍难免产生各种各样的精神困扰，其中之一就是梦见爹妈爷奶祖宗八辈，梦见许许多多死了的亲朋故旧，甚至梦见牛羊狗马诸般畜生，成妖作怪，折腾变化。于是那些因为背井离乡焦虑困扰的各色人等纷纷前来求李神仙通灵禳解，无能子孙守不住祖宅愧对祖宗的，爹妈在世时不孝不悌，妯娌不和，兄弟相煎的，家宅不宁妖孽横生的，走夜路撞见鬼瘸了脚的，夫妻多年不生育害怕断子绝孙的，几代老人临终留言宅基地下埋藏财宝，挖了几十遍就是找不着的，纷至沓来，滚滚人流冲破门槛，几乎将李神仙就地淹死，直接漂往阎罗殿，请阎王判官查生死薄搜寻诸般答案。

李混田挺平一张脸，能移魂灵上身的择日办理，不能移的磕头下跪磨破嘴皮也不为所动，每人或测一字或诊一脉，好歹打发了事。实在逼急了李混田就出家云游，一月两月不归，去五台山的喇嘛庙里找活佛讲经，饱餐台蘑炒蛋，还抄回来一副对子——暂且住下黄粥白饭思量吃，终将归去绿水青山仔细参，用黑墨白纸写了贴在家门口。

2009 年夏至那一日，火车站前卖糜子糕的关二娘带着贾古董和贾顺民来寻李混田。贾家湾的人都知道，李神仙天不怕地不怕就怕关二娘一句话，什事只要关二娘给李神仙打个招呼，李神仙应承得比抹了胡麻油的筷子还顺溜。谁让关二娘她爹当年帮扶过李神仙呢，龙困浅滩虎落平阳的时候结下的情义岂比寻常？李混田虽说不是龙虎，但人家能断出来什云下有龙，什风后隐虎，什雨点砸出土泥鳅，那咋是一般人呢？

再说，现如今什人不传绯闻，只要是名人都传绯闻，所以贾家湾也传李混田和关二娘的绯闻，传得有鼻子有眼，连两人当年如何私定终身的细节都编派得头头是道。咋？英雄难过美人关么！李神仙虽说不是英雄，但他是神仙啊！就算不是百分之百的神仙也是个半仙啊！万一关二娘她祖宗是关二爷呢？赤面长须斩颜良诛文丑千里走单骑麦城挨一刀，老子英雄儿好汉，老老老爷爷英雄孙孙孙女儿也是胳膊上跑马拳头上立起人的威风角色。那一次火车站前关二娘一个扫堂腿撂倒两个蟊贼的壮举谁不钦佩？谁说关二娘这位女英雄就不能看上李神仙这个"美人"？

绯闻传呀传呀传呀传，一直传到李混田说："你们都把没影子的事情传成一个太岁了！谁传让太岁生在谁家！一疙瘩活肉，爱咋打扮咋打扮！"

关二娘也骂："我把那些挨千刀的驴日的！你娘我是黄花大闺女没坐过花轿没开过脸，要传传你娘去！你娘脸上抹些锅底灰也就有了绯闻了！谁传我不给谁说情！"

贾家湾众人立时噤若寒蝉，恰似穿了腮的大雁锯了嘴的葫芦。李神仙说了，谁传谁家出太岁！我的娘啊！那一疙瘩肉可咋整啊！关二娘骂得逻辑混淆，既要当娘又让传娘的闲话，证明的确是一个没文化缺心眼的大老粗，但万一哪天碰上急事托女英雄去给李神仙说人情，她还不把"急事"说成"鸡屎"啊？

因此李混田与关二娘的绯闻被贾家湾众人雪藏。反正贾家湾年年下大雪，那雪不用白不用，拿来雪藏绯闻恰到好处，顺眼顺手顺腿顺嘴，有什事雪化了再说不迟。

关二娘为什带贾古董和贾顺民来见李混田，其中自有缘故。贾古董以前是中天煤业煤炭运销公司的一个副科长，专管运输损耗。中天集团铁路运输煤炭规定每车皮的运输损耗不得超过百分之二，也就是 60 吨允许损耗 1.2 吨。损耗不了咋办？损耗不了就找朋友用卡车从堆煤站偷偷拉出去，以低于市场价百分之二十的价格解决。干这营生的专业户好几个，贾古董本着利益均沾的原则跟那些老板一个锅里吃肉喝汤，还立了行规，肉烂了烂在锅里，不许往锅外头攉。

从 2002 年起煤炭市场由衰转盛，产量运量暴涨，贾古董日进斗金，以火箭般的速度把他那口锅变成了商周青铜鼎，而且铭牌还是司母戊大方。众人拾柴，把贾古董的司母戊大方鼎烧得咕嘟嘟冒泡，什香什肥什稠往里面扔什，炖熟了捞出来大碗喝酒大块吃肉，好不自在快活，渐渐将中天煤业的煤炭运销公司炖煮成了水泊梁山。

贾古董喜欢吃关二娘的糜子糕，油炸蘸白糖，一顿俫一斤，天天买，吃不了送人，还命令手下的兄弟们买，一直买到女英雄关二娘不好意思，将贾古董从不拿正眼瞅的阶级擢升为只拿正眼瞅的阶级。贾古董得了趣，赶着关二娘叫"姐"。开始关二娘不让，你姓你的贾，我姓我的关，非要扯到一搭里做什？无奈贾古董跟着追着攒着厚着脸皮使劲叫，把关二娘这个"姐"叫得上天入地无处躲藏，只得默认。生米做成了熟饭，糜子打成了油糕，不卖不行，卖不出去搁在家里发霉生虫。

2008 年已经当了两年财务科正科长的贾古董摊上了事情。他手下一个女出纳贾金兰生孩子休产假，休完产假回来发现自己的位置坐上了一个新人，计算机键盘敲得噼里啪啦响，演了一出鹊巢鸠占。

贾金兰找贾古董说理，贾古董的理长，说起来没完没了："关键岗位不能空着，人家年轻学历高，锻炼新人、栽培后进是大势所趋。你产假多休了一个月，买煤的扛着成麻袋的现金排队，不能因为你一个人影响中天煤业收钱的营生。办公室的工作没什不好，清闲，你刚生完娃娃坐在那个椅子上好好歇一阵子，出纳那么忙，万一把你累着了，娃他爹还不寻上门来数落我的不是？"

一番道理说得贾金兰哑口无言，一肚子苦水倒不出，憋得哇哇哭。贾古董打开办公室的门，让贾金兰的泪珠子洒了一科室。众人慌忙上前劝解，好说歹说，贾金兰才忍气含恨回家将息，第二天就请了病假，说是把奶水气没了，娃娃饿得只能吃国产奶粉，不吃国产奶粉就得喝稀粥，因为贾家湾偏僻，进口奶粉够不着。

贾金兰气得不下奶，她男人倒不着急上火，红烧猪蹄炖鲫鱼给她催奶，怎奈千呼万唤就是不下来。她男人说她的奶水当了官，金贵，死活不能下，实在不行只得自家养一头奶牛，供些上等草料，挤些干净牛奶，不信一头奶牛喂不饱一个孩子。

本来夫妻二人在家捧着宝贝儿子，整些鱼水之欢，甜蜜温馨，不知哪个多嘴多舌的偏给贾金兰透了一个消息，顶她位置的那个小女子陪贾古董睡了，是贾古董的二奶。她贾金兰吃的不是正经人的亏，破鞋砸了脑袋，登高的裹脚布缠了头。

贾金兰一听登时又没奶了，淌眼抹泪，愤气填膺，誓与贾古董不共戴天，食肉寝皮方解心头之恨。她一没奶一下子饿了两个，孩子跟孩子他爹全遭了殃，孩子嗷嗷哭，孩子爹上火流鼻血，不由得怒发冲冠。

孩子爹是谁？正是百般挣扎不得出头，风尘困顿，屈在下僚的黄永安。他想不通为什总是自己这只蛤蟆被逮住攥出尿来，为什别人总捏他的软柿子。人什都不怕，就怕想不通。黄永安奶牛没养成，钻了公牛的犄角，直钻得呼吸不畅，眼前漆黑，差一点憋死。

黄永安对贾金兰说："咱告他贾古董去！"

贾金兰吓了一跳，把奶吓下来了，揉都揉不住，前襟湿了一片。

黄永安发狠道："你把他财务上的烂账揭出来，咱弄个一拍两散，鱼死网破！"

贾金兰一宿没睡，翻来覆去，波涛汹涌，喂了孩子两次。黄永安睡得口水直流，鼾声如雷。第二天早起贾金兰对她男人说："只能小告，不能大告。"

黄永安问什是小告什是大告。贾金兰说："大告就是告煤炭运输的损耗黑洞，告不得告不起告不赢。中天煤业一年铁路运输五千万吨煤，百分之二就是一百万吨，价值四个多亿，要揭这么大的窟窿，只怕还没动手一家三口就死光了。除了告运输损耗，其他全是小告。这些年我也攒了些贾古董的把柄，有凭有据，只要拿出来往上一送，再老再值钱的古董也砸他个粉粉碎！"

贾古董本名贾旺旺，因从小喜欢古物，一个旧瓦当站着蹲着坐着躺着瞅半天，一个破铜钱摩挲得光亮如镜，破碟子破碗捡了一窑洞，这几年发了财，猪头撞进泔水桶，逮什收什，所以得了"古董"的尊称。大家叫着叫着就把"旺旺"那两个字叫掉了，没了大名，只剩外号。

贾古董兔科长那一年的正月初七，提着猪头找李混田算卦。李混田不要他的猪头，也不让他进屋，堵着门对他说："你是属狗的，没'旺旺'了，也就不'汪汪'了，只怕将来是个哑巴狗。你把你的猪头提走，你的命我算不了。"

贾古董把猪头提回家，对他婆姨说："李神仙给我算了一个好卦，会叫的狗不咬人，我是那个不叫的狗。"

他婆姨拍着大腿夸赞："真是个活神仙，咋就算得这么准，你可不就是个咬人的狗么！你瞅昨黑你把我的奶头咬的，都快咬出血来了！还不得疼一个礼拜！"

数次断奶的贾金兰为贾古董他婆姨的奶头报了仇，将一张收据呈交中天煤业运销公司纪委。贾古董贼，做事滴水不漏，往外拉煤绝不找知晓内情的运输公司，还隔三岔五换拉煤的大卡车。贾古董义气，给安排货车的兄弟报销汽油费，入运销公司的账，没损耗的煤偷偷拉走，油钱还得中天掏，岂止是仁至义尽，简直就是义薄云天。贾金兰长了一个心眼，每次报销大宗汽油支出尽可能要收据，有收据的存收据，没收据的打收条。随便找一张五万八万的收据就能换一大堆砖头砸古董，何况贾金兰还给运销公司经理留了话，这一张不查还有许多张，要多少张有多少张。

领导见祸起萧墙，怕事情闹大，拔出萝卜带出泥，千里之堤毁于蚁穴，只得认真查办，将贾古董就地免官。贾古董索性辞了公职，得了一个自由身，整日里走街串巷，跑完东胜跑山西，一个劲划拉古董，坛坛罐罐金银铜铁收了一大堆，专门置了两套房存放。

2009年立夏前后，贾古董听到消息，拆迁户贾顺民跟贾家湾通烟道的老孙头闹纠纷，指控老孙头给他祖宅通烟道的时候从炕洞里拿走了贾顺民的爷爷留下的古董。贾古董一听古董浑身就像通了电，屁股底下塞火箭一般找到贾顺民细探究竟。贾顺民本不想吐露，怎奈贾古董赌咒发誓只要真是古董给什都行，还亮出一手提包现金晃贾顺民的眼。贾顺民被晃得眼前一片金星，熬不住，将事情的原委和盘托出。

2009年贾家湾经历了一场几十年不遇的倒春寒，春分之后突降寒流，连下数场暴雪，黄河两岸银装素裹，茫茫一片。城里城外土坡上下的出租平房烧炕都挡不得那冷，白天晚上还要点煤球炉子取暖，为图省事，炉子的烟道接到炕洞里，一搭里排烟。

贾家湾烟道专业户老孙头忙得前心贴后背，恨不能一个身子钻在土炕里没黑没白挣钱，实在分身乏术，不得已，让学徒上阵接了十几户生意。那老孙头轻易不给学徒练手的机会，一是怕活计不漂亮坏了名头，二是防徒弟提早出师，没了廉价的帮手，三是爱财如命，分他的钱如同割他的肉，徒弟接活势必拿大头，老孙头眼里心上万难相容。

好歹忙过了春分，清明也把人朝死冻。清明节后第一天，老孙头徒弟通的一条烟道出了事，熏死了一对青年男女。两个人二十出头，风华正茂，从老家乌审旗来贾家湾打工，男的在贾满喜的煤窑堆场开装载机，女的是巨力酒店中餐厅的传菜员，新婚不到半年，着实恩爱，不想天降横祸，一夕之间丢了性命。房东晨起叫小两口喝羊杂汤，敲门不应，取钥匙开门一瞅，两人裹着被窝死在炕上，尸体面色酡红，身子绵软，正是煤气中毒的特征。

死者的父母来贾家湾领尸首办后事，因为是非正常死亡，旗公安局出了证明材料。四个家长了解了详情，一起找到老孙头门上，要问他个偷工减料、手艺低劣，以豆腐渣工程伤人性命之罪。老孙头叫起撞天屈来，一股脑全推到他徒弟身上，苦主不依，认为老孙头的徒弟只是分包，工程承建人应该担负主要责任。师傅没教好，徒弟才弄出了祸事，如今师傅企图推卸责任，蒙混过关，断无此理。

老孙头问苦主想要什，苦主说白发人送了黑发人，一条命咋也得二十万。老孙头听了登时犯了急惊风，手足抽搐，口吐白沫，好半天缓过一口气，一把将他徒弟揪到苦主面前，将他自己也变成了苦主，非要将四十万的买命钱着落到他徒弟身上。

老孙头的徒弟家里一个媳妇种田务农，两个孩子光屁股露腚，哪里有四十万块钱赔两条人命？眼见苦主雇主苦苦相逼，走投无路，不是偷就是抢，为不偷不抢了事情，径直寻到了贾顺民门上。贾顺民问了来意，摸不着头脑，不知此事与他有何干系。

老孙头的徒弟说一年前给贾顺民家祖宅通烟道，在炕洞里发现了一个砖盒子。

老孙头不言不语悄悄塞进工具包带回家，砸破砖盒取出里面的物件，去省城找专家鉴定，说是一方蒙古万夫长的金印和一支调兵金牌，估了一个吓死人的价钱。从贾顺民家偷砖盒子是老孙头的徒弟亲眼目睹，去省城的事情是老孙头喝了酒跟老婆子显摆，被住在隔壁的家贼用一个玻璃杯扣在墙上，再把耳朵贴在玻璃杯底子上窃听了一个大概。

如今师傅不念旧情要让徒弟当替罪羊，徒弟只好寻贾顺民这个苦主与师傅打盗窃官司，卖了金印和金牌，补了四十万的窟窿，再打赏个八、九、十来万的安家费，从此与不仁不义的老孙头割袍断义，划地绝交，另谋出路。

贾顺民闻听惊怒交集。原来贾顺民祖上做过明朝的锦衣卫安抚使，还出过清朝的知府，后来家道中衰，才从大同一路流落到贾家湾。贾顺民的爷爷外号"贾呆子"，堪比《红楼梦》里死活不肯将古扇卖于贾赦，连累贾琏遭了毒打的石呆子，只要见了古物两条腿就迈不开步，有钱就买，没钱不吃饭也要买，饭钱买光了就看，不让看就围着人家的屋子转。贾呆子一笔好字，逢年过节写对联挣红包，董其昌的馆阁体，笔笔精到，慢慢写出了名气，被退休的县委书记市委书记请到省城教授书法，赚了闲钱广了路子。贾呆子死后，积攒的一些古董被长房长孙贾顺民卖了个精光，并没有特别值钱的物件。

现在经老孙头的徒弟说明底里，贾顺民才知道老爷子确实藏下了宝贝。万夫长金印，虎符金牌，听名字就能把人馋得满嘴淌口水，却被老孙头那厮借掏烟道的机会顺手牵羊，实在咽不下一口恶气，立时便扯着老孙头的徒弟去老孙头家中登门问罪。去之前两个商量，夺回金印和虎符卖了钱，贾顺民得七，徒弟得三。

老孙头见两人气势汹汹，并不着慌，一口咬定徒弟诬告，掏贾顺民家祖宅烟道除了黑灰残砖什也没见，那金印是什样子，虎符是什货色全然不知，还劝贾顺民不要上了他徒弟的当，被骗进糜子地里甃圈圈。再说，捉贼拿赃，捉奸拿双，没有物证只凭他徒弟一张尿嘴乱喷，哪家法院的官司能赢？实在不行就起诉，你告我盗窃我告你诬陷，咱两家的钱都去填了法院的黑窟窿也不替这个叛徒徒弟还账。那两个娃娃的命该谁赔谁赔！冤有头债有主，天地良心，我老孙头活了大半辈子，在贾家湾弄了二十年的炕，什时候摊上过人命，狗都没熏死一条，现在倒被自家养的狗咬了。真是养狗养成了白眼狼，不咬毡也咬脚后跟！

贾顺民不防老孙头学了齐天大圣的本事，放泼撒赖，口齿伶俐，好比一颗捶不烂砸不破的铜豌豆，放在嘴里崩牙扔在鞋里硌脚。三个人怀着鬼胎，不敢声张，几次三番黑夜里捏着喉咙捂着嘴争论不休。老孙头死不认账，你兵来我将挡，你水来我土掩，你有张良计我搬过墙梯，饶你奸似鬼，我早预备下洗脚水。

贾顺民的奇袭打成了持久战，又不敢真上法院，又怕嚷嚷得旁人知道了惹祸事，因此春去夏来，耗了将近百日，依旧是狗啃刺猬，无处下嘴。

没有不透风的墙，贾古董闻风越墙而来，替贾顺民出谋划策。第一，这金印虎符究竟有还是没有，如果有，是真是假如何鉴定？第二，即便是真宝贝，那老孙头王八吃秤砣，死硬到底，怎生降伏？第三，失了子女的苦主与老孙头的徒弟最后怎样打发？万一见财起意，死缠烂打，事情终究不是了局。

贾顺民听了贾古董一席话，犹如打了鸡血一般激动，恨不能把贾古董的三个问题像扒女人裤子一样扒个精光，见实货，得妙法，立马完璧归赵，大发横财。但贾顺民并非脑残粉，心下思忖贾古董帮衬他的真实目的，会不会是黄鼠狼给鸡拜年，扮猪吃老虎，要谋夺他贾顺民的宝贝。贾古董于是将一片日月可鉴的真心坦露，只求事成之后贾顺民将金印虎符卖与他贾古董一人，价格从优，绝不打折。贾顺民见贾古董袒露胸怀，虽不如美女袒胸露乳，也颇有几分动人心处，便放下猜疑，与贾古董击掌立誓。

歃血已毕，贾古董对贾顺民吐露天机，三个字：李神仙。贾顺民不解，贾古董细细解释一番，贾顺民恍然大悟，不禁笑逐颜开，笑毕，又糊涂了，赶着问贾古董咋样才能让李神仙登台做法。贾古董又说了三个字：关二娘。贾顺民不明白李神仙与关二娘是什关系，为什请李神仙做法非要关二娘作伐。

贾古董耐了性子，将其中缘由对贾顺民剖析分明。贾顺民大喜，相跟了贾古董找到关二娘，按照事先的演练扯着关二娘的袖子苦苦哀求，双泪涟涟，哭诉家传宝物被老孙头偷盗，愧对九泉之下的列祖列宗。关二娘本就好打抱不平，锄强扶弱，又碍于贾古董的脸面，连忙一口应承，于2009年夏至这一日，领着贾古董和贾顺民来寻李混田指点迷津。

关二娘让二人等在院门外，自己径直登堂入室，一眼瞅见李混田正低了头拿一把小铲子给君子兰松土。关二娘往沙发上一坐，说明来意，李混田头也不抬，一声不吭，继续侍弄花骨朵。关二娘上前将小铲子劈手夺了，朝地上一扔，咣当一声，吓得一只母鸡满院子扑腾。

李混田说："贾古董的钱不干净。"

关二娘睁了圆彪彪两只大眼问道："这天底下的钱还有干净的？官不贪了狗不吃屎了？日头从西边出来了？你说谁的钱干净？你先说你的钱干净不干净？"

李混田没话了，捡起小铲子继续侍弄君子兰。关二娘把贾古董和贾顺民叫进院子，两个人不敢进堂屋，站在门槛外，满面堆笑，等李神仙召见。关二娘搬出两个小板凳，两人一左一右坐在屋门两边，双手扶住膝盖，伸脖子探头，四只眼睛一眨不眨盯着李神仙手里的小铲子，一副静待发落的忐忑模样。

关二娘看不过去，端了两杯水出来。日头毒，贾古董、贾顺民两人的脖根鬓角都挂了汗珠子。关二娘将水递在两人手里，重重咳嗽了一声。贾顺民一哆嗦，洒了一手热水，烫得又哆嗦了一下。贾古董咽了一口唾沫，桃核似的喉结上下蠕动，伸出舌头舔了上嘴唇再舔下嘴唇。

李混田把君子兰搬到窗户下，立在堂屋的八仙桌前问了事情的前因后果。贾顺民依着贾古董传授的套路一五一十讲了一回，至动情处，对自己的不孝无能深感愧悔，对老孙头的卑劣行径悲愤填膺，不禁红了眼圈滴下两颗泪来。关二娘不忍，在旁帮着说了几句好话。贾古董默不作声，低了头，两只眼骨碌碌转。

李混田听罢，掐指盘算片刻，对贾古董道："你去将老孙头、老孙头的徒弟和那两家苦主一并叫来，我替你们一一分断明白，各得其所，免了纷争。"

贾古董暗吃一惊。李神仙挑他去召集众人而非贾顺民，莫非知道了自己是幕后推手？还有，李神仙怎知那两家苦主今天正在贾家湾？一念及此，冷汗热汗齐流，连忙起身答应，抢出院门，不到一个小时，用轿车将一干人等拉到，在院中站了一坨。

关二娘把老孙头、贾顺民、贾古董叫进堂屋，掩了房门。贾古董眼尖，瞅见窗台下的那盆君子兰开了红黄相间的三朵花，觉得奇异，短短不到一个时辰，竟然花开见喜。李混田不理会贾古董，让贾顺民和老孙头在面前一张条凳上肩并肩坐了，才要说话，关二娘递过一条湿毛巾，李混田接了拭汗。贾古董在旁偷窥李混田的脸色，面颊微微苍白，双目好似蒙了一层轻雾。贾古董心下揣摩，李神仙像是劳了神，莫非这三朵花有什古怪？

李混田对贾顺民说："我见了你爷了。你爷让我教训你这个败家子。你卖了家里五百块响元，其中一百二十块是光绪的双龙银洋，还有三十块是葡萄牙银币。你卖了你爷的一块端砚，把肉卖了个豆腐价钱。明朝的砚台作价同治的文房，少卖了五万块。

"他恨你这个败家子不学本事啊！只要你学，好歹有些见识，想做败家子也难。可是你就是不学啊！你把你爷留下来的一套明版《西厢记》日塌了，你就算卖给藏家卖给图书馆也强似让脏水沤烂了啊！

"你爷说你这个没心没肺没祖宗只认钱的败家子没好下场！东西咋就能落在老孙头手里？你的德行坏了，留不住！东西有灵性，识得善恶！"

贾顺民"扑通"一声跪在地下，磕头似捣蒜，口中念佛如麻。

李神仙不理会贾顺民，转头对老孙头道："他爷还说了，那金印和虎符是当年特意烧了一个砖盒子封在里面，与炕砖砌平了，排在第二层第三排第七块，砖面上刻了一只骆驼。

"为什刻一只骆驼呢？他爷也交代了，那是当年走西口的驼队从土默特旗王府里淘换来的宝贝。虽然他孙子不成人，但你拿的毕竟是他贾家的东西，睁眼讲瞎话，岂不折福损寿？你那多年通烟道落下的风火眼近日发作得厉害，迎风流泪，目力锐减，可是报应不是？咋就不能回心转意，与人为善，息了纷争，多少好处？我这里有花椒籽配的椒目膏，你拿去治眼疾。"

老孙头眨巴着两只孙猴子在李老君炼丹炉里熬出来的红眼睛，一个字一个字慢慢嚼着问："卖不上四十万咋办？难道我还倒贴？卖一百万咋办？我一分钱落不着？"

贾古董抢过话头说："是真的咋卖不到四十万？究竟多少钱咱寻专家估价，一分钱不亏人。超过四十万你跟贾顺民商量，看李神仙的面子，他好歹要给你些保存费呢。"

　　贾顺民腰上被贾古董的胳膊肘深深一捅，直着脖子瞪着眼睛踮起脚后跟大声说："对！我咋也得给你些保存费！"

　　老孙头不再说话，从李混田手里接了药膏，缩在一旁。

　　李混田对贾古董说："你把那两户苦主叫进来。老孙头的徒弟不能进我的屋子，站在门槛外面听着就是了。"

　　贾古董奉命将两对老夫妻带进堂屋，让老孙头的徒弟贴着门框站在门槛外，鼻尖齐了门缝，两手扶着对联。那对联是蒲松龄《聊斋志异》里的两句诗："料应厌作人间语，爱听秋坟鬼唱诗。"徒弟发现手按在"鬼"上，往上是个"坟"，于是朝下遮了"唱诗"二字。

　　李混田对两对老夫妻说："你们可怜，儿女最后一面都不得见。我跟你们的娃娃见了，给你们捎了几句话，你们听了就不遗憾了，将来去的时候也闭得上眼了。

　　"哎！你们把我的言语听了，再过三十年四十年，人人都要往农村去，再也不拼命往城里挤了，生生把人挤成瓜子傻子疯子，活活把人挤死了。

　　"当然，我恐怕活不了那么长，但你们的孙子和后人肯定能看见！往空处去，往没人的地方去，往自然里去。少了多少烦恼痛苦纠缠！你们上前，听听娃娃们说的都是些什。"

　　两对老夫妻低头俯耳聆听。李混田声音低，旁人听不见。四个人你看看我，我看看你，不哭不闹，仿佛还有些放下包袱的轻松，眼角含泪，八目放光。

　　李混田对一只脚偷偷迈进门槛的老孙头的徒弟大喝一声："你冤孽缠身，以前有人命，现在有人命，将来还有人命！赶紧离了我这里，寻个没人的地方虔心忏悔，以脱苦海。快走快走！"

　　那徒弟吃了一惊，顾不上向贾顺民要钱，抱头鼠窜而去。众人鱼贯而出，去老孙头家协商分钱事宜。贾古董走在最后，一眼瞅见窗下那盆君子兰的三朵花齐齐凋零枯萎，两朵落在盆底，一朵掉出盆外。贾古董背上冷汗飕飕。这三朵花开得奇，败得怪，李神仙见了三个鬼，见鬼前开，见鬼后败，咋就这么巧！

　　贾古董一琢磨，一只脚迈出门槛，另一只脚就顿住了，抬头正碰上李混田清冷冷的眼神，不禁一颤，脚就在门槛上绊了一下，身子微微趔趄，借势快步撑上贾顺民，闪出院门。

关二娘要随众人一起走，李混田咳嗽一声，使个眼色。关二娘去脸盆里淘了手巾，拿给李混田擦汗。

李混田眯起眼睛望着院子里的夕晖，一边擦汗一边说："今黑你就住在这里。"

关二娘立时恼了，立了眉眼，喝道："你说的什混账话！你不知道我是黄花……黄花老姑娘？我住在你屋里，算什？人家可咋嚼舌头呀！"

李混田忍住笑，转了话锋，问道："今天这事情处理得咋样？"

关二娘情不自禁赞叹："好啊！一个个都讲明白弄服帖了！就你有这本事！"

李混田蹙眉做痛苦状："今天撞了邪物，损了纯阳，夜黑我怕顶不住。万一有个什，你在边上能帮我一把。"

关二娘从未见李混田如此光景，也从未听李混田讲过如此软话，一时慌了，连忙应承，做了一碗酸汤浆水面给李混田吃，又去灶下舀了一碗酸粥让李混田喝。李混田吃了酸汤浆水面喝了酸粥，破天荒想饮两盅白酒。关二娘烫上酒，去灶上炒鸡蛋炸花生，一壁忙一壁慌，急得两眼眶子泪，怕李混田撞客上什厉害妖魔，坏了性命。

李混田在院中央槐树底下摆了桌子，关二娘端出炒鸡蛋炸花生，掩了院门，坐在李混田身边扇扇子，一把蒲扇摇得呼啦啦，把李混田的杯中酒都扇坡了。李混田给关二娘倒了一盅，两人聊着闲话，看那一轮红彤彤的太阳向西天隐没。

那一夜，夜色如水。

第五十六章

这一夜，夜色如水。

李混田在屋里转了两圈，翻出一个五台山老喇嘛送的蒲团，坐在蒲团上打坐。他无法入定。槐花的香味儿从窗户缝飘进来，今年槐花开得迟，晚了一个多月。

槐树底下站着那头骆驼，就是那头雕在装金印虎符的砖盒上的骆驼，也是那头吐了两个法兰西传教士的察汗胡尔人随从一头一脸反刍草料的骆驼，还是那头被大火烧死在西藏草原上的骆驼。它浑身的毛几乎被烧光了，散发着焦臭，鼓着痛苦的眼珠子，蜷缩成一个庞大的黑疙瘩。

接待法兰西传教士的藏民痛饮青稞酒，大醉走水，火势猛烈，殃及了那头不知躲避烈焰的愚蠢的骆驼。它只知道漆黑漫长的寒夜中火堆的温暖，根本想不到那给予温暖的东西却要了它的命。它的法兰西主人跋涉万水千山寻找的目的地已然在望，它这个倒霉蛋却死得如此惨不忍睹。它记得古伯察神甫的泪水，它听见了秦噶毕神甫祝它升天的祈祷文，它甚至望见了布达拉宫的金顶。它死得不甘心。驮着古神甫走了几千里路，却丝毫没有感受到上帝的慈悲。

李混田在蒲团上扭了扭腰，自从堂屋和厦屋铺了水泥，他打坐总不如以前心神澄澈。去年除了闹麻雀闹出一团铺天盖地的妖云，还闹飞虫，细小的只有蚊子三分之一的无名小黑虫纠结成一个个黑气球似的圆疙蛋蛋吊在半空里吓人。它们义无反顾，飞蛾扑火般撞向人的身体，在白衬衣上留下墨点般的死亡印记。李混田铺了水泥地，院子里的飞虫绝迹了。它们是土怪，上地被毒害得即将绝种之前的妖异。

它们是土地无声的呐喊。土地渴望活下去，渴望一如既往地养育人类，渴望在人民群众死后敞开无私的胸怀接纳尸体。但土地抵挡不住煤化工的废水，电石厂的废料，电镀厂的毒气，终于濒于死亡。

为了抵御土地垂死挣扎而释放的妖虫，李混田铺了洋灰，洋灰隔绝了一部分地气，缺乏地气的打坐犹如漫步泥沼。李混田长长一声叹息。洋人的《圣经》说从土中来，回土中去，并没有说回洋灰中去。洋灰不是土，洋灰就是洋灰，不能生人养人埋人的洋灰。李混田把蒲团搬出屋子，放在槐树底下。

月光顺着槐花的清香洒下来。凉风被院子前面水塘里的蛙鸣拨弄得宛如一条飘来荡去的星星索。王国全安排人挖了水塘，种了荷花，养了游鱼和青蛙。王国全没让人在水塘里养癞蛤蟆，但癞蛤蟆不知道从什地方蹦了进来，抓都抓不干净。水塘里的芙蓉只有接天莲叶，绝无映日荷花。贾家湾与荷花没缘分，或者说贾家湾不待见芙蓉，太娇贵，太孱弱，太拿腔作调，像极了一个干巴巴瘦巴巴的小女人，没屁股没奶子，引不起贾家湾男人的性趣。

所以李混田的荷塘月色是无花的荷塘月色。

他瞅了一眼苍穹中星星的冰凉眨眼。星辉氤氲。那头可怜的骆驼在星空中徘徊。它确实是一头可怜的骆驼。古伯察神甫在《鞑靼西藏行》中是咋说的？骆驼好像从一出生就明白了自己在这个悲惨世界的悲惨命运，沉默，郁郁独行，逆来顺受，负重致远。李混田觉得古伯察神甫描写的骆驼有点催人泪下。但槐花月光冲淡了骆驼的悲催，月光槐花沁出一丝丝缠绵的暗香。

李混田知道今夜已无法入定。

贾顺民他爷让李混田触摸了那个雕着骆驼的砖盒。是触摸，因为李混田的手指头感受到了驼峰的曲线以及骆驼凸起的脚趾。贾顺民他爷讲述完毕，没入冥河的浓雾。那头雕在砖盒上的骆驼却并不消逝，它默默凝视李混田，目光像胶水把李混田涂了一遍又一遍。李混田摸到它鼻孔里的短棍，牵着这头执拗的畜生走了一程。

它说它是古伯察神甫在鄂尔多斯买的坐骑,最后却被烧在了砖盒子上当标记。

它是被烧死的,但它死在水草丰美的藏地草原,并不是穷得能渴死骆驼的鄂尔多斯。它就是死了也不想回来,但它就是回来了,还被烧在了那个硬梆梆的砖盒子上。

对轮回不满的骆驼絮叨了一路,像咀嚼反刍草料般蠕动唇舌,暴露出焦黄的牙齿。它对古伯察神甫没意见,古神甫对牲口悉心照料,从不虐待,但那个察罕胡尔的蒙古仆从却是一个恶魔,他用那根短棍穿了它的鼻子。察罕胡尔人力大无穷,按住它的头顶,用散发着狐臭的胳肢窝夹紧它的脑袋,将那根短棍嵌入了它的鼻孔。

它都快疼死了,但它再疼也没咬那个施虐者。它们骆驼不咬人,它们吐人。它从未见过传说中的近亲,生活在天堂般的新西兰和壮美的潘帕斯草原的羊驼,听说它们也吐人。除了逃跑,吐唾沫是它们家族唯一的自卫手段。天下还有比它们可怜的动物吗?

李混田说:"咋没有?世上什最难?披一张人皮最难!"

骆驼生气了:"我说的不是难,是可怜,是苦,是煎熬。"

李混田想独自回去,骆驼一直跟着他,从冥河边上跟到黄河边上。那时候李混田不知道骆驼说的古神甫和秦神甫是什人,也不知道那个所谓的察罕胡尔蒙古仆从是什人,他以前也碰到过轮回转世的动物,但没一个像这头骆驼。河堤上的杨树呼啦啦响,骆驼可以够着离地最近的树杈,于是几片叶子就在它嘴里出没,发出垂死挣扎的呐喊。

一艘小船从太子滩朝娘娘滩驶来,船头立着一个手握鱼叉的渔夫,叉尖闪烁着星星之火。李混田盯着那颗火星子瞧了一分钟,回过头来,骆驼不见了,古神甫和秦神甫站在树荫底下擦汗。

古神甫是个胖子,胸脯和肚子把一身分不清款式的衣服撑得圆咕隆咚,双下巴抵住锁骨,好像没了脖子,一双眼睛蓝格莹莹,神采奕奕,带来了贾家湾从未有过的大海的颜色。一蓝遮百丑,把那两条骑骆驼骑出来的罗圈腿都蓝漂亮了。后来相熟了古伯察才悄悄对李混田抱怨了骆驼几句,不好骑,颠得他七死八活,屁股裂得像橘子瓣,还留下了罗圈腿的后遗症。

秦神甫是个瘦子,高一点像棍子,矮一点像棒子,其实最贴切的比喻是火柴,随时等待启明的光亮,代价是将自己燃成灰烬。李混田看了《鞑靼西藏行》才知道秦神甫死在巴西，筹建一个天主教堂的时候得了热病，活活热死了。秦神甫很羞涩，不太敢跟李混田说话，好像害怕李混田的口气吹熄了他的火柴头。于是古神甫跟李混田搭话的时候秦神甫就蹦到杨树上，找一个树杈蹲着，四下转动脑壳，像一只顾盼的鸟。

李混田非常认真地告诉秦神甫，中国西北画派有一个叫石鲁的大师，没事也爱上树待着体验鸟的生活，但从来没试着飞过，也就没有摔坏或者摔死。秦神甫向李混田要石鲁的画看了，沉默半晌，说，这一颗伟大的心在天上，根本用不着飞。

李混田很喜欢秦神甫，当然，也并不讨厌古神甫。无论如何，古神甫是《鞑靼西藏行》的作者，一位蜚声世界的传教士探险家。

他们三个立在黄河边伴着东流水聊了许久，李混田不记得具体内容，好像聊的是他的前世今生。咋散伙的李混田忘了，他紧赶慢赶回到贾家湾的家中，强撑着分断了众人觊觎的金印虎符，累得一口气吊在喉咙下面，坠得他几乎掉进花盆里去陪那三朵君子兰。

那是从未有过的惶惑和疲乏。那是他第一次见到古伯察和秦噶毕。

他怕自己熬不过去那一夜，破天荒请求关二娘留下来照顾。他一晚上去了十几趟厕所，拉得昏天黑地，上面喝水下面喷，屁迸得像打更敲锣。关二娘给他熬拌汤，放了西红柿鸡蛋，拌汤熬完熬小米粥，小米粥熬完熬大米粥。他特别能吃，每一锅都刮得锅底朝天。吃了拉了放了一晚上，关二娘趴在桌子上睡着了，他却精神健旺，浑身爽利，跑到院子里打槐花，中午给关二娘烙槐花饼。

那一天早上槐花的香味比今天晚上的浓烈，带着一股阳光的干爽。一朵凋落的槐花惊醒了他肩膀上的月光。蒲团咯吱了一声。李混田靠着树干打了一个盹。

他梦见关二娘抱怨他："你那屁嗵嗵的，把厨房的灯都迸灭了，让我摸黑给你做饭！"

他梦见他安抚关二娘："迸灭了再迸亮不就完了，你等等，看我给你迸！"

他连迸了好几个都没迸亮，气得关二娘作势拿汤勺敲他的头。她真以为他能迸亮那个坏了的灯泡。她迷信他。李混田笑了，一笑就醒了。月光里的蟾蜍叫如响屁。

他不能白让关二娘摸黑给他熬一晚上拌汤小米粥大米粥，听一晚上响屁闻一晚上臭气，他给关二娘讲了他见过的三个死人，贾顺民他爷和那一对小夫妻。关二娘对义愤填膺痛骂不肖子孙的贾顺民他爷没什趣味，把那两个年轻亡人的话语细细品味，洒了几滴眼泪。李混田假装嫌关二娘的眼泪弄咸了拌汤，关二娘朝拌汤里倒了半碗醋，酸得李混田瘪嘴皱眉。

那两个娃娃可惜，女娃娃高挑白净，天天从酒宴上打包了宾客们一筷子都没动的大鱼大肉给孤儿院送去。男娃娃白天堆场侍弄完装载机，晚上点灯熬油学机械修理，打算攒钱开一个维修店。小两口没要孩子，准备立了业有了钱生一大堆，已经攒下十二万块钱，放出去生利息。

女娃娃给她妈留的话是："日子苦，活着不容易，走了也就松快了。你们好好活！"

男娃娃给他爹留的话是："到死也没活成个人样子！你们不哭！不值！"

开始洒了几滴眼泪的关二娘最后哭得泪人一般。李混田给她递手巾她不要，拍着桌子喊："咋这么难！为什这么难？天到底有没有眼？咋把人朝死苦哩？"

李混田不知道这个问题的答案。没有荷花的荷叶味道微苦，荷塘的地气暖，贾家湾的冬天再冷也冻不死荷花，但到了收莲藕的时节塘水往往已经冻成了冰疙瘩，再不就冷得人下不去脚，穿再长再厚的雨靴也不管用。这是一个没有荷花和莲藕的荷塘。

没有花朵和果实。他又想起了吴玉真读的那一段福音。无花果和没有葡萄的葡萄园。生平第一次李混田感应到了古神甫和秦神甫信仰的那个上帝。一个更理性更现实更残酷的神。一个让全人类在罪恶的泥浆中打滚的神。他绝不会拯救在罪恶的泥潭中没顶的亚当后裔，他们罪有应得，他们必遭末日审判。

李混田伸了伸腰，蒲团在清凉的夜气中热烘烘地贴着他的屁股。喇嘛在五台山殊像寺外将蒲团交给他，荞麦皮做的，透气舒服。他提着蒲团沉吟，殊像寺的观音首是荞面捏的，世人都知道荞麦皮枕头舒服，而喇嘛却偏用伺候脑袋的东西伺候屁股。

喇嘛说："你只知道脑袋舒服，难道屁股就不能舒服舒服？"

他什也没说，提着蒲团回到贾家湾坐禅，坐来坐去坐明白了屁股舒服的原因。

坐禅必须用屁股坐。一个简单得不能再简单的道理。

　　一只草虫蹦到蒲团上，不是蟋蟀，是三根尾巴的油葫芦，黑黝黝的翅子泛着暗淡的月光。青蛙和蟾蜍突然寂静了。李混田掐指一算，原来已经辟谷九天了。

　　古神甫认为辟谷是一种形式，李混田认为中世纪的传教士自虐也是一种形式。古神甫说他不自虐，李混田说他要辟谷。古神甫就跑到与秦神甫纠缠的大柳树的树坑里拉了一泡屎，秦神甫被熏得从树上掉了下来。那是去年他们见面时发生的事。

　　李混田弹了弹手指头，弹走了抖须子的油葫芦，弹起了蒲团下一缕轻尘。

　　他想了想古神甫去大柳树的树坑里拉那一泡屎之前吃了什东西，好像是一包莜面，又好像是一团荞面，原来既不是莜面也不是荞面，是两块沾着霉斑的馒头。秦神甫说他们的驼队在沼泽地里喝过泥水，他们用滤布把不能入口的泥水滤成能入口的泥水，和泥水相比这些发霉的馒头简直就是山珍海味。

　　古神甫请李混田原谅，因为他多年跋涉不毛之地，患上了肠炎，所以控制不住拉肚子，不让拉就得拉在裤裆里。秦神甫说古神甫得的是阿米巴疟疾，那种名叫阿米巴的小虫子在古神甫的肠道里作祟，犹如跗骨之蛆，难以清除。当然，他们也过过好日子，察罕胡尔仆从偶尔能打一只沙兔给他们烤两只兔腿，或者运气好，碰见好客的蒙古人为他们宰杀一只活蹦乱跳的羔羊。

　　他们穿的喇嘛僧衣帮了大忙，质朴的蒙古人对他们这两位西方来的冒牌喇嘛热情慷慨，希望他们念经祈求佛祖降福，庇佑部族平安。于是古神甫和秦神甫只好用圣经冒充佛经，念完后还试图向那些蒙古人讲解什是耶稣基督，并且暗示圣子比所有的菩萨伟大。李混田说古神甫和秦神甫的所作所为就是中国人引以为耻的"吃谁的饭砸谁的锅"，古神甫辩解说蒙古包里没有锅，只有一只可怜的煮砖茶的铁皮茶壶。

　　秦神甫说煮手把肉的锅倒是有一口，支在蒙古包外面，但他们根本就没碰那口锅一指头，只是竭尽全力大快朵颐，将鲜美的羊肉块塞进干瘪的肠胃。至于谁砸了那口锅他们没看见，他们祈祷主惩罚那个砸锅的恶人。

　　他们现在在哪里？秦神甫可能在南美，那里是秦神甫的埋骨之所，虽然亡灵每年需赴梵蒂冈圣彼得大教堂忏悔，还必须沿着生前传道的旅途洗涤朝圣之心，但最多的时间还是待在那个小小的坟墓中，埋在六英尺之下，陪伴着孤独和宁静，坚守永生的灵魂。

古神甫作为一名颇受争议的沾染了世俗欲望的神职人员，生前积极参与了一系列政治宗教活动，甚至辞去了司铎的职位，正当声名如日中天之时，突然暴毙于祖国法兰西。作为一个比较不虔诚的灵魂，古神甫相对放肆，宛如野鹤闲云，恰似雪泥鸿爪。

每一年秦神甫和古神甫必定结伴重温鞑靼西藏之旅，最近数年被鄂尔多斯魔鬼般的发展速度震惊得惶惶不安。秦神甫拼命念经安抚那些从地底的沉梦中惊醒的魂灵，古神甫干脆定义如此这般的扩张就是癌症。他指给李混田看一团蘑菇云似的黑雾，笼罩了当年的蛮荒与如今的繁华。那是癌症带来的巨大痛苦。李混田指给古神甫看一张张麻木呆滞的面孔，那些面孔下的皮囊中以及皮囊外的衣兜里塞满了止痛的杜冷丁——钱。

他们三人站在黄河岸上眺望滔滔东去的河水，一筹莫展，束手无策。也许，上帝要惩罚的罪人谁也无法拯救。

斗转星移，河汉澄澈。李混田站起身，攀住槐树最低的那一根枝丫，凑上去深深吸了一口。槐香清冽，直透囟门。他铭记那一瞬间的回眸，百余年前鄂尔多斯贫瘠干旱皲裂垂死的土地横在眼下，像大河中即将被淹没的沙洲。

一只羊瘦得参着一撮一撮的毛团团，竖着干瘪的火柴棍似的犄角，凸着泛滥死光的眼睛，摇摇晃晃立在沙尘里。一头牛只剩下骨架子，根根肋条历历可数，沉重的鼻息吹起两团黄土，尾巴像一根骷髅的腿骨，闪着灰白的磷光。所有的帐篷都缝了补丁，补丁帐篷在寒风中瑟瑟发抖。帐篷外的草地一片枯黄，看不见人，一个人也没有，但天地间回荡着人类痛苦的呼吸、呜咽、抽泣和叹息。

李混田坐回到蒲团上，月华西落，枝影横斜，于若有若无的花影里他看见一座座高楼大厦，一支支钢铁洪流，一堆堆煤山煤海。看不见人，一个人也没有，嘈杂喧嚣鼎沸的人声中钞票如天花乱坠。

如果所有人在欲望中沉沦，如果所有人在迷醉中堕落，他将攫取最终的解脱。毕竟，一切都有了一个结果。

他们来了吗？他们在来的路上吗？他们的步履已经撼动了幽幽槐香。他们伴随着黑暗中的大河扬帆而来，而他恰巧也在。他们的帆是一张席，他落下他们的席帆。

李混田轻轻打了一个哆嗦。不，他们还没有来，他们不知道什时候才来。是他着急了些，即便今夜对他们的上帝心有所感，他还是对自己的期盼不满意。他不应该期盼。自从古神甫对他讲了卓资喇嘛庙的法会，他就应当将他的盼望连根拔除。

他李混田究竟盼望过什？他不知道自己的出生地和出生日期，不知道父母是谁，不知道自己家在何处，不知道这世上底还有没有亲人。他应该知道却不知道的事情太多了。他期盼，期盼得如同在地狱的烈焰中煎熬。

他能看到能听到能感知到这个世界，他又看不到听不到感知不到这个世界。他从小便孤零零一个。他永远也孤零零一个。他存在于这个隔绝他的世界，触摸着身周的铁壁铜墙，像一头困兽狼奔豕突，嘶吼咆哮。

蟾蜍的鸣叫撬松了他的牙关。他就是一只困在墓穴水泥缝中的蟾蜍。他是怎生钻进那条根本不足容身的缝隙中去的呢？他的期盼是长满缝隙的苔藓。

秦神甫挥舞铁锹砸向墓墙，掉下一块大理石，蹦出一堆蟾蜍。它们慢条斯理地鼓着眼睛和肚皮，吐出鲜红粉红暗红的舌头寻觅昆虫，不慌不忙跃入草丛。

古神甫说："这些癞蛤蟆是障眼法。它们一出生就被塞进预先挑选的石头缝中，关在里面，一直长到再也钻不出来。"

李混田说："大闹天宫的孙猴子莫非也是被某些导演如此摆布到五行山下了？"

古神甫说："导演多着呢！障眼法千变万化，各有巧妙不同。"

古神甫和秦神甫在塔尔寺住了几个月，亲眼目睹宗喀巴大师诞生地长出的那棵菩提树每片叶子上都有经文，甚至连树皮底下也藏有佛咒。他们相信了那个所谓的事实，直到死后才得知那些文字是喇嘛们用针扎出来的。

李混田说："喇嘛们比岳飞他妈还用心良苦。"

秦神甫说："你别拿你们的民族英雄开玩笑。我们只是想告诉你其实死了挺不错，能明白好些活着的时候闹不机密的事情。"

李混田说："你们能闹吉米就行！吉米在贾家湾宣扬新教，与你们的天主教不甚相合。"

古神甫看穿了李混田的挑拨离间，笑道："他信主的儿子，我们信主的女人，就像有人佩服岳飞，有人敬重岳母，其实根本就是一家人。"

李混田说："那你咋不给吉米刺字呢？你在他的肚皮上刺下"信仰基督"四个字，看他以后还能不能在贾家湾寻下女人？"

秦神甫说："刺字也是障眼法，就是比普通障眼法多了点血。"

李混田还要反驳，古神甫盯住他的眼睛轻声说："我们见到你爷爷的爷爷的爷爷那一天，他也在玩一个障眼法。那个障眼法流了很多血，还流了五脏六腑肠子肚子。"

李混田算了一笔账，如果他爷爷比他大四十岁，他爷爷的爷爷就比他大八十岁，那他爷爷的爷爷的爷爷至少比他大一百二十岁，假设他今年六十岁，两个神甫在卓资喇嘛庙法会上见到他爷爷的爷爷的爷爷应该是一百八十年前。根据《鞑靼西藏行》记载，古神甫和秦神甫在 1845 年左右第一次抵达鄂尔多斯，见到他爷爷的爷爷的爷爷应该不是无稽之谈。于是李混田就相信了，相信之后他立即在时光的长河中见到了他爷爷的爷爷的爷爷，一个筚路蓝缕的游方喇嘛，满面黧黑，双睛赤红，一嘴四分五裂的黄牙，两片肥厚突隆的嘴唇。古神甫略带歉意地解释，由于过度饥饿，而且多日不曾食肉，他爷爷的爷爷的爷爷的嘴唇让远在异乡的两名法兰西神职人员不可避免地联想到了祖国的香肠。

李混田的爷爷的爷爷的爷爷坐在高台上，面对卓资寺的大门，俯瞰台下攒动的头颅，袒露胸腹，在信众的惊呼与高级僧侣的蔑视中用一柄钢刀切开肚子，在喷溅的鲜血的映衬下梳理肠胃。许多信众当场晕倒，有人顶礼膜拜，有人骨软筋酥。并没有孙悟空变化的老鹰从云霄降落攫了那一团内脏飓去，他爷爷的爷爷的爷爷从容黏合了肚腹，抛下钢刀，走下高台，混入熙攘的人流。

秦神甫对李混田说："你爷爷的爷爷的爷爷绝对能把日本武士羡慕死！"

古神甫对李混田说："我永远忘不了卓资的熏鸡！趁众人还没从你爷爷的爷

爷的爷爷制造的恐慌中回过神来，我连嚼了两只卓资熏鸡。老实告诉你，那是我活着和死了吃过的最棒的熏鸡。你是你爷爷的爷爷的爷爷的转世。"

李混田睁开眼，星星和月亮隐去了，只剩下一个澄明的苍穹。天边涌上一团团云朵，渐渐铺满整个夜空。他靠着槐树睡了一觉，梦见了关二娘的槐花炒鸡蛋。槐花去了花瓣，槐芯像米粒般大，柴鸡下的蛋过了油黄澄澄闪亮。那油是笾了三遍的胡麻油，从油葫芦里倒出的油线清澈如山泉。

这样的胡麻油槐花炒鸡蛋肯定比现在的卓资熏鸡好吃。关二娘曾经给贾家湾的卓资熏鸡做过诊断，那些可怜的鸡都是被毒死的。卖熏鸡的不服，大兴问罪之师，集体寻关二娘说理。关二娘从李混田散养的土鸡里挑了一只，现杀现剥现熏，熏出来往一堆熏鸡里一扔，那只鸡立时变成了仙鹤。卖熏鸡的招架不住，收兵撤退，觅了一个理由，说那只鸡被李神仙施了法，故此熏得如此精神抖擞，鹤立鸡群，实非关二娘的本事。

古神甫瞅着贾家湾的熏鸡店唉声叹气。他正在思谋一个浩大的工程，将新西兰散养的公鸡运往卓资，做成卓资新西兰熏鸡，进贡教皇大人，谋取圣徒的光荣头衔。秦神甫严肃而悲伤地为所有饱受摧残的中国鸡祈祷，祝愿它们早脱轮回之苦，转世去新西兰享受鸡福。

他是他爷爷的爷爷的爷爷转世。他梦见了那个蒙古包，静卧于青山翠谷之中，那是山地草原的青山翠谷，是科尔沁草原的皇家猎场。那个蒙古包的主人是一位离寺修行的喇嘛，转经筒油光锃亮，唐卡里的绿度母鲜艳夺目，大威德金刚的镏金铜像怒目圆睁。喇嘛留下了他，给他杀羊吃肉，让他放羊养羊杀羊吃肉。他把一只小羊抱成一只大羊，再把许许多多的小羊抱成许许多多的大羊，他长大了，喇嘛老了，胡须雪白，眼花齿落。

古神甫说得没错，他跟喇嘛的缘分早已注定，只不过在明了本源之前，他从不知道他爷爷的爷爷的爷爷是一个喇嘛，也不知道他是他爷爷的爷爷的爷爷转世。他是否应该信奉藏传佛教？是否应该继承他爷爷的爷爷的爷爷的衣钵，云游四方，在朝圣之路上苦苦寻找来世的解脱？这是一个曾经困扰过他片刻的问题。

实际上他并不转经筒磕长头，也不摸顶辩难传法。他信仰的是冥冥之中的那个存在。

那个存在是上古八千年之为春，八千年之为秋的大树，它的枝条被雕成诸多神像流传人间。那个存在是一条无边无际浩浩汤汤的大河，雾气弥漫，水声如雷，漫灌了数不清的供奉神祇的殿堂。那个存在是一片冰封的荒原，跋涉者无法穷尽，探险者折戟沉沙，流浪者与风长眠。

那是一个无处不在而浑然自在的存在。

他是他爷爷的爷爷的爷爷转世。他看见了那条血脉。他曾在孑然一身、孤独无依的漂泊中追寻的血脉。他望着古神甫，古神甫望着他，现在，那条血脉已经不再如影随形，重如泰山。秦神甫又在祈祷。那棵大树依然蓊郁，那条大河仍在澎湃，那片荒原白雪皑皑。

生命，过客的生命，在黑洞中击出静谧的涟漪。

李混田睁开眼，一只在黑暗中寻找出路的蚂蚁试图钻进他的耳朵。黎明前的夜伸手不见五指。古神甫和秦神甫来了吗？也许他们来过，也许他们已经走了，他没有捕捉到他们的脚步声。他们一直穿着那两双露着脚指头一走路就咕叽咕叽响的破靴子，他们不厌其烦地为他们的破靴子钉掌，就像他们的察罕胡尔仆从为他们的马钉掌一样。那些可怜的骆驼不用享受如此烦琐的待遇，因为它们的脚掌比马蹄柔韧耐磨。两位神甫热爱贫穷，自然避不开赤贫的宠物——跳蚤和虱子，但他们从鄂尔多斯学到了驱赶寄生虫的办法，用唾沫和水银涂抹细绳挂在脖子上，再拴上一枚十字架。

李混田把额头抵住粗糙的树皮，屏息品味一种预感，他与他们即将永别。

有什是他不愿意永别的？关二娘的胡麻油槐花炒鸡蛋。她为什给他做胡麻油槐花炒鸡蛋？因为他把她带来的一个农村老太太的孙子治好了。那孩子嗓子疼得嗷嗷哭，沙哑撕裂的哭声把院子里的鸡吓得扎进鸡窝，一只叫春的野猫自惭形秽，收声逃跑，从后山墙一头撞下去。他把孩子抱进厨房，掀起灶上一口铁锅，抠了一点锅底灰，蘸了一滴香油，把那根仿佛能点金子的手指头伸进孩子嘴里，找到喉咙上的那个部位，轻轻一按。

当天下午孩子就好了，没打针没吃药没住院。孩子他奶奶让关二娘给李混田捎了两瓶自家榨的胡麻油，一篮子土鸡蛋。于是关二娘兴冲冲地给他弄了一大盘胡麻油槐花炒鸡蛋，还烫了一壶雁门烧，他不喝，关二娘全喝了。雁门烧便宜，五块钱一瓶，关二娘敞开了能喝二斤。

关二娘借着酒兴问他："你那锅底灰蘸香油不就是百草霜吗？"

他直不愣登问回去："你长了按百草霜的手指头吗？"

关二娘气得直瞪眼，将一双杏眼瞪成了两颗核桃，但确实没长按百草霜的手指头，驳不了李混田的话，一口气出不来，咕咚一声灌下去二两酒。

那是她第一次给他做胡麻油槐花炒鸡蛋。

还有什么是他不愿意永别的？李老太太的烤土豆。他少年时住在李老太太家，李老太太虽然弯腰驼背，咳嗽吐痰，走路拄拐杖睡觉枕砖头，但从来没让他挨过饿。没啥吃就烤土豆，放盐放辣椒放糖放胡麻油放咸菜粒，咋吃都吃不烦。有一次李老太太给他的烤土豆上撒了一小把碎牛肉干，那个好吃啊，把他的眼泪都香出来了。

后来李老太太死了，孤寡无后，村委会收了房子和宅基地，将他扫地出门。那时候他连个名字都没有，裹一身破棉袄，天天去村后的土崖底下陪李老太太说话，李老太太埋在坟堆里，墓碑恨不能比今天的手机还精致，好像一阵风就能刮跑。有的村人感念小娃娃知恩图报，有的村人担心他人小鬼大，不是什好来路，成天在李老太太坟前唠唠叨叨，谁听见谁看见瘆谁一身鸡皮疙瘩。村长的婆姨说他长得丑，影子淡，一定是饿鬼投胎。

就在村人合议彻底将李混田逐出李家村的那一天夜里，土崖塌陷，埋了李老太太的坟，第二天，那个见神见鬼无名无姓的小妖怪销声匿迹，从此音讯皆无。

李混田站起身绕着槐树转圈圈。他是一个小妖怪，因为从来到这个世界的那一刻起他就能看见别人看不见的东西。转圈拉磨的驴背上骑了一个红衣服小媳妇，连裆狗的脑袋上立着两个小侏儒，牛犄角上钻出一个鬼脸青，羊犄角上冒出一双人眼睛。他一点也不害怕，好像一个迷恋万花筒和皮影戏的孩子，瞧呀瞧的，瞧得咯咯笑，让不明所以的村人对他这个冲着空气犯傻的痴货抽嘴巴凿爆栗吐唾沫。

只有李老太太对他好。李混田凝望铁一般的夜空，长长一声叹息。只有李老太太对他好。所以他要管那两个孝顺孩子的身后事，所以他要让那两对哀哀欲绝的老夫妻听到孩子们最后的言语。因此他遇见了那头悲伤的骆驼，因此他也遇见了那两个法国唐玄奘。那个姓古的法国唐玄奘说，他爷爷的爷爷的爷爷是一个喇嘛，而他李混田是他爷爷的爷爷的爷爷转世。原来一切冥冥之中自有安排。

李混田继续凝望铁一般的夜空后面那个无形无声的冥冥，将自己凝望成一粒轻尘。

他提着蒲团走进屋里，掩上门，摸黑坐到炕上，侧耳倾听。他们到底来了没有？他听不到他们破靴子的声响。他们再不来，他就等不到了。他要去侍弄一个荒芜的葡萄园，他要让干枯的葡萄藤重新焕发生机，他要让葡萄架硕果累累。他还要干什？他还要在葡萄园的墙外种上无花果树，许多无花果树，不许别人采摘，只留给那个人。

他看见一个悲鸣的人，翻来覆去唠叨一句话，田园将芜胡不归！他递过去一瓶雁门烧，那个悲鸣的人像䲗鹧虫似的化在酒里，腾起一道白气，泛起一串泡沫。酒把陶渊明淹死了。其实陶渊明就是一个酒鬼，一个渴望归去的托体同山阿的酒鬼。

他用雁门烧浇一根绷得紧紧的丝线。吴玉真颂读了福音，自然得承受福音的洗礼，王国全也得陪着洗一回。丝线断了。他拈住断线，线头在黑暗中化作一点白光。王国全救过他一命，他也要解王国全一难。他去种葡萄之前必须了断他们之间的尘缘。王国全不爱吃葡萄，贾家湾的人都不爱吃葡萄。他偏喜欢葡萄霜的颜色。

既然吴玉真道破天机，灾祸必将骤然降临。他看见一只在绿荫中蹦跳歌唱的小鸟，色彩斑斓，啁啾宛转，瞬间被一条通体碧绿的毒蛇吞噬。生命戛然而止。毁灭是这个世界上最不拖泥带水的东西。

他望着那条蛇，它的喉咙鼓起，两颗黑豆似的眼珠泛出死光。他一瞬不瞬地盯着那个杀手，在他平静的目光中杀手变成了一个赤身裸体丰满肥腴的女人。

李混田认识这个女人，贾红。她的硕大的奶子挂向两肋，扯开胸腔，撕裂赘肉累累的肚皮，流淌出深紫色的五脏六腑。那只被吞噬的小鸟从贾红的胸腹间钻出来，拍动翅膀啄食贾红一颗黑色的失去了乳晕的橡皮奶嘴似的奶头。

他打一个哆嗦，拔出目光，合上眼睑，躺到炕上。他要睡一会儿，如果他们来了，他们的破靴子会把他吵醒。

他梦见什了？他梦见了混沌，无天无地无边无际无声无息的混沌。渐渐地，混沌里有了声音，雨声，没有残荷就留不住的雨声。慢慢地，雨声汇聚成大水奔流得喑呜叱咤，猛然间天河倒悬，水声如雷鸣八荒。他睁开眼，天亮了，橙红的曙色漫透窗棂。有人砸门。

李混田走出堂屋，立在檐下，问道："谁？"

一个压得低低的声音惶急回答："我！贾中华！"

李混田开了院门，门外贾中华挥汗如雨。李混田二话不说，锁了门大步流星沿着荷塘一路疾走，贾中华呼哧呼哧紧跟在后。

过了铁路桥，贾中华扽了扽李混田的衣袖："王老大摔了腿，在贾家湾人民医院骨科。"

李混田头也不回，一阵风般去了。贾中华站在铁路桥边的工商银行门口抽烟，等身上的急汗下去。一趟运煤列车开过铁路桥，汽笛鸣响，把一只野狗吓得从桥上蹦了下来，闪了腿，一瘸一拐点着三条腿踅走了。

贾中华觉得邪性，扔了烟头，吐了一口吐沫，也踅走了。

第五十七章

王国全侧卧在病床上，瞅着髋骨上敷着的一包碎韭菜发愣，满屋子都是韭菜味，摆开炉子，支上锅，热了油，马上就能做一个韭菜炒鸡蛋。王国全爱吃韭菜，韭菜猪肉馅的饺子一顿能消灭八十个，吴玉真不会做，他吃的韭菜猪肉馅饺子全是贾红和的馅。

大清早李混田一脑袋撞进来，不让他摔裂的髋骨打石膏，敷上碎韭菜就走了，来去恰似一阵风。李混田明白他的心意，他不想躺在病床上让人看笑话，他必须以最快的速度站起来去办公室坐镇，稳住中天煤业的印把子。

渴望看他笑话的人多了去了，他偏不让他们如愿。他更不能让贾红如愿。贾红彻底让他王家断了香火，他怎么还能悄悄卧在这里舔伤口养精神？他要反击！马上反击！王国全咬紧牙关，憋出一个响屁。他要把贾红碎尸万段！

护士进来在王国全屁股上扎了一针，这一针把他肚子里的气愤泄了三成，鼓胀如球的肚皮瘪下两寸。护士关门出去，王国全忍不住咯咯笑出声来。这个护士让他想起了李混田找菜刀剁韭菜那一幕，护士的嘴巴张得能塞进去几个乒乓球，眼睛睁得像两个剥了皮的鸡蛋，以为名满贾家湾的李神仙疯了。主治大夫不敢怠慢，神仙既然提了要求，咋也得满足。护士跑到食堂拿来一个菜板一把菜刀，跑得上气不接下气，就喘气那一下工夫，李混田将菜刀使得上下翻飞，虎虎生风，剁了一菜板碎韭菜，碎成了渣渣，染了一菜板绿汁子，护士服和白床单溅得点点斑斑。

碎韭菜一敷上王国全立时疼痛大减，护士一手提刀一手拎着菜板跟在李混田身后穿过走廊，佩服得都快哭了。谁能知道碎韭菜比石膏还灵验！这个来去如风的老头子不是神仙是什？护士的眼睛激动得比流氓兔还红，惹得王国全乐不可支。

他的笑声像一个破皮球在空空的房间里弹了几下。瞬间僵硬在他脸上涂了一层厚厚的胶水。他一点一点嚼碎了他的笑，口苦得张不开嘴，幸亏李神仙的韭菜缓解了窒息，让他雾蒙蒙的眼睛恢复了视力。

李混田专程赶来报答救命之恩。二十年前的夏天，王国全带一辆运输车往矿上送配件，半路遇上了冰雹，鸡蛋大小，坠落如雨，几乎把驾驶室顶棚砸漏。司机指着公路边一片林子嚷嚷，王国全一看，一个人一脑袋扎在树坑里，双手抱头，身子被砸得一蹦一蹦，扭得像麻花，屁股甩得如同一条出了水的鱼。王国全和司机从车厢里抬下一个水车用的玻璃钢引擎盖，美国货，既轻便又结实。两个人举着引擎盖挡开雹子把那个人从树坑里拉出来，仔细一认，正是李混田。

王国全暗暗吃惊，因为李混田并无丝毫濒死的惊慌，反而带着一点满不在乎，两颗黑眼珠深不见底，双眉正中一道深痕，宛如二郎神的第三只眼。三个人顶着美国引擎盖坐了十分钟，雹子停了，李混田也不答谢，也不说话，掉头就走，气得司机追着撵着骂。李混田不回嘴，在林子里三钻两钻没了踪影。王国全劝了司机两句，开着被砸得坑坑洼洼的运输车把坑坑洼洼的引擎盖送上山去。司机一路嘟囔，嫌撞见一个不懂人情世故的瞎熊，损了货物还添了一肚子怒气。

今天可算让李混田报了恩，用剁碎的韭菜弄了一病房韭菜味，赏了护士一双兔子眼，还巴巴地赶着发了一条不让他回家的短信。他真应该听李神仙的指示，但在他心中李神仙并不完全是一个神仙，或许更像一个神灵附体的神汉。他王国全太骄傲了，骄傲得连神仙都不相信了，不招祸等什哩！吊死鬼要账，活该哩！

当年他第一次遇见李混田的时候，这个还未走上神坛的神仙正在挖坑埋一个婴儿的尸体。自从贾家湾有了中学就有了早恋的中学生，找不到法子打胎，只能偷偷生下孩子扔掉。李神仙李混田做了那个闻名遐迩的埋尸人。

王国全记得李混田专注的眼神，沉稳的大手，铁锹扬起泥土的闷响以及泥土撒落的沙沙声。李混田用塑料布裹了青紫色的婴儿尸身，轻轻铲进一尺见方的坑中，迅速掩埋。没有乌鸦，没有野狗，没有眼泪。那就是王国全第一次遇见李混田的场景。

李神仙曾是一个埋尸人。王国全记得李混田的每一个动作，因为每一个动作中都满含慈悲。他不知道李混田究竟埋了多少具婴尸，每一个坟墓都没有墓碑和坟头。他记得那一具青紫色的婴儿的尸体，半睁的眼睛，黑洞似的嘴巴，肮脏的胎毛，布满青筋的脑袋。王国全突然泛起剧烈的痉挛，他想呕吐，他还想吞咽。

他唯一的儿子死了。无泪的哭泣碾压他，摇撼他，抽搐他，挤捏他，踩躏他。王国全觉得自己被命运强奸了。吴玉真呢？她抱着孩子的尸体，仿佛化作了一尊石像。吴玉真疯了。他知道吴玉真疯了。岩石般的疯狂，深渊般的绝望。

贾红夺走了王国全的儿子的性命，逼疯了小三吴玉真。多么光辉灿烂的战绩！贾红胜利了。他要将这个胜利者碎尸万段！王国全咬住枕巾，牙龈咬出了血，他的指甲抠进肉里，他的拳头攥得几乎爆裂，他的尿在翻江倒海般的丹田之下狂躁。

李混田说过，他王国全今生断子绝孙。他的尿还在呢，他还能生，但吴玉真已经疯了。消息传出去了吗？整个中天煤业是不是已经流言蜚语甚嚣尘上了？他没有像许多人希望的那样被贾红捉奸在床，摔坏了髋骨并不能给他戴上"通奸"的帽子，他们需要确凿的罪证使他身败名裂。

通奸。王国全看见"通奸"两个字变成了烧得通红的烙铁，被一个没面目的人攥在手中，随时准备烙上他的额头。他们不会把这两个字文在他的脸颊上，他不是宋江，他们渴望把这两个字堂堂正正地烙上他的印堂。他王国全不是徐定发那样的强奸犯，而是西门庆那样的通奸犯。王国全尽力调匀呼吸，告诫自己不能慌乱，只有冷静才能送他越过险滩。

他深更半夜用消防绳从阳台下坠逃跑那一刻异常冷静。吴玉真稳固绳钩，惶急的呼吸拂过他的鬓角时，他是冷静的。他的两条腿夹紧绳索一点一点向黑暗的陆地沉降时，他是冷静的。他滑过一扇一扇窗户，透过昏暗的灯光窥探到一家一家的隐私时是冷静的，甚至当他感觉到贾红用剪刀剪断救生绳时也还是冷静的。但从三楼和二楼之间突然加速度撞向地面的那一刻，他的心于瞬间堵塞了咽喉，如果不是颤动五脏六腑的巨震，他说不定会被那颗恐怖的心噎死。

他的命大，楼下的杨树枝托了他一下，身体着地的时候他双手抱头，胳膊夹紧耳朵和太阳穴，用力蜷缩双腿，所以只摔伤了髋骨。但是他的儿子，他和吴玉真的儿子，他唯一的儿子，却被不足一米的高度夺去了性命。他不知道究竟是谁推了吴玉真，不知道孩子摔到了什地方，因为吴玉真已经如行尸走肉般麻木，也许永远不会告诉他真相了。

他要把贾红的心挖出来！他要用贾红的心做一碗酸辣醒酒汤！他要先往贾红的胸窝里泼一碗冰冷冷的凉水，将包裹那颗心的热血激散了，如此剜出来才脆嫩爽口！其实贾红应该弄死的人是他王国全。那个愚蠢残忍的女人杀错了人。

他的儿子死了！他的儿子死了！他的儿子死了！

红眼睛护士进来给王国全量血压，血压计勒紧臂弯，王国全听见他的心在一个空荡荡的地方空荡荡地跳，缓慢，沉重，虚弱。高压一百九十，低压一百二十。护士睁大红眼睛再量一遍，王国全默念心经，平稳呼吸，高压一百五十，低压一百。

必须冷静！贾红咋知道他什时候回家？有人跟踪，或者有人蹲守。贾红为什要破釜沉舟上演捉奸在床？贾红是不是想获得通奸铁证彻底毁灭他的政治生命？到底有没有人藏在背后筹划安排他的灭亡之路？

必须冷静！他绝对不能在敌人面前露出破绽，更不能表现悲痛哀伤。如果不能主动增加敌人的痛苦，就要被动降低敌人的快乐。

他们甚至准备了破门锤。贾红没有那个细密，让她把吴玉真推一个跟头不费劲，让她拉一根地雷触发线简直势比登天。因为贾红本质缺乏精细的恶毒。她可以剥皮，但绝不会在人皮上绣花。

必须冷静！该咋对史东风说呢？他王国全被自己的老婆断子绝孙了？贾红还不如把他那话儿一剪刀剪了倒干净！做了太监好，做了太监就彻底与通奸绝缘了！只要跟通奸没关系，集团公司就不会上纲上线，小题大做，让史老板头疼。史东风一手提拔的人栽在通奸上岂不是癞蛤蟆跳脚背，不咬人恶心人。王先锋没让子弹打死，却被精液憋死的笑话还不把史元帅气得骂娘？截至目前，他是中天集团第一个跳楼的子公司董事长。

子公司董事长。政治局常委相当于军机处大臣，中堂，一品大员。国务院总理正一品，政治局委员及国务院副总理从一品，中央委员及国务委员正二品，中央委员会以外的各大部长及省委书记从二品，省长正三品，省委常委从三品，非省委常委的副省长正四品，省委委员及省长助理从四品，地委书记专员正五品，地委副书记副专员从五品，地委专员助理正六品，县委书记从六品，县长正七品，县委委员从七品，副县长正八品，且属各局局长从八品，县属各局副局长正九品，县属各局科长副科长科员一律从九品。

念叨着这些王国全渐渐平静冷静安静了！这些是他从史东风中意的一个打卦算命的处士那里听来的，该处士喷得天花乱坠，口沫横飞，到浓快处，恨不能指天画地捶胸顿足，直听得一干官员各个神魂颠倒，如醉如痴。

这就是中国的九品正中制。他王国全算几品？政企没分离之前顶多从五品，那还是往高了凑，政企分离之后恐怕也就是一个从六品，论实权远不如一方父母，正七品县令。但好歹他王国全往高了评也是在品在级的官员啊！官员没有不要脸的！官员必须要脸！

王国全伸手摸了摸脸颊，胡子楂扎手，哔哔啵啵响。医院的副院长推门而入，奉院长大人之命特意送来上好的福鼎白茶，专门用水晶高脚杯冲泡，那一片绿，明晃晃活色生香。王国全嘴里顿时唾液充盈，撑起上半身，一边吹一边啜，唇齿缠绵，一股清气直透囟门。副院长识趣，不打扰王国全品茶，掩门退出。

王国全转动玻璃杯，将玻璃杯转成一柄利剑，他和贾红立在霜刃的两边。贾红面无表情，他脖颈上的寒毛根根直竖。王国全站在贾红的立场上将事情细细思量一番，终于找到了最可能的答案。贾红希望拿到通奸铁证让他交出大部分财产，然后与他分道扬镳，各奔东西。他王国全是从六品，现如今的高危职业，人家贾红离了他，摇身一变，从提心吊胆的官太太化作清清白白的亿万富婆，后半辈子岂不安稳逍遥？再说还有那个用膀子顶了他一个趔趄的小黑脸呢。那小子的脸虽黑，长得倒也眉清目秀，而且功夫了得，肯定能让贾红在床上嗷嗷叫一整宿。

王国全慢慢饮干杯中的茶水，拭去额头上沁出的一层虚汗，咬了咬牙。千不该万不该，贾红不该取了他儿子的性命。他的前途已经黯淡无光，他的人生已经支离破碎，他活着已经味同嚼蜡。他要把贾红碎尸万段！他要报复，他要疯狂，他要挣扎，他要千方百计活下去！活下去真他娘的不容易！

护士进屋送骨科拍的 X 光片，顺便续了一杯热水，福鼎白茶如普洱一般耐泡，冲五六次味道也不散，第二泡起茶汤醇厚的滋味才慢慢生发。王国全看了一遍静音的手机，没有史东风的电话。史老板安插在中天煤业的眼线早应该将他的丑事上达天听，至今却连问罪的话也没一句，一念及此，王国全不觉汗流浃背，伤腿疼痛难忍。

他喘着气打量这间小小的病房，好像住的是一家装修蹩脚的酒店。这就是逆旅。他把"逆旅"两个字翻来覆去咀嚼，第一次品出了铭心刻骨的滋味。

逆旅。他是不是准备日暮途远，倒行逆施？他王国全还没有伍子胥的本事！没本事也可以倒行逆施，任何一个自感日暮途远的人都可以倒行逆施。

美式橄榄球超级碗冠军匹兹堡钢铁工人队颁发给吉米一个奖牌，感谢吉米的慷慨赞助，奖牌上按照吉米的意愿刻了一句话，《了不起的盖茨比》的结语。

"于是，我们奋力向前划，逆流而上的小舟，不停倒退，进入过去。"

吉米就是这么一个骚情东西！让吴玉真念福音，让吴玉真的情人读美国文学。王国全望了一眼身后，一条逆流的大河无声汹涌。他闭上眼睛，遏制住恐惧，竭力寻找陆地的质感。他不想坠入这条逆流的大河。

那个美国鬼子杨秘密信誓旦旦地保证这句话是比尔·盖茨的座右铭。去他妈的比尔·盖茨！去他妈的座右铭！对于一个失去儿子倒行逆施的人一切都丧失了意义。

眼泪又涌上来了。王国全找一张纸使劲擤鼻涕，越擤眼泪越多，打湿了袖口。毫无疑问，这条逆流的大河势必将他吞没。他将漂荡远方，或者，永远沉入水底。

就在王国全思忖如何以后仰腾空旋转入水的身姿投入那条逆流大河的当口，病房被一堆人涌入。王国全一惊，定睛细看，各个相熟，全是中天煤业退休的科级以上老干部。两秒钟之内王国全做了一个让涌入者比他还吃惊的动作，从病床上坐起来，一条好腿站稳，一条伤腿点地，伸出热情的双手握住了领头者贾光荣的手腕子，殷勤招呼，连声吩咐被挤在门框之外的女护士搬椅子。

众人面面相觑，借探病之机趁势施压的如意算盘已然落空，虽然韭菜味浓了些，但王国全分明气色润泽，气势磊落，气场恢宏，哪里有传说中骨断筋折，呻吟病榻，动弹不得的窘况？有人退到房门口，有人退到走廊上，甚至有人已经躲进了厕所。王国全双目如炬，往众人脸上一扫，众人经不得那探照灯般的亮，目光涣散游移，气焰又矮了三分。

贾光荣是跟了老矿长贾玉庭几十年的老中天，当年在大同矿务局干了五年采掘队队长，塌方抢险奋不顾身，让煤矸石砸瘸了一条腿，得过山西省劳动模范。今日被王国全面对面亲切握手，瘸子碰瘸子，惺惺相惜，贾光荣将之前精心准备的说辞丢到了九霄云外，直不楞登劈面问道："咋不打石膏呢？"

王国全微笑回答："李神仙敷了还阳草，馋得我就想吃炒鸡蛋，一流口水，腿不疼了。"

老干部们笑了一阵，等带头人贾光荣发话。贾光荣往椅子上一坐，两个拳头支住大腿，朗声说道："趁你养病得闲，我们几个老家伙一起来问你个事情。你忙的时候我们连影子也捉不见，还怕扰乱你的正经事，今天这是托了你住院的福了！"

王国全不理会贾光荣话里的骨头，笑道："老哥哥们什时候来，我都有时间。全是我的老领导，以前我哪一个没伺候过？今天倒客气起来，怕是看我腿脚不方便，免了我的差了。"

不等众人赔笑，贾光荣针尖对麦芒般顶了上来："我腿脚不方便了多少年，今天也被他们拉了壮丁！其实不用我说你也知道是什事，招工不要子弟了，孩子们没出路，好歹求他们王叔给碗饭吃，别让我们白发人养黑发人。不怕你笑话，真真养不起啊！"

几颗白头，一片唏嘘。今年中天煤业招正式职工，六十个名额报了两千多人，两千多人里有八十多个研究生，按照招聘的学历要求，中天煤业老员工的子女亲属一个也轮不上。王国全在班子会上拍板，一律择优录取，绝不徇私照顾。这一下捅了老干部的马蜂窝，惹得前辈口诛笔伐，有人甚至白纸红字写了大字报，贴在中天煤业办公大楼的宣传栏里，将王国全的名字打了红勾，像极了古代判决斩首的告示。今天不知是谁走漏了风声，老干部们组团前来探病，大有炸平庐山、停转地球之势。王国全心下暗自庆幸伤腿没打石膏，否则僵卧病床，局促困窘，必然受制。

"养不起就让他们自己养自己！窝在这个山沟沟里有什出息？到外面闯荡一番，脑袋上撞几个疙蛋，也知疼也知难，那才成人哩！你们看人家能走的谁不走？北京上海念了书有回来的没有？老哥哥们，再不能惯娃娃了！你们让他们啃老，他们才不管什猪八戒啃猪蹄，自残骨肉哩，咋也不咋，啃完算完！我不让他们啃你们！谁啃你们我拾掇谁！"

久经考验的老干部们推举出来的领头人也不是吃素的，贾光荣比老领导贾玉庭讲理，而且寓情于理，以情服人。

"你让娃娃们咋闯荡哩？爹妈爷爷全是挖煤的，几辈子都搭在矿山上，咋有精力供他们去省城念中学？这山沟沟里的中学什时候出过状元？不就是觉得做父母的亏欠了娃娃们，才盼着能端上中天煤业的饭碗，好让娃娃们吃上饱饭么？

"你把他们推出去，外头净是些研究生，迟早把娃娃们研究死！咱的娃娃咱知道，不是对手呀！人家现在拼爹呢，年纪轻轻不到三十岁，到中天煤业挂职副处长，挂上一年，回到北京集团公司总部就开衙建府，青云直上。

"我们的娃娃不要求当副处长，连副科长也不巴望，只要一碗饭么！要一碗饭咋这么难！挖煤的黑碗碗，盛些黑荞面饸饹，黑莜面窝窝。什好吃的？吃饱了不饿啊！"

王国全双手捧着玻璃杯像捧着一道圣旨，并不着急宣读，因为老头子们一定会跪听。他啜了一口茶水，慢慢咀嚼一根茶叶，缓缓说道："饿不死的！现在这个世道想发财不容易，想饿死也不容易。爹有娘有不如自己有，他生在这个山沟沟里是他的命，能走出这个山沟沟也是他的命。咋活不下个人？咋都能活下个人！

"放心，一个都死不了！谁活不下去饿死了我给谁偿命！招研究生的事情已经上报集团，不能改。你们中午去中天宾馆，我让贾康安排饭。"

贾光荣站起来，把一张铁青的脸逼到王国全鼻子尖前面，喷着满嘴的烟油子味道，冷冷说道："不用！省下你的饭赏别人吃！我们找老贾矿长评理去！上北京告御状，滚史老板的钉板也认了！"

他后退一步仔细瞧了瞧王国全的脸色，换了嘲讽的口气揶揄道："我忘了，你没娃。你一个没娃娃的人自然不明白有娃娃的人的难肠！我们不怪你，等哪一天你也有了娃娃，你就清楚当爹是咋一回事情咧！"

贾光荣一说有后无后，王国全脸色登时煞白。他装腿疼，微蹙双眉，轻抚髀骨，闷闷哼了一声，悄悄察言观色，断定众人并不知晓昨夜他的丧子之灾，贾光荣之所以提及，不过是讥讽他无儿无后，却不曾料到他是有儿绝后。

王国全暗自隐忍，微微笑道："咋就把老贾矿长搬出来了？他得罪的人多，退休了你们都不理他，不跟他说话不跟他下棋不跟他打麻将，硬把他孤成了一个疙蛋，单蹦，独自滴溜溜乱转。他老人家没办法，全家搬去威海，离了贾家湾这个苦大仇深的地方。如今为了要寻一个能震唬我的人物，你们又尽释前嫌将他老人家抬了出来，真真难为你们！"

贾光荣胳膊一扬，脖子一梗，眼睛一瞪，嘴巴一撇，正要回嘴，王国全拿起枕边的手机递过去，柔声细语嘱咐道："给老书记打个电话，给他老人家问个安。我把情况向他老人家汇报了，他老人家说有什事让你们找他去，他给你们的娃娃在北京找饭碗。"

贾光荣满脸紫涨，恰似锯了嘴的葫芦，灭了捻子的炮仗，干草塞了嘴的叫驴，作声不得，半天，问道："老书记还说什了？"

王国全点着伤腿走到窗前，窗户外面横着几枝杨树叶子，一群麻雀在叶子底下跳。他点上一支烟，吸了两口，感念李混田的碎韭菜，想包几个韭菜猪肉馅饺子下酒。

"老书记说前一阵子大同矿务局宣传部的老部长去看他，两个人聊起来陈年往事，掰着指头数了数死在五十岁之前的那些工人。两个人掰了二十个手指头，不够数，翻出大同局的人物志查，整整查了一下午。

"每个早死的工人都有几百天的义务劳动。那时候只休星期天，三百个义务劳动日就是六年的所有星期天。有一个劳动模范义务劳动了五百多天，仔细算一算，就是整整十年天天下矿井，在那个黑洞子里挖呀挖，一直挖到四十九岁死在巷道里。

"所有的劳动模范都有伤，最了不得的一个，抢险六次，六次死里逃生，救出工友五人，浑身上下伤痕累累。这一个死得更早，四十一岁。留下的孤儿寡妇呢？

都活着呢！活得咋样？过得好不好？不知道！

"他们两个老爷子那一天一起哭了一场。老部长说，他当年表扬义务劳动，表扬一不怕苦二不怕死，表扬大义凛然奋不顾身，不就是把那些人朝死里推吗？老书记说，老工人老干部吃了一辈子苦，你王国全不敢怠慢。有问题能解决解决，解决不了，把道理讲清楚。"

王国全捻灭烟头，走到贾光荣面前深深一躬："我没本事让你们的姥姥端上中天煤业的饭碗，我对不起你们。"

贾光荣的眼睛比护士还红，喉结滚动，咽了几口唾沫，脖子一梗，胳膊一扬，眉毛一立，大声喝道："走！吃手把肉灌闷倒驴去！老兄弟们都去，算我的！"

老干部们排着队轰隆隆走了。王国全也想喝酒，想得喉咙里火烧火燎，一股气流在胸腹间奔突翻涌，恨不能一口闷下二两，将所有的块垒和积郁浇得风流云散，浇得烈焰熊熊。他吞下满嘴口水，一抬眼，瞅见贾康在门外探头探脑，把玻璃杯往桌子上一蹾，大声说："你见神见鬼的做什？几个老干部就把你吓跑了！现在倒踅来安排午饭，我告诉你，不许你吃，饿着！"

贾康笑嘻嘻溜进病房，赔话道："不是安排午饭，是有急事向您汇报。刚才其实没躲，运输队都快把我的手机打爆了，我跑到楼梯间安顿了半天。"

王国全瞅着贾康的小眼睛，发现自己的秘书委实像个师爷，绍兴的，只缺一顶瓜皮帽，两撇八字胡，一个水烟袋。

贾康上前两步，低声报告："贾疙瘩把公路挖断了，运煤的卡车出不去，堆场挤成了停车场。我请贾石头出面，旗长大人躲到东胜开会，三天之后才回贾家湾。堆场已经快满了，再等上两天，实在没地方搁置，弄不好恐怕得停皮带机，影响生产进度。"

王国全坐在床上，把贾康的脑袋扳到床头，咬着耳朵吩咐："先不管那些！你去买一瓶好酒一包五香花生，再整两个腾霄楼的韭菜馅狗浇尿烧饼，我要喝酒呀！"

贾康不敢怠慢，一道烟似的跑出房门。王国全靠着枕头闭目养神，腹中饥饿，想酒想得腮帮子发酸。一阵凉风吹起王国全一身鸡皮疙瘩，他睁开眼睛，一个人站在床前，面色苍白，颧骨高耸，两眼布满血丝，鼻翼翕张，嘴角深抿，整个人恰似一把冷飕飕的匕首。王国全这一惊非同小可，不觉噌的一声挺身站起。那人退了一步，低了眉眼，双手抱拳拢住下襟。王国全仔细一认，正是王民。

死一般的沉默。正午的阳光变成了子夜的月光。

在法国，一位城堡的主人告诉王国全一句中世纪骑士阶级的名言："我的附庸的附庸不是我的附庸。"所以，王民不是他的附庸。

在北京，中天集团的当家人，从三品的红顶商人史东风说过："我的奴才的奴才就是我的奴才！奴才多一点不碍事！"所以，王民是他的奴才。

大汉奸陈荣德已经死了。他们之间的那个人死了，但他们之间的纽带却没有断。王国全提醒自己，眼前这个奴才很危险。安田修三和李小花一起失踪了，贾家湾的人说两个人私奔到日本去了。这个奴才可能是一个杀人犯。

他不正需要一个杀人犯吗？他不是万分渴望将贾红碎尸万段吗？大汉奸是不是死前已经安排了那个任务？这个奴才是不是前来确认那个任务？

王国全渴得嗓子眼冒烟。他想喝酒。他从未如此渴望过酒精的刺激和安抚。石秀是怎么骂梁中书的？你这与奴才做奴才的奴才！王民没梁中书官大，但说不定比那个丢了生辰纲的脓包中书大人有本事。奴才的任务就是解决主子的问题。王民应该是个好奴才。

王民盯着王国全腿上的韭菜包看了半分钟，然后又仔细盯了盯王国全的手，宽厚，指甲修得干干净净，指甲底部的白色半月板润泽新鲜，没有丝毫颤抖，指头缝抿得紧紧的，手背上一层淡淡的汗毛。他一点没有觉察王国全对烈酒的渴望，也一点感觉不到王国全内心的波动。王国全是如此这般一个稳如泰山的主子。

他抬起眼皮，迎住王国全的目光，一瞬间，明白了王国全的心意。他一定要完成大汉奸的嘱托。那是大汉奸给他的最后一个嘱托。猛然间球球从窗户一下子蹦了进来，扑到他肩膀上，伸出舌头舔他的脸腮。窗外漫天大雪，他和球球的血洒在银子般亮晶晶的雪地上。大汉奸微笑着从天而降，朝王国全鞠了一躬，拍了拍他的肩膀，从球球蹦进来的窗口一跃而出，落在一条破雪而来的大水上，水上一叶轻舟，岸边千岩万壑。

一声咳嗽中止了王民的幻觉，王国全端起玻璃杯喝茶，杯中悬浮的茶叶像一根一根铁针。王民悄悄转身，幽灵般消失了。

王国全松了一口气，才准备放一个屁，房门又忽闪闪开了。他吓了一激灵，定睛观瞧，来的是李混田。李混田把一瓶酒放到床头柜上，酒中泡了一根虎骨，色泽金黄，香气扑鼻。李混田将一包用虎骨酒搅拌的碎韭菜给王国全换上，包扎利索，变戏法似的从腰后抽出两条夹板，固定在王国全的伤腿两侧。

正忙活，贾康回来了，拎着一包五香花生米，一盒热气腾腾的狗浇尿烧饼，一瓶飞天茅台，跑得上气不接下气。红眼睛护士追在贾康身后，一副大义凛然、冒死进谏的模样，护士帽歪了，一边遮住耳垂，一边露出鬓发，倒添了几分妖娆魅惑，鼓鼓的红嘴唇像一个含苞待放的花骨朵。

李混田说："虎骨酒可以喝，舒筋活血的疗伤圣药，整个贾家湾就这一瓶。早上赶得急，碎韭菜没拌虎骨酒，药效差些，现在拌了敷上，万无一失。夹板不上不行，反正不是夹棍，你就凑合凑合，不然不方便动弹。告诉你，一顿最多只能三杯，不过二两！"

王国全笑道："李神仙，还有什是你不会的？我退休给你当徒弟去，行不？"

李混田不说话，拿剪刀剪了纱布，再剪胶布。王国全继续说："你这是还债来了？那个机器盖子让雹子砸成了马蜂窝，贾玉庭扣了我三个月奖金！后来招工我给你帮忙，让你端上了国家的饭碗，现在还拿退休金呢！你是还债来了不是？"

李混田不说话，用胶布封了纱布，调整夹板的位置。王国全不依不饶，追问："你那酒瓶里泡的是虎骨还是虎鞭？要是虎鞭我不喝！一条腿瘸了没治好，倒变成三条腿，人前现眼！"

李混田绷不住，笑了。贾康也笑。红眼睛护士睁大眼睛，张开她的含苞待放的花骨朵，转身逃跑。

李混田轻声说："快了。"

不知怎的，王国全心里咯噔一下。再看李混田，空了两手，足不沾地一般飘出门去，比王民还像个鬼。

王国全咂了一口虎骨酒，嚼了两个五香花生仁，心满意足，长长出一口气，闭了眼靠在枕头上假寐。贾康怕他睡着不吃饭，朝碗里倒了狗浇尿的调料，多放些陈醋，正要搁蒜泥，王国全坐直了身体，将杯中酒一饮而尽，吩咐道："不吃蒜。下午要斗贾疙瘩，怕气味不好。再说，肚子空的时候长了，怕吃蒜烧心。"

贾康听见，赶紧把蒜泥放回调料盒，将两个狗浇尿朝王国全跟前一推，汇报道："腾霄楼傻子的手艺，一个猪肉白菜馅，一个羊肉胡萝卜馅。买的人排长队，疯抢，我跑进厨房直接拿了两个，钱都没给。"

王国全吃得满嘴流油，干了一杯虎骨酒，问贾康："傻子是用那个狗鸡巴壶壶点的油？"

贾康笑道："可不！那壶壶真像狗鸡巴，一次就点那么两三滴，跟狗撒尿一样样的！"

王国全想了想傻子做狗浇尿的情形，呆着眼、张着嘴、喘着粗气，隔半分钟朝馅饼上滴两滴油，这边煎完煎那边，煎得馅饼焦黄酥脆，煎得铁板吱吱作响。

傻子中意吴玉真。吴玉真也快变成傻子了。吴艳霞发来短信，说吴玉真不言不语，不挪不动，拿锥子扎都扎不出反应，已经疯了九成九了。可怜一个斗杀徐定发的奇女子，失了儿子，丧了魂魄。

王国全又干了一杯虎骨酒，三下两下吞了狗浇尿，漱口擦嘴，扶了扶夹板，准备出发。

贾康犹豫片刻，劝道："您是不是别去与贾疙瘩理论了？办公室的事情也不少，要签的文件堆了一桌子。才摔了腿，万一再有个闪失可咋闹呢！"

王国全从鼻子眼里哼了一声："你是怕了那个疙瘩！你不把那个疙瘩整成脓包放了脓水，他将来还断你的铁路呢！我现在是什也不怕了！你怕你别去！"

贾康红了脸，打开房门跟在王国全屁股后头迈进空荡荡的走廊，突然又折返去，不到半分钟气咻咻跑回来，手里提着李混田送的虎骨酒，笑着对王国全说："这东西金贵，丢了没地方买，我放到车里，晚上给您送家去。"

王国全拖着伤腿走到电梯口，心中暗自叹息，他已经没有家了，彻底没有家了。现在这个世界只剩他孤零零一个。原本他在这个世界上就是孤零零一个。他想起李混田说的那两个字：快了。应该快了。电梯慢得像蜗牛爬。也许会很快。

他好像已经看到了结局。

第五十八章

贾疙瘩这两天非常不受活。

贾疙瘩一不受活就想喝酒，就想打人，就想日女人，就想上天入地撒开了折腾。他爹一不受活就打他妈，打他妹，打他兄弟，朝死里打他。他爹为什朝死里打他？因为他是一个癞痢头。俗话说，癞痢头的儿子，自家的爱，他爹却是癞痢头的儿子，自家的恨。

"文化大革命"第六年，县上下来一个领导给村民讲话，痛斥林彪反革命集团罄竹难书的罪恶，将林彪描述为"头上长颗颗子，脚底流脓"的遭天谴的大坏蛋。颗颗子就是疙瘩，头上长疙瘩就是癞痢头。贾疙瘩是癞痢头，因此，村人将贾疙瘩他爹嘲笑，骂他爹生了一个林家的种。他爹喝了酒，拎着他的脖领子仔细端详，随即将他一顿痛打，顺带抽了贾疙瘩他妈两个嘴巴子，嫌他妈的肚子不争气，生下贾疙瘩这样一个满脑袋脓包的歪种。从那以后贾疙瘩就得了"疙瘩"这个外号，一直伴他当上旗公路局局长。

贾疙瘩拿一张卫生纸挤压头上的脓包，红白的脓水将卫生纸浸染得湿答答的，像一条卫生巾。他望着汽车修理铺外面吆五喝六阻断交通的下属，啐了一口痰，吓得修理铺的长毛脏狗哆里哆嗦，伸出粉红的舌头扮出一副笑模样。修理铺老板恭恭敬敬捧上一大茶缸子黑酽黑酽的砖茶，黄颜色的搪瓷缸子上写着"为人民服务"五个红字，乃是贾疙瘩的专用饮茶器具。贾疙瘩喝了一口茶，将缸子重重往柜台上一蹾，嫌不够浓。修理铺老板急忙跑到厨房，朝铁壶里又搁了一小把茶叶。

老板娘因为不识规矩，搜罗出上等的解暑绿茶遭到贾疙瘩嗤之以鼻，心中不忿，噘着嘴对自家男人呶呶不休："割了尿敬神哩！你都快疼死了，人家还嫌不恭敬哩！"

修理铺老板吓得捂了婆姨的嘴，下死劲狠狠拧了肥屁股两把，趴在耳朵边嘀咕："看那歪人不缝了你的尻嘴！他是神？他是夜叉恶鬼！"

贾疙瘩灌下半缸子砖茶，瞅了一眼像卫生巾的卫生纸，想起了那个以来月经为借口拒绝他的女人，不由怒从心头起，恶向胆边生，后槽牙咬得咯嘣嘣。长毛脏狗胆怯谄媚地蹭到贾疙瘩脚边，伸出黑鼻头小心翼翼嗅了嗅贾疙瘩的裤腿，抬起两只遮蔽在长毛后面的狗眼，吐出半截舌头"哼哧哼哧"作态。

贾疙瘩从衣兜里摸出一块巧克力一扔，长毛脏狗急吼吼叼住，一边吞咽一边摇尾巴，浑身的脏毛泛起幸福的颤抖。贾疙瘩用鞋尖摩挲长毛脏狗的顶瓜皮，那畜生匍匐在地，摇尾乞怜，发出愉悦的呻吟。

贾疙瘩拿起开水瓶，把半瓶子滚水浇下去，长毛脏狗长声哀嚎，裹着腾腾蒸汽蹿出大门，慌不择路，一头撞在千斤顶上，昏晕倒地，抽搐挣命。贾疙瘩瞥了一眼闻声赶来的修理铺老板，带着惩罚的快感继续喝茶。他最痛恨没骨头的东西！"狼走千里吃肉，狗走千里吃屎。"这是他爹留下的至理名言。

贾疙瘩知道吃肉得凭一口好牙齿，还得凭一对硬拳头。小时候村里孩子欺负他，拿土坷垃扔他的癞痢头，他形只影单，每每奋力厮打，往往挂彩归家，郁勃难耐。他爹教他，对手人多，只能揪住一个打，贾疙瘩受教之后，情势虽有好转，依然遍体鳞伤。他爹又教他办法，揪住一个朝死里打。贾疙瘩得此秘籍，打仗之时有什使什，捡起砖头拍脑袋，抢起木棍捅腰眼，抓起洋灰撒眼睛，实在没东西就用牙咬，终成正果，打遍全村打遍全校无敌手，横着一颗癞痢头，得谁撞谁，无坚不摧，所向披靡。

百战成名的贾疙瘩初中毕业后混迹江湖，成了村中一霸。他家住陕北大柳塔，与内蒙古一河之隔，河对面上湾镇提起贾疙瘩的大名，三岁小儿不敢夜啼。一次争抢煤窑，双方群殴，贾疙瘩手使一把铁锨如入无人之境，将上湾那一帮龟子尻打得无处躲藏，抱头鼠窜。镇长大喜之下论功行赏，奖励破旧农用拖拉机一台。

贾疙瘩喝着修理铺老板新煮的酽茶，味道浓烈，苦得他牙龈发紧，舌根发涩。茶就应该是这个尿样子！路障外面拉煤的大车纷纷掉头，牛屁股撒气，刹车声像杀鸡。贾疙瘩很满意。"要致富，先修路"这样的屁话如同五颜六色的肥皂泡泡，尿毛一扎就破。"要发财，先断路"才是颠扑不破的真理。

那条长毛脏狗爬起来，趔趄着，趔趄着，颠颠着钻进修洗车的水龙头下面。贾疙瘩掰着手指头，掰得关节噼啪噼啪炸响。五百万！中天煤业必须得掏五百万，堆场的煤才能运出去。堆场最多只能存四天的量，四天过后运不出去，从洗煤厂到堆场的皮带输送机就得停。他贾疙瘩就是要把中天煤业变成只吃不拉的貔貅！就算他王国全是一毛不拔的铁公鸡，拉不出屎还不闹得他一地鸡毛？

五百万一分钱也不能少。贾疙瘩好像看见成捆的现金流水般淌进旗公路局的小金库，不禁眉花眼笑，哼哼着《信天游》，伸手抓裤裆里的痒痒。如果薛宝莲那个女人不扫他的兴，遂了他的意，他就彻彻底底受活了！

去年搞资源整合，国有能源企业收购地方煤窑，省里与中天集团协商，将三个年产量六十万吨以上的煤窑出让给中天集团，中天集团委托中天煤业代管。既然代管了三个新并购的煤窑，必须得负责运煤公路，因此这三个煤窑的运煤公路转眼就变成了旗公路局的摇钱树。漫天要价，就地还钱，不怕县官，只怕现管，贾疙瘩想按着中天煤业的脑袋跷尿骚，王国全不让跷，还时不时寻个什硬货顶贾疙瘩的裤裆。一来二去，双方结下了疙瘩，比贾疙瘩头上的疙瘩味道还难闻。

中天煤业想买断公路的使用权，贾疙瘩不同意，执意寻租，一年租金一百万。王国全嫌贵，找旗里盟里甚至自治区里的领导说情，贾疙瘩同意打八折，一年八十万，先交三年，共计二百四十万。中天煤业今年年初将三年的租金一次交齐，贾疙瘩说还得交公路维修保养费，一年五十万。王国全怒了，对贾疙瘩的敲诈置之不理。贾疙瘩也怒了，运筹帷幄之后，以公路检修的名头率领旗公路局养护段的队伍挖断了中天煤业的运煤公路。王国全只有交齐了十年养路费，中天煤业这条运煤公路才可免遭一沟两断之苦。

贾疙瘩四处宣扬："你王国全再牛总不能把煤堆在家里，睡在煤堆上吧！自治区里的领导咋了？哪里的领导拳头不硬都是挨尿货！都得被我贾疙瘩的疙瘩硌得哭爹叫妈！"

旗长贾石头怕他把王国全硌急了，劝他疙瘩下留情，别往死里杵。他不理会，私底下嘲讽贾石头是个正宗挨尿货，虽然名叫石头，其实比发糕还软。贾石头见劝不下他，借口省城开会，躲了，让他一个跟王国全打擂台，天塌下来，有疙瘩硬的顶着。

贾疙瘩不高兴，嫌旗长胳膊肘往外拐，向着王国全说话。每年公路局的孝敬一毛钱不少拿，这一次如果讹到五百万，一毛钱也不少分，倒拿腔作调让他贾疙瘩照顾王国全的面子！凭什哩！凭他王国全的屎硬还是凭他王国全的势大？他贾疙瘩偏不照顾王国全的面子，他贾疙瘩偏要把王国全的脸打肿，让王国全正正经经装一回胖子！也不去方圆百里打问打问，他贾疙瘩怕过谁？拳头赛过铁，疙瘩硬过屎，谁来了也得钻裤裆！

那一年新盟长来贾家湾讲话，天热，他戴的假发糊在头皮上，刺痒得如同百爪挠心。新盟长车轱辘话来回说，没完没了，比老太太的裹脚布还长。贾疙瘩实在忍受不住，一把扯下假发，一脑袋扎进冰西瓜的冷水里洗了个痛快。新盟长盯着他满头的脓包无计可施，生生被恶心跑了，连接风的酒席都没吃。

修理铺老板上前汇报麻雀弄齐整了，贾疙瘩吩咐上菜。不一时，老板娘端了两个大木盘搁在柜台上，分别盛了二十只红烧麻雀和二十只炸麻雀。红烧麻雀用酱油黄桂稠酒煨煮，熟后去掉爪脚，取雀胸和头肉串了浸在汤中。黄桂稠酒是陕西关中特产，与其他甜酒不同，别有一股桂花味道，是为贾疙瘩特意安排的陈酿，将麻雀煨得带了一股子秋日的甘爽。炸麻雀是用猪油茴香将麻雀煮至八分熟，再拿胡麻油配香油灼至焦黄，用酱油、白酒、蒜葱收锅，浇上熬得如胶一般浓稠的老汤。

贾疙瘩大喜，往玻璃杯中倒了四两五十五度的陈年西凤，酒香雀香登时满屋荡漾。贾疙瘩呷一口酒，叼一只红烧麻雀，垂下眼皮盯着老板娘那两扇把裤子撑得四面凸起的肥屁股，裤裆里热烘烘膨胀。这么肥实的沟子咋让这么窝囊的男人受活了？贾疙瘩瞪着阉头缩脑满面谄笑的修理铺老板运气，修理铺老板吓得追着自家女人的屁股蛋子溜进了后院。

贾疙瘩敞着怀吃酒肉，满嘴雀骨嚼得嘎吱嘎吱，汗水湿亮了胸前的黑毛，一门心思琢磨老板娘。这肥沟子女人颇有些了得，不是只能让男人受活的花瓶，竟真有几分本事，虽然不是孙二娘顾大嫂一流人物，却也果决刚强不输男子。

贾家湾的麻雀妖怪不知为何经常光顾修车铺的小院，来时铺天盖地宛如蔽日乌云，去时雀翅横空，雀粪如雨。时候一长，这家三岁的孩子得了怪病，头大身瘦，青筋毕露，双眼上翻，口角流涎，不到半年，丢了性命。老板娘痛不欲生，发誓为子报仇，扫灭雀妖，吩咐老板搞了两个机械摇臂，撑一张大网，上兜下扑，麻雀落网无数。老板娘将杀子仇敌悉数烹炸，厨艺日进，渐渐闯出了"雀花"的名头，三教九流，小官巨贾，闻香停车求食者络绎不绝。这两口子怪，也不改行开麻雀馆，甘心守着破烂不堪的汽车修理铺过活，但雀肉卖得极贵，而且一月只卖一次，稀有度堪比例假月经。

贾疙瘩闷一大口西凤酒，暗骂水土污染是雀妖横行和孩子夭折的罪魁祸首，"雀花"错怪了雀妖，其实本应同病相怜。他摇了摇满脑袋的疙瘩，感慨女人的苦命，憧憬"雀花"的肥臀，求之不得，思之不已，夹一只炸雀咬了一嘴油。

不一时，酒肉吃尽，贾疙瘩伸懒腰打一个大大的哈欠，修理铺老板连忙放倒一张躺椅，铺上雪白的被单，摆一只沙沙响的荞麦皮枕头，搬一个嘎嘎叫的电风扇。贾疙瘩放翻一身横肉，几乎将躺椅压塌，修理铺老板立在地下打扇，被贾疙瘩瞪了一眼，如芒在背，急急去后房换了老板娘来伺候。女人不悦意，噘嘴吊脸，扇子扇得像拉破风箱。

贾疙瘩闭上眼，想起早年间睡过的那一张昏暗的大炕，横七竖八躺满了人，他爹他妈他弟他妹，还有那个慈眉善眼的老汉。贾疙瘩吧嗒吧嗒嘴，挠了挠头上的脓包，好像闻到了那个慈眉善眼的老汉从省城带来的红糖牛奶的味道。热牛奶放红糖，雪白的牛奶逐渐变成了他家十八代祖宗都不曾见过的咖啡颜色，怎一个"香"字了得！

贾疙瘩使劲咽口水。他一辈子都没喝过那么好喝的东西！他爹不让他喝，让老汉喝，老汉不喝，让他喝。他一口气喝得精光，气得他爹用旱烟管子敲他的痫痫头。老汉抽他爹的旱烟管子，呛得咳嗽。他爹的烟丝掺了树叶子，熏得人眼窝发酸。

老汉被熏哭了，一声痰嗽，双泪长流。不知咋的，贾疙瘩一见老汉眼里的水水就可怜老汉，就想跟老汉一搭里弯腰曲背咳嗽，一搭里淌眼抹泪。

贾疙瘩打了一个盹。

寒风迎门卷入，门外漫天大雪，碎琼乱玉。他爹当门而立，一边胡噜脸上的冰碴子，一边喷吐白气。他爹背上的老汉双目紧闭，气若游丝，脸白得像村里刷标语的白灰，嘴唇黑紫，但鼻头上一丝光亮不灭。贾疙瘩正要扶他爹，老汉突然化作一头黑熊，破门而出。他一屁股坐在地下，胸腹间一气顶住，宛如翻江倒海。

贾疙瘩睁开眼，一身大汗，打扇的老板娘靠着柜台打瞌睡，挨了烫的长毛脏狗不知什时候爬了回来，趴在柜台下的角落里，奄奄一息。贾疙瘩瞄着女人的肥沟子。女人的肥沟子勾起了他的舌头对红糖牛奶的回忆。长毛脏狗发出低沉的悲鸣。贾疙瘩想起身地找一把扳手砸碎肮脏的狗头。杀戮的欲望使他瞬间勃起。

老汉说过，好汉杀人的时候硬裤裆。贾疙瘩没杀过人，现在却想杀一条狗。这条日它妈的脏狗居然弄硬了他的尿！他对他那个轻狂骚情的尿非常愤恨！

贾疙瘩又打了一个盹。

他听见他妈问他爹："你从什地方弄回来这么老的老汉？"

他听见他爹说："倒在路上快冻死了，心窝还有些暖气。你快熬姜汤，我给他搓手脚揉耳朵，看能不能从鬼门关抢回一条命！"

他听见他妈笑着说："你这是低头走路摔跟头，给自己找了好大一跌（爹）！"

贾疙瘩在睡梦里咯咯笑。他爹给他找了一个爷！这个爷可了不得，是黑熊转世。他听集上说书先生说，文王扶轮八百零八步，子牙保周八百单八年，那扶周灭商的姜子牙老汉就是一头飞熊。

贾疙瘩梦中闯入一头黑熊，肋生双翅，呼啦啦扑扇，扇好大一阵风，睁眼一瞅，原来是肥沟子女人不知为什将蒲扇上下左右狂舞。贾疙瘩想解下裤带使劲抽女人的肥屁股，抽得噼啪噼啪响，抽得裤裆起火，房倒屋塌。他的轻狂骚情的尿又硬了！他无奈地侧转身体，将那个不安分的硬货抵住躺椅扶手，又圪眯了十分钟。

他爹找爹这个事是他爹一辈子做过的最光辉最英明的事。天上掉下来一块星星，不认识的嫌丑石头挡路碍脚，碰巧捡卜的放在家里，迟早卖个大价钱。那个老汉就是天上掉下来的星星，不是一整个星星，是已经被拾掇得四分五裂的星星，坑坑凹凹，奇形怪状，神里神经，慈眉善眼。

贾疙瘩从一开始就知道他这个捡来的爷不囫囵，总好像缺了些什，总好像有些什东西丢在了岁月的尘封中，如同千沟万壑飘荡的回声，吼叫的是什咋也听不机密。

贾疙瘩看见老汉朝他招手，朝他笑，满口牙晃悠得风一吹就掉。贾疙瘩听见老汉给他嘱咐些事体，可咋也听不仔细，窸窸窣窣的像闹耗子。他盯住老汉的嘴唇，一个字一个字琢磨，撅着屁股，面朝黄土背朝天，使出拉屎的力气把那些字串羊肉串般串到一处。

那些字化作了雀妖，蹦跶着扑腾着沉默着愤怒着，那些字挂在雀妖灰白的灰黄的灰红的嘴尖上。贾疙瘩认得那些字，他咬牙切齿地把那些蓄意作乱的字拼凑成了一句话，用他石杵一般坚硬的屎刻在黄土地上。

"所有人的慈善面目都是相似的，心里却各有各的狰狞。"

慈眉善眼的老汉一点也不狰狞，倒是村长家那头到处乱拱、横冲直撞的猪非常狰狞。那头猪喂到三百多斤，活像一辆披了黑毛的土坦克，屁股扭起来地动山摇。那畜牲仗着村长家的势头闯入田里乱啃庄稼，撞进村民家中寻吃食，不让进不行，直着脖子嚎，甩一颗猪头顶门，吓得家家闭户，小孩不敢啼哭。

那一天不知咋的，猪妖学习鬼子进村的招数，悄没声溜进了贾疙瘩家的院子，企图拱倒腌酸菜的大缸。贾疙瘩一个人在家，情急之下寻出正月没放的一个麻雷子点着了炸那畜牲，猪妖惊怒，撵得贾疙瘩满院子没处躲，爬梯子上了窑顶。正惶急间，贾疙瘩他爹回来了，猪妖红了眼，龇獠牙朝贾疙瘩他爹小腿上啃了一口。贾疙瘩他爹大吼一声，学习八路军刺刀见红，将肩上的榆木扁担猛杵进猪嘴里，没入大半，直入猪腹。那猪妖哼也不哼，打了两个滚，做一堆黑肉瘫在石碾子下面。

村长不依，打上门来寻事，贾疙瘩他爹找回来的那个老汉笑眯眯站出来了事，应承赔村长五十块钱。1976年的村长哪里相信一个风都吹得倒的烂老汉能拿出五十元的巨款，老汉随村长去找乡长，乡长二话没说，让乡会计取五张大团结给村长。村长吓坏了，不知老汉究竟是何方神圣，一路哈着腰瞅着老汉的脚后跟回到村里，主动向贾疙瘩他爹赔礼，说什也不敢要那五张大团结，害怕大团结闹得不团结，结了疙瘩，记了冤仇。

老汉吩咐村长安心收钱，再吩咐贾疙瘩他爹请村中屠户将猪妖开膛去毛，收拾干净，大半扇熏了挂在厨房，小半扇炖了酸菜土豆挨户分享，从猪下水里拣一挂大肠一副猪肺给村长家送了去，另外再弄些排骨猪蹄周济村中的鳏寡孤独。整个村子无一人不欢喜。

贾疙瘩他爹在火炕上摆酒孝敬贾疙瘩那个捡来的爷，赊了两瓶烧酒，借了两碗白面，贾疙瘩他妈做了一大锅猪肉臊子，一家人围在一起喝酒捞白面条。老汉灌了两盅，不吃面，一个劲往贾家几个娃娃碗里夹猪肉。

贾疙瘩他爹问："你老人家那天咋一个人倒在雪地里？"

老汉说："劳动改造累了，看雪解乏呢，不想看着看着就迷糊了。"

贾疙瘩他妈不解："那雪有什好看的？看雪也能解乏？"

老汉笑答："雪好看啊！能把江山装扮干净。毛主席最爱雪，还专门写了一首词。"

于是贾疙瘩一家人稀里呼噜吃着猪肉臊子捞面听老汉背毛主席诗词，听不懂，就听下一个成吉思汗射雕。贾疙瘩他爹佩服毛主席什都知道，蒙古人不是放羊就是射雕，抢煤不行，几次被陕西人打得屁滚尿流。大柳塔这地方都是黄土沟沟，蒙古人的马没尿用。

老汉哈哈大笑，夸赞贾疙瘩他爹能打仗，可惜生晚了，早生些年肯定是革命队伍里一员虎将。贾疙瘩他爹不经夸，一口气灌了一瓶烧酒，醉倒在炕上，吐了一地，糟蹋了猪肉臊子捞白面。

贾疙瘩现在也想吐，想吐那条长毛脏狗一头一身，想吐老板娘一屁股。麻雀肉在肚里闹腾，酒气上涌，干渴难忍。贾疙瘩吩咐上茶，女人撇了蒲扇，去后面提了一铁壶砖茶倒在搪瓷缸子里。半缸子热茶下肚，贾疙瘩打了两个嗝，放了一个屁，通体舒泰，睡意全无。

他也喜欢雪。雪就是银子啊！铺天盖地，无边无际，夺了天的彩，改了地的色，真真是好得不能再好的好东西。他在等王国全把那五百万银两老老实实送来，他渴望把王国全的脑袋按在他的裤裆里，让那个装腔作势惺惺作态的王老板着实闻一回他的屎的味道。他半睁开眼，天热得像下火，铺子外的阳光像雪光。

雪光耀眼。他又闭上眼，在自造的昏天黑地里琢磨那个他觊觎了很久却不能得手的女人。整治了王国全之后，他要对薛宝莲狰狞一回。他要把薛宝莲反绑了按在他的办公桌上日弄一回。他偏不相信这世上还有不掀尾巴根的母狗。

手机响，贾疙瘩瞥了一眼，是贾石头，不理会，继续喝茶。手机又响，还是贾石头，贾疙瘩接起电话，听贾石头磨磨叽叽翻来覆去唠叨了一回，只有一个中心思想，不敢跟王国全撕破脸皮，留下退步抽身的余地，山不转水转，将来还有碰头的时候。

贾疙瘩不爱听，转什哩，又不是拉磨的驴，转来转去转什哩，能转出金山还是转出银山？碰头咋了？他贾疙瘩这一脑袋疙瘩都是千锤百炼撞出来的，可不是喝酒吃肉惯出来的。撕破脸咋了？他贾疙瘩要的是中天煤业的钱，又不是王国全的棺材本，他王国全攥那么紧干什？到底是谁撕谁的脸？男儿无刚，不如一把粗糠，他贾疙瘩就是要争这一口气，他贾疙瘩就是要王国全低这一次头。贾石头一听尿不到一个壶里，哼哼唧唧挂断了电话。

贾疙瘩喝着砖茶闭着眼睛想他多说过的话。贾疙瘩他多爱喝酒，劝生人客客气气，自己先干一碗，拿碗底子照人，熟人不喝他多一把扯住耳朵硬灌，一边灌一边骂"狗犄旮尿"，意思是野狗偷偷朝犄角旮旯撒尿，就撒那么一点，不管是狗还是狗尿都不爽气。贾石头这个肉头实在像一条偷偷在犄角旮旯撒尿的狗，东张西望，猥猥琐琐，一根尾巴咋也夹不住。

那一年贾石头从旗财政局到贾疙瘩任镇长的周家湾挂职镇书记，履新数月，盟里下来工作组检查计划生育，哪个旗哪个镇完不成指标领导班子就得挨处分，而且一把手不能升官。贾石头和贾疙瘩受旗长托付，忙活着给女人上环给男人扎管，忙来忙去忙了个四脚朝天，终究忙不过那张破了洞的天网，全镇到底还是超生了八九十来个。

贾石头如丧考妣，比霜打的茄子还像软塌塌的鸡巴，一天到晚长吁短叹，好像马上就要净身做太监一般。贾疙瘩浑不吝，该吃吃该喝喝该日日该睡睡，见人就骂见狗就打，见了大姑娘小媳妇就问结扎，吓得全镇的人躲避不迭，全镇的狗不敢连裆。

贾石头向贾疙瘩问计，检查组不是自家旗里派下来的伙计，是盟里不知从什地方调来的先锋，只怕抵挡不住，丢了脸面，坏了前程。

贾疙瘩说："书记你怕什哩！疙瘩我不要脸，也不稀罕什前程！你把心妥妥放肚子里，先锋杀来了咱有绊马索陷马坑！"

先锋率领的检查组驾临，贾疙瘩安排精兵强将按照人盯人的原则将检查组的每一个成员盯死，他和贾石头两个专门负责先锋，检查组组长，一个三十来岁的政工干部。镇政府将计划生育情况汇报完毕，先锋宣布亲临一线实地调研，下到村里，踏进农户，掌握第一手资料，谨防超生不报瞒报谎报。

检查组分头行动，贾疙瘩和贾石头陪先锋视察黄石寨，不容先锋进村，贾疙瘩攥住先锋的手往村头的莜麦地里拉，贾石头在后面推先锋的屁股顶先锋的腰。先锋双拳难敌四手，跟跟跄跄撞进了莜麦地，被贾疙瘩贾石头左右夹紧，坐在地头，活像一个即将遭受凌辱的良家妇女，不知该先护大襟还是先捂裤带。

贾疙瘩二话不说，从裤腰带上拔出两瓶烧酒邀先锋对吹。先锋不吹，贾石头箍住先锋的双手，贾疙瘩往先锋口里灌。一瓶吹完，先锋居然不倒，贾疙瘩兴起，以为遇到了惺惺，又从裤腰带上拔出来两瓶。先锋大惊，来不及喊叫，一瓶酒早被贾疙瘩捏住鼻子灌将进去，终于不支，浑身发软，脚底拌蒜，好似宋公明饮了蒙汗药，光着眼瘫作一团。贾疙瘩大喜，也干了第二瓶，朝倒地的先锋翻转酒瓶，以示涓滴不剩。

贾石头突然紧张起来，他抓住拎着空酒瓶志得意满，踌躇四顾的贾疙瘩，发现亲娘偷汉子似的带着颤音喊："他咋抽抽了！咋吐白沫子了！咋翻白眼了！"

贾疙瘩酒气上涌，甩开贾石头的手，呵斥道："谁喝醉了不抽抽？谁喝醉了不吐白沫子？谁喝醉了不翻白眼？醉就是醉了，都是一个尿样子，有什大惊小怪？"

贾石头真急了，他双手抱着贾疙瘩的脑袋拉向僵卧的先锋，两个大拇指掰着贾疙瘩的眼皮，用祈祷的语气哀求："你看！你看！你看！"

贾疙瘩认认真真看了两眼，发一身酒汗，与贾石头两个人一个抬手一个抬脚将先锋抬出莜麦地。为了灌倒先锋，车子已经打发回去了，现在要出人命，却哪里找四个轱辘去！正惶急，土路上来了一辆农用三轮，贾疙瘩掏二十块钱征用，拉着先锋直奔镇医院。农用三轮的司机以为先锋喝了农药寻死，建议开到沤肥的粪坑给先锋灌些屎尿，大呕一场，权当洗胃。贾石头连忙制止，贾疙瘩笑得睡在先锋身上，先锋软得如同一个肉布袋。

到了镇医院，两人将先锋抬进急诊室，急诊医生让先交两千块押金，贾疙瘩和贾石头两人身上从不带大钱，你望我我看你，大眼瞪小眼，半晌无言。急诊医生是一个二十多岁的毛头小伙，一脸青春痘比贾疙瘩满脑袋的脓包还红还紫还亮，见状连呼"抬走抬走"，好似富家财主生怕穷鬼靠脏了门前的石头狮子，沾了晦气。

一文钱难倒英雄汉，贾石头只得忍气吞声上前赔笑解释："不是没钱，是没带钱，救人要紧，钱马上送来。这货已经抽抽得满脸青紫，恐怕耽搁不起！"

疙瘩医生笑道："喝醉的天天往这里送，我什醉汉没见过？酒肉朋友抬来撩下，都说人命关天，也没见哪一个真醉死了。你们取钱去，有了钱立马输液，半天就下地，晚上能再喝一场，酒量还比以前大哩！"

那年头周家湾没有自动取款机，跑到农村信用社取款得用一个小时，眼见先锋出的气多入的气少，两只眼翻得没了黑眼珠。贾石头手上戴了一块瑞士金表，光华灿灿，贾疙瘩没戴表，不是戴不起，是从来不戴。贾疙瘩就想让贾石头把金表押在急诊室，马上施救检查组领导。贾石头故意装作看不懂贾疙瘩投向他手腕的目光，只顾给疙瘩医生说好话，却咋说也不行，反受了不少调侃，挨了许多酸话。

贾疙瘩急了，朝疙瘩满脸的医生喊："这不是一般的醉汉！这是盟里来的领导！"

疙瘩医生一愣，想了想，冷笑道："我没吃过猪肉还没见过猪跑？你哄谁哩？领导？领导醉了多少人撅着沟子抬轿子哩，跟前连医生插脚的地方也腾不出，能是这尿势子？"

疙瘩医生的话句句噎得贾疙瘩抻脖子咽气，不由心中大怒，拍桌子大吼："我是镇长！他是书记！把你们院长叫来！你个碎医生到底是仗了谁的势？让我们风箱板子做锅盖，受了冷气受热气！再啰唆你爷我可就打咧！"

疙瘩医生盯着贾疙瘩满脑袋的疙瘩不言喘了，护士把贾疙瘩带到二楼院长办公室，房门紧锁，咋敲也敲不开。贾石头让护士找院长，护士不动不说话眨巴眼睛抿嘴唇。贾疙瘩抬腿一脚踹开门，见院长腆着大肚子躺在沙发上睡觉，哈喇子流了一脖子，酒臭中人欲呕。贾石头躲到走廊上，贾疙瘩去厕所打了一盆水，朝院长兜头浇落。院长一个激灵蹦起来，摇颤着大肚皮寻眼镜，寻了半分钟寻不着，眯缝着蛤蟆眼使劲瞅贾疙瘩。贾疙瘩把满脑袋疙瘩杵到院长鼻子底下，一声断喝，院长再一次蹦起来，拎着裤带挺着肚子竭力往直了站，闹不机密究竟发生了什事情，惹得贾镇长如此狂躁。

贾疙瘩拎住院长的耳朵冲进楼下的急诊室，疙瘩医生一见满头疙瘩的丑八怪居然脑揪了院长前来问罪，立时醒悟这个疙瘩是真镇长，灵机一动，亡羊补牢，不等贾疙瘩开言，伸手猛按昏晕的先锋的肚子。先锋经不住揉搓，张嘴狂喷秽物，屁放得嗵嗵响，活赛县太爷出巡开道敲锣。十分钟后，吐干净放干净的先锋睁开泪汪汪的双眼，灌下去半瓶子温水，终于缓过气来。

疙瘩医生笑道："这是酒憋住了，上下一通气什毛病也没了！"

酒精考验的先锋率领计划生育检查组当天傍晚离开周家湾，第三天盟里下了追究责任的通知，责成旗长查实回报，严肃处理。贾石头跑到旗长办公室哭诉，申明贾疙瘩是主犯，他只是胁从，并将贾疙瘩在镇医院的所作所为活灵活现讲述一番，受虐待的院长就是人证。十天后旗里给予贾疙瘩党内严重警告处分，从候补副旗长的梯队中除名，通报批评贾石头，从周家湾调到张家湾任书记。

经此蹭蹬，贾疙瘩的仕途大受影响，一蹶不振，多年正科，不得升迁，而贾石头则平步青云，直至今日坐上了旗长的位子，成了贾疙瘩的顶头上司。

贾疙瘩嚼着茶叶渣子寻思往事，愤愤不平，怒火中烧。这个灌先锋藏酒量、急诊室吞金表、推责罚背后捅刀子的瞎货居然当上了旗长，竟然成了他贾疙瘩的直接领导，不由贾疙瘩不扼腕痛恨生不逢时。他爹捡回来的爷说过，如果在乱世，贾疙瘩至少能混个师长。师长是什级别？地师级，厅局级，跟现在的鄂尔多斯市长平起平坐！

贾疙瘩想打仗，想得牙痒痒手痒痒心痒痒，想得满脑袋疙瘩发红发胀发神经。

他瞪着打扇的女人，女人被他盯得鸡皮疙瘩掉了一地，丢下蒲扇扭着肥沟子逃跑了。他瞪着趴在角落里的长毛脏狗，长毛脏狗奄奄一息，死狗不怕开水烫，对他血红的眼珠子视若无睹。

贾石头这个软蛋肯定跟王国全暗中勾结，通风报信，说不定还给王国全出谋划策，盼他贾疙瘩摔跤栽跟头。要是在乱世，他今天晚上就去摘了那个两面派的脑袋，何至于一个人窝一肚子闷气躺在这个毵地方忍耐！贾疙瘩长长一声叹息，记起老汉说过的"风尘困顿，屈在下僚"那八个字，不禁一阵心酸。

门口闪过一个人影。贾疙瘩长身而起，定睛观瞧，周围一片静寂，远处尘土飞扬。那人影像极了一个人。贾疙瘩心中忌惮，拿起手机准备安排精兵强将前来护驾，穿堂风吹，门外轻飘飘晃进一个呼哧带喘，挥汗如雨的胖子。

贾疙瘩仔细一认，忐忑一扫而空，笑骂道："原来是你！见神见鬼地吓你爷我一跳！烤得肥油都渗出来了，赶紧擦擦，仔细蹭你爷我一身！"

胖子满面堆欢，打躬作揖，搬一把椅子挨着贾疙瘩坐下，捡起老板娘丢下的蒲扇扇凉，悄声说道："我有天大的事情向局长大人汇报！"

第五十九章

贾胖子是贾家湾首屈一指的工程承包掮客,煤矿土方剥离,煤矿基础设施建设,煤矿环保治理,公路桥梁发包,土地征用拆迁,只要是超过五千万的合同,都有贾胖子魁梧飘摇的身影,黑白两道的大哥,官商民营的老板咋也得给三分脸面。

有人拿贾胖子跟那个大名鼎鼎的丁胖子比,比来比去比不出高下。第一,贾胖子是男人,丁胖子是女人,男人和女人家伙不一样,咋比哩?第二,贾胖子没干过高铁,因为贾家湾没有高铁,不但贾家湾没有高铁,迄今为止内蒙古到北京也不通高铁,人家丁胖子是高铁专业户,所以没法比。第三,据说丁胖子那个女人仗义疏财,扶危济困,花钱如流水,朋友遍中国,而贾胖子的钱都穿在肋条上,往上穿的时候疼,往下拔的时候疼死,除了钱,没亲人没朋友。但学习及时雨宋公明的丁胖子进去了,判刑了,在法庭上以泪洗面忏悔了,贾家湾的贾胖子还是那个贾胖子,该吃吃该喝喝该挣挣该日日。丁胖子的下场有目共睹,贾胖子的结局众说纷纭,那就更没法比了。

既然贾胖子还在贾家湾的地头上晃悠,那贾胖子就是现实存在,阎老西都信奉存在合法,看起来贾胖子应该合理。因此合理的贾胖子在贾家湾颇有人气,享受的基本是大员外级别待遇,展油活水,风光无限。

贾疙瘩揉着头上的疙瘩盯着展油活水的贾胖子。贾胖子弓着腰,两只胳膊肘支着膝盖,两只手叉在一处捧住心窝,对贾疙瘩的眼神报以虔诚的微笑。贾疙瘩盯了两分钟。贾胖子笑了两分钟,温婉如同一个女人。

贾疙瘩收回目光，靠到躺椅上闭目养神。贾胖子低声禀报："施工队开挖追加的土山包包，钩机伸得太长，履带没撑住，整台机器从土崖上翻了下去，砸塌了崖下一眼土窑，砸死了窑里一个老太太。钩机司机也死了，机器报废了，村里正闹呢。"

贾疙瘩睁开眼睛重新盯住贾胖子。贾胖子微笑依然。中天煤业的运煤公路才通车一年就多处塌陷，贾家湾的人工湖堤坝开裂，跨湖大桥路面沉降，小煤窑边坡治理大面积滑坡，泥石流冲垮了坡下的一级路。今天，高速公路贾家湾段挖掘机事故夺了两条人命。

在贾疙瘩剥皮敲骨的目光逼视之下，贾胖子神色坦然。拿人钱财与人消灾，这是千古不变的真理。他贾胖子拿了施工队的钱就得了施工队的事，他贾疙瘩拿了他贾胖子的钱就得了他贾胖子的事。天经地义，天公地道，天塌地陷，天要下雨娘要嫁人。人人都得挣钱！人人都得为钱！人人都得爱钱！

贾疙瘩咳嗽一声。贾胖子攥着两只手，凑到贾疙瘩耳朵边边说了一个数字。贾疙瘩舒服了。贾胖子不是不会办事的人。

贾胖子是个会办事的人。贾胖子更是个明白"有钱能使鬼推磨"的人。贾胖子他爷解放前是托克托数一数二的富户，出了名的只认钱不认人。他爷的兄弟让闺女去他爷家借钱过年，他爷骂："咋不穷死你呢？穷人咋不快些死完呢？你日你妈的穷杂碎还敢跟我借钱？没有！你卖屄去！卖了屄就有钱过年了！"

那闺女被骂得呜呜哭，他爷揪着闺女的辫子从堂屋一路扯到大门口，一字一句读红纸上的对联。

"爆竹三声，进出一伙穷鬼。呸！贼狗日的，害得老子七死八活。"

"焚香九炷，迎来五路财神。呀！好老人家，保佑小人六合四喜。"

读完对联，迎头一巴掌，再兜屁股一脚，把那可怜的穷闺女踢打跑了。好歹解放了，要不解放，贾胖子他爷真能把全世界的穷人全都日弄死。

贾胖子他爹继承了他爷对穷鬼的刻骨仇恨，只是在新社会不敢露出来，碰见要饭的小叫花子，瞅人不见一脚踢个大马趴，还专门把要饭的瞎子往臭水沟里引，有一次遇见一个假瞎子，倒把贾胖子他爹踹进了渗坑。贾家姑娘成亲，非财主不嫁，贾家男丁结婚，老丈人没钱不娶。因此贾胖子的大舅子小舅子大姐夫小姐夫全是财神爷，挖煤运煤倒煤偷煤，什挣钱干什。只要不当穷鬼，只要有钱，咋都行！卖沟子都行！

这一点要钱不要命的狠劲对了贾疙瘩的脾气，不管为钱为官为女人，只要敢拼命贾疙瘩就喜欢。何况贾胖子还送了他那么体面的一把枪！

贾胖子保持姿势、语调、语速，双目湿润，饱含感情，把贾疙瘩想象成一个满脑袋金疙瘩的财神爷："高速路塌方的修复工程山东人出百分之三，河南人出百分之五。咱给河南人算了。塌方不索赔，杭锦旗的承建单位愿意拿一百万感谢费。

"修了塌，塌了修，修了再塌，塌了再修，每一次都收双份，两年最少能整一千万。

"明年高速路养护总承包一户山西人家想干，画线车，清扫车，沥青修复车，还有清障车都是公路局的，设备维护和配件消耗的费用准备报价九百万。事成之后山西老板愿意转包你妹手里的天轮酒店，一年三百万。现在不让公款吃喝，酒店的生意一落千丈，转包出去利索。谁不知道你疙瘩局长心疼妹子！"

一番话说得贾疙瘩像吃了人参果的猪八戒，浑身上下没一根毫毛不舒坦。自从贾胖子送他毛瑟枪那一天起，他就知道贾胖子能让他舒坦。听听，毛瑟枪！毛瑟！尿毛都嘟瑟了，那尿还不爽死！

毛瑟1912是一把老爷枪，比老爷车还老的老爷枪，电视里混战的混账军阀和攻城拔寨的工农武装首长们别在腰里的玩意，好威风好煞气好硬棒！毛瑟1912的长枪把包了一层厚厚的金箔，长弹匣裹了一层白金，长长的比尿还长的枪管涂了红彤彤的赤金，一把枪好像有三个尿。哪吒只有三头六臂，却没有三个尿，而且还是三个这么贵重的！而且连子弹都包了金，撒在地上稀里哗啦的脆响像金币！

贾胖子把枪呈送到贾疙瘩眼前那一刻，贾疙瘩胸中热气翻涌，全身血脉偾张，尤其是裤裆里那个东西，不见天日五十年，终于在尘世间遇到了知音。贾疙瘩爱死了这把老爷枪。他爹捡回来的那个老汉就要过老爷枪，不光有毛瑟1912，还有汉阳造和三八大盖。这把枪让贾疙瘩穿越几十年光阴，体味到了红军首长的威风！

日他妈的贾胖子！咋这么会办事哩！办的事咋这么可他贾疙瘩的心哩！现在

这把毛瑟 1912 就别在他腰上，腰椎间盘像顶了一把锤子。

贾疙瘩想起了他爹捡回来的他爷的话："人都喜欢杀人。没有不喜欢杀人的人。只不过绝大多数人的杀机藏了一辈子，临死都寻不见。它一定在你身体里什地方埋着，你寻去，不是寻着一条胳膊就是寻着一条腿，再寻下去就有了鼻子眼睛耳朵嘴，还有一个屎。

"一定有，像一把锤子，在漆黑里闪寒光。不着急，你慢慢寻，寻见了你就知道是咋回事了。"

贾疙瘩睁开眼，贾胖子已经走了。贾胖子也喜欢杀人，只要杀人能发财，贾胖子杀人保准连眼皮都不眨一下。瞅他刚才说到砸死那个穷老太太的表情，分明有一种压抑不住的欢喜。死了的穷老太太可是银山啊！那眼破窑洞成了藏银山的窟窿，银山陷进去，严丝合缝。与此相比，那个钩机司机的死简直不值一提。没银子捞还得往里搭银子，这样的死可谓轻如鸿毛。不，不是轻如鸿毛，是臭如狗屎。死都挣不下钱，把人活成什了！

贾疙瘩理解贾胖子提及钩机司机死亡时的愤恨和轻蔑。在贾胖子眼里，妨碍他挣钱的人，尤其是妨碍他挣钱的穷人比趴在地上的长毛脏狗还恶心。这就是阶级啊！

贾疙瘩站起来，伸一个长长的懒腰，放一串响屁。王国全还没来，他等着。心急吃不了热豆腐，好饭不怕时候长。他一定要等到王国全低声下气蹲下身子低下脑袋乖乖让他跷尿尿，他一定要把王国全那张道貌岸然的脸皮揭掉，挤出实实在在的卑下和猥琐。他要抽出腰里的毛瑟枪顶在王国全那个亮得像涂了油的脑门上，看他狗日的王国全吓不吓得尿裤子。

他觉得王国全是一个叛徒，就是那种被红军首长甩盒子炮枪毙的叛徒，就是那种被同一个战壕的战友唾弃鄙视的叛徒。

王国全是一个官，是一个践踏了官场原则的官，就像狗群里一条不吃屎的狗。其实所有的狗都吃屎，王国全对屎的轻蔑根本就是装洋蒜。王国全是整个贾家湾唯一一个没有跟他贾疙瘩分过钱的有头有脸的人物。王国全不跟他在一个碗里吃饭，不跟他在一个夜壶里撒尿，不跟他在一个茅坑拉屎，不跟他穿一条连裆裤，就是对他贾疙瘩最大的侮辱！

贾疙瘩摸着腰里的枪把子，牙咬得咯嘣嘣响。谁让不是闹革命的时候了呢！无法枪毙王国全这个害群之马是一种巨大的痛苦！

毛瑟枪贾疙瘩试过。贾胖子不知从什地方寻来一匹狼，关在一个硕大的铁笼子里，毛色灰黄，直着黄眼珠子瞪人，目光中渗出透骨的冰冷。贾疙瘩先朝狼的扫帚尾巴开了一枪，子弹在尾巴根上穿了一个洞。狼沉默着在笼中奔跑，洒了一圈血点。贾疙瘩瞄准狼的前爪开了第二枪，狼瘸着前腿一蹦一蹦向前蹿，简直就是狼三立。贾疙瘩的第三枪在狼肚子上开了一个黑窟窿，狼趴在笼底，吐出血红的舌头，继续沉默，黄眼珠子里呈现一颗逐渐扩大的黑点。一直到断气，那匹狼一声都没叫过。

不等狼彻底蹬腿，贾胖子就日急慌忙招呼人钻进铁笼子去寻那三颗金弹壳，比拔犹太人金牙的纳粹还激动，唾沫星子四溅，一身肥肉乱抖。

贾疙瘩嫌贾胖子寻了一匹哑巴狼，不过瘾，扫了兴头。贾疙瘩他爹打过乌兰木伦河的狼。狼跳进羊圈咬死了二十几只羊，喝了一肚子羊血，跑不快，被贾疙瘩他爹撵上，一木棍砸断了狼腰。贾疙瘩他爹把断了腰的狼拉回村，狼还活着，从村头嗥到村尾，嗥得全村的狗夹起尾巴撒尿。示众完毕，贾疙瘩他爹一棍击碎狼头，剥了狼皮，做了一床狼皮褥子，给捡回来的贾疙瘩他爷焐老寒腿。

1982 年，落实政策的老汉把狼皮褥子带回了省城。在此之前，贾疙瘩他爹和贾疙瘩都不明白老汉解放得咋那么迟！乌兰木伦河劳改农场的场长都换了两个了，老汉还是整天和稀泥打土坯，割青草喂牛羊。

贾疙瘩他娘悄悄对贾疙瘩他妹说："看样子你这个爷是要老在咱家了。你大还得给老汉寻坟地备寿材，都要花钱哩！你一定要嫁个殷实人家，替咱补上这个窟窿，不能拉饥荒。你哥是个土匪，指望不上！"

贾疙瘩他爹踅摸了一块坟地，在村后的土崖下面，离地七八米的山缝里钻出一片矮松，树干苍劲，枝条虬结，松针绿中带红，松脂气味浓郁。一只黑鹰立巢于松后的岩石窟中，迎风展翼，似电如箭。

寿材不好找，柏木太贵，杨木太贱，找来找去，贾疙瘩他爹与村里卖老豆腐的瘸子商量了一块松木板子，讲好二十块钱两只羊。贾疙瘩他娘嫌贵，贾疙瘩他爹说那是红松，瘸子要价公道。贾疙瘩他娘赌气连熬了十天稀粥，贾疙瘩他爹不理会，在院子里生火烤洋芋蛋蛋，下夹子夹了一只野兔，烤得吱吱冒油星子，撕两条兔腿给捡回来的贾疙瘩他爷就苞谷籽。

贾疙瘩他娘服了软，做了一锅荞面鱼鱼，熬了一大碗西红柿羊肉臊子，让贾疙瘩他爹咥一个美。贾疙瘩他爹一边狼吞虎咽一边对贾疙瘩兄妹说："先让我往饱了吃！你们吃的日子在后头哩！"

谈妥寿材的那个初冬，乌兰木伦河接连下了三场大雪，河川丘陵，银装素裹。冬至那天前晌，老汉坐一辆马车来贾疙瘩家告别，省里终于下了指示，将他发回西安，按行政八级待遇退休安置。

贾疙瘩家霎时忙乱成一团。贾疙瘩他爹给老汉往狼皮褥子里捆烟叶子，贾疙瘩他娘切腌肉烙饼子准备干粮，贾疙瘩什也没有，只有一根干仗用的木棍，攥在手里反复摩挲。老汉从补发的工资里拿出两百块钱，贾疙瘩他爹笑道，够寿材本了，明天给瘸子送去。贾疙瘩他娘捏着那笔一生未见的大钱激动得热泪盈眶，一手拿钱一手擀面，拌猪肉土豆臊子时才将二十张大团结塞进裤腰。

午后大雪初霁，阴云不散，寒风如刀。贾疙瘩一家送老汉上马车赶路，大柳塔到西安六百多公里，从大柳塔到榆林换长途汽车得三天。贾疙瘩他爹握着老汉的手，双目含泪，依依不舍，唏嘘道："东西都备下了，你人倒回去了。"

贾疙瘩抬脚踢了踢贾胖子放在躺椅下的黑皮包，分量足够一百万。那二十张大团结到如今已经尿毛不顶了，他爹的坟却修缮得气势逼人。整个坟头用汉白玉装裹，筑了一条墓道，墓道两侧是仿汉制的汉白玉石人石马。墓园种了几百棵松柏，崖上的矮松还在，鹰没了。贾疙瘩的爹娘开坟合葬用了一块金丝楠木，有棺有椁，光解板就聘了两个顶级木匠，花了五天工夫。贾疙瘩他爹替老汉寻下的坟地到了还是给自己用上了。

送别老汉转过年一开河，村里卖老豆腐的瘸子从下游窟野河跑回来，一脑袋扎进贾疙瘩家，给贾疙瘩他爹磕头。贾疙瘩他爹只打不服气的倔驴，最怕软膝盖的男人，见瘌子磕头磕得额头出血，忙不迭拉住，细问缘由。

瘌子跪在地下哭诉，冬天在窟野河亲戚那里收了一窝古墓里挖出来的老东西，一块玉璧，一把玉斧，两件玉猪龙，先不识货，准备低价卖给一个河南文物贩子，后来碰到行家泄露机密，四件玉器原来都是红山文化的精品，数千年前王侯将相的遗物。瘌子一听，立时反悔，甩了河南文物贩子，准备去西安另找买主。想不到那个河南文物贩子是一块甩不开的狗皮膏药，比万俟卨祸害岳飞的"披麻拷剥皮问"还厉害，雇了一帮人撵着瘌子买，放出话来，最迟宽限到阴历四月初一，到时买不到瘌子的货就买瘌子的头。瘌子被赶得上天无路入地无门，只得上门求恳贾疙瘩他爹仗义援手，助他脱灾解难。

贾疙瘩他爹一口应允，瘌子欢天喜地回转家去。贾疙瘩他娘骂贾疙瘩他爹是二屎货，是二杆子，不敢大声骂，只小声嘟囔，寻贾疙瘩他妹的不是，打了两掴解气。贾疙瘩他爹摆了一桌酒，请相好的兄弟们来家里聚齐，仔细商量一番，吩咐了各人的营生，用心准备齐整，只等到时大展身手，扶危济困，替瘌子出头。瘌子付了酒饭钱，转着圈打躬作揖，一人送一坛烧酒两斤猪肉，答应事后变卖玉斧酬劳乡党，绝不食言。

到了四月初一那天，两辆拖拉机拉了十几个人开到瘌子家门口，瘌子将大门紧闭，搭梯上墙，扒着墙头向墙外的河南文物贩子喊话，货咋也不卖，准备下两盆老豆腐，让弟兄们填饱了肚子回家。河南头领大怒，立时就要破门进院，擒住瘌子千刀万剐。

说时迟那时快，一阵铜锣响亮，两挂大车将瘌子家门前的土路前后堵住，与瘌子相邻各家的墙头棍棒林立，锄头铁锨旁逸斜出。贾疙瘩他爹站在一挂大车上，头缠一块白手巾，黑衣黑裤，手握一根枣木棍，英姿飒爽，气势夺人。

河南头领见瘌子早有埋伏，不惊反笑，打一个呼哨，十几个人纷纷亮出家伙，徐宁梁山泊教演钩镰枪的钢钩，张横浔阳江上做板刀面的板刀，荆轲刺秦王的匕首，博浪沙甩始皇帝的大铁锤，诸般兵器，寒光闪闪，杀气腾腾，比得贾疙瘩他爹的枣木棍像极了烧火棍，一丝威风也无。

半空一声响亮，原来是贾疙瘩放了一个麻雷子。炮声未落，墙头上已撒下团团石灰,恰似一阵粉雨,将河南头领那一伙人笼罩其中。生石灰入眼,任谁也得闭眼,一时间惊呼不绝于耳,瘸子门前多了一堆没头苍蝇,乱冲乱撞,几颗脑袋叩得瘸子家大门吭啷啷作响,一颗脑袋磕在门环上,鲜血迸流。

贾疙瘩他爹枣木棍一挥,原先紧闭的门户霎时洞开,村人涌出,锄头铁锨扁担专拣痛处招呼,下下着肉,打得那群"闭眼瞎"无处躲藏,哭爹叫妈,丢了兵器,匍匐在地,挤作一团。河南头领舞板刀欲突围逃走,贾疙瘩他爹一声大吼,从大车上一跃而下,手起棍落,正中河南头领手腕,"哎呦"一声,板刀落地,返身便走。贾疙瘩他爹疾步抢上,第二棍砸向河南头领脚踝,那厮抱腿倒地,翻滚哀号。贾疙瘩斜刺里杀到,一脚踩住胸脯,一砖拍下,牙早掉了满口,吐字不清,咿呀支吾,举手投降。

村民将一干人等捆绑停当,用菜油洗了眼,挨个蹲在瘸子家院中等候发落。贾疙瘩他爹搬一把椅子于天井坐定,河南头领跪在脚下,磕头如捣蒜,眼泪似洪水。贾疙瘩将十几人细细搜过,搜出块票毛票分币一堆,把河南头领剥得只剩一条裤衩,获大团结两百张,是那厮预备打赏手下的花红。

贾疙瘩他爹下令将人犯齐齐剥得只剩裤衩,逐出村去,把两辆拖拉机变卖,所得款项各家平分。不一时剥个干净,那些五颜六色奇形怪状的裤衩蹿出院门,作鸟兽散。贾疙瘩他爹从瘸子手里接了玉斧,村委会早备下庆功宴,各家媳妇做了炖鱼扣肉,烤一只整羊犒赏三军。那一晚贾疙瘩他爹吃得大醉,在村委会睡了。贾疙瘩在他爹身边蜷了一宿,目不交睫,确保玉斧毫无闪失,第二天完璧归家。

四月初五,乡上来了两个警察,将贾疙瘩他爹带到大柳塔派出所问话,说是斗殴致人轻伤,暂时羁押待审。贾疙瘩他娘哀恳村长去乡里求情,托了三朋四友,五姑六姨,上下打点,又让村民去派出所做证,称双方械斗,各有损伤,而且是河南文物贩子打上门来寻事,贾疙瘩他爹率众自卫,应当从轻发落。

四月初九贾疙瘩相跟村长到大柳塔派出所给他爹送铺盖吃食,所长说人已放回,在家等候传唤,不可随意外出,着落村长将人仔细看守,不得再滋事端。贾疙瘩和村长兴兴头头回到村里,等到夜黑也不见人影。三天之后,一个放羊的牧童在离村十里的沟中发现了贾疙瘩他爹的尸体,已被野狗野狼啃得七零八落,五脏六腑掏得精光，脸皮都撕了。尸首抬回村中，贾疙瘩他娘急痛攻心，口吐鲜血，昏厥倒地。贾疙瘩将他爹停在家里，吩咐兄妹不许下葬，带瘸子连夜赶往西安。

贾疙瘩坐在贾胖子坐过的椅子上，拔出腰里的毛瑟枪，翻来覆去摩挲，黄金白金赤金光华灿灿，黑洞洞的枪口像他爹没了眼皮和眼珠的眼睛。

从榆林到西安的长途汽车上他不能闭眼，一闭眼就看见他爹血淋淋站在身前，不言不语，冤气冲天。他在黑暗中圆睁双眸，第一次被仇恨焚化，火光照亮了天幕流转的星辰。

他爹和他从来没想过把人弄死，所以他爹就被别人弄死了。他爹和他都是笨蛋傻瓜，所以被人砸了蛋切了瓜。贾疙瘩的牙咬出血，瘸子的呼噜蝇嗡嗡。没有把人弄死的本事还出来混什哩！他长到十七岁，第一次出村，第一次进省城，第一次报仇雪恨就明白了这个道理，老天爷待他贾疙瘩不薄！

出门前他亲手给他爹换了一身干净棉衣，望着他爹残缺不全的尸首发誓，不成事就拼上一条性命。他命大，到今天还活着，很受活。如果那个女人顺了他的心意他就更受活了，如果王国全在他面前作小服低，低声下气，他简直就受活死了。

他忘不了他爹没了脸皮的那张脸，他用白布把那张没了脸皮的脸裹得像只粽子。长毛脏狗还没烫死，这狗日的记了仇咬他咋办呀？他得把长毛脏狗弄死，炖一锅狗肉下酒。剥了皮的长毛脏狗就不会这么日脏了，烧得通红发亮的长毛脏狗一定能把人香死。贾疙瘩乜斜着眼盯着那只该死的畜生，那微弱痛苦的呼吸像一只钻进耳朵眼的蚊子。

出租车运营部的贾解放在铺子门口探头探脑。贾疙瘩气愤异常，那个装模作样的王国全一分钟不出现，他贾疙瘩就得待在这个日他娘的暗无天日的鬼地方等待。本来特意寻这个地方杀一杀王国全的气势，却中了人家的稳军计，没奈何跟长毛脏狗较了半天劲。一念及此，贾疙瘩心里骂了王国全的十八代祖宗，一肚皮的麻雀搅得肠胃不安。

他把毛瑟枪插回后腰，从鼻子眼里哼了一声。贾解放听见这一声"哼"，如奉圣旨，哈腰钻进来，好像头上刀斧高悬，弓背垂首站立，眨巴着两只贼眼等贾疙瘩吩咐。贾疙瘩打了一个酸嗝，嘬着下嘴唇，皱着眉，闭着眼。贾解放赶紧拿起蒲扇给主子扇风，不敢急也不敢慢，清风徐徐，凉意丝丝。贾疙瘩慢慢舒坦了，端起缸子喝一口茶，吐掉茶叶渣，摆手示意贾解放说话。

"还有二十多个司机不愿意改运营权，都是前一二年花三四十万连车带牌子买下来的新户。现在成立出租公司，统一运营统一租赁，他们觉得钱白糟践了，补偿几万块钱填不上窟窿，因此还准备闹，听说明后天要去盟里静坐，寻盟长递状子。

"有人得了实在消息，新成立的出租车公司的法人是你妹夫，还弄了一些你家女子的照片，记下了几十辆路虎的牌照，要往盟纪委反映。

"其他八十多辆车的司机表面上没动静，暗地里出钱出力寻关系支持这些闹事的瞎熊，还有人叫唤上北京呢。狗日的都是山核桃，要砸着吃哩！"

贾疙瘩猛地从躺椅上挺起上身，一把揪住贾解放的耳朵扯到裤裆，厉声喝问："砸着吃？让你砸贾逯你咋砸不动呢？你个挨尿货！尿蹀脸！也配说'砸'这个字？"

贾解放的嘴顶住贾疙瘩裤裆的拉锁，一连串言语像拉痢疾般倾泻而出："砸了！砸了！砸了！我早就给爷你汇报过了，正砸到一半，天上掉下来一个三百斤的蒙古大汉，比疯牛还厉害，像火车一样把弟兄们都压倒了！

"好我的爷呀！谁能想到呀！简直就是地里钻出来的险道神！胡子像钢丝，锤头子像篮球，提人比提小母鸡还容易，一扔就是七八米。

"好我的爷呀！贾逯撞上了狗屎运，我们偏撞上了劫道鬼，要怪你怪老天爷，千万不要把我当出气筒弄失塌了！"

贾疙瘩松开手，笑骂道："你狗日的唾沫星子把爷的毯都喷湿了！你给爷叼毯爷还嫌你日脏哩！贾逯是出租车闹事的头头，擒贼先擒王，你狗日的懂不懂？"

贾解放赔笑道："对！对！对！是擒王，不是噙尿。我这一嘴脏唾沫连爷的毯毛也不敢碰，必须得天轮饭店那一位美娇娘俏婆姨才能伺候。

"好我的爷呀！我已经替你打问清楚了，那个女人名叫薛宝莲，出来卖之前是中天煤业电死的副总工程师贾文武的儿媳妇。不知道咋弄的，公爹死了没几天就混进天轮饭店的歌厅桑拿了。不是我不明白，这世界卖得快！咿呀！卖得太太快！一眨眼就贴上签签标上钱钱卖开了！"

贾疙瘩抬手一捆，贾解放脸上一声脆响。贾疙瘩低声喝道："臭嘴放干净些！"

贾解放捂着脸揉了揉，垂手侍立，一声不吭。论辈分贾解放他爹管贾疙瘩他爹叫爷，所以贾解放就管贾疙瘩叫爷。两家人在同一个村子住了几辈子，一个锅里捞过面，一个炕上挺过尸，赶集的时候还借过裤子。贾解放家穷，全家老小只有一条裤子，还缝了两块硕大的补丁，不借裤子出不了门。后来贾疙瘩当官，贾解放种地，当官的贾疙瘩就提拔了种地的贾解放，让贾解放当上了旗交通局出租车运营管理部主任。

一个面朝黄土背朝天的农民陡然间得了一个从九品的官身，吃香的喝辣的睡嫩的，简直不知道该咋敬重贾疙瘩才好，比亲孙子还疼得扎实，恨不得什时候为贾疙瘩死了才闭眼，一门心思替贾疙瘩搜刮，巴不得贾疙瘩的夜壶都用金子打。

贾解放不认识字，只认识钱，自打当上主任就规定一辆出租车每天交五十块好看钱。贾家湾一百辆出租车买断了运营权，一个月只交二百元管理费，剩下的全归承租人。那时候出租车赚钱容易，贾家湾屁大点地方，上来下去用不了五分钟就收五块钱，十分钟就收十块钱，不到十分钟的装大爷不用找钱。因此一辆车一个月跑顺了能挣两万块，一天五十块的好看钱司机交得心平气和，贾解放收得麻利顺溜。

可惜好景不长，煤炭的价钱一天不如一天，贾家湾的外来人口几乎全部跑光，出租车的生意一落千丈，这五十块的好看钱就变成了难看钱。贾解放一个月收不到十五万，没法子向贾疙瘩交账，夙兴夜寐，辗转反侧，不得不将好看钱由五十降到二十，依然是细屁眼拉粗屎，挣出血也拉不下。得了便秘痔疮的贾解放苦思冥想，终得一计，向贾疙瘩献策，贾家湾学习北上广，将私人买断的出租车运营权收回，由贾疙瘩的妹夫出面成立一家出租车公司，承运人按月向出租车公司交份子钱，一月三千元。如此一来，私家钱变成了公家钱，公家钱就是私家钱，公私两便，各得其所。

算盘打得噼里啪啦响，不提防半路杀出一个程咬金，砸了贾解放的算盘，算盘珠子噼里啪啦掉了一地。一百多位出租车司机里有二十多人买断运营权不到两年，其中一个退伍的武警排长贾逵，三十多万才买的饭碗眼见要粉碎，别人怕贾疙瘩的气焰，贾逵却偏要讨公道捋虎须子，联络同行讨要赔偿，连干了十年的老司机也入了伙。

众人联名上书，五年以下的新饭碗原价退还买断款，五年以上的旧饭碗一年补偿三万。贾疙瘩在旗公路局接了书信，打开一看，怒得满脑袋胀包比青春痘红亮，三把两把扯碎了，招呼人手立马就要拾掇信使贾逵。那贾逵伸胳膊拨弄拨弄，倒了两个，扭腰胯转圆转圆，又趴了两个，都是平常坐在办公室吓唬老百姓的货色，怎禁得住退役武警的拳脚？

贾逵瞅着一地哀鸣，对贾疙瘩笑道："别人说我捋老虎须子，其实我是踢老虎沟子，还要拍老虎脑袋。毛主席语录里写了，一切反动派都是纸老虎！"

贾疙瘩已非三十年前舞刀弄棍的愣头青，被贾逵豪气所慑，瑟缩畏惧，眼睁睁看着人家闹了旗公路局的衙门扬长而去。这一口气堵得贾疙瘩坐卧不安，躺平了胃胀气，站直了肺憋气，半坐着放不出屁，立逼贾解放召集人手摆平与李逵同名的"逵"字号煞星，杀鸡儆猴，给出租车司机立个榜样。

贾解放煞费苦心多方联络，寻了三个自东北流落贾家湾的狠角色，跟踪贾逵，寻机下手。贾解放撂下贾疙瘩的八字圣旨，不取性命，其他随便。一个月前三人将贾逵堵在贾家湾去张家圪塔的土路上，掏家伙围攻。贾逵不防，被两个人吊住手脚，另一个抢大棒猛击头脑要害。正凶险，天降一个蒙古大汉打抱不平，冲进战团，解了贾逵的危难，反将贾解放的三个打手揍得骨断筋折，嘴歪脸斜。结果贾逵不见了踪影，贾家湾医院里倒添了三个贾解放掏钱施救的病人。

因为贾逵不得不与贾疙瘩的裤裆亲密接触，因为薛宝莲又挨了贾疙瘩不轻不重一个嘴巴子的贾解放用眼角余光偷摸观察他爷的动静。贾疙瘩眯着眼，一只手摸着光溜溜的下巴，一只手弹得凸起的肚皮嘣嘣嘣。贾解放瞧科了几分，蹲下身子赔笑脸贴上去，将打听来的薛宝莲的私密唧唧哝哝向贾疙瘩汇报了一番。贾疙瘩越听眼睁得越大，越听呼吸越急促，鼻窟窿里的黑毛龇出来，口水湿润了焦渴的双唇。好狗日的！原来这个不让他贾疙瘩受活的女人背后竟然藏了那许多故事！

　　贾解放讲毕，贾疙瘩躺回椅背，闭了眼美美放了一个响屁，吓得垂死的长毛脏狗连打了两个哆嗦。半晌，贾疙瘩拍着蹲在膝前的贾解放的脑袋瓜子，下达了一个与薛宝莲毫不相关的命令："把那些闹事的司机狠狠拾掇！把狗日的腿打断，让狗日的上访！寻见贾逵那个山核桃，砸开，我要吃瓢子。"

　　贾解放摇头摆尾一道烟似的去了。贾疙瘩摸着腰里的枪把子嗑牙花子。他觉得贾逵那个煞星就在附近。那条一瞬即逝的人影划开了一道黑沉沉的恐惧的铁幕。还有那个女人，他今天晚上就要压在胯下的女人。他好像已经看到了薛宝莲扭曲的眼眉和尖声号叫的黑洞洞的嘴巴。无论如何今天晚上他要把薛宝莲日弄得透爽了。他瞅着裤裆里不安分的那话儿，攥着腰里硬邦邦的枪管子，发出一声焦灼的叹息。

　　突如其来的彷徨将生命的沉重笼罩了苦夏骄阳。

第六十章

1983年春末，誓报杀父大仇的贾疙瘩揣着红山玉斧，扯着瘸子，生平第一次走进了灰扑扑黄乎乎湿漉漉的西安城。

绵延的城墙像一条灰扑扑的草蛇，护城河水浑浊发绿，黑洞洞的城门吞吐行路人骑车人以及贾疙瘩从未见过的各式各样的汽车，有一辆扯着嗓子尖锐哀嚎的血一般红的消防车吓得瘸子一跤跌倒在一个栽着一棵半死不活的杨树的树坑里，湿了裤腿和布鞋。

黄扑扑的天空尘土飞扬，如此扬尘在黄土高原稀松平常，落在偌大一个西安城却遮天蔽日。女人们戴着口罩，裹着围巾，顶着手帕在风沙里钻，男人们眯着眼缩着脖，竖起衣领子捂住半边脸在风沙里撞。一个娃娃的帽子吹掉了，风把鼻涕刮成了两条斜道，直冲鬓角，像极了秦腔老生的胡子勾，笑得瘸子坐在马路牙子上揉肚子。

他们赶上一场贵如油的春雨，长长的街道尽头腾起一股细细的白烟，湿亮湿亮的树叶子蔫头耷脑，一只支棱着杂毛的野猫卧在滴水檐下一个燃烧着煤球的炉子旁，炉子上架着一锅热气腾腾的红薯。好像永远也下不大的雨让贾疙瘩觉得有人朝他脑袋上拧湿布，瘸子扭着脖子冲那一锅红薯凝望，口水咽得咕噜咕噜。

两个从大柳塔初来乍到，红着两坨脸蛋子的农村娃淋了雨的颧骨像涂了胭脂水粉，睁着两双迷离的红眼睛一路寻到北院门。市政府人楼遥遥在望，两个戴白帽子的回民赶了几只疲沓沓的瘦羊，羊粪蛋蛋粘在柏油马路上。瘸子说这些不是羊，是西安羊。

两人走到北院门派出所门口已经饿得前腔子贴住了后脊梁，派出所对面有一家回民饭馆，门口支一口大铁锅，吱吱冒油花子，煎得羊肉馅饼焦黄酥脆，香气由鼻窟窿钻入天灵盖，把两个穷鬼熏得头晕脑涨，眼珠子直勾勾转不动脚筋。

贾疙瘩上前问了价钱，一毛九分钱一个。瘸子咬牙从裤裆里摸出一把毛票，买了四个羊肉馅饼，一人两个，两分钟进肚，什滋味没尝出来，吐出烫红的舌头喘气。贾疙瘩走进店里，三五个坐吃羊肉泡馍的食客呼噜呼噜哐得满头大汗，有人面前还放了盛糖蒜辣子葱末的小碟子，一个老汉往海碗里撒胡椒面。贾疙瘩又问了价钱，四毛钱一碗，一碗两个死面坨坨饼，若要加饼，一个五分。

瘸子都快哭了，正要再摸裤裆，贾疙瘩从怀里掏出一张五块钱的票子，要了两碗八个饼的泡馍。瘸子喜得念佛，松开裤带连吃带哭，拿袖口擦鼻涕眼泪。贾疙瘩的眼睛被热气蒸得像燃了两块煤球，一颗眼泪也无，剃得青黑的疙瘩脑袋散出一团白气，好像戴了一顶孝帽子。瘸子偷偷拈过一个别人没吃干净的小碟子，伸舌头舔碟子底的辣椒酱，被贾疙瘩兜头一掴，打得泪如泉涌。一个女服务员看见，笑不可仰，取了一碟子辣椒撒给贾疙瘩。贾疙瘩视若无睹，瘸子忙接了，扣在碗里一搅，汤色顿时艳红。

泡馍吃毕，日已过午，雨停风住，薄云满天，两人经过派出所，门洞里驶出一辆跨斗摩托，轰鸣疾驶，溅了瘸子半鞋水。瘸子手搭凉棚目送摩托上的凛凛背影，艳羡得嘬嘴咂舌。贾疙瘩瞄见开摩托的是一个便衣，胸襟的扣子敞了两个，腰间鼓囊囊别着什东西。摩托车没了影，又出来一辆绿吉普，车窗摇下，露出鲜红的一个领章，搭在窗框的手指头夹了半根燃烧的香烟。瘸子就想吃烟，想得流鼻涕咽唾沫，贾疙瘩也想吃烟，想得咬紧腮帮子，一阵轻微晕眩。

他们站在派出所对面，渴望门洞再吐出个什新鲜货色，纵情想象派出所里究竟藏了些什稀罕东西。正张望，望出来一个女警察，手里捧一摞户口薄，甩一条长可及腰的大辫子，裤腿和鞋帮之间微微露出半寸丝袜的黄亮的肉色。贾疙瘩看看瘸子，瘸子看看贾疙瘩，彼此从对方眼中窥见了一个膨胀的屄。从那一天起，贾疙瘩开始迷恋女人的肉丝黑丝白丝花丝黄丝咖啡丝，像被盘丝洞的蜘蛛精用蛛丝捆成四马倒攒蹄的猪八戒。

两人来到市政府家属院门前，几个娃娃跳皮筋唱童谣，瘸子立住脚听。"咱俩好，咱俩好，咱俩上街买手表。你掏钱，我戴表，你没有媳妇我给你找。北大街，十八号，打个电话就来到。骑的马，坐的轿，一看是个猪姥姥。"

瘸子咧嘴笑。一个梳着朝天辫的小小子用河南话唱："小姑娘，上枣树，一眼望见她女婿。你来吧，我不去，再过三天就娶你。"

贾疙瘩吆喝瘸子朝门房去，瘸子还想听，贾疙瘩飞起一脚，瘸子闪身避过，一颠一颠地抻着脖子跑。门房里走出一个端着煤球炉子的老汉，腰杆笔直，双目炯炯，狮鼻阔口，缺了右耳，只剩一疙瘩红肉。

那老汉将炉子放下，瞅了贾疙瘩一眼，问话声如洪钟："你两个是干啥的？寻谁呢？闲人快走！不要言喘！"

贾疙瘩连忙上前说了他爷的姓名，老汉一听，双目圆睁，将贾疙瘩上下打量，让二人候着，转身进了门房。贾疙瘩眼尖，拿起门框边的钩子和簸箕，蹲下身去把炉灰掏干净，再将一簸箕炉灰倒进大门外的垃圾桶。

老汉隔着窗户叫贾疙瘩，贾疙瘩上前，老汉递出一根纸烟一盒火柴。贾疙瘩谢了，点上烟一口吸了半根。瘸子凑上来，只得了烟屁股，舍不得抽，慢吐轻嗅，品了半天味，直到烧了手指头才去墙根捻灭了。

等了半晌，远远来了一个人，头戴草帽，手提一条穿腮草鱼，脚蹬千层底布鞋，肩扛一根鱼竿，慢悠悠哼着秦腔。门房老汉从窗户里探出头来抬手一指，告诉贾疙瘩那正是他等的人。贾疙瘩定睛一认，眉头紧锁，揉了揉眼再一认，满面疑惑，等那人走到近前，贾疙瘩的目光与草帽下的眼神一接，不由浑身颤抖，跪倒在地，大放悲声，直哭得泪如泉涌，肝肠寸断。

贾疙瘩他爷掀了草帽，丢了草鱼和鱼竿，抢上两步，双手扶住贾疙瘩的肩膀，连声安慰，待要问清原由，贾疙瘩哪里说得出一个字。门房老汉与瘸子搀起哭软了的贾疙瘩，随贾疙瘩他爷爬上三楼，开门进屋，将贾疙瘩安置在客厅的一张藤椅中。

贾疙瘩从藤椅出溜到地上，喘上一口气，定了定心神，一边哭一边诉，将他爹被害之事从头至尾细细讲了一遍。贾疙瘩他爷一边听一边削苹果，苹果皮薄得能照出人影，刀锋雪亮，转动无声。贾疙瘩讲完，贾疙瘩他爷削好了两只黄元帅，果肉莹润，清香扑鼻。贾疙瘩不吃，瘸子爹着胆子拿了一个，像偷吃人参果的猪八戒，三下两下吞进肚里，意犹未尽，将贾疙瘩那一个也吃了，脆得甜得香得呆愣愣，张了大嘴吸气。

贾疙瘩他爷从贾疙瘩手中接过红山玉斧，翻来覆去瞧了一回。瘸子把玉猪龙从裤带里扒出来，双手奉上，贾疙瘩他爷托着玉猪龙看了穿孔，半晌，轻轻说道："穿孔外粗里细，手工钻成，并非机器打磨，从这一点看，应该是红山文化的龙形玉佩。明天我去一趟省博物馆，找专家鉴定。"

贾疙瘩擦着涟涟泪眼，大声问道："鉴定什哩？鉴定跟报仇有什相干？"

门房老汉照贾疙瘩头上重重一捆，喝道："碗大的瓜，一拶厚的皮，瓜严了！用你那脑瓜瓢子想一想，啥东西值你爸一条命！你拿个破石头上公堂告人家谋财害命，公安局皮不揭了你的！急啥呢？热豆腐你咽下咽不下？"

贾疙瘩垂头不语。贾疙瘩他爷安排贾疙瘩洗澡，厕所的搪瓷蹲便器、搪瓷澡盆、搪瓷洗脸盆和铺地的红瓷砖让贾疙瘩猥琐不敢下脚。贾疙瘩他爷放了满满一盆热水，把毛巾肥皂塞进贾疙瘩手中，一把将贾疙瘩推进厕所，关上门，吩咐洗不干净不准出来。瘸子看得眼热，想排队等贾疙瘩洗完他再洗，不料却被门房老汉一把揪住耳朵，拉出门去。

瘸子挣扎，门房老汉说："你挣啥呢？再挣把你耳朵拧下来当猪耳朵炒一盘菜！夜黑你就睡在我床底下打地铺。不许打呼噜磨牙放屁吼梦话，你爷我的尿壶可是铁打的，看不砸你一头疙瘩！"

贾疙瘩洗完澡出来，他爷早削好两个黄元帅搁在茶几上，他拿起一个咔嚓咬到苹果核，问道："爷，你家咋就你一个？"

贾疙瘩他爷用一把小铲子侍弄窗台下一盆君子兰，头也不抬，反问道："你爸走的时候是不是一个？走的时候都是一个，活的时候要那么多人木乱不木乱？"

贾疙瘩吃了第二个苹果，觉得自己扰了爷的清闲，有些不好意思，瞅窗台上的花解闷。一盆文竹，一盆三角梅，还有一盆大蒜发了芽，蹿出几根绿韭菜。天色黄昏，斜阳晚照，窗外杨柳堆烟，室内灯火全无。贾疙瘩就想点一支蜡烛，由蜡烛念及他爹的灵堂还没布置，尸骨未寒，停在家中沉冤待雪，不禁心中悲恸，无声洒泪。

自此，上午下午贾疙瘩他爷出门办事，贾疙瘩看家，中午同吃午饭，晚上饮酒谝闲，共熬长夜。贾疙瘩他爷岁数大，人老了三件事，爱钱怕死没瞌睡，贾疙瘩年轻，傻小子睡凉炕，全凭火力壮，因此一谝就是半夜。贾疙瘩他爷藏了一柜子白玻璃瓶西凤酒，花四毛钱买两包鼓楼清真寺回民炒的五香花生米，再用胡萝卜粉丝莲藕拌半盆凉菜，爷俩推杯换盏，浅酌慢品，其乐融融。唯一的遗憾是西安城寻不到鄂尔多斯的胡麻油，因此凉菜少了那股子清香爽口的味道。

夜阑更深，两人酒兴上涌，起身推开窗户，窗外苍穹黑深如磐，不由想起千里之外黄土高原辽远浩瀚的星空，相对唏嘘垂泪。贾疙瘩他爷每日对贾疙瘩细细说明案件进展情况，市公安局局长是他的老部下，已经派刑警前往大柳塔联络当地警察搜捕河南文物贩子。人命关天，无人懈怠，等到罪犯归案，必定还贾疙瘩一个公道。

西凤酒滋味醇厚，入口辛辣，滋味绵长，诀窍全在宝鸡太白山的泉水和闻名关中数百年的酿酒老窖，回民传统炒货五香花生香酥脆爽，回味无穷，绝招在于茴香和大料的配比。每晚夜谈的醇酒花生咋喝咋吃也不厌烦，每天的午饭却是花样百出，绝不雷同。因为贾疙瘩他爷已近古稀，深谙养生之法，早饭晚饭基本饮浆食粥，佐以青菜豆腐南瓜，午餐一天之中最为丰盛，贾疙瘩得以大快朵颐，胡吃海塞。

第一天中午贾疙瘩他爷给贾疙瘩买回来一碗甑糕，糕上的枣泥把贾疙瘩的舌头甜化了。第二天中午又买来一笼屉灌汤包子，包子里的汤汁把贾疙瘩的舌头烫红了。第三天贾疙瘩他爷提了一保温杯葫芦头，葫芦头里的猪大肠让贾疙瘩差点把舌头吞进腔子里。

贾疙瘩说："爷，你甭再惯我的肚子了，将来回了大柳塔可咋闹呀！想起这些吃食还不活活把我馋死！"

贾疙瘩他爷不理贾疙瘩，第四天整了一大海碗水盆羊肉，搁了美美两勺子油泼辣子，贾疙瘩吃得挥汗如雨，打嗝喘气。第五天贾疙瘩吃了四个腊牛肉夹白吉馍，喝了一碗肉丸胡辣汤，吞了三个黄桂柿子饼。贾疙瘩告诉他爷他不想撑死，大仇未报，撑死了没脸见枉死城的老爹。贾疙瘩他爷夸贾疙瘩孝顺，逼着他把剩下的半斤腊牛肉下了酒。

第九天晚上西安下雨，贾疙瘩他爷回家很晚，进门换了衣服，去一楼篱笆围起来的菜地里剪了一把韭菜，上楼炒了一大盘韭菜鸡蛋，拍了两根黄瓜，烫了一壶西凤，与贾疙瘩对喝。收音机里播放易俗社的秦腔《火焰驹》，贾疙瘩他爷乘着酒劲吼了一段黑头，逸兴横飞，却消不得胸中块垒，命贾疙瘩去门房叫看门老汉来家一起痛饮。贾疙瘩去了半天，回来报告，门房老汉说睡下了，瘸子倒想来，被踢了两脚，连声喊疼，偃旗息鼓。

贾疙瘩他爷笑道："那老倔驴又犯了驴脾气！蒙眼拉磨毫无怨言，你让他灌二两解乏，他倒蹬你一蹄子。"

贾疙瘩问他爷看门老汉的来历，他爷夸他眼里有水，竟然能看出看门老汉是个有来历的人物，多少狗眼瞅低了好汉，又有多少好汉风尘困顿，屈在下僚，正如宋江在浔阳楼题的反诗："恰似猛虎卧荒丘，潜伏爪牙忍受。"

贾疙瘩赶着问他爷，看门老汉怎么就是一头猛虎。他爷回道，猛虎天生就是嗜血食肉杀生害命的兽中之王。贾疙瘩说，村里老人讲过《聊斋志异》里的赵城虎，伤了老妇人儿子的性命，却顶了儿子的缺给老太太养老送终，岂不是胜过世间恶人百倍？

贾疙瘩他爷闻听击节赞叹，干了一杯，忽然哈哈大笑，骂看门老汉没福气，错过了这般知己的言语，不得一抒憋屈了许久的英雄气概。贾疙瘩心痒难搔，缠着他爷讲看门老汉的故事，他爷沉吟片刻，摇头叹息一声，娓娓道来。

看门老汉原是在陕北闹革命的红十五军团的一个排长，跟着徐海东打了许多恶仗，身先士卒，奋不顾身，得了一个"拼命老虎"的外号。张学良的东北军丢了东北，被蒋介石派驻陕西，奉命围剿陕北红军根据地。两家在劳山一场血拼，东北军110师欲突出重围，看门老汉所在的那个团负责扎口袋，一个喘气的也不许放过。东北军急了，红着眼嗷嗷叫着往阵地上冲，两下里在战壕前肉搏，东北军用马刀刺刀，看门老汉他们用砍刀鬼头刀，刀刀见血，胳膊腿乱飞。砍来砍去，刀砍得缺了口子，扔了刀徒手格斗，挖眼珠子掐命根子咬手指头，不是你死就是我活。

看门老汉对上了一个虎背熊腰的东北大汉，人家把他耳朵咬掉了，他一口咬住人家的脖子咬穿颈动脉，活活把人家咬死了。咬死了一个不解恨，又咬死了两三个东北军，满头满脸满嘴满身都是血，宛如煞神一般，连自己人看见都哆嗦。他们团接连打退东北军敢死队七八次进攻，结结实实扎住了口袋，让徐军团长把张学良的110师包了饺子。打完仗他们团长拉住看门老汉掰开嘴审查牙口，不知他是狼种还是虎种，上报军团首长，记大功一次，升为连长。

升连长不久，中央红军来到陕北，与红十五军团兵合一处，将打一家。军团长徐海东备了几驮子银元送给衣不蔽体食不果腹的中央红军，解了阶级兄弟的燃眉之急。张学良听说流寇抵陕，迫不及待派东北军最能打的师长牛元峰率部来攻，想揍共匪一个立足未稳。红军在直罗镇设下埋伏，将牛师长团团围住，一阵猛打。俗话说光脚的不怕穿鞋的，红军穷得连鞋都没有，穿着大皮靴的东北军自然不是对手，打了一阵，把牛师长打死了，初到陕北就吃了张学良送来犒赏三军的一头牛，真是上上大吉的好兆头。

看门老汉这一次没咬人，端一挺机枪扫人，扫了一片又一片，把牛师长的警卫连都快扫没了。扫人不尽兴，看门老汉撒腿抓俘虏，跑前跑后一共抓了十二个，用绑腿捆了手穿成一串拉回团部报功。中央红军的首长见了吃惊，怎么比我们长征的战士还能打还能跑还能抓！看门老汉的团长向中央红军的首长汇报，张学良的爱将，东北军团长高福源就是他在榆林桥战役里抓的俘虏。当时高团长逃命心切，快马加鞭，眼看就要绝尘而去，这不要命的二屄货二杆子直直撞向马蹄子，被马蹄一端，端断了锁骨，将高团长颠下马来，成了徐军团长的阶下囚。中央红军的首长说，你们的银元都送了，也不差这一个不要命的二屄二杆子，干脆连他一起送来，派去守黄河，保卫党中央。于是看门老汉就从红十五军团调去守卫黄河，一守就是三年。

贾疙瘩听得血脉偾张，一股热气上冲顶梁，拉着他爷的手问道："这样的人咋变成了一个看门老汉？除了缺一个耳朵，他什也不缺呀！还算个囫囵人哩！"

贾疙瘩他爷把空着的那只手使劲一拍桌子，杯盘乱响，酒水四溢："囫囵个屁！那货就是个瓜㞎！不会说好话不会拍马屁不会看脸色不会摆功劳，最要命的是不愿意识字，识一个字比杀十个人都难！没文化咋提拔呀？

"狗日的还把违抗军令当闲耍哩！转战陕北那一阵子，一天行军几百里，人渴得嗓子冒烟，就是不准喝沟里的生水。为啥？又脏又凉，跟内热一激，十个有八个跑肚拉稀。拉了肚子就掉队，掉了队部队就减员。一天晚上急行军，我一眼看见一个人呇在沟边边撅着沟子吃生水，我上去照沟门子一脚，扑通一声踢下水去，拉起来一看，不是他是谁？狗日的还嫌我踢他了，朝我梗脖子瞪眼窝。我让警卫把狗日的一捆，堵住嘴，往我马背上一横，走了一夜，天亮了才把脾气顺过来。

"这样的人革命成功了也坐不了江山！不要命的驴脾气，睁眼瞎，老绝户！死了能埋进烈士陵园就烧了高香了！"

贾疙瘩望着他爷，嘴角上吊着一根韭菜，口里含着一块鸡蛋。他爷须发苍然，皱纹堆累，双目昏花，一个门牙。这么一个颓然徘徊于晚灯陈酒间的老头子竟然踢了嗜血战神的沟子！贾疙瘩不知道他爷是什人。他第一次发现他根本不知道他爷是什人。他只知道他爷是他爹捡回家的一个几乎冻死的老汉。贾疙瘩有点怯火。他感觉到了对面老人身上散发出的一股气息，淡然，沛然，决然，凛然，宛如深藏地底的烈火。

大柳塔经常有煤炭自燃，白烟从地下冒出，热浪灼人，呛鼻刺目。村里的老人说那是有人掘了阎王爷的后院。贾疙瘩觉得他爷和看门老汉或许是阎王爷转世，但绝不是牛头马面或者黑白无常转世，因为打下江山的人不可能跟那些恶鬼有什瓜葛。贾疙瘩默默把韭菜和鸡蛋咽入肚中，干一杯酒压下满腔骚动的惊讶。

贾疙瘩他爷把西凤酒的空瓶子放到墙角，顺手开了一瓶丹凤葡萄酒。贾疙瘩尝了一口，甜甜酸酸，活像一个流眼泪的女人。

贾疙瘩他爷盯着酒杯里血一般稠的酒水，点了点头，又摇了摇头，缓缓说道："红卫兵造反派把我撵到大荔县草滩农场，和土坯，垒猪圈，打猪草，收粮食，天天让我戴一项报纸糊的高帽子，穿一双破烂的红绣花鞋。他们让我穿开裆裤，把一条裤子的裤裆剪开，硬逼着我往腿上套。后来弄到凤县，去秦岭里挖石头，看林子，赶野猪。秦岭的野猪厉害，大白天跑到庄稼地里乱拱，我举着棍子冲上去，野猪龇着獠牙撞过来，要不是他用铁钩子钩了野猪鼻子，我这条老命早就交代了。

"红卫兵把我装进麻袋沉水库，他扒开上衣要拿一腔子血溅人。他一个没权没势的老革命，连个科长都混不上，平头百姓一个，谁也不愿意溅他的血，饶了我，免了水鬼的灾。再后来把我发配到大柳塔，说啥也不让他跟着了，没了保驾的鲁智深，我这个含冤受屈的林教头咋躲得过野猪林里的水火棍？没想到你爹把我捡回你家去了。

"祸害遗千年啊！我是个祸害呀！想死也死不了！咋也咽不下这一口气！你爹死了，我又得白发人送黑发人！我眼睁睁送了多少人啊！送了多少人啊！"

贾疙瘩被他爷眼中的泪光刺得脖颈子僵硬，后脊梁跐溜跐溜冒冷汗。他觉得他爷是属于另一个世界的生灵，至于为什到这世上来，究竟是咋到这世上来的，离了这世上又到什世上去，三座大山般的三个问题彻底压垮了贾疙瘩的神经，摧毁了贾疙瘩的思维。

世界就是如此奇怪。他爹死了，停灵在家，他觉得他爹没死，还在这世上蹦跶。他爷就坐在他对面，却恍如隔世，如梦如幻。贾疙瘩仿佛看见他爷浸在血海中，咋也不喝那一碗孟婆汤，弄得孟婆她老公孟子都急了，指天画地，跳着脚骂娘。贾疙瘩生平第一次遭遇了对命运的恐惧，对轮回的困惑，对生存的诘问。

贾疙瘩他爷盖上葡萄酒瓶的铁盖子，意犹未尽地咂了咂嘴，笑道："以前喝不够，现在不敢喝。人老了，爱钱怕死没瞌睡。死没啥怕的，死了多少回了，熟得跟娃他舅一样，怕个尿！没瞌睡就喝酒，喝合适了睡得踏实。就是爱钱这一关不好过。娃呀，爷给你说，爷爱钱啊！越来越爱，爱得恨不能穿到肋子上，比爱尿还爱哩！你狗日的来了，天天花爷的命根子钱供你吃香的喝辣的，你知不知道爷肉疼？你甭点头，你知道个屁！这两天光咥油泼辣子面了，没咥上肉，爷今黑就让你咥个够！"

贾疙瘩相跟着他爷出了门，两人在黑地里一通乱走，咋走头上都有月亮光，咋找都找不到那个月亮到底在什地方。穿过鼓楼的楼门洞子，过一个红绿灯，街口的牌子上写了"竹笓市"三个字。贾疙瘩想这里会不会是猪八戒卖九齿钉耙的地方，或者干脆就是一个卖竹编工具的市场，他不是大熊猫，不吃竹子，而且卖竹器的所在能做出什香肉来，就算有也不过是竹签烤羊肉罢了。

街里的路灯坏了，贾疙瘩他爷摸黑来到一个小门面跟前，伸手敲门。里面问是谁，贾疙瘩他爷报了姓名，灯光霎时透窗而出，店门开处，挺出一个五短身材的肥胖汉子。贾疙瘩看那胖子，肚子好似怀胎十月，鼻孔朝天，呼哧带喘宛如拉扯风箱，瞅不见脖子，下巴颏子直接顶在胸脯上，把胸脯顶出一个肉窝。贾疙瘩他爷把贾疙瘩拽进店里，店主的婆姨早笑眯眯端上两杯热茶，用一个黄铜盆烫了两壶黄桂稠酒，转身去了后厨。

贾疙瘩他爷跟店主闲谝，问肉是前腿还是后腿，问凉菜拌的是胡萝卜还是黄瓜，问有没有解腻的紫菜汤。店主一一作答，小心恭敬，朴实自然，将黄桂稠酒斟了两个小瓷杯，递给爷孙俩，一股桂花香气悠扬了一桌子。贾疙瘩举杯一口饮干，只觉缠绵如丝，喉润舌芳，比羊乳牛乳酥酪别是一种风味，登时食欲大增。

店主婆姨端出一口底部全黑口沿泛黄的老锅，锅盖上搁了一竹篮子白吉馍，贾疙瘩他爷取下馍篮，揭开锅盖，推给贾疙瘩一把勺子一双筷子，只说了一个字："咥！"

贾疙瘩一辈子没吃过如此绝色的猪肉。肥肉入口即化，瘦肉必须先将牙缝香满了才化，肉汁灌进掰开的白吉馍冒白气的夹层，由内到外浸润了整个饼子，一口咬下，满嘴油珠，滑弹软烂，将舌头糊住，让味觉在窒息中欲仙欲死。贾疙瘩吃光了半锅腊汁肉和一竹篮子白吉馍，又寻来半块蒸馍将锅底擦得干干净净。

店主冲贾疙瘩他爷一竖大拇指，夸赞贾疙瘩好食量。店主婆姨怕贾疙瘩胀肚，只倒了半碗紫菜汤，贾疙瘩一口没喝。贾疙瘩他爷使个眼色，店主夫妻识趣，退进厨房，让爷孙两个讲私房话。

"杀你爹的河南文物贩子已经归案，只等法院判决，就可还你一个公道。明天一早你就回转大柳塔，我已经安顿了神木县的老弟兄，给你谋一个公职，端上能吃一辈子安稳饭的铁饭碗。从今以后你再不要来寻我，一门心思妥妥奔你的前程。"

贾疙瘩吃了一惊，终于突破了食量的上限，开始不停打嗝，打得说不出话，只能点头。两人起身离店，借着街口昏黄的灯光，深一脚浅一脚寻路回家。远处柳树的剪影刺破天幕，柳梢头残月如钩。天空一丝云彩也无，澄澈明净如幽蓝宝镜。

贾疙瘩一路走一路打嗝，渐渐双腿发软，没了气力。路经一座黑洞洞的庙宇，贾疙瘩坐到门墩的兽头上，使劲吸气吐气，双手用力揉搓肚腹，终于倒过那口气，停了嗝，回头一看，庙门的匾额上写了三个字：湘子庙。

杨树上一只乌鸦叫嘎嘎，庙门关了一院子蟋蟀的轻鸣，关不住出墙的月影。贾疙瘩在庙门的青石台阶上跪倒，磕了三个头，虔诚许愿。一辆卖芝麻糖的推车推过街角，车上一个风车呼呼转。贾疙瘩站起身，跟他爷往他爷家去。夜深沉。风满乾坤。

第二天一大早贾疙瘩与瘸子起身回乡，贾疙瘩他爷给了一个信封，里面装了两千块钱。看门老汉给瘸子带了一口袋干粮，还有一支英式红木烟斗，是当年打仗缴获的战利品。两人搭公共汽车一路到了榆林，连夜搭一辆运货的卡车奔回大柳塔。那车是拉牲口的，一车牛羊粪便的臭气，像村委会门前咋撕也撕不干净的告示。司机要十元车钱，声明只能坐车厢。贾疙瘩从车厢往天上望，繁星满满，一道银河，寒光熠熠。

天光乍露之际，卡车停在乌兰木伦河岸，三人下车，司机拉屎，贾疙瘩和瘸子撒尿。司机蹲在一丛灌木后使劲，吭哧吭哧，连咳嗽带吆喝。瘸子撒了尿爬回车厢睡回笼觉，把贾疙瘩一个人丢在乌兰木伦河的晓风残月里。

乌兰木伦河从青青的天际蜿蜒而来，水静无声，晨风呜咽。一只鸟从河对岸叫过来，把贾疙瘩站脚的地方叫得孤零零恓惶惶，仿佛瞬间迷失了归家的渡口。黑暗的河水泛出微光，微光扩散，变成一道道弯曲褶皱的波纹。河中央的沙洲停了几只鸿雁，从南边来，往更北的地方去。它们静止的侧影唤来天边的一抹粉红。

一朵朵云彩出现了，世界越来越亮，河水越来越清，悄悄的黎明屏住了贾疙瘩的呼吸。他想看河上的日出。那天早上没有日出。日出被拉屎的司机熏跑了。

那是一个阴天。那一天，贾疙瘩埋葬了停灵半个月的父亲。

第六十一章

贾疙瘩腰里垫着毛瑟枪，双手扣在肚皮上，闭着眼想他爹，想他爷，想他妈。

他听他爷的话，自西安一别，再不相见，直至永诀。他偷摸去西安看过他爷，老汉一个人提着一个小马扎从北院门走到莲湖公园，有时凑热闹玩摸花花，有时叼半支雪茄跟一个穿军装的老头子下象棋，下急了按住棋子不让悔棋，互相喝骂。人们说穿军装的老头子是退休的西安警备区司令员。

贾疙瘩闹不明白为什他爷总是一个人。他听说了许多事情，比如说一个高级干部搞破鞋，被老婆告状告到西北王刘澜涛驾前，摘了顶戴花翎，一撸到底，再比如说那个高级干部的一个孩子被造反派或者红卫兵整死了，其他的孩子跟他断绝了关系，还比如说那个高级干部搞的破鞋后来死在了新疆戈壁，连尸首都没找着。

当然，也有人把那个高级干部的战功传神了，攻过榆林，沙家店打过钟松，宜川剿过刘勘，青海战过马家骑兵，据说甚至出兵西藏跟印度的山地师交过锋。传得最多的还是那个高级干部说过一句西北局人尽皆知的经典名言："只要跟着毛主席，就能打遍全世界！"

贾疙瘩觉得他爷真牛屄！跟着毛主席，打遍全世界！他连一个小小的贾家湾都打不服，连一个贾迏都拾掇不下，连一个给他爷提尿壶的旗长都当不上，他贾疙瘩真是活了个毬！

贾疙瘩从未见过的亲爷是个农民，下了一辈子苦，累倒在土炕上吐血而死，也算寿终正寝。他爹捡回来的这个爷死的时候光人一个，是省委组织部料理的丧事，埋进了烈士陵园。他去西安烈士陵园给他爷扫过墓，纸钱一烧、怪风突起，将黑灰打着旋撒在他的痫痢头上。他爷死了也那么牛屄！一个跟着毛主席打遍全世界的人死了也那么牛屄!

如果他贾疙瘩也能跟着毛主席，说不定也是一条好汉！起码混个师长什的不在话下。可他贾疙瘩没那个命，没能跟着毛主席，所以他贾疙瘩注定就是今天的贾疙瘩。

贾疙瘩一想到今天的贾疙瘩就想打人，骂人，刨人家的祖坟，就想拿钱，就想操女人，就想快意恩仇，睚眦必报！他永远不可能跟着毛主席打遍全世界了。但他能用钱买下全世界。不对，是他和他的同道中人可以用钱买下全世界。

盟长的儿子在曼哈顿买了一幢豪宅。他给他姑娘在温哥华买了一个别墅。他应该高兴，但是他难受。他一想到他爷就难受，一想到那一晚的半锅腊汁肉就痛苦，一想到没能跟着毛主席打遍全世界就悔恨。真是他妈日怪了！一个能用钱买下全世界的人居然会像他贾疙瘩一样自伤自怜。不就是吃不上天鹅肉的癞蛤蟆吗！癞蛤蟆自有癞蛤蟆的活法。

贾疙瘩摸着腰里的毛瑟枪心酸。他爷一辈子也没用上白金黄金赤金装饰的毛瑟枪。他明天就去找巧匠往枪把子上镶钻石，镶一颗二十克拉的红钻石，雕琢成五角星的形状。找不来那样的红钻石他就把贾解放的腿卸了，就把贾胖子的肠子肚子掏出来，就把所有给他送过钱的人的老婆闺女挨个操一遍。

贾疙瘩很焦躁。贾疙瘩很纠结。贾疙瘩非常非常非常恨他自己。

正在胡愁乱恨的当口，远远地人声鼎沸，一阵大乱。贾疙瘩踱到铺子门边向外一张，只见断路的队伍与一帮黑衣黑裤的汉子战在一处。黑衣人手使钢管，专砸胳膊肘磕膝盖，有备而来，进退有序。断路的人马猝不及防，一时找不到称手的家伙，渐渐不支。

贾疙瘩定睛观瞧，路边的土堆上立着一人，衣袂裤腿迎风抖展，口中吆喝，手上指点，俨然大哥风范，非是旁人，正是大汉奸的好兄弟王民。土堆下隆起一个肉丘，将企图偷袭王民的几个弟兄一拳一个，排队擂倒，那双拳头真似两个镔铁油锤，无人能挡一招半式。

贾疙瘩并不认识巴特尔，初次见了这般威势，不觉胆寒。就在贾疙瘩腿软的一刻，身后突然刮过一阵冷风，他回头一看，人影皆无，等再转过身，恰似顶梁门分开八片顶梁骨倒下一盆雪水，从头凉到脚后跟。

贾迲倚门而立，一手拎着从贾疙瘩腰里拽出来的那把黄金白金赤金毛瑟枪，一手倒提一把鬼头刀，刀锋闪闪，吹毛立断。

贾疙瘩一步一步往后退，贾迲慢悠悠逼近，两人一前一后来到铺子后院，店老板和老板娘相拥蹲在房檐下，满面惊恐，噤若寒蝉。

贾迲将毛瑟枪的枪把子往鬼头刀的刀背上一撞，金铁交鸣，声震屋瓦，鬼头刀的刀头一指贾疙瘩，喝道："贾疙瘩，你整不死的爷来了！你官逼民反，爷今天就上梁山！"

贾疙瘩木然呆立，横着眼说："林教头逼上梁山用的是花枪，不是鬼头刀。你把自己抬得太高去比林冲，其实充其量也就是个操刀鬼曹正。"

贾迲闻言，不怒反笑："那我这个操刀鬼就伺候你这个脓疙瘩！"

话音未落，刀光一闪，刀锋贴着贾疙瘩头皮削过，将几颗疙瘩削平，红光迸现，贾疙瘩流血披面，屹立不倒。贾迲跨步上前用刀把一捅贾疙瘩的左膝盖弯，贾疙瘩单腿跪地，昂首怒视。

贾迲笑道："今天你不给爷跪不行！爷今天非要你给爷跪！"

贾疙瘩想啐贾迲一口唾沫，却被贾迲将毛瑟枪的枪管捅进嘴里，刀把举在半空，作势就要砸碎贾疙瘩的右膝盖。说时迟，那时快，只听一个人在连接后院与铺面的穿堂里高叫了一声："住手！"

贾迲闻声退步，将鬼头刀抱在胸前，活像古代行刑的刽子手，只待追魂炮响，手起刀落，让人犯首级落地。贾疙瘩面如死灰，嘴歪眼斜，浑身颤抖，跟临刑的死囚一般无二。王国全被抬进院子，抬椅子的是王民和巴特尔，贾康如师爷一般跟在后面打扇。

王国全对紧咬牙关、屈辱难耐的贾疙瘩说："他好歹也是一个八品官，你逼他下跪，岂不失了法度礼数？"

贾迲刀交左手，背在身后，躬身低头答应："是。贾疙瘩跪得，旗公路局局长跪不得！"

王国全向贾康瞥了一眼。贾康会意，返身去铺面将那张躺椅搬进后院，扶起贾疙瘩在躺椅上坐了。巴特尔和贾逯退了出去，王民和贾康一左一右站在王国全身后。

静了半晌，王国全说："我们就此罢手，不结疙瘩，了事情，顾面子。你看咋样？"

贾疙瘩冷笑道："你免了我下跪之辱，顾了我的颜面，我当然了你的事情。路不挖了，修路费你们中天煤业也不用掏了，这路我咋挖的咋填上，不找后账，不记冤仇。"

王国全说："贾逯咋办？这个疙瘩你过得去过不去？"

贾疙瘩仰头哈哈大笑："好我的王老板呀！天底下还有我贾疙瘩过不去的疙瘩？什言语从你口里讲出来，曲里拐弯砸人呢！你使的好流星锤。不过我有一件事情不明白。中天不是你家的产业，贾逯不是你家的亲戚，你咋什都管哩？你管得过来管不过来？你王老板还真想当呼保义及时雨宋公明呀？小心站着尿尿挤出屎来！还是蹲着好，留后路呢！"

王国全一瘸一拐走到贾疙瘩身前，掏出一方雪白的手帕裹了贾疙瘩头上流血的疙瘩，轻声答道："我没有后路了。我的后路昨天晚上就绝了。"

贾疙瘩光着红眼珠像一个兔儿爷似的点了点头，大声说："我的枪！没枪不走！"

王民大喝一声："贾逯！拿枪来！"

贾逯应声闪出，将毛瑟枪交到贾疙瘩手上。贾疙瘩拔出弹夹一看，子弹满满，金光灿灿。突然间天空昏暗，日光惨淡，众人抬头观瞧，一片沉默的黑云兜头压落。店主的婆姨一声尖叫。黑云散作团团蹦跃的黑点，覆盖了屋顶、檐角、树梢、墙头。店主的婆姨跳到院子当中，一把扯下裤子，向空中抽打，狂扭肥臀，口吐白沫。雀妖在地上密密麻麻铺了一层，万头攒动，雀眼闪烁如火星乱迸。店主羞愤交集，抢上前去将自家婆姨双手反剪，用裤腰带捆绑，按在地下，寻裤子往那雪白结实乱抖乱弹宛如两大坨子凉粉的肥屁股上套。

贾疙瘩举枪击发，一声响亮，雀妖腾云而去，瞬间没了踪影。有一块青云随雀妖而来，悄悄趴在后房脊上，被枪声一激，倏然跃起，缠裹着雀妖遁走了。

绢帕罩头的贾疙瘩走了，店主将捆绑停当套上裤子的婆姨抱进卧房，紧闭房门。那只奄奄一息的长毛脏狗挣扎着爬进后院，将脑袋枕着贾逵的脚，吐出灰白的舌头，呜咽待毙。贾逵嫌雀妖邪祟，吐了一口唾沫，喃喃咒骂。王民给王国全递上一支烟，打着火，恭恭敬敬点燃。王国全吸了一口，瞅着烟头上的烟灰半晌无言。

贾康见日头西下，想劝王国全早些歇息，将养伤腿，又怕王国全还要安顿善后，因此欲言又止。巴特尔见众人浑无打了胜仗的喜悦，反而显得各怀心事，忧心忡忡，不禁扫了兴致，坐倒在地，掏出一把银壶，灌了两口烈酒。

满院夕照，炎威渐退，清风徐来，夏天的苦味浓了又淡了。

王国全问贾康："你听见贾疙瘩说我什？没后！没后路！那我岂不是比太监还惨？不但没后，连后路也断了。你认字认得多，你给我说一说，太监究竟咋样？"

贾康嗳嗫道："不管是哪一朝哪一代，士大夫都斗不过太监。"

王国全笑道："依你说有屌的弄不过没屌的？你说得有理！东林党就弄不过魏忠贤，何进就让太监割了脑袋，明英宗还让太监日弄到蒙古过了几年。那你再给我说一说，为什这有屌的弄不过没屌的？这有后代的弄不过没有后代的？"

贾逵挺身而出，大声喊道："有屌有后代的胆子小，脸皮子薄，挂念多，还爱装个屌式子腻腻歪歪黏黏糊糊不爽快！没屌的连屌都没了还怕什哩？还有什干不出来？还有什不敢干？日他妈！我要是没有屌没有家没有老娘，今天就切了他贾疙瘩的头当皮球耍！"

王国全扔掉香烟，用一条腿像蝈蝈似的蹦到贾逵面前，紧紧握住贾逵的双手，说："没屌不受活，咱还是要把屌留住！想不到贾家湾还有人能说出这一番话！你有屌有后，拿上钱快快离了这个是非之地，另寻好地方安身立命，让我们这些有屌没后的由着性子弄他个地覆天翻！贾康你也是有屌有后的，你把你贾逵兄弟妥善安置，不敢有什闪失！"

贾康带着贾逵走了。王国全指一指王民和巴特尔，再指一指自己，笑道："只剩下咱三个苦人了。你是有屌有后没家的，你是有屌没后没家的，我是有屌没后有家的，你们看咱三个凑得齐整不齐整！这个屌地方不是桃园，连个桃树都没有，咱三个演不成桃园结义了。王民，事情就交给你办。你一定要办扎实，办牢靠，办彻底，办漂亮！我睁着眼看！"

王国全说完，一个人拄着拐杖颠簸而去。残阳如血，檐瓦暗红，那只长毛脏狗使劲往巴特尔脚边抻脖子，抻着抻着抻出了舌头，翻过肚皮断了气。巴特尔想起了八根儿，王民想起了球球。一只可怜的母鸡躲在树坑里下了一个蛋，蛋破了，母鸡歪着脑袋撅着屁股啄蛋黄。

巴特尔问王民："他什意思？"

王民不回话，坐到巴特尔身边，伸手拿过巴特尔的银酒壶，抿了一口闷倒驴。紧闭的房门开了一条缝，店主从门缝中挤出头来，问道："你们什时候走呢？再不走天就黑了。"

王民大声说："今天把你们麻烦到家了！给你留五千元，不要嫌少。索性劳烦你婆姨做晚饭，我们吃了再走。有烩菜就行，馒头面条只管上，我兄弟食量大。"

店主的脑袋卡在门缝里，进退不得，愁眉苦脸，嘴巴撇得像个瓢，眼睛眯成两条缝。一只白手从门里伸出，抓住店主的顶瓜皮往屋里一拽，房门打开，店主的婆姨一身黑衣，飘然而出，浑无半点疯傻之状，眉眼盈盈，秋波流转。王民心里咯噔一下，觉得这女人不知什地方竟然有些像李小花，一念及此，面红耳热，举酒壶遮过。

女人招呼店主将一个小桌摆在院子中间树荫底下，提出一铁桶村酿苞谷烧酒，放一大盘瓜子花生做下酒菜，提了长毛脏狗挂在树杈上，挽起袖口，露出白藕般两条小臂，拿一把解腕尖刀开剥狗皮，一边剥一边说："他贾疙瘩弄死了我家的狗，改日寻他赔钱，现成的好肉不能糟蹋，拾掇干净用酸菜一炖，看不把你们香死！酸菜是我们自家腌的，盐少，只酸不咸，再搁些土豆豆角，铜锅底下烧炭，弄一个狗肉锅。你们怕热不？太阳下去凉风就来了。狗肉滚一滚，神仙也站不稳。你们先喝着等一会儿。"

王民和巴特尔瞅着剥开一半的长毛脏狗，两条前腿的精肉一片红赤，无皮狗头歪向一边，两只亮晶晶的狗眼泛起死水般的锈绿。王民想起了球球。巴特尔想起了八根儿，一人干了一碗苞谷酒。

他们想念自己的狗，但并不妨碍他们吃狗肉。他们都有自己的亲人，但并不妨碍他们杀人。王民觉得李逵杀了李鬼，切李鬼腿上的肉烤了顶饥十分自然，与李逵赏了李鬼十两银子赡养李鬼那个并不存在的老娘一样自然。所以，他们今天晚上要美美喝一桶烈酒，美美吃一顿狗肉，然后再美美睡一晚女人。所以，他们今后的某一天要美美杀一个人，或者美美杀几个人，或者美美将某个人开膛破肚，挫骨扬灰。

巴特尔说他舍不得贾逵。王民也舍不得贾逵。这世上哪个好汉能舍得好汉？贾逵应该走，因为贾逵手上没有人命，因为贾逵还是一个干干净净的汉子。

巴特尔说他舍不得图兰。王民也舍不得李小花。有毬的好汉都舍不得美人！王民没有告诉巴特尔他已经把他那个与日本鬼子通奸的美人老婆弄死了。巴特尔的老婆离开了巴特尔只是为了生存，与背叛无关。

黑暗降临之前的暮光柔和氤氲，一只乌鸦立在树梢，房檐下的燕子窝悄无声息。黑暗一步步逼近。他们就着即将消逝的暮光痛饮了一碗。风躲在一个很远的地方。

铜锅狗肉端上桌，热气腾腾，香气四溢，一块块精肉无半点肥筋，爽滑弹牙。锅底的酸菜将王民与巴特尔蒸出一脑门子热汗，稀烂的土豆把狗肉的味道封在舌尖和咽喉之间，与苞谷酒的辛辣冲突激荡。两人连呼过瘾，大块吃肉，大碗喝酒，胡吼乱叫，狂歌大笑。店主拿一个小瓷杯喝了一口，夹起半块狗肉，潸然泪下，哽咽难言。

"这狗跟了我七年，不嫌我穷，不嫌我没本事，不嫌我窝囊，早起给我叼鞋穿，晚上给我叼拖鞋穿，我吃什它吃什，啃不上肉骨头，净弄些剩饭剩菜充饥哩！这么老实的一条狗，贾疙瘩为什非要把它折磨死？

"这狗喜欢我家那个夭折的娃娃，娃娃拉屎它就舔娃娃的屁股，舔得干净得很，舔得娃娃笑呵呵。可怜我那娃，刚来到这世上，没招谁没惹谁，不明不白得了怪病，丢了性命。娃他妈也疯了！一见麻雀云就犯病脱个精沟子。今天她的精沟子让你们看了一个美！

"唉！活人咋这难哩！好我的狗呀！你死得恓惶啊！"

王民将酒碗朝地上一摔，一把扯住店主的耳朵，冲耳朵眼吼叫："你家娃娃是谁弄死的？是一堆麻雀？出了人命推给禽鸟，推给妖怪，你自己哄自己呢！不是富丰的味精厂污染了地下水，你家娃娃能死？你不去找富丰那个狗日的化工厂为娃娃报仇，倒哭到我的酒桌子上来了！你真是个没起色的挨尿货！

"娃娃死了你哭，狗死了你也哭，你还真是个水做的男人！这就是你爱狗的肉，你给我实实哐两块子！塞也要塞进你肚子里！咋样？好吃不好吃？滋味美不美？人饿了还吃人肉呢，何况狗肉！

"我告诉你，冤有头债有主，你该寻谁寻谁去！你不也是一个有尿无后的？你都无后了你怕什哩！你怕没人给你烧纸还是怕没人给你上坟？谁还咬你的尿呀！把你那尿攥紧，谁欺负你谁不让你活，你就用你那尿日他妈日他老婆日他女子！"

巴特尔长身而起，两步来到墙边一株碗口粗细的杨树下，低头俯身，双手抓住树根猛一使力，将杨树倒拔了，端起粘着土坷垃的树根向店主一指，喝道："就用这样的尿日她们！就用这样的尿扫他们！就用这样的尿灭他们！"

店主吓得舌头吐出三寸缩不回去，两个眼珠子瞪得比乒乓球还大，口角流涎，四肢酸软，瘫在马扎上动弹不得。店主的婆姨两眼炯炯放光，跑到桌边，从铜锅里夹一块狗肉放进嘴里大嚼，一块不够，又夹一块，咬得咯吱咯吱，抢过王民手中的半碗酒，仰脖一口灌下，大声说："我把自家的狗肉当仇人的肉！我吃他们的肉，喝他们的血！"

王民鼓掌叫好，逼着店主吃狗肉，店主只夹了一筷子酸菜，被王民朝头上砸了一拳，又夹了一块土豆。王民让巴特尔将店主按住，一手掰开店主的嘴一手抓铜锅中的狗肉往店主的嘴里塞，塞满了再灌下一碗苞谷酒。店主捧着肚子，冲向巴特尔拔出的那个树坑，翻江倒海般呕吐，撅肝抖肠，颠倒五脏，死去活来。

王民对店主的婆姨说："这男人要好好拾掇呢！一个有尿的偏装出一副没尿的熊样子！再不争气，我让蒙古兄弟把你男人的尿拔了！"

店主的婆姨眨巴着毛眼眼使劲点头。巴特尔说："你那熊男人把铜锅狗肉糟蹋了，我没吃饱，你再去弄些填肚子的东西来，回头一总给你算钱。"

女人去厨房抬出半锅酸稀饭，一盘子雪里蕻咸菜。巴特尔将雪里蕻搅在锅中，用一把木勺一勺一勺攉下肚去，不一时，将锅底刮得精光，摸着肚皮打了一个饱嗝，心满意足。

王民掏出六千块钱递给女人。女人不要。王民拉过女人的手，把钱塞进女人的手心里。店主抱着巴特尔倒拔的杨树躺在树坑旁边，像长毛脏狗轮回转世，哼哼唧唧打呼噜。女人把他们送到店铺门口，王民的拇指和食指拈着一个亮闪闪的东西递给女人，女人拿过去仔细一认，原来是贾疙瘩放了一枪掉在地上的金弹壳。她把金弹壳塞进口中一咬，弹壳上多了两个牙印，十足真金。

王民说："拿去做个吊坠挂脖子上。值钱东西都是杀人利器。"

两人出了店铺，顺土路往大路上走，断路的人马已经逃跑，工具丢了一地。转过土丘，贾家湾的点点灯火在明净的夜色中浮沉，坡下纵横的沟壑苍茫起伏。他们敞了怀，让清凉的晚风吹干胸膛上的汗水。

王民掏出手机给贾五打电话，让贾五开车来接，吩咐天轮酒店的庆功会务必红火，咋高兴咋花钱，咋折腾咋管够，唱歌每个弟兄俩小姐，小姐不够开车去鄂尔多斯拉，唱完歌桑拿一个都不能少。

撂了电话两个人顺着大路走了几分钟，巴特尔慢悠悠一个字一个字咬着说："天轮酒店是不是贾疙瘩的地方？"

王民憋不住笑。巴特尔的反应总比别人慢。一个笑话说完，听的全笑了，只巴特尔不笑，过了五分钟突然笑一下，声如霹雳，吓得旁边的人不是呛水就是噎饭。

他拍了拍巴特尔熊一般的肩膀，不怀好意地问道："你喜不喜欢那个妈咪的大奶子？再说了，打了他贾疙瘩咱就不能去他的地盘上红火了？咱偏去！咱往他流血的脓包上撒盐。咱让他挣咱的钱当药费。你说好不好？"

这一回巴特尔的反应一点也不慢，连连点头，喜笑颜开，一嘴白牙在黑地里放光。两人相跟着走到坡下，迎面驶来一辆丰田吉普陆地巡洋舰，开车的正是贾五。贾五摇下车玻璃，招呼想去后座伸腰展腿的巴特尔坐副驾驶的位子。王民见状心中思量，莫非后座上放了什要紧东西，不是钱就是货再不就是家伙，但瞅贾五挤眉弄眼，嬉皮笑脸，炫耀牙龈的模样，说不定还有古怪。

一念及此，王民轻轻打开车门，后座上一个黑漆漆的人影，一股淡淡缭绕的香气，一堆黑压压的头发。王民坐上车，胳膊碰到女人清凉的手臂，肘窝酥麻，斜眼借着窗外的灯光一看，可不正是薛宝莲。

吉普急速前行，巴特尔抱怨副驾驶座狭窄，贾五说窄什窄，你的半拉屁股都压住变挡器了。薛宝莲"扑哧"一笑，王民后脊梁上汗出如浆。

被压住变挡器的吉普只能匀速行驶，贾五和巴特尔在前面唧唧哝哝拌嘴，王民和薛宝莲静悄悄藏在后座一言不发。薛宝莲的白胳膊白腿白手白脸庞趁着黑暗拧紧王民的神经，对面的车灯晃过，薛宝莲灿灿的眼波烫得王民心惊肉跳。今天之前他从未触碰过薛宝莲的身体，刚才那一下清凉像烙铁烙了一个铭文。

吉普转弯，薛宝莲的肩膀在王民的锁骨上一顶，顶出凉鞋的白生生脚指头压了王民的脚。王民浑身发烧，但裤裆里的那话儿却毫无反应。这不是好兆头。某种情感压制了欲望。某种他诅咒过的该死的情感压制了欲望。李小花那双泛着死光的眼睛浮过他的脑海。这绝不是好兆头。

薛宝莲的鼻息掠过他的面颊。她为他吹来了生命的风。王国全说他有屎没家，但有屎就得有女人，可有女人跟有感觉是两码事。爱情和性交是两码事。也许爱情和性交根本就是一码事。那个咖啡店，那片胡杨林，那辆红色的法拉利，安田修三，李小花，大汉奸的儿子，那个大奶子婊子。接下来是什？杀死李小花的全部过程。还有什？那具毫无生气的雪白瘫软的肉体，那双死鱼般凸出眼眶的眼睛。王民打开车窗，深深呼吸。一切都会过去。一切还没有过去。

车到天轮酒店，大门前焰火四射，麻雷子乱响，比办喜事还热闹。王民下车，众兄弟夹道迎接，右边是雪一般白的薛宝莲，左边是山一般壮的巴特尔。妈咪欢天喜地迎上前来，一边跑一边扭腰点头，黑色紧身衣里面的两只大奶没戴奶罩，晃动之间奶头凸起的轮廓顶得巴特尔两眼发直。妈咪的两只胖手正要往王民肩膀上搭，被王民抬眼一瞅，登时改了方向，落在巴特尔的胸脯上，嗲声嗲气，心肝肉乱叫。

贾五冲上来往那两只大奶子上一撞，连忙赔礼道歉，问奶撞洒了没有。妈咪捂着奶头笑骂，撞洒了也够喂你这个烧锅头。贾五说我可不敢烧你，我烧了你老巴一屁股坐死我。你的奶老巴的屁股，贾家湾谁也扛不住。众人大笑，连王民也笑了。天上响了一个大大的麻雷子，纸屑随风乱舞。

一行人跟妈咪来到地下一层最大的皇宫包厢，众弟兄等王民坐定后纷纷落座，妈咪分拨带进小姐，每人一个，打扮得花枝招展，香气扑鼻，一张嘴不是大同话就是陕北话再不就是鄂尔多斯话，又硬又愣，好像冻了三天的杂面馒头入口，咬不动，只能啃些渣渣。服务生开酒，白酒、啤酒、洋酒、红酒、黄酒，以及贾家湾调酒师炮制的鸡尾酒，一律倒在四两一个的大玻璃杯中，堆满台面，叠屋架墙。王民坐观一屋子的肉山酒海，端起一杯红酒，众弟兄起立干了头杯。水果小吃下酒小菜流水般推进屋来，每个小姐点一杯两百块的特饮，像豆浆像牛奶像椰汁像冰激凌，稠乎乎不知究竟是什东西。

王民怕众人因他在不得尽情戏耍，起身去洗手间。洗手间有一扇暗门，镶在墙里，是防扫黄的后路。王民打开暗门，登上一溜窄窄的台阶，台阶上是酒吧的酒柜，从酒柜转出，又有一道小门，门外是酒店后院的停车场。

停车场里有两个人靠着两辆车较劲。靠着宾利的穿灰西服，靠着美洲豹的穿蓝西服，两人站脚的地方不远横着一摊秽物，不知是哪个酒后呕吐。王民立在灯影后观瞧。

穿灰西装的骂："你狗日的瞎了狗眼！吐酒不看地方，污了爷的西装。你知道爷的西装是什牌子？意大利的阿玛尼！"

穿蓝西装的回骂："你三岁的碎崽娃玩尿泡泡，见过什世面！你那阿玛尼倒过来咋念哩？倒过来就是'你妈啊'！快回去寻你妈吃奶去！"

穿灰西装的急了，上去扇了穿蓝西装的一耳光："你穿的什？杰尼亚！爷不倒着念，爷就揭你呀！揭你的皮呀！"

两人挥拳痛殴，从车上打到地上，再从地上打到车上，"你妈啊"和"揭你呀"惨遭踩躏，支离破碎，扣子蹦得像弹球。打来打去酒醒了，没劲了，你给我一支烟，我给你点个火，聊上了。聊来聊去原来两人都是来贾家湾当铺当豪车的土豪。一个是煤老板，煤价跌得只有爹没有娘，关了小煤窑，准备当了美洲豹换点现金回家勒紧裤腰带过一段贫日子。另一个是东胜的房地产开发商，房价从一万降到三千，民间借贷的资金链断裂，要债的挤破家门，最狠的一个债主从他家的阳台跳了楼，逼得他连夜寻熟人典当宾利还债付手术费。碰上要命的债主你可以不要命，碰上不要命的债主你就得要命，还得保住不要命的命。两人越聊越近乎，埋怨歌厅小姐都被哪些混账王八蛋包干净了，只得相跟着再寻地方痛饮，也不开车，相互搀扶趔趄颠顸而去。

停车场安静下来。一只蛐蛐蹦到路灯光底下，振翅鸣叫。它把喧嚣的夜唱空旷了。遥远的摇滚撼动了王民身后的墙，撼动了王民脚下的地，撼不动那只蛐蛐的自在。他点上一支烟轻轻吸了一口，夜色包裹不住的嘈杂让他身体里的宁静慢慢释放，慢慢渗透，慢慢浸润。那条远远流淌的河悄悄漫过了他的堤岸。

王民想了一遍今天下午王国全的总结，对自己的屎抱以深深的怜悯，对王国全的屎致以深深的同情。有些事情像一口深不见底的井。

蛐蛐消失了，但影像还存在灯光里，等它回来带走。还有怎么也抹不去的对店主婆姨疯狂扭动的肥臀的渴望。她有点像李小花。和酸菜一起炖了的长毛脏狗的眼神有点像球球。

他得安排巴特尔去干那件事。那是一件本该早就结束的事。如果大汉奸没有死。但是大汉奸死了。

薛宝莲从门里走出来。香烟暴露了王民的踪迹。薛宝莲袅袅娜娜来到王民面前，王民搞不清楚为什丰满的薛宝莲居然如此袅娜。他已经碰过她了。他还没有操过她。

王民非常担忧爱情的阳痿将彻底摧毁他的屎的自信。爱情的阳痿好像马蝇下在牛鞭上的蛆，它们虬结在那根累累垂垂的东西上，被兽医用镊子一条一条扯下来。兽医对他说，牛鞭上的蛆比牛屎里的蛆容易清除，因为它们会钻进那个洞里，稍不小心疼痛的母牛就会尥蹶子。

爱情的阳痿是一种压抑欲望的欲望。

薛宝莲缓缓靠住王民的肩膀，香甜的呼吸拂过他绷紧的面颊，她丰满的弹性十足的乳房压住他的臂弯，深不见底的乳沟宛如洒满月光的幽谷。王民发现自己像裹了一层茧子，动弹不得。两人依偎在暗影中。那只蛐蛐又蹦回来了。没有鸣唱。

　　不知过了多久，薛宝莲说："我们走吧。"

　　王民不想走。薛宝莲的眼波如深渊。当他盯着深渊的时候，深渊也盯着他。那条大河注入了深渊。深渊像一个黑洞，吞噬了那条大河。

　　王民和薛宝莲走了。蛐蛐待在灯光里，开始唱歌。

第六十二章

　　这几个月来薛宝莲觉得自己好像一直活在梦里。

　　她小时候听村里的老人讲过许多梦。一个姓庄的死了，老婆即日改嫁富翁，不想姓庄的又活转来，而那个富翁就是姓庄的变的，所以姓庄的老婆羞愤而死。薛宝莲认为姓庄的的确能装，挖了一个坑让他老婆跳，而那个禁不住诱惑的傻女人还真跳了下去，被她心机歹毒的老公活活埋葬了。还有一个当官的，在一座寺庙里等饭充饥，等着等着就梦见紫袍金带，飞扬跋扈，满门抄斩，醒来黄粱已熟，他也豁然开悟，弃官而去，不知所终。

　　薛宝莲她爹说，不能看见了下场就逃跑，好比不能因为人终有一死就自杀，什事情都要经历那个过程。怕噎不吃饭，怕跌不走路，那是傻子们才干的蠢事。所以薛宝莲的爹娘吃了，也噎了，走了，也跌了，他们的过程已经结束了。

　　但她的过程还在延续。她还活着，还在呼吸，还在渴望，还在痛苦，还在受虐。她并不明白如果老天爷注定让她受虐，她只能把受虐的过程演绎完美。她只知道要活下去。在确定无论如何也要活下去之前，她死过。死过之后，她决定活着。

　　她见到贾文武浑身焦黑、面目全非的尸体之后昏晕倒地，开始做梦。贾文武的那话儿在他丑陋的尸体上萌芽，仿佛黑土地上的一粒种子，破土而出，栉风沐雨，抽枝吐叶，苗壮挺拔。她像珍爱生命般珍爱那株农作物，不知道它会长出玉米棒子还是小麦穗子。她希望是一棵玉米棒子，尺寸和硬度都十分完美的玉米棒子，而不是垂头丧气的小麦穗子。

她变成了一个稻草人，一个玉米地里的守望者，赶走了无数的麻雀和乌鸦，踩死了数不清的蝗虫。铺天盖地的蝗虫。她等待着。如果那是一棵玉米。

蝗虫落上她的头发，钻进她的衣服，爬满她的肉体。她看见密密麻麻的蝗虫的小眼睛，像小米粒一样的小眼睛，还有抖动的须子，还有恶心的大牙。那些大牙并不啃噬她，那些大牙像她一样等待着贾文武的那棵玉米。它们觊觎她所觊觎的东西，贾文武的玉米棒子，那棵曾经带给她极乐的玉米棒子。

等着等着薛宝莲把她妈等来了。她妈穿着囚服，双手反绑，扎着裤腿，脑门上一个透明大洞。薛宝莲没看见血，一丝血也不存在。她妈的脸像雪一样洁白，像纸一样苍白，像石灰一样涅白。她不知道她妈为什来，她妈来了蝗虫就飞走了。

她妈说："临刑前的断头饭没吃好。面条凉了，硬邦邦一个面疙瘩，臊子也不行，不是猪肉的，是羊肉的，膻得咽不下。我想要些咸菜，不给，太便宜，监狱里不卖。"

薛宝莲说："妈，你走。你寻你的玉米棒子去，这里没有你的玉米棒子。"

她妈不理她，继续说："他们把我的裤腿扎紧。为什？人死之前要屙哩，屎尿齐流，裤腿不扎紧抬尸首的嫌脏。我的屎尿沉，坠得我走不快。"

薛宝莲说："你把你的屎尿倒在这棵玉米棒子底下，算是上肥了，它就能长快些。我等不及了。我没有肥，只能用你的肥。"

薛宝莲她妈解开裤腿把屎尿倒干净，抓一把土搓手，一边搓一边说："他们行刑打脑袋，一枪一个，干脆利索。男犯人死了嘴啃泥，撅沟子，女犯人死了面朝天，拧麻花。男人跟女人不光受活不一样，挨枪子也不一样。"

薛宝莲问她妈："你头上的窟窿咋那么大？一个小枪子，弄出鸡蛋大个洞洞。"

她妈说："瓜娃娃你没挨过枪子，咋能知道这里面的奥妙！枪子从后脑勺打进去是个小洞洞，从额头上钻出来就钻个大窟窿。我这还算好，直进直出，敞敞亮亮，有多少曲里拐弯胡钻乱钻的怪货从鼻子从天灵盖从耳朵从下巴颏寻出路哩！还有厉害的直接就把整个脑袋轰裂了，剩下半个瓢盛些残汤剩水的脑浆子。你将来咋死都不能让枪子打死！"

正说着，贾文武的那棵玉米一下子长大了，颗粒饱满，叶穗披纷，又粗又长又硬，薛宝莲一手握不过来。

薛宝莲说："妈呀，你看呀，这么大的一棵玉米呀！透爽死个人啊！"

薛宝莲她妈仔细观察了一番，赞叹道："好家伙，好东西，好货色，可不是那中看不中用的银样镴枪头。"

母女俩正高兴，一团黑云从天而降，正是那群麻雀妖精。它们缠裹住薛宝莲的手足，将贾文武的那棵玉米啄得一粒不剩。薛宝莲喊她妈帮忙，雀妖拉了她妈一头雀粪，几乎填埋了她妈额上那个透明窟窿。薛宝莲她妈大叫一声，返身落荒而逃，瞬间消踪灭影。

雀妖啄完玉米，腾空而去，薛宝莲手中只剩下一支坑坑洼洼、面目全非的光棒子。薛宝莲攥着贾文武那棵遍体疮痍的玉米，拼命放声大哭。

一哭哭醒，周遭白墙白床白单子白柜子，连灯管都是白的，薛宝莲以为下雪了，却丝毫感觉不到雪的润泽冷冽。她定了定心神，知道自己已经躺倒在医院，而目睹贾文武尸身惨状的惊悸与震撼再一次袭上心头，不禁悲痛难忍，热泪盈眶。

一张脸从半空中插入，向下俯视。薛宝莲吓了一跳，"啊呀"一声，抬起上半身，突然腰腹剧痛，又"啊呀"一声，瘫软在床，动弹不得，大汗淋漓。

那张横在半空的脸依然向下俯视。薛宝莲看不清究竟是谁的脸，她甚至出现了幻觉，好像那是她妈的脸，或者是她爹的脸，再不就是傻子的脸，也许会是贾文武的脸。那张脸消失了。她努力喘息，迫切想知道为什肚子空荡荡地疼，但是那张脸让她心惊胆战，恶心欲呕，又使她饥肠辘辘，疲累欲死。

终于，她鼓起勇气，扭过头，搜寻那张脸。她松了一口气。那是她婆婆的脸。她婆婆坐在床头，眯缝着眼睛盯着她。

薛宝莲说："婆，我肚子咋这疼哩！"

贾文武的婆娘呆着脸笑道："你才疼了这一会子就轻狂喊叫呢！婆都疼了两年了，肠子肚都熬烂了，也没吱一声呀！你先疼着！"

薛宝莲听这话不善，以为贾文武的死相把她婆吓出什毛病了，忙说："婆，你糊涂了。我公公死了你难过得糊涂了。你快回家歇息，叫护士来照看我。"

贾文武的婆娘收了笑容，一个字一个字问薛宝莲："我男人死了我难过，你男人死了我难过什哩？我的男人早死了，你的男人刚死，还没火化哩。你是不是难过得糊涂了？"

薛宝莲好像听明白了，又好像没听明白。恐惧像一摊洇染的血迹，在匹练似的白光中逐渐扩大。她声如蚊蚋般自言自语："什你男人我男人的？我男人不是你娃么！"

薛宝莲她婆前倾身体，下死劲往薛宝莲脸上唪了一口唾沫："你还知道你男人是我娃？你还知道我男人是你公公？你个不要脸的贱货！辱没了你先人！你把你公公烧了！你就是一个母烧锅头！你以为你两个的丑事我不知道？你睡完了我儿子睡我男人，呸！你个烂货能有什好下场！"

薛宝莲脑中嗡嗡作响，唇焦舌燥，浑身发烧。她下意识地望着婆婆狰狞扭曲的脸，那张脸上的条条皱纹变成了根根尖刺，那双浑浊的眼睛喷射的怒火灼得松垂的脸颊红潮涌动，那一口歪歪扭扭的牙齿渴望皮肉，甚至渴望骨头，薛宝莲的皮肉和骨头。薛宝莲吓得忘记了挪开目光。老天爷啊！这是比深渊还深的仇恨啊！

稍许发泄的老女人喘了一口气，款款坐下，调匀呼吸，摆好姿势欣赏薛宝莲的痛苦。她坚信薛宝莲一定会痛苦，一定会比她痛苦百倍，一定会痛不欲生。

她不想让薛宝莲死。一个死人什也感觉不到，就像她的焦烂的丈夫，雇车运去东胜找最好的殡仪馆整容，任由那些刀呀剪呀镊子呀随便拾掇。活着的薛宝莲却可以痛苦，可以哀号，可以挣扎，可以无数次被踩躏。薛宝莲真的不能死。现在她是猫，薛宝莲是鼠。

"你以为我没发现你和那老色鬼的丑事？第一次我就知道了！挺着不安分的鸡巴出去，垂着吃饱了打嗝的尿回来，我又不是瞎子，咋能看不见？我忍！为了我那傻儿子忍！

"你这个骚货叫得惊天动地，我怕傻子发现，悄悄躲在暗处像保镖一样守着你们日。你们日呀日，傻子睡呀睡。你叫呀叫，受活得满面春风，我哭呀哭，眼泪往肚里咽。

"你们日起来没够，天天日，连你来月经也日。从前他就是那样折腾我的，现在新人换旧人，该你这个儿媳妇透爽了！

"乱伦呀！天大的家丑！我跟谁诉去？我能跟谁诉？我忍！肠子肚都熬烂了！"

　　薛宝莲突然开始怜悯这个狞恶的老女人。恐惧到怜悯的转化就像一个人从面临死亡变成哀悼逝者，他们恐惧和哀悼的对象其实完全一致，只不过同一个对象转换了载体而已。于是薛宝莲恐惧并怜悯着，怜悯并恐惧着，就着冰碴子吃涮锅，流一阵冷汗再流一阵热汗。

　　她几乎把疼痛的肚子遗忘了，肉体的苦楚像遥远得不能再遥远的敲门声，让她懒得关注。但它依然在那里呐喊，在那里执拗，在那里坚持，随时彰显它的存在。

　　薛宝莲想到一个转移话题的由头，勉强抬起头怯怯地问道："婆，我的肚子咋这么疼？"

　　贾文武的寡妇安静下来，捏一张纸巾揩去嘴角的白沫，眯起湿漉漉红亮亮的三角眼，突然使劲挤出一个笑容，裸露的黄牙根和暗紫色的牙龈惊了薛宝莲一跳，下意识蜷缩身体，怕她婆扑过来咬她。

　　老寡妇慢慢坐回椅子里，抹去笑容，擦掉眼泪，像倒豆子似的噼里啪啦吐出一大堆字眼，那些蹦跳的字眼四散纷飞，在地板上凝聚成一把寒光闪闪的匕首，不，是一把寒光闪闪的手术刀，缓缓浮起，飘到薛宝莲眼前，碎割她的心脏，凌迟她的神经。

　　"你个烂货怀的谁的种？你肚子里的那个杂种还不是老色鬼的屎日弄出来的野种？我咋能眼睁睁看着你把死鬼的儿子扮孙子，将来继承这偌大的家私？我咋能让你在我家作威作福，卖屄乱伦，让一个野种继承死鬼的香火？他的香火只能有一个！就是傻子也只能有一个！绝不能有第二个！

　　"傻子他舅是医院的副院长，趁你昏迷给你灌了些药，开了一个诊断书，我作为家属签了字，把你的子宫刮了，把你的娃娃刮掉了。我看了一眼那堆血肉，胳膊腿都成了形，像猪八戒嚼碎的人参果。

　　"我的肚子不疼了。我的肠子不烂了。我这一口闷气出得像刮风，我这一个响屁放得像雷。我几乎高兴死！我把老色鬼和你的野种刮了！死娃娃跟他那个死鬼爸一起没了！"

薛宝莲攒足浑身气力，一头撞向沉浸于施刑的愉悦之中的老寡妇。老寡妇不料眼前那张惨白扭曲泪痕纵横的苦脸陡然间翻作一颗黑头，猝不及防，被薛宝莲的顶梁骨撞中下颌，仰天栽倒。薛宝莲扑上去，伸出双手死死掐住老寡妇的脖颈，指甲嵌进鸡皮般皱皱的肌肤。老寡妇手刨脚蹬，鼓着眼珠子伸出半截灰黄的舌头，拼命挣扎。

两个护士冲进病房，拉开疯狂的薛宝莲。老寡妇爬起来跑到门边，抓住门框，弯腰喘息，呕吐清水。薛宝莲试图挣脱两个护士的控制，无奈身体柔弱，小腹剧痛，怒火一顿，全身虚脱，口吐白沫，颓然坐倒，只剩两只黑亮黑亮的眼睛喷射仇恨之火。

老寡妇拉着哭腔对聚拢来围观的人群倾诉："没了娃娃承受不起，疯了，要打人杀人呢！我媳妇可怜，公爹才死，又断了贾家的香火，急出了失心疯。我这个婆婆不怪她。可惜成了形的一个男胎，硬是擦着人世的边边跑了，什人受得了？可怜我那儿子没福，丧父失子，倒霉事全赶上了！到什地方说理去！老天爷降罪哩！前世不知造了什孽呀！"

众人唏嘘，众人叹息，众人垂泪。薛宝莲"嗷"的一声长号，身子向前一抢，一只肩膀脱出衣领，双目尽赤。众人齐声惊呼。两个体肥面阔、膀大腰圆的护士制住薛宝莲的手腕和上臂，薛宝莲双膝酸软，支不住身子，像一个布娃娃涣散下垂，两只扭曲的胳膊伸向天花板，双脚一蹬，昏厥过去。两个护士拖薛宝莲上床，用绷带将四肢捆扎于床头床尾，取一条床单盖住裸露的身体。众人渐渐散去，两个护士掩上房门离开，老寡妇拄着门框无声大笑，浑身轻颤，松垂的肚皮四下晃荡。

她走到床前欣赏薛宝莲僵卧的姿态，伸手撩开薛宝莲身上的床单，盯着这具曼妙性感迷得她的死鬼男人魂不守舍的肉体，心中腾起一股毁灭的激情。她想起许多年前贾文武没日没夜搞得她欲仙欲死的情景，那就是她的青春，永远消逝的青春，她无法挽留无比憎恨的青春。

享用了她的青春的贾文武连儿媳妇都烧了。贾文武的那话儿一直到死都活力四射，青春满溢，永无餍足。她报仇了。她消灭了贾文武和薛宝莲的儿子。她的傻儿子将陪伴她度过余生，也许是她陪伴她的傻儿子度过余生。现在，她渴望攫住薛宝莲的生命，像捏馒头渣一样捏得粉粉碎。但薛宝莲活下去也许更好，带着痛苦活下去，饱受人间地狱的煎熬，无处逃避，无处躲藏。

贾文武收藏过一幅字，名家手笔，一字万金。"天地为炉兮造化为工，阴阳为炭兮万物为铜。"贾文武把那幅字送给了王国全，王国全喜欢得不行。她要让天地成为薛宝莲的熔炉，让阴阳成为炙烤薛宝莲的燃料，她渴望将眼前这具雪白粉嫩、水灵灵肉乎乎的身体锻炼成一段焦炭。既然贾文武已经让地火烧成了一块黑炭，那他的儿媳妇，他的婊子薛宝莲为什不该变成一段与他相匹配的焦炭呢？

她轻轻抚摸薛宝莲圆润的脚指头和脚踝，她的指尖滑过两条坚实滑嫩的小腿，伸进两条肥厚温暖的大腿里。就是那个地方。就是那个东西。就是那个无底的黑洞，就是那个罪恶的深渊。她的牙咬得咯吱咯吱响，她的面颊一阵阵疼挛。

就在老寡妇捡拾回忆的柴火燃烧嫉妒的怒火之时，薛宝莲猛然交叠双腿，夹紧那只伸进她私处的干枯的手，拱起上半身，一口咬住了老寡妇的鼻尖。老寡妇哀号，一只手在薛宝莲脸上抓出两条血道道。薛宝莲闭住眼睛合拢牙齿，嘣的一声轻响，好像电视里无声手枪的击发，老寡妇仰面朝天倒下，后脑勺碰出咕咚一声巨响，双手掩面，指缝间鲜血长流。

两个护士和老寡妇的院长弟弟冲进病房，掰开老寡妇的双手，冒出一个没了鼻尖的血窟窿。老寡妇的院长弟弟纵身抢到床边，捏住薛宝莲的腮帮想要抠出鼻尖，薛宝莲微笑着努力咽下了那一疙瘩连皮带骨的肉，愉悦得仿佛找到了天堂之门的钥匙。

他们抬走了没了鼻子尖的老寡妇，将薛宝莲捆了整整三天，只能喝水，不得吃饭。薛宝莲憋不住，拉屎撒尿全在床上，滚成了一个屎尿人。所有病人对这个咬掉婆婆鼻子的疯魔女子恐惧不已，加之紧闭的房门掩不住臭气四溢，所以无人胆敢窥探。薛宝莲在静静的恶臭中回味着食肉寝皮的快感，逐渐冲淡了那个被捣碎被切割被肢解的婴儿的印象。毕竟她始终没见过儿子的脸。

几只从门缝里钻进来的苍蝇放肆地在她身上任何一个部位停靠，它们爬行着寻找屎尿的源泉。薛宝莲觉得一丝安慰。她还可以养活这些苍蝇。她的尸体可以养活更多的蛆虫，而更多的蛆虫能变成更多的苍蝇。

她等待那个该死的死亡的降临。它鼓涌得比蛆虫还慢。她想快点死。反正她已经把老寡妇的鼻尖消化了，而且排泄了。老寡妇的痛苦已经成为她身体不可分割的一部分，带着这不可分割的一部分的肉体应该死亡。

第四天两个护士把薛宝莲从床上拖到厕所，扒光衣服，用水龙头冲洗干净。薛宝莲以为她们要弄死自己，心中奇怪，左右是一个死，还费工夫拾掇干净给谁看。念头一转，恍然大悟，正是要给别人看，贾文武的儿媳妇咋能死得一身屎尿呢？岂不是丢尽了贾家的脸面？一念及此，只求速死的薛宝莲任由两个护士摆布。

梳洗完毕，护士给薛宝莲穿上一身不知从何处拿来的女式套装，换了一间病房。房中早摆下一碗小米南瓜稀饭，一碗酸饭，一碟油泼辣子，一盘黑猪肉烩酸菜，两个馒头。薛宝莲扑上去一顿猛哐，将断头饭吃了个盘光碗净，放下筷子，一边冷笑一边等着瞧她们怎生下手结果她的性命。

她一点也不眷恋，只有蓬勃的愤怒。她不明白老天爷为什如此耍弄她。她一定造孽了。对，她造了孽。她跟她公公做了一对狗男女。她盯着窗外的一线天光，发誓到了阴曹地府也要寻到贾文武再做一对狗男女，把灰爬到阎王爷的脑袋上。

门开了一条缝，傻子裹了一头灰白的纱布溜进来，欢天喜地，好像爬了一脑袋灰。薛宝莲呆了。她把傻子忘了，她把她男人忘了，她把她最对不起的人忘了。

傻子跑到薛宝莲跟前，握住薛宝莲的手，上上下下前前后后打量了几遍，笑得流口水。薛宝莲随手拿起枕巾给傻子擦嘴。傻子把湿漉漉的嘴巴贴到薛宝莲手背上，薛宝莲一缩手，傻子向前一栽，更笑得没了人形。薛宝莲从未见过傻子如此高兴，就是傻子那个东西比黄瓜软比葱硬的时候，就是傻子那东西软不拉儿由门外往门里挤的时候，就是傻子碰见贾家湾唱漫瀚调的骑驴老农的时候，也没有比现在高兴。

傻子像一棵干枯欲死、祈望雨露的歪脖树一样祈望薛宝莲。一丝愧疚薅住薛宝莲的头发将她从深渊里向上提了一提。她能呼吸了，能喘一口气了，能看见深渊上空阴沉的雾霾了。这世上毕竟还有一个她对不起的人。这是一个活生生的活下去的理由。

傻子用额头抵住薛宝莲的额头，鼻尖顶住薛宝莲的鼻尖，翻来覆去车轱辘话来回说。虽然傻子的鼻尖时刻提醒薛宝莲她曾经撕咬吞咽消化排泄的那个鼻尖，但她还是听明白了傻子的意思。

没了鼻尖的老寡妇回家告诉傻子薛宝莲死了，傻子立马跳楼殉情，虽被中国版的匹诺曹老寡妇拽住，却也一头撞碎了窗玻璃，顶梁骨开了一个血口子。老寡妇连忙改口，说薛宝莲没死，疯了，以后只能关在精神病院，不得相见。傻子三天三夜不吃不喝不睡觉，整得没了鼻尖的老寡妇也三天三夜不吃不喝不睡觉，实在无计可施，只得让傻子他舅带傻子来医院见薛宝莲一面。

薛宝莲拿枕巾不停地堵傻子的口水，堵住了，不流了，让傻子回家。傻子不愿意，薛宝莲噘嘴吊脸耍脾气。傻子同意回家，但要吃奶。薛宝莲摊开胸脯让傻子吃，傻子吃得香甜，呼噜呼噜的，口水濡湿了薛宝莲粉嫩的乳头和乳晕。

该吃她奶的那个孩子被谋杀了，谋杀了她的孩子的那个女人的孩子却吃上了她的奶。傻子他爸也吃过她的奶。老天爷啊！咋这么乱呢！乱得人恨不能寻个什东西钻进去！

吃完奶的傻子依依不舍，薛宝莲骗他，说过两天就家去。傻子欢喜，自己拿枕巾擦了口水，晃悠着白布脑袋，咿咿呀呀唱着漫瀚调走了。薛宝莲走出病房，廊上空无一人。她从楼梯朝下走，楼梯里空无一人。她踏出医院大门，街道上车水马龙，喧嚣嘈杂。

薛宝莲不知道自己要干什，顺着人行道一路前行，太阳照得她眼花。一个卖甜瓜的老农冲她举起一个甜瓜，仿佛举着一颗手雷。她朝老农笑，老农把甜瓜塞进她手里，让她尝尝。贾家湾的甜瓜黄瓤红子，沙甜脆。她对老农说没钱，老农又塞给她一个甜瓜，说他儿子在中天三产管大棚，甜瓜白拿，不要钱。

她拿着甜瓜漫无目的地游荡，经过广场，几个长头发聚在广场中央唱歌，地上的纸牌子上写着巡演募捐。薛宝莲把甜瓜搁在纸牌子角上，一个弹吉他的长头发朝她微笑，笑容瘦得像根排骨。薛宝莲继续前行。一个小孩站在树坑前撒尿，鸡鸡大得像一个秤砣。她逃跑了。

她经过路上一张又一张麻木的脸，穿过一道又一道呆滞的目光，无处逃离。空气中透出一丝恶臭，她追随着恶臭来到一条水沟。两只野狗在水沟边的草丛中交尾，苍白的草叶簌簌发抖。水沟里铜锈色的死水没有半点微澜。她顺着水沟走，转过一个弯，看见了人工湖。湖面像一个发黄的锅盖。

她踏上桥头。桥头路灯防护网上的铁刺把衣袖挂了一个口子。她想找一把钳子拧断铁网偷一个灯泡，然后把灯泡像手雷一样扔进湖里，炸起水柱冲天。也许她可以把自己当成那颗手雷。桥下一堆嬉笑的男女。一条鲜艳的红裤子煞是夺目。穿红裤子的女人胸前好像挂了两块大石头，肯定是一个铁了心寻死的货。女人穿红死后是厉鬼。她没有红可穿。不知站了多久，薛宝莲慢慢从桥头跃出，扎入水中。

她做了一个长长的梦。

大雪覆盖了平鲁的沟壑。一只山羊在峭壁上徜徉。是一只白山羊，或者是一只黑山羊。她爹举着一杆土枪瞄准，瞄准的时间是一根缠绕的红头绳。她娘点燃了红头绳，枪响了。她爹说，公山羊是淫贼，天天搞母山羊。她爹拎着血淋淋的山羊尾巴。她娘用一口锅把山羊尾巴炖了，黑乎乎一块，又膻又骚又硬。

贾文武吃了山羊尾巴。她不愿意贾文武吃山羊尾巴。贾文武说吃什补什。她吃了一个卤得油亮的猪鼻子，傻子吃了一根疙里疙瘩的猪尾巴。她娘头上的窟窿没了，平坦光滑。她娘说大雪填平了窟窿，脑袋一片清凉，像抹了一盒子清凉油。

贾文武在悬崖之间蹦跳，浑身漆黑，皮焦肉烂。贾文武说自己撞了霉运，成了人肉烧烤。一个混混沌沌的怪兽捧着人肉烧烤嚼得咔嚓咔嚓响。贾文武的那话儿串成了钱钱肉。她无奈又悲伤。傻子说吃个胡萝卜吧。胡萝卜比黄瓜硬。她扔掉了那根透明的胡萝卜。

她渴望去一个地方。一个安静的地方，一个可怕的地方，一个永恒屹立于某个地方的地方。一个婴儿缠着她。她看不见他的脸。她看不清楚他的脸。应该是一张圆满肥白的脸，但她看不清楚，也看不见。他绊她的脚，扯她的衣襟，抓她的头发。她躲闪着，向着太阳的方向，婴儿藏在她的影子里。原来婴儿想带她去那个地方。婴儿说，你快点呀，我等不及啦。傻子不让她去那个地方。傻子怕婴儿抢她的奶吃。

傻子的脑袋烂了，流着血，淌着脓，荡漾着白花花的脑浆子。贾文武的老婆赶来，使劲拽傻子。傻子跟他妈厮打在一处。老寡妇的鼻子变成了一个黑洞，一个腐烂的阴部，一个逼迫贾文武逃窜的深渊。

婴儿在她的影子里瑟瑟发抖。那是一个拼凑起来的婴儿，身体的每个部位抖得像一个稀里哗啦的变形金刚玩具。太阳渐渐沉落。她追不上阳光。黑暗冰冷透骨。

她长成了一棵草，一棵老山羊啃的嫩草。她扎在岩缝里的根虬结成一团，有个什东西包在根里，顶得她疯长。从岩顶望下去，纵横的沟壑笼着淡淡的轻尘，灌木丛像一块块伤疤，树林像一团团黑毛。那个东西如同秤砣一般坠在她的根里，她试图把它拉出去，把它吐出去，把它消化掉，但全是徒劳。她认为自己长了瘤子。

一个狂奔的追逐日头的人踩了她一脚，老山羊贾文武怜惜地用舌头把她舔起来，偷偷吞下她叶片上的露水。她对贾文武说她根里有个什东西，贾文武啃呀啃，摆着大犄角晃着短尾巴啃，啃出她的根，用山羊蹄子碾开，露出贾文武他老婆的鼻子尖。

她尖叫。仇恨和报复将她烧成了烧不尽的离离原上草。她烧呀烧。她燃烧得比落日还亮丽。她要把这个世界烧成地狱。毁灭带来可比拟的快感吱吱作响。她把贾文武的一只羊蹄烤熟了。贾文武驮着他老婆一瘸一拐走下山崖，坠入深渊。

深渊是一片大水。她从未浮过这么大的水。远远来了一条船，四四方方，规规整整，船上什动物都有，甚至还有一只四不像。她漂向那条船，船头坐着一个钓鱼的老汉，用鱼竿把她钓出水面，放在甲板上。贾文武那只老山羊躲在桅杆后面，抬着一只烤熟的羊蹄，站得摇摇晃晃，哆里哆嗦。

留着山羊胡子的老汉鼓着山羊眼对她说，世界已经被大水淹没了。一头母狼笑眯眯踱到她身边，伸出暗红的舌头舔她的手。一头没有鼻子的母狼。她盯着母狼的眼睛，母狼的眼睛里飘浮着一团冰冷潮湿的雾。一只母狐狸趴在船舷上望她，两只大耳朵之间一个透明窟窿，脑浆子咕嘟咕嘟冒泡。

老汉扔了鱼竿，卷起袖口，开始在甲板上建教堂。一个没有门的教堂。一个没有窗户的教堂。一个没有尖顶的教堂。老汉不停地念经。她听不懂老汉究竟念的是什古怪篇章。一只乌鸦落在桅杆顶，一群麻雀也落在桅杆顶。桅杆轰然倒塌，将方舟砸进深渊。

深渊是一片大水。深渊是一条大河。

深渊中隐现一条幽谷。她一步一步踏入。无花果的味道，葡萄的芬芳，青藤的夭矫，莽林云川的烟瘴。一只猴子对她说，上树。一头大猩猩默默凝视她，眼中满是哀伤。

一株参天大树遮蔽了炽烈的骄阳。它对她说，它活得太久，渴望死亡。她问它活了多久，它说，八千年是它的一个春天，另一个八千年是它的一个冬天。

一个人砍树。千万个人砍树。人山人海。她不砍树，即便有人递给她一柄锋利的斧头她也不砍树。她看见树枝上吊着两个大西瓜。她焦渴难耐。她爬上去，一直爬上去，将西瓜摘在手中。

西瓜碎裂了。满是骨肉鲜血。鲜血濡湿了她的双唇。

西瓜爆炸了。一个璀璨的火球。一朵蘑菇云。她从粉身碎骨中惊醒。

第六十三章

薛宝莲醒来后第一眼看见的是贾凤仙悬在她脸上的两个喷薄欲出的硕大乳房。她眨眨眼，转动眼珠，视线完全被那一对裹在白色低领丝绸衬衣里的瓜状物所填充，除了一道深深的乳沟，两颗没有乳罩束缚的葡萄形状的乳头，以及挤出领口的一颗红痣之外，再无他物。

一阵浓烈诡异的香气刺激着薛宝莲刚刚苏醒的嗅觉，像一只蒙在布袋里冲突的飞虫，四面八方乱撞。她不知道那是混合了酷奇、香奈儿和范思哲的香水味，那是一种能把人蒙晕的蒙汗药的味道，而且是袁氏杂交水稻般的优秀品种。她的嗅觉得到永不饿死的承诺，焕发生机，从鼻腔中发出一声慵懒的呻吟，宣布重回人世的无奈与喜悦。

薛宝莲听见一个沙哑的女中音怨声怨气，好像跟老天爷拌嘴似的嚷嚷："眼睛睁开闭上好几次，一屉馒头都蒸熟了，才算哼唧了一声。到底是醒了还是没醒呀？"

一只肥胖温暖的手摸了摸薛宝莲的额头，手指头粗得像拨浪鼓的鼓槌，手腕上的一只翡翠镯子碰到薛宝莲的颧骨，沁出一片冰凉。薛宝莲轻轻晃了晃脑袋，两只山峰般的乳房挪开，闪出一张涂了眼影擦了香粉抹了口红也盖不住风尘的俏脸。大眼睛，深眼窝，高鼻梁，厚嘴唇，嘴角一颗小黑痣，下巴颏窝着一个小坑。薛宝莲觉得这应该是一张男人的脸。但贾凤仙却是一个女人，一个货真价实不折不扣的女人，一个胸挂地雷傲视群雄的女人。贾凤仙的存在说明了一个真理，女汉子都应该有一对大奶子。

薛宝莲口渴，贾凤仙扶起薛宝莲，薛宝莲的后脑勺感受到那两只奶子十足的弹性，一口气灌下一大杯水，心中妥帖安稳，宛如一片归根的落叶，又像一只归巢的倦鸟。

贾凤仙笑道："你可是水牛托生的？泡在人工湖里咕嘟咕嘟灌了一腔子脏水，捞上来肚皮鼓得像皮球，倒栽葱控了半天，吐了一河滩。现在又喝得像断奶的孩子，抱着杯子不撒手。你到底记不记得那湖水是什味道？没把你淹死不奇怪，没把你恶心死真稀罕！"

薛宝莲嚷饿。贾凤仙泡了一碗方便面，剥了两根火腿肠，薛宝莲吃了，不够，依旧嚷饿。贾凤仙打开一个不锈钢饭盒，取出两只卤羊蹄、一只卤猪蹄，薛宝莲细细啃了，连骨头缝都咂吮得干干净净。贾凤仙问饱没饱，薛宝莲摇头，贾凤仙出去买一大堆薯片鸭脖蛋黄派花生米回来，薛宝莲坐在床上只顾吃，犹如风卷残云，满屋子咀嚼吞咽之声。

贾凤仙给薛宝莲倒了一大杯水，防她噎着，拿了一大摞纸巾让她擦嘴擦手，笑道："从鬼门关转一圈转回来的人还不朝死了吃！再世为人哩！不吃饱咋有劲活？吃！就这一顿，以后把嗓子眼扎住。不是怕吃不起，是怕你吃成个老母猪没人要！"

不一时，薛宝莲吃毕，与贾凤仙收拾出院。医生建议再观察两天，贾凤仙挺起胸脯对戴着一副黑边眼镜的中年医生喝道："住什哩？好好的人还观察什哩？你看什哩？仔细眼睛看进去拔不出来！咋？不信你试试！保管夹碎了你的镜片片！"

医生被贾凤仙两只丰乳晃得眼花缭乱，眼珠子稀乎撑破眼眶，全凭眼镜扶持，方才安稳。听贾凤仙说要用巨乳夹碎眼镜，这一惊非同小可，满面通红，慌忙逃走。

贾凤仙领薛宝莲办了出院手续，一边付钱一边叹气："你看这医院住得起么？抢救费医药费住宿费满共一天就要七千块钱！你这一跳真真比郭晶晶还值钱！你说你咋不上国家跳水队去呢？不要说得个世界冠军，就算混日子也有人给你报销医药费不是？你说我这七千块钱掏得冤不冤？救了人还得搭进去两个月的生活费。你说救人到底是个什差事？你说今后谁还敢救人？"

薛宝莲不吭声，悄悄跟着嘟嘟囔囔的贾凤仙走出医院大门，一路向西，前往商业街。斜阳残照，红云满天，卖甜瓜的老汉依然立在街口微笑着递给薛宝莲一个甜瓜。薛宝莲身上一分钱也没有。她试图低头走过，但那个老汉坚持着非要把甜瓜塞进她手里，让她觉得那个甜瓜再大一点就成了电影里董存瑞的炸药包。贾凤仙不耐烦，劈手抢过甜瓜丢回车上，拉了薛宝莲的手快步而去，留下怅惘的老汉张着没牙的嘴，行一个孤独的注目礼。

薛宝莲突然非常想得到那个甜瓜。那是她的死亡与重生之间唯一联系。贾凤仙走得娇喘细细，大奶乱颤，薛宝莲被拽得脚不沾地，腋下生风。她错过了那个甜瓜，那个手雷，那个炸药包。这仍旧是那个炸不烂踢不破捣不碎的世界，她只不过旧地重游而已。

她们来到灯火通明、拥挤狭窄的商业街，街道两边的老式居民楼全改成了商铺，日用百货，服装鞋帽，饭铺小吃，烧烤涮肉，一应俱全。薛宝莲一屁股坐到一个烤肉摊上，抓起一把羊肉串羊板筋就吃。

贾凤仙急得骂："你真是饿死鬼投胎呀！你咋就吃个没完呀！你可不能撑死，你死了我垫的那些钱就打了水漂了。你好歹看两件衣服。你还得穿衣服吧？你还是个女人吧？你没衣服穿，精沟子溜腚咋出门呀？你咋还吃呢？你快吃成猪八戒的二姨了！"

薛宝莲不管不顾，低头甩开腮帮子大嚼，全无吃相，跟摊位上的男人们相比，就差敞胸露怀吹啤酒。贾凤仙无法，只得自己一个人去铺子里买衣服，看好式样跑过来问薛宝莲的三围，薛宝莲两手举着肉串让贾凤仙拿皮尺量，把贾凤仙气得翻白眼，两只豪乳几乎爆炸，抖得烧烤老板与一干青壮劳力个个口角流涎。

正忙乱，街口一阵大乱。原来一个醉汉酒后无德，调戏逛街的两个小女子，上下其手，捏奶摸腿，赶得两个女娃娃无处躲藏，吓得哇哇哭，睫毛膏化作四道黑眼泪，将两张粉脸扮成了戏台上的张飞。

关二娘正卖糜子糕，见状大怒，抄起路边水果摊的一条扁担，冲上去将醉汉劈头盖脸一阵痛打。那醉汉吃痛，醉眼蒙眬，不知打击从何而来，跟跄着抱头鼠窜。关二娘不依不饶，撵着屁股抢扁担，下下着肉，噗噗闷响，打得那醉汉哭爹叫妈，乱撞乱滚。

街上人群腾出一个大圈子，随着关二娘手中上下翻飞的扁担忽长忽短忽左忽右变化，叫好声此起彼伏，还有人放了一个麻雷子。关二娘兴起，一扁担挑开了醉汉的裤腰带，再一扁担打飞了醉汉的一只鞋。那只鞋高高飞起，一直落进二楼一个煮茶叶蛋的锅里。醉汉慌不择路，跑到薛宝莲吃烤肉的摊子跟前，一脑袋钻进堆积如山的啤酒瓶，露出松垂的裤腰，半拉屁股，一段肮脏的屁股沟。

关二娘踏步上前，举起扁担，瞄准醉汉的裤裆正待下手，薛宝莲突然站起来，用手中几根烤肉的竹签叉住扁担头，朝关二娘一笑，说道："饶他去吧！"

关二娘抓住薛宝莲的手腕张目欲斥，陡然间浑身巨震，扁担落地，如见鬼怪，返身便走，嘴唇无声蠕动，胸中只翻滚一句话："我的孩子没了！我的孩子没了！我的孩子没了！"

贾凤仙顶着一大堆衣服来到薛宝莲跟前，趴在薛宝莲耳朵边叨叨："你咋又吃上了？我的个神啊！你已经吃了五十串了！你跟那个女金刚说了些什？你这个投胎的饿死鬼把关二娘都吓跑了！你救这烂货弄什哩？趁早打死了扔到臭水沟里喂狗是正经！没钱还想摸女人？有钱随便摸，没钱剁了鸡巴炕上窝着！没钱还想弄个尿舒服！"

贾凤仙结了账，顶着大包小包领着薛宝莲往天轮酒店走。薛宝莲包了二十个羊肉串两个羊腰子，一路走一路吃。

贾凤仙收了丧声歪气，抚慰薛宝莲道："其实也不怕你吃。吃能花几个钱？咱又不喝那几万块一瓶的酒，咽那宰人的燕子唾沫。只要走对了路子，凭你这样的人才还养不活自己？只怕钱多得没处存，男人多得挤破门！你好好跟着姐干，保准能红遍贾家湾。我那里全是红色娘子军，一个赛一个，添了一个你，就是多了一个吴琼花！电影里的吴琼花长得照你差远了，妹妹你比电视里的薛宝钗还白嫩三分！"

薛宝莲也不搭话，一路跟着来到天轮酒店，将肉串和腰子全部吃光。贾凤仙带薛宝莲从酒店后门进去，七折八拐，上楼梯下楼梯，寻一个小包厢让薛宝莲换衣服。房间散发出一股酸臭腐烂裹挟了消毒水的味道，像一具怎么处理也保存不住的尸体。贾凤仙拣一件白色镂空真丝背心让薛宝莲穿上，扔了薛宝莲经过生死洗礼的乳罩，换上两片乳贴。薛宝莲被乳贴贴得起鸡皮疙瘩，贾凤仙不理会，拎起一条短得不能再短的白绸短裤抖了抖，不甚满意，两根手指拈起一条白纱百褶裙。薛宝莲竭力想保住的内裤被贾凤仙一把扯下，换上了一件红色丁字裤。薛宝莲第一次穿丁字裤，勒得难受，左右站不稳，总觉得塞了一条大号卫生巾。

贾凤仙前后上下打量，啧啧称赞，眼放精光，拍手笑道："你看你穿得这样，隐隐约约，半遮半透，那些男人们还不心里像猫抓，一把火烧起几十丈？真像个没开苞的黄花闺女！你不知道现在的男人们全喜欢良家妇女型的闷骚货。和你一样样的！快跟我去见一个人！"

薛宝莲夹着像极了卫生巾的丁字裤，晃着两只贴着乳贴一阵阵刺痒的乳房，抖开百褶裙随贾凤仙一头撞进一间屋子。屋里坐了几个人，正中一个，白面无须，眉梢低垂，嘴角下撇，两只眼既朦胧又贼亮，一股郁勃之气灌顶透骨。不知怎的，薛宝莲心里咯噔一下，把脸绯红了，两只手没地方搁，索性盘弄裙子褶。

贾凤仙一盆火似的扑上去，扭糖般缠住白面汉子，笑得春光灿烂，满嘴白牙仿佛脱口而出。白面汉子任由贾凤仙拿两只大奶子揉搓，抬起眼皮扫了薛宝莲一瞥。薛宝莲低了头，觉得丁字裤遮不住的屁股被遮不住男人目光的百褶裙出卖了，霎时浑身如火炭般烧。

白面汉子轻轻对贾凤仙说了几句话，贾凤仙跳起身，跑过来把薛宝莲扯到白面汉子旁边肩膀挨着肩膀坐了，咬着薛宝莲的耳朵说："这就是你的救命恩公！你好生报答他！缘分！瞅你两个真是一对儿！"

薛宝莲夹紧那条几乎让她发疯的丁字裤，起伏着贴了乳贴凸出乳头的胸脯，转头对白面汉子说："我不卖身。"

薛宝莲的话像一枚把整个屋子轰炸得掉一根针能听见响的炸弹。贾凤仙盯着她，眼珠子几乎撑破眼眶，两只大奶子差一点垂到肚皮上，气喘得像拉风箱。白面汉子笑了，没有再看薛宝莲第二眼，吩咐贾凤仙："给她找一个不卖的活干。"

贾凤仙领着薛宝莲出了房间，像瞅一朵插在牛粪上的鲜花一般瞅了薛宝莲半天，带着一种混合了愤怒可怜嫉妒无奈诸多感受的复杂表情，恨不能立时把薛宝莲剥得光溜溜的送到某个男人床上，又忍不住极度渴望把薛宝莲这朵狗尾巴花保护得妥妥帖帖，沾不上一星半点污秽。

贾凤仙咽了一口唾沫，把所有喷薄欲出的话语吞回肚里，昂首挺胸从桑拿区一口气奔到歌厅。嘈杂的音乐伴随着鬼哭狼嚎，侍应生端着水果饮料啤酒蟑螂似的在走廊上往来穿梭。薛宝莲看见一个侍应生脑袋两侧剃得精光，中间一溜冲冠怒发，染成又红又紫又蓝的颜色。浓妆艳抹的小姐们阴郁地盯着白生生的薛宝莲，像盯着一棵水葱的一群生姜大蒜。薛宝莲觉得身上凉飕飕的，她想找一块布把自己包起来，或者藏到一个无人问津的犄角旮旯，搂着膝盖悄悄坐一会儿，当老鼠窝里最安静的一个老鼠。

天轮酒店的客房经理冲到走廊上，朝贾凤仙指手画脚吱哩哇啦嚷嚷。原来十六层的一个客人投诉，桑拿安排的小姐在双方脱了衣服之后，突然擅自打开房门，放进另外一个埋伏在货梯的小姐，硬要给客人做双飞。客人光溜溜躺在床上，措手不及，双手遮住下体，让两个小姐一齐滚蛋。两个小姐非但不滚蛋，反而滚到床上撒欢，死缠烂打，企图霸王硬上弓，逼迫客人就范。客人打电话到客房部投诉，直到客房经理上门搭救，两个小姐才嘟嘟囔囔，悻悻而去。

那客人是前来中天煤业洽谈业务的一家全球五百强企业的中国区销售经理，经此骚扰，非要找酒店的总经理理论，状告桑拿非法经营，蓄意讹诈，如果不立即处理，就要报警抓人。客房经理死说活说，先稳住了客人，再寻贾凤仙商量。

贾凤仙闻听登时浓眉倒竖，环眼圆睁，双手叉腰，挺胸顶住客房经理的肩膀，大声喝道："他是个什人？他有什了不起？全球五百强卖电机的一个尿毛经理，也敢跑到天轮吓唬人？电机是什？电动鸡巴！尿都要靠电动，人还能强到什地方去？双飞咋了？双飞舒服呀！他不也脱了衣服么？看俩女人的精身子不比看一个女人的光屁股强？装尿呢！想要脸就不要嫖，想嫖就甭要脸！还嫌两个女人看了他了，还怕两个女人强奸他了，电动的咋那么娇气呢？要不要给他送两块电池把电充上，算是赔礼道歉！"

走廊上的小姐们嘻嘻哈哈浪笑。客房经理是个瘦猴，使劲把贾凤仙这头奶牛拽进一个空包间，压低声音说："这个电动的不可小瞧，当着我的面拨了公安局局长的电话，派势比局长还牛，听口风跟中天集团上层的关系也不一般，还认识旗长贾石头。你可小心让电老虎电脱一层皮！人家现在一口咬定桑拿小姐上门骚扰，非要扫黄呢！"

贾凤仙冷笑道："认识公安局长了不起？认识贾旗长了不得？什局长旗长，都吃过我的奶！他还扫黄呢？他扫他妈个屁去！他没脱裤子！他没脱裤子上床，小姐咋开的门？要扫黄第一个扫的就是他自己！喝上稀粥屙山药，净拉屹蛋哩！"

客房经理也冷笑道："你别管人家拉不拉屹蛋！人家拉屹蛋你也要寻下蛋壳蛋黄子呢！楼层监控照见小姐敲门进门，照不见他脱裤子！你没有证据人家有证据，人家就能让公安关了咱的桑拿。看贾疙瘩他妹骂不死你！看贾疙瘩不把你那两个奶当猪尿脬捏炸了！"

贾凤仙不笑了，回头瞅着悄没声靠在墙角的薛宝莲沉思，半晌，说道："知道你不卖。不卖就不卖，你跟着我干一回不卖的营生去。"

客房经理带着她们来到十六层，敲开一间套房的门，门里站着一个湿漉漉穿着浴袍的眼镜男，一脸丧歪，噘嘴吊脸，哼哼唧唧，怨声怨气。客房经理退出房间，贾凤仙笑眯眯挺着大奶子靠上去，把鼻息喷在眼镜男的脖根，让那道深深的乳沟勾住眼镜男的目光。眼镜男盛气凌人地斥责桑拿小姐的无礼，贾凤仙根本不听，拿起眼镜男的一只手塞进乳沟，伸出粉红的舌尖舔眼镜男的耳垂。眼镜男有点不知所措，他望着薛宝莲，薛宝莲也望着他，在两个人对视的时候贾凤仙脱掉了眼镜男的浴袍，把眼镜男扑倒在凌乱的被单上，呻吟着淫声浪语。

眼镜男和薛宝莲双双惊呆。眼镜男的惊呆是一个强奸犯遭遇强奸的惊呆，好像终日打雁被雁啄了眼，又像成天钓鱼被鱼咬了手指头。薛宝莲的惊呆是一个真实的完整的颠扑不破的惊呆，好像后脑勺突然挨了一砖头，又像她咬下来的她婆婆的鼻子尖。

贾凤仙两手托着巨乳伺候眼镜男的那话儿，啐了薛宝莲一口："你站着看什哩？还不过来帮忙？不让你卖屄，借你那樱桃小口用一下！还不快嘬去！"

贾凤仙朝眼镜男的奶头甩动大下巴，甩得腮帮子上的肉直颤……眼镜男一声惊呼，仰天吸气，意犹未尽。

贾凤仙拿两张纸巾将胸脯揩抹干净，一只手掂着眼镜男垂头丧气的那话儿，笑眯眯说道："你要现在还能硬，今天晚上都算桑拿请客，一分钱不用你掏。如果硬不起来，前两个和我两个，四个人的小费你一分钱也不能少！你先别瞪眼！你吓唬谁呢？你看见我手里攥着的这一团湿乎乎的恶心东西没？公安局来了我往上一递，我是妓女你是嫖客，咱俩都得治安拘留，都得劳动改造。你我如今是一条绳上的蚂蚱，蹦不了你也跳不了我。咋？你还想比比哪个蚂蚱的嗓门大？那咱到走廊上嚷嚷去！死不卖的，你把门开开，我跟他遛遛。是骡子是马咱牵出去遛遛！"

眼镜男从床上爬起来，摸出一个厚厚的皮夹子，亮出一沓百元大钞，可怜巴巴望着贾凤仙，活像一只因为偷了一根骨头换来一顿痛打的小狗。

贾凤仙把两个大奶子塞回去，往下扯了扯裙子包住屁股，不假思索地报账："一人一千五，一共六千块。"

眼镜男表示抗议，桑拿女的一条龙价码是一千二，前两个他根本没干，贾凤仙的地道战也没让他进洞，顶多也就是火车过了一个夹皮沟，凭什要六千？这不是明摆了讹人吗？最多一人八百，多了没有！

贾凤仙从眼镜男手里抢过钱包，一边数钱一边反驳："讹人也是你先讹的！你不骂客房经理，不寻警察扫黄什事情也没有。我是妈咪，是桑拿和歌厅的总领班，我亲自出马摆平你这个全球五百强卖电机的大经理，六千块一点也不多。我是替姐妹们要生活费呢，谁都得往下活。当然，你经理大人是往上活，跟我们这些往下活的不能比！你权当救灾哩！"

两人扔下无语的电动眼镜男出了客房，贾凤仙在货运电梯间数了十五张钞票递给薛宝莲。薛宝莲伸手去接，贾凤仙捏紧不放，问道："你这个死不卖的凭什也要一千五？你就不是卖的队伍里的人么！你干的活轻重都不一样么！你凭什也要一千五？"

薛宝莲红了脸期期艾艾地辩解："我嗮他的奶头了！恶心得很！有几根又长又硬的毛，跟那地方的差不多！扎得我嘴疼！"

贾凤仙松手让薛宝莲把钱抽去，笑骂道："你个死不卖的还会嗮奶头！还嫌奶毛扎了你的嘴！你姐我的奶都快让那个挨尿的电动鸡巴毛捅漏了！"

两个人下楼回到歌厅，客房经理没口子称谢贾凤仙挽狂澜于即倒，扶大厦于将倾，贾凤仙不高兴，问客房经理天轮大厦和江青有什关系呢？江青不是已经自杀了吗？她贾凤仙巾帼英雄，女中豪杰，可不想跟那个众人捶的破鼓沾上边！

客房经理只得赔笑细细解释了一回，贾凤仙方才满意，笑骂道："你都快把老娘我酸死了！我那颗虫牙不用拔了，已经酸掉了！省了老娘儿百块的拔牙费！你真是个醋缸里的窝头，又酸又虚！人矮心眼多！"

十一点钟贾凤仙提前离店，带薛宝莲回家收拾住处，早些休息。薛宝莲换衣服，贾凤仙不让换丁字裤，薛宝莲偏想换丁字裤，嫌穿着不舒服。

贾凤仙说："舒服？你知道究竟什是舒服？勒紧了走路，摩擦了就舒服了！你从今天开始要学会不用男人自己也能舒服！你穿着丁字裤走一圈，只要你会走，就能高潮！就能舒服！离了男人的尿你就活不成了？离了男人的尿你活得更好才是本事呢！

"你就穿着丁字裤跟我走回家，一路上我教你咋扭咋蹭咋受活，保管你舒服！不舒服你晚上找我！姐我一定把你弄舒服了！"

薛宝莲吓得不敢言喘，穿着丁字裤乖乖跟贾凤仙回了家。贾凤仙将客房收拾干净，拿出一套崭新的被褥床单枕头给薛宝莲换上，腾空了衣橱，放进替薛宝莲买的十几套衣服。薛宝莲穿上一件睡衣，贾凤仙打来两盆温水，招呼薛宝莲一起清洗下体。

薛宝莲不好意思，贾凤仙道："你羞什哩？你不嫌歌厅桑拿日脏？什东西不流？什东西不碰？我给你定个规矩，每天晚上回来除了洗澡还要单洗屁股。你那沟子比我的好看，更应该保养。我告诉你，知道脏才能不脏。你看天底下多少瓜尿根本就不知道脏！咱不做那些不知道脏的牲口！"

薛宝莲洗干净屁股睡下，屁股上还存留着丁字裤的勒迫，像拔了的牙齿空着齿腔发疼。她不知道丁字裤无形的骚扰还要持续多久，她渴望睡眠，但怎么也闭不上眼，带着死不瞑目的执着，非要看透陌生的黑暗。

她攥着一千五百块钱，攥得紧绷绷湿漉漉的，像给这沓子钞票穿了丁字裤。

她从未挣过这么多钱。在她决意离开这个世界却回转来的第一天，她竟然挣了这么多钱。因为她暧了一个素昧平生的男人的奶头，因为她做了一个不卖身的小姐。

薛宝莲不知道为什流了两滴眼泪。她为这个世界流了两滴眼泪。这个纠缠着她，不让她离开的世界只不过在玩一个猫和老鼠的游戏而已。她含着泪对猫的利爪冷笑。

她已经无所谓了。她冷淡，她厌倦，她无所适从，她随遇而安。毕竟她已经死过一次了。她可以窝在这个窝里，像一条小狗似的蜷缩在毛巾被下面，做一个美梦，期待明天的食物。

但她不能。她蹑手蹑脚摸黑走进厨房，打开冰箱，找到一根奇粗无比的火腿，剥取塑料肠衣，来不及切片就一口咬下去。肉感充斥了她的味蕾，有点咸，有点凉，有点硬。她使劲咀嚼，大快朵颐，兴奋得手指头微微颤抖。

她发现了继续活下去的意义。她的胃像一个无底的深渊。她握住火腿潜回房间，躺到床上，用毛巾被蒙住头，小心翼翼，胆战心惊，一点一点啃啮肉块。粗壮的火腿占据了她的双手和双唇，像一根被焐得温热坚挺的阳具。她几乎全然忘记了高潮的极乐。她已经不需要高潮了。她正在吃饱。

窗外的夜色像一条大水。灰白的月光照亮了她。她趴在窗前，使劲朝天上望。星星很凉。她忆起了沉入湖底的坠落感，好像有一双手把她朝下拽。不，是数不清的手把她朝下拽。那些手像星星一样多。不，比星星还多。

她奇怪自己怎么就是没有碰到湖底，甚至连淤泥都没挨上。她的自杀简直糗不可言。那根本不是自杀，而是洗澡，用脏水臭水死水洗了一个澡。然后她就晕过去了，然后就是晃着一对大奶子的贾凤仙告诉她那个白面无须的汉子救了她的性命。

贾凤仙说她的救命恩人叫王民。他说她可以不卖。他说她可以找个不卖的事情干干。于是她暧了那个眼镜男长了长长奶毛的奶头，于是她躺在老鸨的床上偷偷啃一根比尿还柔韧坚硬温暖的火腿。他长了一双长长的凤眼。她觉得他的眼睛很好看。

灯亮了。贾凤仙拍着大腿抖着大奶子叫起撞天屈来："好老天爷啊！我咋这么倒霉呀！怪不得两个月没来例假啊！我咋就捡回来这么一个吃货啊？新床单啊，新毛巾被啊，新枕巾啊，你蹭上油了咋闹啊？你真是个饿死鬼！"

　　贾凤仙扑到床上，一把掀开毛巾被，因为用力过猛，一只奶子甩出睡衣之外，像一个西瓜锤，浅红的乳晕宛如一个小沙果。没有任何污迹。薛宝莲吃得很小心。

　　贾凤仙喘着粗气从床上蹦到地上，把奶子塞回睡衣里，指着露出一身羊羔也似白肉的薛宝莲说："从今以后你吃的东西你自己买，我可不养你！让那些王八蛋男人养你这个死不卖的饿死鬼去！"

　　从第二天开始，天轮酒店的歌厅里就有了一个喝不醉吃不够死不卖的大美女。

第六十四章

婊子的生活其实很有规律。作为一个死不卖的婊子，薛宝莲的生活也被规律得很规律。

下午两点到三点之间起床，喝一大碗贾凤仙熬的粥。贾凤仙的粥具备东北乱炖的风格，荤粥放皮蛋放瘦肉放猪肝放猪肚，素粥放银耳放枸杞放莲子放百合放山药。三点半到六点半自由活动，打麻将斗地主砸金花逛街玩小白脸，想干什干什，想咋干咋干。六点半到歌厅换衣服化妆，七点开点名会，妈咪贾凤仙擂鼓聚将，申明号令，排兵布阵，逗引埋伏，闻鼓则进，鸣金则退，有功必奖，有过必罚。总而言之一句话，把那些猪狗不如的臭男人的钱，抠到姐妹们的口袋里随便花就算大功告成。

贾凤仙讲完，带班经理还要狗尾续貂两分钟，强调纪律，强调规矩，强调礼仪，强调隐忍。挣人家的钱，让人家当冤大头，给人家的媳妇戴绿帽子，给人家的孩子当二妈，总要让人家舒舒服服，心甘情愿才是。哄人也要把人哄瞌睡嘛！上手术台还要给人打麻药嘛！不能霸王硬上弓嘛！要不婊子跟狗官还有什区别呢？

小姐们一致对带班经理的深明大义表示钦佩支持，鼓掌拍屁股，甩胸摇奶子，散会上阵，奏乐磨枪，红红火火折腾一晚上。

歌厅一般八点上人，十二点散伙，这四个小时只能用四个字形容，肉山酒海。所谓肉山就是客人想摸哪里摸哪里，只许半推半就，撩拨逗引，火上浇油，不许丧声歪气，上捂下遮，失趣败兴。客人爱摸奶，伸进胸罩摸，客人爱摸屁股，伸进裤衩摸，客人喜欢摸小腰，伸进皮带摸，碰到十分变态喜欢摸脚丫子的，伸进丝袜摸。当然，只要熟客人出得起价钱，众小姐完全可以脱衣抹裤，赤膊上阵，玩耍各种经典游戏助兴。至于说到出台上床，自有妈咪贾凤仙一力安排，谈好炮价，打炮收钱。高射炮榴弹炮山炮甚至土地雷，只要发射了炮弹，就得按价付钱。有一次天轮酒店推出了一款二战经典"喀秋莎"，其实是从满洲里卖淫卖到贾家湾的俄罗斯婊子，贾凤仙愣是拍出了三千块钱一炮、六千块钱包夜的天价，让贾家湾的土鳖们开了洋荤。

有了肉山就少不了酒海。贾家湾这地方少了酒比缺了水死的人还多。享受肉体盛宴之前如不痛饮，没沾酒劲的尿肯定是个软蛋。因此客人想喝什歌厅就上什，白酒红酒啤酒黄酒洋酒鸡尾酒，要什有什。古人说酒是色媒人，贾家湾人说酒是色它妈。睡姑娘连她妈一起睡才过瘾呢！没见女明星她妈攒导演好比母狗攒兔子，叼住就不撒嘴吗？

碰上不喝的咋办？男人不喝女人扒，女人不喝男人扒，不扒光不算完。不喝你就晾着去，晾够了还不喝咋办？灌！扯耳朵捏鼻子掰嘴，什时候灌翻什时候算。因此贾家湾的歌厅有死不卖的，没有死不喝的，因为死不喝的都被朝死里灌的灌死了。

不管是十二点还是一点两点三点四点五点散伙，薛宝莲都要跟姐妹们一起去烧烤摊再喝一圈。年轻姑娘们谁也不愿意饿着肚子睡觉，夏天用啤酒冬天用白酒送下一肚子烤羊肉串烤鸡翅膀，打着饱嗝打车回家。

薛宝莲不吃鸡翅膀，但每次都多点一碗羊肉茄子卤面条，或者用两个鸡蛋儿根黄豆芽炒一盘莜面，如果还不够就添两个羊肉馅饼。四子王旗羊肉馅饼大葱搁得讲究，好像还拌了沙葱，将一团羊肉馅子裹得热乎烫嘴，一咬一口汁水。姑娘们在歌厅里已经见识了薛宝莲的酒量，八两不醉，一斤往上不倒，男人趴了一屋子她还站在屋子中央吧嗒"闷倒驴"，到了烧烤摊上再一比饭量，三个女人都吃不过，于是拜服，赶着叫姐叫妹叫娃他姨。

贾凤仙定了规矩，不管叫什，就是叫娘，薛宝莲的饭钱也只能她自己结。亲姐妹明算账，丑话说到前头，丑事做到明处，省的请客花多了闹小心眼子反悔，改天又找后账。人可不都是这么斗得跟乌眼鸡一样么!

一个月下来，薛宝莲长了几斤肉，全长在胸脯上，奶子大了一圈，腰围和臀围倒没什么变化，屁股上的肉紧实了不少，臀型上翘，能把牛仔裤绷出一道优美的圆弧。薛宝莲向贾凤仙抱怨，嫌客人们的手不老实，动不动就往奶上招呼。贾凤仙笑薛宝莲傻，竟不知道这世上最不老实的就是男人的手和男人的眼还有男人的尿，但男人的尿还有消停的时候，射完了一时半会儿硬不起来。薛宝莲听了也笑了。

贾凤仙说凡是跟着她的姑娘奶子没有不变大的，好像巨乳症也是一种传染病，瞅着瞅着就大了，想小都小不了。因为贾凤仙罩着薛宝莲，不老实的客人不敢太过分，为了报答贾凤仙那双隐形的翅膀，薛宝莲给贾凤仙买了两个加大号的名牌奶罩，蕾丝花边，丝绸软衬，着实讨贾凤仙喜欢。贾凤仙说她妈的奶就大，晃得全村的男人们鼻血都流进血肠里去了，各家的媳妇吃起来一股子骚味道。

贾凤仙她家在大兴安岭，阿穆尔河流域的一个小村子。薛宝莲问阿穆尔河是什河，贾凤仙说阿穆尔河就是黑龙江，江水是黑的，因为流过的全是黑土地。干净的黑水，纯净的黑水，水墨画一样的黑水。薛宝莲就听愣了，一心想去看看。贾凤仙不让去，害怕村里的乡亲声讨她带回来一个吃不够的女猪八戒。

薛宝莲到天轮酒店歌厅第六个月的初六，贾疙瘩包下最大的包间给旗长贾石头过生日。贾石头挑了薛宝莲，坐了一会儿，喝了两杯，离席回家。贾疙瘩不让薛宝莲走，不喝酒不唱歌不让摸不让亲，想白拿四百块小费，天底下哪有那样的好营生。

天轮歌厅的小姐小费分两等，一等三百，二等四百，一等出台八百，二等出台一千。点薛宝莲的客人多，贾凤仙将薛宝莲定为二等，让死不卖的多挣些陪酒陪唱的辛苦钱。

贾凤仙向贾疙瘩敬酒，替薛宝莲求情，说薛宝莲身上不舒服。贾疙瘩说不舒服也不能走，不舒服乖乖坐在包厢里看演出，好好喝两杯就舒服了。贾凤仙无法，朝薛宝莲使个眼色，让她提防贾疙瘩借故发飙。

表演开始。贾凤仙率先出场，解开胸罩，托着两只大奶子滚一个乒乓球，上下左右，圆转如意，滚完乒乓球再夹一根香蕉，埋在乳沟里揉搓，直搓到香蕉皮裂开，香蕉肉糊满胸口。第二个表演的榆林小姐下面夹住一个开瓶器，坐到一瓶啤酒上撬开啤酒盖，再用一根吸管将啤酒吸入阴户。贾疙瘩蹲在小姐旁边掰开小姐的屁股仔细观瞧尿喝酒的绝活，小姐的屁股肥，贾疙瘩的手掰累了就拿巴掌抽，把两个屁股蛋子抽得像两个红彤彤的灯笼。堪堪一瓶啤酒吸光，撒尿一样撒一地，众人鼓掌。第三个上场的米脂婆姨在台面上铺开一张白纸，拿一支毛笔蘸饱了浓墨塞入，蹲着在白纸上写字。贾疙瘩来了兴致，站起身端一杯酒来回踱步吟诗，吟一句米脂婆姨写一句。

"大疙瘩来小疙瘩，小疙瘩来大疙瘩。大大小小肉疙瘩……"最后一句死活吟不出来，急得贾疙瘩就地转圈，眼睛睁得铜铃般大，活脱脱一副拉屎拉到一半突然卡住的光景。贾疙瘩难，那米脂婆姨更难，夹着笔撅着屁股不敢随意移动，早已娇喘吁吁，香汗横流，冲得脸上粉鬘纵横。

正在此时，只听薛宝莲低声续了一句："滚成一团金疙瘩。"

贾疙瘩扭头盯着薛宝莲，一声大吼："好！"

米脂婆姨赶紧写完最后一句，被贾凤仙从台面上搀扶下去，腰酸腿软，夹着的毛笔掉落在地，肥腻的大腿上抹了一道黑。贾疙瘩将手中一玻璃杯白酒递到薛宝莲面前，薛宝莲轻轻接过，一饮而尽。贾疙瘩使劲一拍大腿，什也不说，咬牙切齿，呼哧带喘，提了提裤腰带，扭了扭大肚子。

贾凤仙暗叫不妙。她熟知贾疙瘩的秉性，提裤子扭肚子瞪眼珠子，立马就要脱衣服上炕滚犊子。贾凤仙一边招呼众位小姐将贾疙瘩重重包围，轮番轰炸，一边踢了薛宝莲一脚，示意她拔橛子开溜。薛宝莲会意，装作上厕所，出了包厢，衣服都没换，直接回家。一路惶急一路心疼那四百块小费，坏了胃口，什也没吃就上床躺下了。

正翻来覆去睡不踏实，贾凤仙回来了，薛宝莲起身迎出，陡然吃了一惊。贾凤仙双颊通红，一边一个手巴掌印，低胸衬衣裹不住的两只大奶子全是指甲掐的紫痕。薛宝莲忙问原由，贾凤仙说贾疙瘩不见了薛宝莲，大怒发飙，拿她的奶子当排球打，打得她实在受不了，嘀咕了两句，挨了贾疙瘩两个大嘴巴。不过排球女将的大嘴巴也算没白挨，临走贾疙瘩给了三千块小费，指名道姓明晚让薛宝莲伺候，活要见人，死要见尸。

薛宝莲木呆呆立在当地。贾凤仙从一沓钱里抽出四张塞进薛宝莲手里，叹息道："碰见那个王八蛋我也帮不了你了。能帮你的只有一个，就是你的救命恩人。明天你找王老大去碰碰运气。"

第二天下午薛宝莲去找王民。王民在天轮酒店的大堂茶吧里跟贾满喜说话，薛宝莲悄悄溜到屏风后的一个绣墩上坐下，屏气凝神，侧耳细听。

贾满喜说："你给我派些人手，把要债的挡一挡。白天黑夜追在我屁股后头，上厕所都不得安宁！跑到我家寻死觅活的，要给我挂肉门帘的，跪在地下不起来朝死跪的，要烧了我家跟我同归于尽的，还有拿刀割得血糊刺拉吓唬我孩子的。

"我贾满喜又不是不还钱。我一个大活人还在呢么！我欠的我都认，打借条按手印立合同，咋都行！就是现在没钱么！你看看这形势！拿钱堆的那些房房全成了水泥鸡笼子了，养鸡都养不活，还能卖钱？煤我有的是，谁要哩？白给都没人要！占地方寻堆场还得掏钱哩！堆满了放上一年半载还自燃哩！不要房子不要煤，就要现钱！这不是把人朝死逼呢！"

王民给激动得如坐针毡的贾满喜点上一根烟，问："我给你派人手，你给我多少钱？"

贾满喜张着嘴，香烟粘在嘴唇上摇摇欲坠。王民说："一个人一天一千块，管吃管住。"

贾满喜把香烟拔下来，指着王民想说话，王民不让他说话："早有人让我派人去追你的账，一个人一天两千，管吃管住，收回来的钱我留三成。"

贾满喜把香烟捻灭，长长叹了一口气，站起身走了。王民敲着茶壶问："死不卖的听够了没有？咋突然从大义凛然的刘胡兰变成了藏头缩尾的小老鼠？"

薛宝莲从屏风后走出来，忍着王民嘴角里刀割般的冷笑，一时气堵咽喉，一个字也说不出。王民上上下下打量了薛宝莲一回，在烟雾后面眯着眼睛调侃："没看出来你这个死不卖的竟然是一个才女！把贾疙瘩贾局长的诗都接上了。你是薛宝钗不是？雪白粉嫩的倒像！你知道什么叫狗尾续貂？谁不想睡貂皮铺褥子？只不过贾局长要拿你这一块貂皮缝裤衩呢！"

薛宝莲红了眼圈，强忍眼泪说道："求你再救我一回！我实在是没地方去！"

王民掐灭烟头，喝了一口茶，笑道："你是纡尊降贵呢！你看你哪有一点求人的样子？你会不会求人？求菩萨还要拎上猪头哩，何况求人呢！你提了猪下水没有？"

薛宝莲扭头就走，一边走一边流眼泪，一直流到家里。家中无人，贾凤仙不知去了哪里。薛宝莲给贾凤仙留了一张字条，收拾了一个小包，出门去银行取了些现金，雇一辆五块钱的三轮来到汽车站。

站前人群熙来攘往，一片喧腾。薛宝莲看了看牌子上写的站名，并无一个可以投奔的去处。她踌躇着，踯躅着，挣扎着，仿佛就要被不知哪里滚来的大水淹没。

前些日子她哥给她打电话，她爹在朔州一家水泥公司投钱放贷，老板卷包跑路，血本无归。她爹跟一帮人去市政府大楼顶上以死相拼，被警察劝下，拘留收监。她爹急得一头躺倒，抬到医院，诊断为突发脑溢血，半身不遂，卧在炕上由她哥嫂照顾。如果现在回家，家中得知缘由，岂不雪上加霜？只怕老父性命难保。待要寻个地方暂且安身，满世界并无一个可以依靠的朋友亲人。她望着周围无数陌生冰冷的面孔，恨不能登时跳到一个阒无人迹的所在，离了这个纷繁喧嚣的人世才好。

一个朝电线杆上刷治疗性病小广告的黑丑男人冲她挤眉弄眼，几个揽活的司机围着她转悠，车站的保安冷冷地盯着她，好像她是一条漂亮的毛毛虫。

西边天际浮起一片雨云，一只孤单的燕子掠过枯黄的柳枝，柳树下窝着一条黄毛野狗，茫然的狗眼泛着死光。落了几颗雨点。风卷起一团黄尘。

薛宝莲背着她的小小的包裹站在天地间，只觉得全世界比这个包裹还轻，轻得她喘不上气，胸口憋闷，浑身发软。一个脏孩子伸手向她讨钱，她给了一块。几个脏孩子向她伸出几只脏巴掌，她给了几块。一群脏孩子围上来，她正没做理会处，一个中年妇人横空跃出，一声大吼，群丐随声作鸟兽散。薛宝莲定睛一认，原来却是那天抢扁担痛打醉汉的关二娘。

关二娘递上一个热腾腾的小纸包，问道："姑娘，你吃枣糕不吃？"

薛宝莲接了，三口两口吃光，黏甜的枣泥缠裹了味蕾，心中不再惶恐，冲关二娘笑一笑，掏出一张十块钱。关二娘不要钱，又递上一块枣糕。薛宝莲吃了，额上微微出汗，取一条手帕拭汗。她从不用化妆品，肌肤莹润，一经揉擦，色转皎然，十分鲜嫩娇艳。关二娘瞅得愣愣的，目光游离，嘴角抿出两道深痕。

薛宝莲去小卖部买了一瓶矿泉水，关二娘亦步亦趋，如影随形。薛宝莲诧异，转身排队买去太原的汽车票。关二娘在售票厅门口的一张椅子上坐了，行李检查员要买枣糕，她也不搭理，只顾出神。

薛宝莲买了票，通过检票口来到站台，满地肮脏，满眼凄凉。一个低矮的砖砌厕所自遥远的围墙外散发恶臭，一个老头扶着墙不停吐痰，一个小孩子蹲在汽车前轮旁边撒尿，一个小贩挎着一个装满茶叶蛋的锅，锅里的水漆黑似铁。一块干瘪的西瓜皮横在地上，引来一团苍蝇飞舞。司机靠着车门抽烟，满嘴黄牙，满眼眼屎。

太原也许是一个太远的地方。她从未去过的地方。她实在没有什地方可以去。她磨蹭着不想上车。关二娘来到站台，远远逡巡，不敢上前，又舍不得离开，像一只可怜的雀娘从枝头凝望跌落树下的雏鸟。

薛宝莲想她也许永远不会回来了。永远不会再回来。

世界那么大，大得她像一只在浮尘中蹦跶的跳蚤。

她不会再寻死，但她也许永远回不来了。

一辆庞大的路虎缓缓驶进车站，停在大巴旁边，车窗玻璃落下，贾凤仙笑眯眯朝她招手，五个胖嘟嘟的手指头后面是王民那张没有胡子的冷冰冰的脸。

薛宝莲身不由己一步步走到贾凤仙跟前，听见一个喜气洋洋的声音说："上车！咱回去！王老大替你摆平呀！"

薛宝莲打开车门，钻进后座。关二娘挎着枣糕篮子凝望路虎，好像一只雀娘目睹雏鸟无法抗拒毒蛇的斑斓的诱惑。薛宝莲下车跑到关二娘身边，把一张百元大钞塞进关二娘手中，拿了一块枣糕包进纸袋子，又跑回车里。

路虎绝尘而去，关二娘宛如木雕泥塑，心里只念叨一句话："我的孩子没了！我的孩子没了！我的孩子没了！"

王民驱车来到天轮酒店，让贾凤仙带薛宝莲去桑拿培训房。贾凤仙期期艾艾说道："她一个死不卖的去那个地方干什？像她这样一个动不动就寻死觅活的货色，不要再受了刺激做出什心惊肉跳的事情来。那地方熟女都能整出尿来，何况她这么一个青果果！"

王民笑道："不怕！你只管带去！离河远着呢，就算拉不住再跳一次，捞个青果果也不费什劲。我不让她死，她咋也死不成，把你的心宽宽放到肉窝窝里。"

贾凤仙带着薛宝莲去地下二层桑拿房，还不到上班的时间，走廊没有亮灯，一片昏暗。一辆装小吃的手推车停在楼梯转角，薛宝莲顺手抄起一盒，撕开塑料包装就吃。

贾凤仙听见动静回过头来，一边扭薛宝莲的耳朵一边说："你真是个吃货！一会儿你再吐一地，看谁替你收拾！你咋就是个饿死鬼投胎！你吃的什？让我看你吃的什！"

等从薛宝莲手里抢过那盒子东西一看，贾凤仙却笑了："我以为是什！原来是鸭货！不服不行啊！缘分啊！还没见识贾家湾第一鸭的功夫呢，倒啃上鸭脖子了！"

薛宝莲不知谁是贾家湾第一鸭，也不知贾家湾第一鸭有什功夫，她只知道这盒鸭脖子和鸭翅膀好吃得不得了，于是又偷偷拿了一盒塞进她的小包裹。她们来到走廊尽头，绕过空无一人的收银台，推开一扇小门，来到一扇大门前。

贾凤仙盯着薛宝莲上下打量，薛宝莲有点惶惑。贾凤仙低声说："不许说话。不许喊叫。不许恶心。不许害怕。"

她们敲开房门，进入房间。房间的四壁和天花板全镶了镜子，镜子里有许多赤条条一丝不挂的女人，只有一个一丝不挂赤条条的男人。那个男人躺在床上，那些女人一个挨一个爬到他身上，按照他的要求服侍，却没有一个能让他满意。

"你的舌头裹的不对，要用舌尖从下往上顶，再从上往下拨拉。你以为男人的奶头不敏感？男人的奶头跟女人的一样敏感！你再舔一遍！"

薛宝莲想起了那个卖电机的眼镜男，突然觉得可能那个时候她咬他了，那根奶毛是她用牙齿咬住拖下来的，那个眼镜男还叫了一声。她有点可怜那个被贾凤仙和她蹂躏的眼镜男，如果按照这个床上皇帝的吩咐，眼镜男得爽死，而不是疼死。

薛宝莲下意识吐了一口那根在潜意识里骚动她舌头的奶毛，遭到贾凤仙狠狠瞪视，立时噤声肃立。

王民为什要让她来这里？难道这就是拯救她的代价？让她这个死不卖的亲眼目睹别人是咋卖的。薛宝莲恨王民恨得牙痒痒。因为她咬牙切齿地恨王民，嘴里突然涌出了口水。原来仇恨可以解渴。她更加厉害地恨王民，换来源源不断的津液。

"你把嘴张大！再大些！要吞就吞深些！"

薛宝莲目瞪口呆，自愧不如。她和贾文武弄的那个口交算个什！顶多也就比扒拉扒拉纸灰费点事。人家日本女人简直连吃亲妈奶的劲都豁出去了！

可怜的老公爹贾文武，自以为得了美国人的传授，发现了性交的新大陆，殊不知连日本人的功夫一半也赶不上。将来日本女人使这一招把中国男人全摆平，大东亚共荣圈还用刺刀干什哩！那个满脑袋卷毛的姓安的日本首相是个傻货，还叫唤着造军舰呢！用他妈的嘴岂不方便！

镜子里的主角从那个日本女人变成了一根白生生的男人的阳具。说实话，薛宝莲从未见过如此白的阳具，即便她见过的阳具有限，她也能凭直觉断定这么白的东西世上少有。不是白化病和白癜风的白，是汉白玉的白，润泽中微微泛黄的白。

薛宝莲想，这东西比大闹天宫里孙猴子的金箍棒厉害，不用嚷嚷长短，随意长短。真真是天下之大，无奇不有。她扭转了头不敢再看，因为脸上滚烫，身上烫滚，双膝酸软，两脚发麻，裤裆里一片潮湿。

王民那个杀千刀的！他狗日的咋不来看呢！

不一时，操演完毕，桑拿众女面带潮红，鱼贯而出，其中一个双手扶墙，两腿抖如筛糠。薛宝莲紧跟贾凤仙走在前头，只盼立时离了这个地方，好歹得个解脱。

正要出走廊，突听身后贾家湾第一鸭嘶声大吼："谁拿了我的鸭脖子？谁拿了我的鸭翅膀？你们这一起贼娼妇，得了我的好不图报答，倒偷我的鸭货吃！咋不归家啃你爹那鸭蛋蛋解馋去呢！"

贾凤仙拽着薛宝莲的手头也不回，一路疾走，喘吁吁骂道："你真是个嘴馋眼皮子浅的惹事精！什好东西？上街买去！一百块钱撑死你！非要拿他的吃！鸭子的鸭货，滋味不一样咋的？鸭子的屎还不一样呢！你咋不赶着去尝尝新鲜呢？

你个馋死鬼！"

薛宝莲不回嘴，跟着贾凤仙来到大堂茶吧。王民在最里面的包厢喝茶，咖啡色的奶茶泡着奶皮子和奶酪，奶茶旁边放了一碗新鲜的马奶酒。王民旁边坐着一个铁塔般的蒙古大汉，一对精光四射的黄眼珠子盯着贾凤仙的胸器发狠，身上一股多日不洗澡的臭味夹杂着奶味酒味奶茶味和炖羊肉烩酸菜味，差点把薛宝莲偷吃的鸭脖子从胃里熏出来。

王民满脸堆欢，光溜溜的下巴笑出一个深深的窝窝，两根眉毛越笑越向鬓角挑起，亮晶晶的额头横出两道沟沟。薛宝莲突然觉得王民其实不难看，像蒙古奶茶，喝惯了才知道好处。吃那么多肉，不喝奶茶拉不出屎。一念及此，薛宝莲不禁莞尔。

薛宝莲嘴角才露出一个酒窝的边边，就听见王民说："你们不要觉得奶茶难喝，吃肉不喝奶茶拉屎能把你们挣死！还挣钱呢，挣一脸痘痘！看了没有？见识了贾家湾第一鸭的功夫没有？这世道什钱容易挣？世上根本就没有好挣的钱！还做梦呢！"

贾凤仙一声不言语，倒不是不敢驳王民的话，实在是被巴特尔瞅得浑身不自在，好像她是一只随时会被撕碎的羔羊。但巴特尔咋看也不像狼，狼的狡黠残忍一点也没有，像她老家大兴安岭里的熊瞎子，憨得凶猛，憨得狰狞，憨得人瞥一眼就心惊胆战。

薛宝莲嘟了嘴不高兴，正眼也不瞧王民。凭什说她觉得奶茶难喝？她偏喜欢奶茶的咸涩。乱扣帽子胡骂人，谁欠你王民三百两银子！

但她偏偏就是欠王民的。欠人家的救命之恩，欠人家的收留之情，现在还要求人家摆平贾疙瘩。一想到欠王民的，薛宝莲就气满胸膛，怒火攻心。

欠你的咋了？欠你的你就不让人活了？行动就给脸子瞧！你那脸本来就长得不咋地，还成天吊着训人哩！没有大吊车帮你吊脸你不嫌累？

王民胳膊肘挂在膝盖上，抬头望着薛宝莲，眯起眼睛笑道："咋？你还不高兴了？你去问问培训室那些女子，哪一个不比你惨？都像你寻死去，只怕中国人早就死得光光的了！都去跳河，还不把黄河塞住？你不就是被你婆祸害了么？你不就是娃娃没有了么？你不就是公公电死了伤心么？就去跳河了？死就那么容易？死要那么容易我早就死了！老天爷偏不让我死！你以为死就那么容易？我偏不让你死！"

薛宝莲摇摇欲坠，只觉周围雷鸣电闪，如铁一般漆黑的幕布被撕了一条大口子，天风海雨，兜头浇落。满世界只有一个声音。唯一的一个声音。

"你寻死死不成，成了个死不卖。不卖我不怪你，想卖就卖，不想卖就不卖，你的身子你做主！你以为你不卖老天爷就喜欢你了？就拯救你了？就把你饶了？做你的清秋大梦！我烦的不是别的，是你那一副天天等老天爷可怜的嘴脸！你睁开眼看看，老天爷究竟可怜了哪一个？你还想拿不卖跟他老人家讨价还价呢！趁早死了那条心！"

薛宝莲眼前黑了又亮了，亮了又黑了。她想看看王民那张没长胡子的脸，她想找个什东西把王民的嘴堵上。寂静像一块从天而降的石头。她看见贾凤仙睁得大大的眼睛，那两只眼睛好像比那两只奶子还大。她看见巴特尔端起一碗马奶酒一饮而尽，满脸红潮，鼓槌似的手指头攥成一个油锤似的拳头。可她看不见王民。她想看见他，但就是看不见。

于是薛宝莲看见了贾解放。獐头鼠目、尖嘴猴腮的贾解放满面赔笑走进包间，两只手握住王民一只手使劲摇晃，嘴里哥哥长弟弟短，两只招风耳下意识耸动，好像在谛听什隐秘的声响。

王民伸了伸被贾解放摇晃酸了的胳膊，指着薛宝莲说："疙瘩局长看上的就是她。对诗对上了眼，王八瞧上了绿豆。其实也就是几句打油诗，油乎乎的，不知道是什油，猪油菜油香油花生油，都不如桑拿的推油。疙瘩局长要是不嫌弃，我安排从东莞来的两个大牌伺候他推推油算了。人家是天轮酒店出了名的死不卖，我怕扫了疙瘩局长的兴。"

贾解放转过脸死盯着薛宝莲瞅。薛宝莲想把贾解放的眼珠子抠出来，扔在地上拿脚踩，最好能踩出摔炮的脆响。

贾解放啧啧称奇，连连颔首，搓着双手感叹道："我思摸什地方的女子能让疙瘩哥哥吃不香睡不着，现在可算明白了，的确是一等一的好人才！死不卖好呀！死不卖就是给疙瘩哥哥留着哩！卖了就日脏了，就没有小家碧玉的味道了！"

王民站起来，把一只手放在贾解放的肩膀上："解放，我实话对你说，我已经认了她做妹子了。你回去给疙瘩捎个话，我妹子谁也碰不得。"

贾解放眨巴着鼠目，期期艾艾说道："她，她成了你妹子了？你，你妹子谁也碰不得了？"

王民微微一笑，轻声说道："我还让你见一个碰不得的兄弟。"

门外闪进一人，贾解放举目一看，"啊呀"一声，夺路而逃。那人一只手薅住贾解放的领子，贾解放原地转了三圈，委顿了半截。

王民指着那人道："这是我兄弟巴特尔的兄弟贾迤。他得罪了疙瘩局长，几乎性命不保，如今有家难回。你再给疙瘩局长捎个话，我兄弟的兄弟就是我的兄弟，求他高抬贵手，放我兄弟一条生路。"

贾解放像一个断了线的木偶，四肢软垂，舌头僵硬，哆里哆嗦说不出话来。贾迤提着这么一摊子肉笑道："人软了咋这么沉呢！你不站直了还等我扛你哩！"

贾解放打一个激灵绷直了身子，把一颗头向四面八方乱点，像一只待宰的母鸡。王民捏着贾解放的胳膊肘送到门口，笑道："你来要人，却空手而归，怕疙瘩局长放你不过。你权当替我们弟兄受些苦处，将来总有报答的时候。"

贾解放软脚螃蟹一般去了。巴特尔跟贾迤干了一碗马奶酒，嫌不过瘾，开了一瓶闷倒驴，咕嘟嘟一气灌下去半瓶。贾凤仙起了兴致，要请三个男人吃烧烤，命薛宝莲陪同。不等王民答应，巴特尔早竖起大拇指连声赞好，一手拉住贾凤仙，一把拽住贾迤，迈步就走。

王民跟在薛宝莲后面，薛宝莲面红气喘，一颗心怦怦乱跳，双耳轻鸣。王民悄无声息，连影子也看不见。薛宝莲没有回头。她知道他在那里。她想他就在那里。

一行五人出了天轮酒店大门，暗夜已至，灯火阑珊。大门台阶下的石狮子后面转出一人，正是薛宝莲的丈夫，贾文武的傻儿子。

自从薛宝莲离家，傻子天天闹腾，不吃饭不睡觉不拉屎不撒尿。没了鼻子尖的傻子他妈求神拜佛，点香烧纸，实在无法，只得对傻子说薛宝莲做了婊子，不要他了，也不要这个家了。傻子听说薛宝莲做了婊子，也不闹了，正常人一般过了几天，问他妈他媳妇在什地方做婊子。他妈怕他去寻，家丑外扬，不肯告诉他。

傻子也不再问，没事人一般满世界耍去。

傻子他妈高兴，虽没了鼻子也没了老公，但那个乱伦爬灰的妖精薛宝莲毕竟跟这个家脱了干系，爬灰留下的野种也进了地狱，今后再给傻子堂摸一个实在老婆，一家三口消消停停过日子，贾文武留下偌大的家业，咋也够傻子舒服一辈子。

孰料傻子明里装成个没事人，暗里满贾家湾的歌厅桑拿找薛宝莲。贾家湾不大，能卖的地方不多，还真让傻子找见了。傻子不知道薛宝莲在能卖的地方当了死不卖，只瞅见薛宝莲笑逐颜开送客人，欢天喜地迎客人，跟那些卖的一模一样。

傻子不甘心，偷偷潜入天轮夜总会，从门缝里窥见薛宝莲让人摸。他一个傻子，自然认定能摸就能日，摸了就是睡了，因此咬牙切齿，一腔子黑血澎湃翻涌。这一日准备停当，埋伏在天轮酒店门前，只等薛宝莲现身，便要亲手灭了这淫贱妇人，报仇雪恨。

巴特尔和贾凤仙并肩走在前面。巴特尔两只眼睛只顾斜瞄贾凤仙颤动的乳浪，根本没瞧见斜刺里蹿过来的傻子。贾凤仙倒是看见傻子了，但她哪里知道面前这个走路抻脖子缩肩膀拐子腿，行动像极了三脚猫的男人就是薛宝莲的丈夫。薛宝莲一颗心都放在不见踪影的王民身上，直到傻子横在眼皮底下才"啊呀"一声惊呼。

傻子一言不发，右手刀直捅薛宝莲胸腹。说时迟，那时快，王民的左手从薛宝莲后腰探出，一把攥住雪亮的刀锋，刀尖挑破了薛宝莲的腰带。

傻子左手一扬，已经回过神来的巴特尔一巴掌扫过傻子的手腕，那个装满硫酸的瓶子歪了一下，半瓶子硫酸洒偏了。从薛宝莲身后转出来的王民伸胳膊一挡，"嗤啦"一声响，上臂溅了几滴，地面烫起一层沸泡。

傻子还要再泼，被巴特尔油锤般的拳头照顶门只一下，捶了一个满眼金星灿烂，再一个通天炮，几乎将傻子的鼻子砸进面门。傻子直挺挺摔倒，浑身抽搐，挺在地上挣命。

巴特尔跨步上前。毫发无伤的薛宝莲抱住巴特尔的胳膊，大声喊："他是我男人！"

所有人都傻了。薛宝莲扶起傻子的头，傻子满脸是血，薛宝莲拿雪白的衫袖擦拭傻子血污的脸。王民让赶来的几个弟兄抬傻子去医院，甩给门前呆若木鸡的保安几百块钱收拾残局，拉了薛宝莲拔腿就走。

　　薛宝莲挣扎，非要看王民的伤，王民不理会，一路大步流星，直走进停车场，把薛宝莲塞进车里。巴特尔坐了副驾驶的座位，贾凤仙在后座抱紧薛宝莲。

　　车子开出老远，王民才说了一句："你对你男人倒有情有义！"

第六十五章

车子开出老远，王民一个字也不说。

沉默中车灯的光柱洞穿夜幕，照亮了远山空灵的姿态。薛宝莲摇下车窗，遥望星空。月亮出来了。繁星流转，月华如洗。她想看看月亮，但满天都找不见月亮。

薛宝莲轻轻一声叹息。她不知道王民要把她带到什地方去，她也不想知道那个目的地，她就希望像这样一直开下去，夜长得跑不完，山长得跑不断，星星亮得跑不灭，月亮藏得跑不黑。

薛宝莲有一点害怕。她的心跳得很厉害。她用眼角的余光瞄王民，王民好像也在喘息。月光如潮水。夜色就是一条河流。她听见了涛声。那是满山的松涛。

车停在半山坡一个小院门前，两株巨柏，藤萝缠绕，月光渗透了树荫，洒一地斑白，暴露了潜伏在黑暗中的两个青石门墩。王民打开院门，院子里一片雪亮。薛宝莲吓了一跳，抬头望望山峰上高悬的小小的月亮，清辉淡淡，孤影婵婵，哪里来的这般光彩。

王民打开房门，却不进屋，站在门槛外出了一会儿神。房门里是个黑洞。薛宝莲突然一阵心悸。恍惚间院子当中那个青石碾子上坐了一个女人，一只狗蹲在屋脊上，两只狗眼灼灼放光。薛宝莲使劲眨眨眼，什也没有，只有贼亮贼亮的月光。她长出了一口气，心窝里汗津津地凉。

王民迈过门槛，站在黑洞边缘，只露出半个侧身。薛宝莲走到门槛前，隔着门槛挨着王民站着。一只被月光惊醒的宿鸟冲天而去，长鸣击碎了一树寂寞。王民翻过手拉住薛宝莲的手腕轻轻一拽，薛宝莲飘过门槛，贴住王民的肩膀。王民带上门，将月光关在院子里，活生生的黑暗像一只无形的巨手一把攥住了薛宝莲的心。她没有恐惧，只是激动得战栗了一下。黑暗里只有他们两个。她屏住呼吸，静静等待。

门缝把黑暗撬开一条裂隙。什东西溜进来了，什东西溜出去了，什东西沿着裂隙攀爬，什东西顺着裂隙坠落。薛宝莲的指甲抠着手心，手腕上像套了一只铁箍。

王民不敢开灯。他害怕一开灯过去的一切都会重演。赤裸的情欲勃发的安田修三，赤裸的欲仙欲死的李小花，赤裸的李小花的尸体。还有球球，他亲手杀死的球球。王民觉得他们在黑暗中埋伏，只等灯火乍现，便一起涌入光明的世界。

他们不能涌入光明的世界。安田修三躺在一口废弃的枯井中已经成为一具白骨，塑料布重重包裹的李小花也早已化作骷髅。他们绝不能涌入光明的世界。但他握着薛宝莲在光明世界的黑暗中惴惴不安，提心吊胆。他害怕伤害他掌握中的这个女人。一个像极了李小花的女人。一个与李小花截然不同的女人。黑暗是护她的盔甲。光明是射她的利箭。他不能伤害她。也许，他已经伤害了她。

今晚之前他碰都没碰过她。就算两个人一齐睡在贾凤仙的老家白狼洮儿河的土炕上他都没碰过她，即便沉重的巴特尔抱着贾凤仙把另外一张炕压塌了，即便贾凤仙喉咙都叫哑了，他也没有碰过她。

在比现在的黑暗轻薄的黑暗中，在比现在的月光暗淡的月光下，他们两个躺在炕的两边，中间隔着一张油渍斑斑的炕桌，睡得彼此听不见对方的呼吸。那不是睡觉，那是在白狼洮儿河底下潜水。他蒙蒙眬眬打瞌睡的时候居然听见了洮儿河水声潺潺，好像那条纯净的满是山哲鲤鱼的丝带般柔滑细腻的长河将薛宝莲流淌成了他的彼岸。

第二天，一宿没睡踏实的四个人去河里摸鱼，一条半大的山哲鲤鱼一下子跃进贾凤仙怀里，钻进两只乳房之间的深沟，慌得巴特尔一巴掌塞进胸衣里抓，却怎么也抓不住那个滑不溜手的小东西，抓得贾凤仙两只手勾着巴特尔的脖子又蹦又跳，又喊又叫。巴特尔急得小眼圆睁，虬髯冒汗。

白狼洮儿河的回忆让王民松了一口气，微笑着拉亮了电灯。薛宝莲面颊飞红，连耳根到脖颈一段浅粉，半垂着眼皮问："你笑什呢？"

王民坐到一张小板凳上，回道："一想起白狼洮儿河的那些事就忍不住笑。"

薛宝莲也笑了。她知道巴特尔和贾凤仙那一大堆搞笑的爱情噱头，她怀念洮儿河像毯子一样顺着山势铺满整个山坡的草原，还有那些不知道名字的缤纷的野花。那是繁星一般散落在草原的野花，也是即将在秋风中凋零的七彩云霞。还有那一条洮儿河和许多条洮儿河。一条洮儿河流进湿地就成了许多条洮儿河，有草甸子洮儿河，有山溪洮儿河，有蒙古包洮儿河，还有满是山哲鲤鱼的鲤鱼洮儿河。

一个月亮到了洮儿河一下子化成了许多个月亮。熊熊篝火照亮苍穹，勾描出冷冷的崔巍的山影。贾凤仙给薛宝莲和王民的炕上放了一张熊皮，怕他们夜里着凉。她没有着凉。无声无息的王民像一个幽灵。他们在一张炕上对峙了一夜。他竟然不碰她。他竟然忽略了她的存在。他辜负了贾凤仙的好心，像一条咬了吕洞宾的狗。

薛宝莲说："我问她为什洮儿河的水是清的，黑龙江的水是黑的，她说洮儿河是黑龙江它妈，走了好长好长的路去寻儿子，走着走着就变黑了。你记不记得他哥是咋打松鸡的？捡起一块石头一扔，正正打破了鸡脑袋，还张网子网飞龙，网住了炖汤，喝得巴特尔都不会说话了。他本来就不咋会说话，喝了飞龙汤干脆一个字也挤不出来。"

王民笑着点上一支烟。屋子打扫得干干净净，贾五一个星期安排清洁工拾掇一次，屋里的东西全部保持原样，夏天怕急雨，装了双层新纱窗。王民他妈念经的那个菩萨供在崭新的红木佛龛里，那本蒙汉藏三种语言的佛经包了深蓝色的缎子皮。前天贾五雇老孙头通了炕的烟道，把烟道口一块裂了的砖头换了，老孙头说啥也不要钱，反而作揖不迭，感谢贾五赶跑了几个滋扰他生意的小混混。王民瞄了一眼电视机。还是那台电视机。他的心打了一个突。电视机屏幕反射出他和薛宝莲正襟危坐，距离远得就算猪八戒抡圆了九尺钉耙也扫不到衣服角。明天他就让贾五把电视机搬走。

"那头野猪撞进村头的玉米田，全村人举着锄头撵着打，她哥抬出一杆几十年前的火枪，装铁砂子的那种，轰了野猪一家伙，直轰在鼻子上，轰掉了半个下巴。野猪倒了，贾凤仙举着一杆耙子冲上去，一耙子耙出了野猪的眼珠子。巴特尔佩服得跳舞，一边指着她的奶喊地雷，一边比画着野猪头，意思是她胸前挂着的那两颗地雷除掉了那个祸害。

"两颗地雷！你说像不像？比两颗地雷大多了！那头野猪足有五百斤，糟蹋了多少庄稼，伤了多少村民，偏我们去的时候丢了性命！贾凤仙悄悄对我说，李神仙的卦灵，你就是夺命的弥勒！"

王民哈哈大笑。这世上真没有驱不散的阴魂！在他的笑声中，如跗骨之蛆纠缠他的安田修三和李小花灰飞烟灭。

他们离开白狼洮儿河的时候，贾凤仙说："我家在大兴安岭的脊梁上，啥也没有，只有白云。我们家的白云，送不走也留不住。只是一个自在，想来就来，想去就去！白云像棉花一样裹了我家的日子才美呢！可惜你们没碰上！"

他是没碰见裹了贾凤仙家的白云，但他望见了山脊上任意舒卷的白云，穿越草甸子的河面上升腾的白云，随着消散的晨雾弥漫了绿草如茵的山坡的白云，还有在远远的疏落的白桦林中恣意游荡的白云。

有一天，他站在山顶凝视一匹驰骋的骏马，一朵青蓝的云彩罩着鬃鬣飞扬的马头，从东边罩到西边，又从西边罩到东边。他叫薛宝莲看那云那马，薛宝莲跑过来，敞开的衬衣领子散发出野花淡淡的芬芳，圆润的锁骨下深深的乳沟色如凝脂，一张银盆似的粉脸，晕红双颊，眼波清冽。那个下午，他们站在峰峦之上，将白云看成了晚霞。

他轻轻握住薛宝莲的手，薛宝莲的脸登时红得像红盖头，红了一阵又一阵，从红盖头红成白狼洮儿河的晚霞。他凑过去吻薛宝莲，薛宝莲微微分开双唇。他尝试着去寻她的舌头，碰到了她的舌尖，她的舌尖裹住了他的舌尖。快感在他口中炸裂，像小时候第一次吃跳跳糖，糖块在嘴里乱蹦，撞开了敏感的味蕾。

他从未如此接吻。也许他从未被任何女人真正吻过。他脸热心跳，上颚的酥痒与舌头的酥麻把他泡得轻如鸿毛。这就是一个爱他的女人滚烫的亲口口。他捧住薛宝莲的脸，薛宝莲的呻吟和颤抖点燃了他身体里的熊熊烈焰。

他抱起薛宝莲走进里屋。两个人倒在炕上。这是他杀死李小花的地方。当他脱光薛宝莲的衣服，于半透明的黑暗中巡视了无比性感的裸体的那一刻，他彻底忘记了纠缠了他无数个日夜的李小花。

他们在炕上疯了一回又一回，薛宝莲的舌头一次又一次激起他蓬勃的欲望，让他跃上浪尖，让他跌落谷底。那是他从未见过的海洋，海浪拨弄他如弹丸，海潮轻飐他如羽毛。那是一个属于白狼洮儿河的山谷，云气蒸腾，细雨霏霏。

薛宝莲高潮的时候紧捂着脸不让他看见，他想拿开她的手，她却扭过去把脸埋进枕头。她在他上面的时候长垂的头发像一块面纱，他伸手去撩，她抓住他的手塞进嘴里咬。他不相信世上还有这样美妙的事。她也不相信这件事居然如此受活。他们两个像扑火的飞蛾享受到了焚毁的极乐。

他们如胶似漆地拥抱着等待激动平息。薛宝莲突然哭了，热泪迸射，哀哀欲绝。从失去孩子那一天开始，她就没哭过。她有的只是愤怒，只是仇恨，只是悲凉。但是高潮之后泪水却不期而至，汹涌澎湃，恣肆汪洋。她在高潮里洗了一个澡，洗去了肮脏，洗去了屈辱，洗去了让她寸心如割的自怜自惜。

这个世界纵然污浊如泥沼，她纵然深陷其中不能自拔，但天雨却将她洗成了一朵白莲花。即便只绽放一瞬也好。

王民手足无措，怀中四散的泪珠灼得他五内如焚。他握住薛宝莲的脸，薛宝莲握住他的手，指缝中渗出的泪水浸润他的双唇。从没有女人为他如此哭过。她的眼泪让他开始留恋生命。也许，活着并不是一件十分糟糕的事。

薛宝莲哭了很久，说了很多缠绵的傻话，王民不会说话，索性不说，安安静静地听。薛宝莲哭累了，说累了，蜷在王民怀里睡了。王民睁着眼，听窗外树叶的窸窣轻响，心里的那个结慢慢融化了。他不再恨李小花，甚至连安田修三也不恨，只后悔不该下毒手弄死了球球。薛宝莲让他明白原来李小花根本就不是他的女人。爱一个男人的女人原来竟是这般温柔如水。

融化了的那个结毕竟留下了一些味道，有点苦，有点涩，有点像薛宝莲的眼泪。他瞅着心底那个结融化后留下的痕迹，像极了初春檐头瓦当缝里的残雪，却又如碎玻璃碴一样锋锐。它还没有完全消失。也许，永远不会完全消失。

他在圐圙里寻见巴特尔的那一天，李小花附在萨满老太太身上跟他说了一阵子话。

是贾家湾有名的赌场，老板的奶奶是一个蒙古族萨满女巫，成天坐在太阳地里抽旱烟，满嘴的牙都掉光了，一口神奇的铁牙床子，啃骨头嚼肉块咬核桃，比磨盘还厉害。老太太说自打她三十岁第一次显灵开始，牙齿一颗一颗掉得精光，也不疼，也不流血，好像熟透的果子，不知不觉就下来了。蒙古人信宗喀巴大师，信黄教，到处都是喇嘛庙，但日常的大事小情不问萨满巫师不踏实。四十年前老太太接了前任巫师的班，成了贾家湾附近方圆五十里最灵验的蒙古大神。前任巫师是个六十多岁的老头子，喝醉了酒，冻死在雪地里。

王民喝了蒙古族姑娘敬的下马酒，披了哈达，在圆圈里走了一圈。两只小牛犊卧在地上晒太阳，老板的小儿子跑过来，飞起一脚，踹在一个牛犊嘴巴上，那牛犊爬起来扭头走了。小孩子一屁股骑上另一头牛犊的脖子，两只手揪住牛耳朵，光屁股在牛脊梁上使劲蹾。半晌，牛犊子猛然站起，那孩子不提防，"啪嚓"一声响亮，结结实实摔了个狗吃屎。王民憋不住笑，怕孩子羞恼，牛犊子吃亏，不想那孩子皮实，浑不当一回事，翻身站立，拍拍屁股，扬长而去。王民给牛犊子喂了一块西瓜，牛犊子含在嘴里，翻来覆去嗫吮，直到将瓜皮啃成一个绿绿的薄片片才吐出来，伸粗糙的舌头舔王民的手。一人一牛正热乎，贾五跑来说要杀手指羊，让王民过去挑一只中意的，现杀现烤现裹血肠。

王民和贾五还没走到羊圈跟前，贾建军先指了一只羊。一个壮硕的身影顺着贾建军的手指将那只羊劈头揪住，放翻在地，踏上一只脚。羊被踩住脖颈，叫都叫不出，四蹄乱蹬，短尾巴乱摇，两只发蓝的眼睛鼓出眼眶，无声待宰。那大汉并不用腰里插的解腕尖刀，两根手指头捏一把小刀，去羊心窝里轻轻一拉，拉开一个半寸长短的口子，不等羊血流出，将两根手指头伸进刀口，把羊心的主动脉生生掐断。那羊只一蹬腿便断了气。大汉的手指头堵着刀口，拔出解腕尖刀，剖开羊腹，取出下水，将羊血放了一盆，刀光霍霍，不几下便剥了羊皮，把血淋淋的光羊扛在肩上，直奔厨房。

贾建军拍手喝彩："我的手指羊成了这厨子的手指羊！好手段！搬一箱蒙古王赏他喝！"

杀羊的那几分钟王民立在人圈外头，只顾瞧厨子的手段，没顾上细看毡帽底下半遮半掩的面目。杀完羊厨子扛了就走，血淋淋的羊身子干脆把脸挡了个严实，哪里认得出相貌。王民心下疑惑，信步往厨房去寻那厨子。

一头母牛甩着尾巴把牛头塞进厨房前的泔水桶里吃泔水，一头公牛悄悄凑上去，趁母牛吃得正欢实，就要将一根硬撅撅的牛鞭往牛屄里插。半空里一声尖叫，老板的小姨子挥舞皮鞭宛如巨灵神从天而降，"啪啪啪"三声脆响，公牛挨了三下狠揍，猛吃一惊，掉转牛头，亮出两支带钩的犄角。女巨灵伸指头一点，长鞭挥出，鞭梢正中公牛鼻尖。公牛敛起威风，撒开四蹄直奔圐圙大门。女神紧追不舍，一边跑一边抽牛屁股，一鞭正中牛蛋。公牛狂哞一声，彻底逃跑。一牛一人，绝尘而去。

王民只顾看女神痛打公牛强奸犯，看美了溜进厨房一瞧，并无那个宰羊的厨师，询问厨娘，忙着清理下水的厨娘指了指厨房后院。王民踱到后院，见那个厨师蹲在烤炉前，将光羊涂了油，摆成四膝着地的跪姿，盛在一个大盘子里，仔细剜了一双羊眼，搁在一个小瓷碟中。羊眼不能烤，怕焦了不中吃，只能炖熟与手把肉一起上桌，专敬贵宾。

王民悄悄上前，将一只手搭在厨子熊一般的肩膀上。厨子一回头，长身起立，四目相交，火花迸射。

半晌，王民说："找得我好苦！"

巴特尔领着王民从圐圙后院穿出去，爬上绿草如茵的山坡，坡上一个小小的蒙古包，包前一块卧牛石，包后一个玛尼堆，竖一杆经幡，多彩哈达，迎风飞舞。两个人坐在卧牛石上，一人一瓶草原白，把酒言欢，一叙契阔。

正聊得热闹，蒙古包里钻出一个老太太，伛偻干瘦，双目赤红。老太太来到两人近前，眯着眼将王民打量了一番，将没牙的嘴窝出一个少妇风致的微笑，轻声细语对王民说："你杀了我，如今又让你的兄弟去杀人。"

王民这一惊非同小可，霎时间头晕目眩，前胸后背冷汗如潮。蒙古老太太轻灵转身，含笑回眸，继续说道："她也是个女人！男人跟别的女人生了野种，吃醋嫉恨，本属常情，如何就犯了该死的罪过？吩咐你的主子已经不在了，你却揪住不放，非要替你死了的主子的主子斩草除根，究竟为什？你不能因为我一个就把全天下的女人都轻贱了！"

王民动弹不得，只听见牙齿相击，密如鼓点，手足冰凉，指尖发麻，浑身汗毛倒立。巴特尔见势头不对，正要起身，蒙古老太太步履沉重地挪到巴特尔面前，俯在巴特尔耳边讲了一段蒙语。

巴特尔双目大睁，虬髯抖动，一双满是血和油的巨手紧紧攥住上衣下摆，突然翻身下拜，俯伏在地，背心颤动。王民赶紧扑上去搀扶巴特尔，不想脚底酸软，盘坐在草地上，挣扎不起。蒙古老太太打了几个哆嗦，仰躺在卧牛石上，双手合十，酣然入梦。

兄弟二人失魂落魄晃下草坡，你望着我，我望着你，还来不及交言，老板一叠声吼喊巴特尔，嫌羊在烤炉没人管。巴特尔进厨房将烤炉下的炭火灭了灭，取出烤得半熟的羊拿到圐圙中央的篝火旁，穿了木棍架在火上继续烤。看那一轮日头，早往西边绿草深处坠下去。王民问巴特尔蒙古老太太都说了些什，巴特尔看了王民一眼，又看了王民一眼。王民就不言语了，站在篝火的上风头点了一支烟。

丛丛草影立在斜阳之外，于西风中偃伏簸摆，一群骏马奔腾而来，马背上的鬃毛金光闪烁，数声嘶鸣，萧瑟顿生。

巴特尔嘟嘟曩曩，嘀嘀咕咕，王民凑过去仔细倾听："怪我日他老婆呢！咋不说他老婆撅起屁股让我日呢！母狗不掀尾巴根，公狗能上得去？他管不住老婆，却害我的性命，把我弄进井里，魂魄不得超生，天下哪有这个道理！

"他老婆喜欢我，悦意我。我也是个男人么，我也长了个屪么，碰见了喜欢自己悦意自己的花姑娘咋能把持得住呢？你能把持得住不？"

王民翻个身侧躺着，薛宝莲的脸枕着他的肩窝，头发覆盖了他的下巴。王民闻到一股幽幽淡淡的体香。

"谁也把持不住。"他当时回了巴特尔这句话。所以安田修三死得有点冤。球球死得更冤。他应该只惩罚李小花一个人。如果早知道能遇见薛宝莲，他甚至可以饶恕李小花。他杀错了人，也杀错了狗。即便李神仙说他与弥勒教有缘，杀错人也是进地狱的罪孽。

他能保证不再杀人吗？不能。他能保证不再杀错人吗？不能。所以他准备进地狱。薛宝莲的乳房挤在他胸口，他的心承受着温柔的弹压。

他还得杀人。至少他还得杀贾红。他到底是不是因为李小花把所有恶婆姨全都恨上了？他不知道。他只知道杀人是他的命。

替薛宝莲挡了刀子的那天晚上，王民聚集一帮弟兄痛饮，因为救了薛宝莲的性命，也因为薛宝莲对她的傻男人有情有义。众人一高兴喝酒就搂不住，一个个喝得醉醺醺，把饭店的酒都喝光了还不尽兴，簇拥着贾凤仙和薛宝莲去烧烤摊上喝第二场。

薛宝莲爱吃商业街拐角那一家的烤翅，贾凤仙也爱那一家的板筋，众人唱着闹着一路晃荡到烧烤摊，却见一个扫马路的抢一把大扫帚将摊前扫得尘土飞扬，吃客纷纷躲避，摊主日急慌忙寻塑料布保鲜膜卫生纸保护串好的肉串。那扫马路的穿了一件肮脏的橘黄色环卫坎肩，一壁低头奋力挥帚，一壁骂骂咧咧，咬牙切齿。摊主咋说好话也不行，那一种执行公务、排除万难的神情让气派的路灯黯然失色。

王民靠着路灯杆吩咐贾五将扫地的环卫工人带来。路灯是上个月刚换的新货，灯顶是一张金色的弓搭一支金色的箭，灯杆做成马头琴的形状，不知什材料弄的琴弦垂拢着一溜电灯泡。路灯是旗长贾石头的杰作，综合了显著的蒙古特色，体现了鲜明的少数民族风格，彰显了民族团结锐意进取的贾家湾精神。

全旗因为更换新灯总共支出六千万。老百姓编了一个顺口溜传唱："前年换灯三千万，今年新灯把倍翻，后年整成穷光蛋，带着老婆去要饭。"

王民在"要饭灯"下抽了半支烟，贾五把那七个不服、八个不忿、一百二十个不含糊的环卫工人脑揪了来。那厮斜眉歪眼挣扎，一身膻气，两袖酒风，裤裆的拉锁咧开大半，露出半截子红裤衩，靸一双前露趾头后露跟的破鞋，没穿袜子，两根黑腿把子。

王民问："你背上写了两个什？贾环？贾环是干什的？"

贾凤仙笑道："贾环不就是红楼梦里那个贼眉鼠眼的小老婆养的贾宝玉他弟

么！咋写到这脏啦吧唧的环卫服装上了？是不是给电视剧《红楼梦》打广告呢？"

贾五说："凤妹子可真抬举这个东西了！本来是'贾家湾环卫'五个字，掉了三个字，就变成'贾环'了。那贾环再贼眉鼠眼也比他强百倍，好歹是人户人家的公子，豪门显贵，跟这货色咋比？一个天上，一个地下！他就是人家脚底下的粪泥！"

贾家湾贾环本是吃醉了酒的人，舍得一身剐，敢把皇帝拉下马，听了贾五的戏谑，哪里忍耐得住，狂吼一声，一胳膊肘撞在贾五腋窝。贾五不提防醉汉发疯，被顶得吸凉气翻白眼。贾家湾贾环就势挣脱，回身一拳，直击贾五面门。眼见这一招通天炮势必揍得贾五鼻血长流，不料那拳头到了半路却突然缩了回去，越缩越高，凌空乱舞。

贾五定睛细看，原来巴特尔一只手薅住贾家湾贾环的后脖领子提在半空，双脚离地，前领收紧，勒得那厮舌头吐出一寸，龇牙咧嘴，手刨脚蹬，甩掉了两只破鞋。众人哈哈大笑，王民使个眼色，巴特尔一松手，贾家湾贾环"扑通"一声委顿在地，两只手捂住喉咙嘶声喘息。

王民问："你扫地咋扫到夜市来了？你是劳动模范？不下班不休息？一扫扫一夜？"

贾家湾贾环翻着白眼梗着脖子嚷："你爷我爱扫！你管不着！"

贾五一脚踹在贾家湾贾环脸上，喝道："今天就管你个狗日的！"

贾家湾贾环张着血口喊："你黑社会还能比黑夜黑？天黑了爷我都不怕，还怕你们这些黑社会？不给钱我就扫地，不给烤肉啤酒我就扫地！我本是个扫垃圾的，还能怕垃圾！"

这一番话捅了兄弟们的肺管子，一群人将贾家湾贾环围成一圈拿脚踹。街边挤了一堆看热闹的，指指点点，叽叽喳喳，比雀妖还聒噪。烧烤摊老板弓着腰溜到"要饭灯"下，给王民敬烟赔话，请他高抬贵手，饶了这个讹钱的醉汉。薛宝莲扽了扽王民的袖口，贾凤仙听不得贾家湾贾环的惨叫，扭过头蹙眉。王民一摆手，众人停了脚。

烧烤摊主上前搀扶贾家湾贾环，被贾家湾贾环一把掀了一个屁蹲。贾家湾贾环指着众人大骂："日你妈！今天你们狗日的弄不死你爷我，你们就是婊子养的牲口！牲口们不要慌忙，尝尝你爷我的尿水，给你们解渴！"

众人不防贾家湾贾环突然脱裤子撒尿，慌张躲避，围观的人群笑得东倒西歪。贾凤仙拉着薛宝莲藏进一家卖炖黄河鲤鱼的铺子里，薛宝莲嫌恶心，闭了眼不看，贾凤仙却好奇地使劲瞅，一边瞅一边在薛宝莲耳边嘀咕："家伙挺大！你别看人瘦小，东西倒累累垂垂的一只手握不住哩！这不就是传说中的'人四两，屎半斤'吗！怪不得胆子大！"

众人待贾家湾贾环将尿撒完，一拥而上，死死按住。贾五笑道："好狗日的！你还真不要命了！显你的尿大呢！我让你大！让你大！让你大！"

贾家湾贾环那话儿挨了贾五三脚，早已面目全非。众人见贾五把贾家湾贾环踢绝户了，都松了手。贾五从腰里拔出一把雪亮的匕首，搁在衣袖上擦拭锋刃，冷笑道："你伸舌头把爷我的鞋底舔干净了，爷我就饶了你的尿！要不然，爷我把你的尿一刀刀剁得碎碎的，一疙瘩一疙瘩喂狗！还不快用你的舌头当扫帚扫爷的鞋底子！"

贾家湾贾环双手捧着命根子号啕大哭，声嘶力竭，却无半滴眼泪。王民想起当年为救球球一条狗命遭贾忠暴打的往事，喝住贾五，正要吩咐将贾家湾贾环送医院疗伤，不想那厮一跃而起，狂号一嗓，一头撞在"要饭灯"旁一根电线杆上，"啪嚓"一声闷响，登时脑浆迸裂，只有出的气没了进的气。

众人齐声惊呼，人人变色。看热闹的"呼啦"一下拥上前来，被巴特尔抢起路边一个水泥墩子挥舞几下，又"呼啦"一下退出丈余。贾凤仙闭了眼，两只手紧紧抓住薛宝莲的胳膊，嘴里把一个"妈"字念佛般念了无数遍。薛宝莲睁大双目，瞧那了无生气僵卧在地的尸体顶着一个血葫芦般的脑袋，突然想起她遭一枪爆头的亲娘，不由悲从中来，眼泪扑簌簌滚落双颊。

炖鲤鱼的店主踮着脚从贾凤仙肩头向前张望死人，顺便向下窥伺那两只起伏跌宕的大奶和那条深不见底的乳沟，正瞟得逸兴横飞，不想一条两尺多长的黄河鲤鱼跃出鱼缸，"吧唧"一声拍在地上，瞪眼鼓腮摆尾，霎时暴毙。

王民让贾五报案。贾五报了案，从围观的人群中拉了几个证人，不愿做证者一律痛打。那几个证人迫于贾五的淫威，在"要饭灯"下站成一排，噤若寒蝉，宛如囚犯。烧烤摊主说商业街上个月加装了多个摄像头，寸土无遗，贾家湾贾环自寻短见，证据确凿，警察自会调查取证。王民听了，让贾五带着兄弟们吃烧烤喝啤酒等警察，自己和巴特尔走进炖鱼店，占了一张桌子，招呼薛宝莲、贾凤仙落座。

薛宝莲镇定自若，贾凤仙惊魂未定。店主上前赔笑问吃什，王民指着地上的死鱼说："就吃它。死得新鲜。死得蹊跷。死得惨烈。"

一锅炖鱼端上桌，巴特尔打开两瓶闷倒驴，贾凤仙倒了半玻璃杯抿一口压惊，薛宝莲要了一瓶沙棘汁。店主备了四样凉菜正要铺摆，门外走进两个人，王民一见前头那人，忙不迭站起来躬身施礼，贾凤仙认得李混田，赶紧往巴特尔身后躲藏。薛宝莲不认得李混田，却认得李混田身后曾在长途汽车站送她枣糕吃的关二娘，忙起身迎上去问候，关二娘瑟缩着不敢应承，也往李混田身后躲藏。

薛宝莲拉关二娘坐下，拿一副碗筷用开水烫过，又倒一杯热腾腾的苦荞茶捧上。关二娘满心欢喜，只说不出话，一双泪汪汪的眼瞅着薛宝莲，吸鼻子咳嗽咽唾沫，两只手不知道往哪里放。巴特尔既不认识李混田也不认识关二娘，见王民恭敬薛宝莲亲热贾凤仙胆怯，搞不清楚其中缘由，便倒了一玻璃杯闷倒驴放在李混田面前。

王民笑道："李神仙多包涵。我兄弟不知道你不喝酒。"

李混田笑道："你兄弟不知道我不喝酒。你不知道我喝酒。"

王民一愣，李混田端起酒杯，慢慢喝了一大口。巴特尔高兴了，双手捧杯向李混田举了举，仰头一气喝光。

李混田说："只要活明白了，干什都行。酒色财气，样样不忌。人都杀得，酒就喝不得？气就使不得？钱眼里就不能翻筋斗？情人眼里就不能出西施？"

王民闻言，长身而起，双手抱拳，深深施礼，说道："这个人确实不是我们弄死的！"

话音未落，两辆警车鸣笛驶进商业街，停在"要饭灯"下。第一辆车里跳出一名警官，指着那一溜贾五预备的证人问道："你们把人打死了？用什打死的？谁是主谋？"

那一干垂头丧气、自叹倒霉的证人闻言大惊失色，你看我我看你，一时无言可答。警官指着贾家湾贾环的尸体喝道："把人弄成这样！什深仇大恨下这般狠手！你们里面是不是有惯犯？脑浆子都打出来了！能把脑浆子弄出来可不是一般的手段！说！谁弄死的？"

证人中一个胆子大的参着胆子说："我们是证人。这个人是自杀。"

警官一瞪眼，正要开言，贾五抢上前去，细细将经过禀明，又是人证又是物证，还要调取摄像头录像，好生忙碌了一回。几个警察勘测现场，拍照画线，救护车里取出一副担架，抬了尸体，绝尘而去。

外面闹成一锅粥，炖鱼店里早已酒过三巡，菜过五味。巴特尔喝了一瓶闷倒驴，酒劲上涌，敞了怀，露出胸前一片黑漆漆的长毛。贾凤仙依然不敢正视李混田，好似被符箓镇住的奶牛精，只恨两只大奶子惹眼招风。关二娘眼里心上只有一个薛宝莲，薛宝莲心上眼里只有一个王民，王民恭陪着李混田，小心翼翼，至敬至诚。

李混田接着前头的话题对王民说："你不知道天下有个弥勒教，专修取人性命，杀人越多，功德越厚。明太祖朱元璋的老板韩山童就是当时弥勒教的教主，朱元璋浸淫弥勒教和明教多年，当上皇帝之后杀人无数，手段残酷，诛贪官戮功臣，心狠手辣，毫不留情。"

众人竖起耳朵听得静悄悄，店主忘了上菜，端着一盘羊头肉立在贾凤仙身后，连那两只奶也顾不上瞅了。店员是个小女子，直听得胳膊上汗毛参立，不敢眨眼。

"释迦牟尼佛祖寂灭之前有言，前世佛是燃灯上古佛，他是现世佛，现世有末法之难，群魔乱舞，妖孽横生，只有未来佛弥勒出世，方才拨乱反正，重归光明大道。

"那弥勒教与常人信仰不同，认定转世的弥勒定要将妖魔托生之人统统送入地狱，因此杀人即是降妖除魔，杀人即是普度众生。你明白不明白？"

王民既明白又不明白，所以先点头又摇头。李混田将一玻璃杯闷倒驴慢慢饮干，缓缓说道："如果杀的是托生妖魔，自然没有什么不该。但你怎知所杀的都是妖魔？又怎知没有错杀好人？你没有识妖辨魔的法眼，怎能断定自己是替天行道的梁山好汉？"

王民听了李混田一番言语，如遭轰雷掣电，默默无语。贾凤仙头次听说杀人竟有如此这般好处，不觉两只眼也呆呆地定在李混田身上，头上跑了三魂，脚下溜了七魄。

薛宝莲一张银盆粉脸微微涨红，收了笑容，端严相向李混田，低声说道："该杀的不杀却是什缘由？我娘因为贩卖私酒伤害了十几条性命，头上吃了一枪，偿命赎罪也就一了百了。现如今千万拿毒水毒气毒吃食害人的咋不枪毙呢？像你这般说，我倒觉得弥勒教好，该杀的杀了，我也用不着日夜替亲娘叫屈！我那可怜的亲娘啊！还给我托梦呢！"

关二娘拿起纸巾红着眼圈替薛宝莲拭泪，李混田深深瞥了薛宝莲一眼，微微点头。巴特尔将半瓶闷倒驴咕嘟嘟喝干净，脱了衬衣，光了膀子，满头满腔热汗滚滚，拍着桌子对李混田说："汉人的萨满，不管地狱的火再旺，不管死后长生天的惩罚再狠，我还是要杀那些夺了我草原、占了我牧场、毁了我蒙古包的恶狼。

"我的老婆和孩子走了，我再也见不着了，这么大的天地，只剩下我孤零零一个。我还怕杀人？

"你说的那个弥勒在哪儿呢？我这就赶着投奔去！该杀的不杀才是造孽呢！难不成由着该杀的造孽，把不该杀的全都弄死？"

李混田从店主手里接过羊头肉摆在面前，夹一只羊眼睛，羊眼睛后面连了几条筋不好夹，李混田不用筷子，直接用手抠出来，入口细嚼。

王民端起一满杯酒一口饮干，笑眯眯对李混田说："让李神仙您笑话了。我的女人和我的兄弟都说弥勒好，由不得我不信那未来的佛祖。斩妖除魔斩错了除错了进地狱就是了！我不入地狱谁入地狱！"

贾凤仙忍不住，憋出一个问题："为啥非杀人不可呢？就没别的办法了？"

王民一字一句回答贾凤仙："人生人。人骗人。人害人。人杀人。到世上来一遭要是连这个道理都熬不明白，那就真正熬成一锅糨糊了。"

满店里静得能听见心跳。店外的警车警察证人都走了，一个个要饭灯下的一个个摊子冷清得像蒙了一层塑料布。灯下那一摊血干了也黑了，被一条野狗闻了舔，舔了闻。

李混田开始吃第二个羊眼睛，这个羊眼睛没筋络，肉个蛋蛋的好嚼头。李混田慢慢嚼慢慢喝慢慢说。

"什神仙！我要是神仙还在这里跟你费口舌讲什弥勒教！我直接跑到西天寻弥勒不就行了？省多少事！可惜喝酒吃肉的去不得！极乐世界嫌我腌臜！"

王民笑道："你老人家去见弥勒要不要递投名状？是捐钱呀还是杀人呀？"

李混田也不答言，咽下羊眼睛，余香满口，对关二娘道："行了吧？看够了说够了坐够了，咱相跟着走。你跟这个孝顺女子真成了流泪眼观流泪眼，伤心人对伤心人了。日子长着呢，眼泪又流不完，今天先打住，下一次再淌。你们不是一天两天的缘分。"

众人见李神仙要走，连忙起身相送。关二娘依依不舍，薛宝莲笑道："姨没吃够炖鱼，哪天我去黄河里捞一条给姨送家去。我炖鱼的手艺可好呢，猫闻见都躲远了。"

出了店门关二娘急吼吼撵着问李混田："是我女子不是？"

李混田摇了摇头，回道："不是。"

关二娘伸手欲拽李混田的衣袖，不知怎的却没拽住，只得眼睁睁瞧着李混田穿过阑珊的灯火去远了。

王民觉得自己不知道薛宝莲是谁。爱情的突袭让他丧失了判断力。他只想抱着这个充满弹性的水一般将他浸没的肉体，闻那一股子肉肉的暗香。不管这个女人是谁，他都已经染上了无法治愈的爱情。

他凝望着黑暗中炕底下李小花那具毫无生气的尸体，愤怒突然化作了无奈，仇恨瞬间蒸腾。他听见李小花说，我从来没有爱过你。他听见他对李小花说，我杀了你。

薛宝莲温暖的呼吸点燃了他的欲望，他的勃起昭告了与李小花的永别。他扳过薛宝莲的脸，拂去凌乱的发丝，寻找滋润绵软的嘴唇。薛宝莲哼了一声，蜷缩在他怀中，贪婪酣睡。

王民也睡着了。他梦见了弥勒，一尊庞大如山的佛。他对弥勒说他杀了人，不管那些人是不是该杀，他还是把他们杀了。大山动摇。他对动摇的大山说，他还要带他的蒙古兄弟去杀一个女人。李混田从山上飘下来，递给他一把刀。一把锋利的手术刀。一把能将一切肉体切割得支离破碎的小刀子，闪闪寒光宛如灿灿微笑。

不知怎的他发现自己在流血，却咋也寻不见伤口。大汉奸在对岸喊，你的血都流成河了。是有一条河。薛宝莲沉在水底。他必须拯救她。他不能让她淹死。河流流出一个深渊。薛宝莲消失在深渊里。

王民惊醒，浑身大汗。他轻轻挣脱薛宝莲的拥抱，爬到窗前窥伺黑夜。窗外夜黑如磐,坠落的星空的微光像一抹眼泪。他跪在炕上,额头抵住窗框,祈祷了很久。

第六十六章

巴特尔头顶的星空没有坠落。它缓慢旋转，好像比蜗牛还慢，好像比在草尖徘徊的迷路的蚂蚁还慢，好像比草原天际稍露端倪的雨云还慢，好像比极远极远的绿草深处一匹奔腾成一粒黑豆的骏马还慢。但即便如此缓慢，巴特尔居然分辨不出它旋转的方向。它向任意一个方向蔓延流淌，它就是一条布满暗涡的大河。

每次眺望星空他的心情就轻飘飘的像一片凌风的羽毛。今夜，贾家湾的星空竟然也如草原的星空一般澄澈。巴特尔思念篝火，思念篝火上的烤羊，思念篝火边静卧的八根儿，也思念图兰健硕的肉体。图兰没有贾风仙的大奶，但整个身体柔韧如一张雕弓。他喜欢用那把雕弓射箭。骏马飞驰，红鬃炸裂，他回身背射，一箭穿透黄羊的脖颈。他伸出舌头舔了舔嘴唇，全身心渴望烈酒的滋润。

天台上只有他一个人。那张床他跟贾风仙睡不下，他平躺着能占三分之二，贾风仙的奶子就占了四分之一。还是白狼洮儿河的大炕爽快，怎么折腾都行，从炕头滚到炕尾，中间摆张炕桌也不碍事。他喜欢把贾风仙搁在炕桌上，抓住炕桌的腿使劲挤压，几乎被挤爆的贾风仙肆无忌惮地喊叫，他的耳朵差点被吼聋了，泛起轰隆隆的鸣响。

一只猫睁着绿眼睛从天台转角的水管下面钻出来，逼视着他这个不速之客。看样子天台是这只猫的地盘。他不喜欢猫。猫的冰冷让他生气。他迎着猫走过去，猫眼一闪即灭。还是八根儿好。他和图兰办事的时候八根儿在帐篷口站岗，一丝响动也没有，直到图兰雕弓一般的肉体将他弹上蓝天白云，直到他酥麻的闷哼与图兰沙哑的呻吟融合，八根儿才发出一声低低的呜咽。

星星越来越冷。夏天的星星一点一点变成了秋天的星星。巴特尔觉得秋天的星星像飘忽的流萤。他去看图兰和孩子，带着王民给的一张卡，里面有五十万块钱。图兰依然健硕柔韧，寻了一个吊车司机，没结婚，住在一起。他从银行提出现金，用报纸包了装进一个行李袋，全都留给了图兰。图兰无声洒泪，泪流成河。

她给他煮了奶茶，咸咸的滑滑的香香的奶茶，奶茶里泡了油炸馓子和奶皮子。巴特尔说喝不上图兰的奶茶他拉屎拉不痛快，图兰就笑了，说拉不出屎想她也好，起码每天能想一次，不会扔到脑袋后面不管不顾。

他帮图兰铲羊圈里的羊粪，羊粪堆了厚厚一层，绿头苍蝇嗡的一声飞起来，遮了半边天。巴特尔暗自生气，嫌图兰的担子太重，恨那个吊车司机指望不上。图兰知道他的心思，说她的男人在外忙着挣钱，一钩子能挣几千块，鄂尔多斯要盖那达慕大会的场馆，活多钱多生意多，每月不少给家里贴补。巴特尔不生气了，心里换了一种酸溜溜的刺痛。

他带孩子们玩耍。他们一起爬上草坡，蹲在桦树林子里捉萤火虫。萤火虫漂浮着，好像有一片看不见的大水承载着它们短促而欢快的生命。他们把萤火虫放进纱布缝的袋子，挂在蒙古包里，成吉思汗的画像变得绿油油，神龛里供的佛爷变得绿油油，毡壁上挂着的马头琴也变得绿油油。

他们一家子睡在一处，图兰拥着两个孩子睡在炕中间，他缩在炕脚，中间隔了一张炕桌。那张炕桌让他想起了白狼洮儿河，想起了贾凤仙。他特别渴望把图兰放到炕桌上，像享受一只肥美的烤全羊一样享用图兰的肉体。但是他什也不能干。那东西蔑视他的渴望，根本硬不起来。巴特尔有些悲伤。他拿起马头琴悄悄出了蒙古包，走了很远，坐在一个草坡上，顶着明晃晃的圆月亮弹奏到黎明。

今天晚上没月亮。有月光却没月亮，真他妈的是钢筋水泥作怪，把个月亮不知道藏到什地方去了。他还不想下楼，他还不想跟贾凤仙挤在那张小床上脸对脸嘴对嘴抱着睡觉。贾凤仙不是图兰。他巴特尔此生就一个老婆，虽然他老婆已经不是他老婆了，但他觉得他还是他老婆的丈夫。再说并不是他老婆不要他，而是贾家湾这个鬼地方把他榨干嚼碎再拉屎一样拉在粪坑里，他老婆咋能跟一坨贾家湾制造的臭大粪过日子呢？

他不怨图兰。即便图兰跟那个吊车司机睡了，他也不怨图兰。那时任人宰割的他没资格怨任何人。现在轮到他宰别人了，宰人的报酬比宰羊高一万倍。他不敢看孩子们的眼睛。他用杀人的报酬供养孩子们成人，但他就是不敢再看孩子们的眼睛。他的心里多了一眼深不见底的枯井，一个随时准备吞噬生命的黑洞。他从不知道人心居然能容下这么可怕的东西。

圆圆的蒙古老太太替安田修三传了话，他跟巴特尔往日无仇，近日无冤，他也没把巴特尔嚼碎了吞咽了再拉出去，他一个日本人，来中国做个买卖，睡个女人，碍着巴特尔什事了？所以安田修三成了一个飘荡在蒙古高原和蒙古草原上的幽魂，处处跟着巴特尔，鸣冤叫屈，伺机复仇。所以巴特尔老做奇怪的梦。

他梦见安田修三从那口井中爬出来，披散着长头发，勾着血淋淋的手指头，一阵风将长头发刮起，露出的却是李小花的脸。他梦见自己爬进那口井，越爬越黑，越黑越静，他能听见心跳像擂鼓，喘气如吹火，黑暗中一只手抓住他，攥得紧紧的，将他拖进更黑的黑暗。他梦见抱着图兰在草原上骑马，他把图兰放在马鞍上，图兰软垂了四肢变成了李小花，图兰袒胸露乳变成了贾凤仙，而他骑的那匹马变成了安田修三。安田修三朝他狞笑，獠牙闪闪，一口咬掉了他的屁。

巴特尔失眠了。他想去油松王请卓资山来的活佛做法事超度安田修三的冤魂，但却不舍得掏十万块香油钱。杀一个日本鬼子才五十万，喇嘛念个经凭什就拿百分之二十的回扣？巴特尔很愤怒。

再杀一个人王民给一百万。那个该死的女人狼心狗肺，谋害亲夫，连襁褓中的孩子也不放过。如果王民说的都是真的，那个女人的确该杀。王民说的一定是真的，因为王民从来没有欺骗过他。

那一年冬天他用身上仅存的一张五十块喝得烂醉，卧在雪地里冻得半死，正好碰上追讨挖掘机得胜归来的拖车队。王民把他这坨冰疙瘩撂进铲斗，一路拉到拖车队总部，温水洗热酒擦，好歹保住了性命。球球不待见旁人，却将他的手指头舔了又舔，还趴在床尾给他焐脚。王民说他和球球有缘分，球球也是雪地里挣扎了性命，熬过了鬼门关。

他知道球球为什喜欢他，因为他心里一直念着八根儿。他坐在床上捧着热粥悄悄淌了两滴眼泪，球球将狗头抵住他的小腿，一声轻轻的呜咽。那是他和王民的狗之间的小秘密。球球跟八根儿一样地通人性。

球球到底犯了什该死的罪过？球球的死是他和王民之间唯一的疙瘩。巴特尔叹了一口气。一百万。杀一个该死的女人。遵从弥勒的教诲还能挣一百万块钱，这是多么舒坦的事情！巴特尔不清楚自己为什会寝食不安。

他仰望星空。王民说星星里有一匹马，马上有一个射手。他努力寻找星星射手，徒劳无功，脖子都酸了。那应该是属于蒙古人的星座。

他带着孩子们骑马，琪琪格身轻如燕，蹬着马镫站在颠簸的马背上，一头长发迎风飞舞。巴图矮壮结实，两条腿夹紧马肚，双手抓着缰绳，小脸蛋紧贴披纷的马鬃。他们奔驰了一下午，追着云彩唱歌，琪琪格的歌声清脆如百灵。傍晚，他们回到蒙古包，图兰淡淡的忧伤染红了夕阳。

一匹母马产下一个死驹子。他们走进马栏，那匹执着的母马一遍一遍舔舐了无生气的死马驹，闻了拱，拱了闻，双目含泪，悲鸣不绝。琪琪格和巴图哭着把马驹抬出去，巴特尔拉住躁动的母马，马鼻里喷出的热气和马嘴里飞溅的白沫湿润了他的头发。

透明的夜幕合拢时他们埋葬了小马驹。琪琪格抱着他的胳膊，巴图搂着图兰的腰。孩子们的眼中反射出星光和篝火。他不敢看孩子们的眼睛。

他怎么也找不到藏在星星里的那匹马。王民说那匹马与那个射手合二为一，是一个半人半马的怪物。星星是活的，星星会说话。它们在苍穹中慵懒地旋转出一条星光灿烂的大河，既温暖又冰冷。

杀了那个该杀的女人，再给图兰一百万，他就彻底放心了。他已经杀了一个人，再杀一个又有什大惊小怪。杀女人不用锤子，只要捏着脖子提起来，双手像挤羊肠子似的用力一挤，魂魄就挤出来了。至于一具污秽的皮囊，可以烧可以埋，还可以扔进一口废弃的深井。也许上次那口井还用得上。

巴特尔打了一个寒战。图兰和孩子们永远不会回来了。他们离开他因为他没钱，他们回不来因为他有钱。巴特尔彻底糊涂了。他心如刀割。

那只野猫却回来了，睁着绿眼珠子，叼着一只老鼠，悄无声息顺着天台的水泥墩子前行。巴特尔抓起一只空酒瓶朝那只猫扔过去。猫凝立不动，留下一个漆黑的剪影。为什不是八根儿？为什不是球球？为什是一只流浪的野猫？

他想起了圐圙里他亲手杀死的那条狗。一个喝醉了酒的赌客搬一块石头砸一条黑狗，那条黑狗溜进圐圙偷食，被网罩住，缠做一团，百般挣扎不脱。石头砸断了黑狗的脊椎，它瘫在地下，四肢颤抖，狗眼流泪，舌头耷拉在草叶子上。巴特尔一把拗断了狗颈子，终结了它的痛苦。

八根儿死得太凄凉，球球死得太残酷。那条狗死得很痛快。虽然它被圐圙老板架在篝火上跟羊一块烤，但毕竟死得很痛快。巴特尔分得一条烤得焦烂的狗腿。他就着一瓶闷倒驴吃了八根儿和球球的同类。

一块砖头破空飞过，正中野猫屁股，野猫一声尖叫，丢了老鼠，蹿下天台。贾遻笑嘻嘻蹦出黑暗，拎着两瓶闷倒驴朝巴特尔摇晃。猫口余生的老鼠挣扎着爬进了水管。

贾遻打开一个纸包，亮出一大块切得齐齐整整的酱牛肉，两口咬掉两个瓶盖，递给巴特尔一瓶，自己先咕嘟嘟灌下去一大口。巴特尔摇了摇头。离别的酒不是这样一个喝法，要有篝火，要有马头琴，要有牧歌，要有清风和银河，还要有草原的女人和手把肉。

巴特尔说："你迟一天再走！明天我给你做一锅手把肉，包一袋牛肉干，你后天带着上路！说走就走，屁股后头是狼撵呢还是狗咬呢？这酒留着明天喝！"

贾遻灌下第二口，撕下一块牛肉大嚼，笑道："说打就打，说干就干，我当兵的时候唱的就是这样的歌。今天好歹出了胸中这一口恶气，浑身畅快，怎一个爽字了得！我当兵练铁砂掌，练不好班长拿宽皮带劈头盖脸抽，抽完了问为什，只有回说自己是笨蛋才不抽，回别的加劲抽。我那时就明白了一个道理，不与官斗。今天让贾疙瘩双膝跪地，那是结下了死疙瘩，我还不走等什哩？我一天都不多待！爹妈给的这条命咋能让我断送在贾家湾哩！"

巴特尔的心忽悠了一下。爹妈给的这条命咋能断送在贾家湾呢？贾遻灌下第三口酒，盯着巴特尔，巴特尔灌了一口，没吃牛肉。他更喜欢羊肉，手把肉，坚硬得得用小刀子割的手把肉，柔韧得没一口好牙咋也嚼不烂的手把肉。

他是不是要断送在贾家湾？本来他已经是一坨被他们屙进茅坑的臭屎了，本来他已经被他们断送了，但是他又活了一次。第二次断送可由不得他们了。第二次断送得由着他自己。

贾遝按住巴特尔的左手，轻声说："我记着你的救命之恩！记到死！"

巴特尔笑了。这是两个男人之间的一个誓言，更是一个契约。

那天早上他跟一帮兄弟拖一台挖掘机，半路大板车坏了，地方偏僻，司机修车修不好，急得一帮人顶着大太阳骂娘。司机打电话叫了贾家湾的维修工，众人等得不耐烦，拥进沟沟里的一个小村村，打开一缸村酿烧酒，宰光了每户的公鸡，用豆角土豆炖了，一直喝到下午。村酿是纯玉米酒，巴特尔喝得猛了，不觉沉醉，放翻身体躺在窑洞顶，酣然入睡。众人知道巴特尔的毛病，醉酒睡觉，谁搅打谁，就是马王神脑袋上也砸出三个包来，因此安顿农家好生照顾，开着修好的大板车回了贾家湾，汇报王民，第二天早上派车来接。

巴特尔黄昏时分酒醒，只见自己一人光溜溜穿一条裤衩卧在窑顶，身边围着几只幸存的下蛋母鸡，两堆晒干的辣椒，不觉懊恼，起身披衣便走。那庄户人家哪里见过如此一条大汉，不敢留宿，送神般送出门户，任他腾腾腾地去了。

黄昏澄明透亮，夕晖笼了烟树，宿鸟惊了山岚。巴特尔敞着怀一直走到暮霭四合，凉风飒飒，吹干了通身大汗，酒劲上涌，五内烧灼。巴特尔扶住坡上一棵松树，正要吐酒，见坡下沟中驶出一辆出租，亮着顶灯，停在林子边上。巴特尔定睛细看，车上下来三个人，司机并不熄火，开着大灯下了车。

那三人成品字形将司机围住，低声说了几句话，突然扭成一团。两个人拽住司机的手，另一个人冲着司机猛打，拳拳着肉，声声沉闷。司机渐渐涣散，挣扎得没了气力，扯着嗓子叫得惨苦。打人那个收了拳头，从后腰摸出个什东西，黑乎乎看不清楚，冷笑两声，就要下手结果司机的性命。

巴特尔一声大吼，踊身跃下土坡，恰似一阵狂飙从天而降，一把抓住杀手的肩膀，凌空提起。那杀手耳边宛如响了一个霹雳，飓风兜头罩下，来不及反应，身子已经飞出两丈。拽人的一个抢上前来，从后腰拉出钢棍，一棍抡向巴特尔后脑，巴特尔侧一侧身，钢棍"扑哧"一声砸在后背。巴特尔浑若无事，转身薅住那人的脖领子提起，那人飞脚踢巴特尔的腹股沟，巴特尔再侧一侧身，一脚正中大腿。巴特尔将那人抡起，转了两圈，撒手扔出，恰似甩一枚铅球。那人惊声尖叫，直飞撞到出租车的引擎盖上弹起，扑翻在地，辛苦挣命。司机腾出一只手，一巴掌拍在还拽着他膀子的那一个的脑袋上，那人被拍得眼冒金星，不及还手，前胸后颈又着两掌，口喷鲜血，缓缓软倒。

巴特尔提起三个烂泥似的家伙堆在一处，扶住摇摇欲坠的司机坐在树下，借着车灯光一瞅，口角流血，面色惨白，但呼吸均匀，并无大碍。司机说他叫贾逯，不认识这三个要取他性命的杀手。巴特尔从三人中提起一个拎在空中，那人怕再做一回铅球，连声服软，交待了前因后果。

他们三人从东北来，混在鄂尔多斯，专门替人寻仇铲事，得了贾解放的钱，要买贾逯一个残废。因为三人经常做案，心毒手狠，听说贾逯是退役武警，一身功夫，彼此又露脸见面，怕今后留下祸根，故此一出手便是绝招，只盼完事之后回去领赏。

贾逯笑道："这三个都是练家子，一时托大，被吊住了手，施展不得，险些埋在这块黄土下面！"

巴特尔喜欢贾逯说这句话时轻描淡写、松快愉悦的样子，好像要埋他的那块黄土就是他的家，而他幸运地错过了回家的班车，因为还想在外面好好耍一阵子，好好红火红火。贾逯的黄土就是巴特尔草原。他们迟早得回去。黄土垒垒，绿草凄凄，不回去还能去什地方？但是巴特尔相信长生天会接纳他的灵魂，还有图兰的灵魂，很远很远的将来还会接纳他的孩子们的灵魂。这璀璨得比草原还辽阔的星空，真是一个美妙的地方，王民说的那个射手咋奔腾也驰骋不到边。

一颗流星经天而过。也许流星是一匹踏飒的骏马。

巴特尔问贾逯："你要去哪儿呀？"

贾逯咕嘟了一大口酒，嚼着酱牛肉说："我去北京呀！当了几年兵就想去北京，就想去天安门看毛主席。你不是去过北京么？你看见毛主席没有？"

巴特尔摇摇头。在北京待了三天，他扮演了追捕者与拯救者，根本没时间去看毛主席。现在贾逯也要去北京了，去那个黑云压城城欲摧的城市，去那个人山人海、拥挤窒息的城市，去那个宽阔宏大却隐藏了无数卑微和渺小的城市，去那个铁马横行、嘈杂喧嚣的城市。曾经害得他妻离子散一贫如洗的铁马蝗虫一样在北京横行。

他从心底里害怕北京。他担心贾逵变成一颗卷进旋涡的小石子，连个水花都溅不起就被彻底吞没了。他想回草原去。他想躺在草原的星空下裹着毯子数着星星睡觉。或者干脆死在草原上。他怕自己死在别的地方。无论如何他不能死在别的地方。

"我抱着我妈的腿哭了一场。我爹死得早，家里穷，娶不起媳妇，只能去当兵。当兵回来没事干，借钱买了一辆出租车，满以为能像骆驼一样拉驮背扛，挣一口草料，给我妈养老送终，谁知道偏偏碰上这个收车的贾疙瘩！花三十万买的车让他打着政府的名义收了我可咋活呀？为了买车我把我家那一院房都押了！收了车还不了账，我妈岂不要住在露天底下挨饿受冻？感念王哥帮我把车转了出去，今后我这条命就是他的，也是你的，要我咋我就咋！只盼你念着兄弟情义，照看我妈，别让她有个什闪失！"

巴特尔眼角湿润，胸中憋气。贾逵一口气干了瓶中残酒，将酒瓶在水泥墩子上摔得粉碎："我一个立过三等功的转业武警，居然让人逼得有家难回，有母难养，真真气炸了五脏六腑！我一个堂堂七尺汉子，竟然不能将贾疙瘩这样的贪官一掌拍死，有什面目立于天地之间？这天地间哪里还有我的立足之地？"

贾逵说得热泪滚滚，巴特尔的眼泪霎时夺眶而出，两人顶着星星相对而泣，气哽咽喉，目眦欲裂。巴特尔给了贾逵一个电话号码，是他在北京认识的一个讨债公司的老板，贾逵一身好武艺，正是货卖识家。贾逵掏出手机存了号码，巴特尔叮嘱出手千万不可过重，皇城根天子脚下，伤人性命难逃干系。嘱咐完毕，拿出一个装了五千块钱的纸包给贾逵做盘缠，贾逵不要，说王民已给了两万，路上足够了。巴特尔不依，硬塞进贾逵的裤兜，兄弟二人洒泪而别。贾逵数度回头，回一次头巴特尔挥一次手，眼泪咋也止不住。

楼顶只剩巴特尔一个，寂静像一把悬挂在毡壁上的马头琴。星空消失了。它沉没在巴特尔心中的那片草原。他不知道该干什，他想回去睡觉，又不想回去睡觉。如果他杀了那个女人，如果他得了那一百万，如果长生天保佑他还能活下去，他就待在草原永远不出来。如果他们要把他的草原毁灭干净，那他就跟他的草原一起死。他不能再拖累图兰了，但他可以拖累贾凤仙，因为贾凤仙不怕他拖累。

如果他还能活下去！

那只顽强的猫又回来了。它根本不把巴特尔放在它的绿眼珠子里。巴特尔见过草原的食猫鼠，从头至尾两尺多长，两颗门牙像两把小铲子，一下能铲断猫脖子。那样的老鼠连马都怕，不是立前蹄就是尥蹶子，或者干脆扭头就跑。只有他的八根儿狗拿耗子，无所畏惧，一番恶战，毫发无伤，叼着半个身子拖在草里的食猫鼠向他邀功。巴特尔不是食猫鼠，更没有八根儿护驾，只好逃之夭夭。那只胜利的野猫凝立着目送他的逃离。

他回到那张小床。贾凤仙趴着呼呼大睡，把整张床占得满满登登。他把贾凤仙叉开的两条腿并在一处，挤上床躺下，两只手垫着脑袋凝望黑漆漆的天花板。这不是白狼洮儿河的大炕。白狼洮儿河的草原却是他梦中的草原。

在那片迂回曲折的草原上，他骑着矮小的蒙古马上山下山，跨过一条条河流，穿过一块块沼泽。山花河花草原花湿地花，那么多花开得星星点点，开得惊艳夺目，开得让人的心酸一下甜一下紧一下跳一下。他打了一只獐子，还打了一只麅子，还打了一头野猪。他从未见过那么大的野猪。

那条名字怪里怪气的河割裂了草原，割裂了山谷，割裂了沼泽，把整个大兴安岭的山坡割成了一盘咋吃都吃不腻的手把肉。那里的山羊肉硬，没一口好牙根本咬不动。那里的绵羊肉筋道，放在嘴里使劲嚼，越嚼越有味道。

但那里没有篝火。林区不让放火。那里的星星又高又远，那里的月亮又小又亮，衬着山峰的暗影，偎着山峦的曲线。他和贾凤仙躲在那样的星星月亮底下，突然觉得生火是一种罪恶。他们没有生火。他们在黑暗中狂野。

巴特尔决定在这张小得不能再小的床上跟贾凤仙那两只大得不能再大的奶子狂野一下。毕竟他前路渺茫，或者来日无多。长生天什时候保佑过杀人犯？长生天什时候宽恕过杀人犯？喇嘛庙里供奉的佛祖应该已经抛弃了他吧？杀了那个女人，他就彻底坠入地狱了。在他坠入地狱之前，他一定要好好享受另外一个女人。

在他坠入地狱之前，他还要好好安顿图兰。

那个吊车司机让他嫉妒愤恨。那是一个连羊圈都不替图兰打扫的男人。他的嫉妒愤恨使他勃起得像根石杵。不，不是石杵，是搅奶酪的奶棒子。他打算搅一团绵软可口的奶酪。在他再一次被嚼碎了吞进去拉出来之前，他要跑马一般放纵自己的情欲。

他把贾凤仙翻过来，贾凤仙嘟囔着，发出沉沉的梦的叹息。他托住贾凤仙的双乳，将面孔深深埋入那一条薄汗微微的深沟。那是极乐与死亡的幽谷。巴特尔渐渐窒息。他的欲火憋得狼奔豕突，不得出路。贾凤仙呻吟着压在他上面。这张小得不能再小的床咯吱咯吱叫唤得如将崩断。贾凤仙扯开他的裤子，将他的奶棒子纳入。他紧紧箍住贾凤仙的后背，两人肉搏似的扭动。贾凤仙嘶吼的热气喷入他的耳洞，两只奶子包裹了他的颈项，像一条肉围脖。巴特尔在压迫下冲刺，贾凤仙一点一点软瘫，当他的高潮带领他透水而出，贾凤仙早已爽得浑身汗湿，于半昏厥中抽搐痉挛。

他们搂抱着睡着了。巴特尔做了一个梦，他梦见贾逵被攥着被捏着被挤着被压着被塞进一个什东西里去了。他也要被塞进去。他飞奔亡命。草原在天尽头露出青青的影子，他怎么跑也挨不上那一片青青的影子。他已经永远失去了他的草原。于是他站立于草原之外，映在红日之中，如一尊金甲天神，右手拎着一柄大锤，左手提着一个女人的首级。

长生天问他："为什杀羊杀得那么慈悲，杀人却杀得如此残酷？"

他回答："因为有一个跟长生天一样至高无上的弥勒。"

愤怒的长生天带走了图兰和孩子。一台大吊车吊着他们飞向夕阳。

巴特尔流着眼泪醒来，他挪开贾凤仙纵横的四肢，悄悄来到客厅的窗前。夜空中有一颗明亮的星。贾逵即将奔向那个雾霾重重的硕大的城。

他只想在碧草深处拥有一个圙圙。

他在沙发上坐了许久，一直坐到所有星星都隐没消失。

第六十七章

巴特尔去北京之前在贾万三的圐圙里干了两个月大厨。

贾万三曾是贾建军手下一员虎将，领十几个精壮弟兄，将中天煤业各个仓库中的材料配件偷出，折价卖给地方煤矿和私人小煤窑。这一帮人昼伏夜出，买通中天保安大队，一月三次于凌晨将货运卡车开进矿山，按照事先摸清的库存下手，钢材、托辊、橡胶、皮带、电缆、电脑、电机，什值钱偷什。完事之后扬长而去，每个门岗的值夜保安撒三千块钱，总值班的保安队领导扔一万，见者有份，皆大欢喜。早有人将下家安排妥当，不出三天，银子流水般淌进贾万三的腰包。

贾万三仗义，一分不少全部上缴贾建军，听凭贾老大分配，从无异言。贾建军日渐倚重，命贾万三不必汇报，放手大干，终于在 2011 年达到顶峰，一年成功盗运总值突破四千万，获得贾建军老大重奖一百万。

可惜人无千日好，花无百日红，贾万三在偷盗倒卖国有企业物资的巅峰时刻摔了一跤，虽然并没有摔死，却也跌得一佛出世二佛升天。

一天凌晨，贾万三带着弟兄们堆了整整两卡车赃物得胜回营，在下坡的山路上碰见了偷煤队的一辆驴车。偷煤队是拆迁的农户们组织起来的一支作风顽强的队伍，专门从露天矿偷挖块煤，夏天倒卖给电厂，冬天自家取暖，春秋两季运到集运站挣些零花钱。中天煤业对偷煤队睁一只眼闭一只眼，开矿占了老乡的地方，总得让人家得些便宜，再说，光脚的不怕穿鞋的，本来瞧着煤价攀升煤矿红火，那些农民就嫌征地款给少了，怎禁得住火上浇油，红眼病吃辣椒，后悔药添酸梅。

因此，偷煤队也是官家不敢招惹的角色。那一天巧，全速下坡的重载卡车突然碰上一辆斜刺里奔出的偷煤驴车，哪里刹得住？轰隆一声，驴死人亡，车轮下添了父子两个冤魂。

那父子二人原是拆迁村的破落户，家里穷得吃了上顿没下顿，两间土房房满共一张土炕，冬天没有煤就得冻死。父子二人共两个老婆睡一张炕，两人炕头，两人炕脚，倒也各得其所，相安无事。不想丑人多作怪，瞎饭多就菜，死活穷不下一个安稳日子。先是爹的老婆跟人跑了，儿媳妇独木难支，也跑了，剩下两根光棍占着那张土炕贴烧饼。

天无绝人之路，中天煤业矿区扩建，拆迁款给了几百万，这父子两根穷光棍登时就变成了两根黄澄澄的金条。虽然有了钱，因为吃够了女人的亏，所以都不再婚，父子二人共一头驴过日子。煤是贫贱时保命的营生，富贵不忘本，再富也得偷，因此父子二人一直操着旧业不撒手。想不到天有不测风云，碰上贾万三的卡车，终于将旧业操烂了，而且以身殉职，血肉模糊。

贾万三吩咐手下将两个倒霉鬼和一头倒霉驴扔进一条土沟，拉着两车赃物扬长而去。毕竟适逢盛世，人命关天，岂是儿戏？贾家湾警察局奋力侦查，捋藤寻瓜，历尽千难万苦，终于寻到了肇事车辆。贾万三不当回事，以为掏二十万摆平两个倒霉的偷煤贼轻而易举，无须大惊小怪。没想到这两个倒霉的偷煤贼没有苦主，两人一死全家就绝户了，于是拆迁村的村长摇身一变，成了两具稀烂尸体的苦主。

那村长久经沙场，是拆迁战斗中考验过的战士，到嘴的肥肉岂能饶过？区区二十万出殡都不够！不到半个月，拆迁村组团去旗里上访喊冤，非要查证撞死人的车到底是干什的？旗里不兜揽，村长在贾家湾寻了一个好讼师，写了状子告到盟里，列举诸多证据证明杀偷煤贼的是偷煤贼，只不过死的偷的是真煤，撞死人的偷的是国有煤矿的国有资产。这一下捅了贾建军的腰眼，将贾万三骂了一脑袋羊杂碎，赔了拆迁村一千万才算息事宁人。贾万三失宠，被发配到囹圄充军。

囹圄本来不是囹圄。囹圄本来是一块带农舍的高粱地，因为地处草甸，水草丰茂，被贾建军看中，啸聚方圆百里的暴发户赌博，竟成了贾家湾第一大天然赌场。夏日绿草茵茵，清流潺潺，冬天大雪封门，炕热酒暖，故此赌棍们无一个不欢喜。

贾万三到任，将几间农舍扒掉，立栅栏围了一块草地，搭起十几个蒙古包，建了羊圈牛圈外带一个鸡窝，养了几十匹蒙古马，命名为贾家湾第一圐圙。

众赌客换了口味，奶食新鲜，羊肉肥嫩，柴锅炖鸡香飘二里，纵马豪饮，篝火放歌，带着浪女人天当铺盖地当床胡天胡地，别是一种情调兴头。贾建军喜新厌旧，自然得了趣味，隔三岔五呼朋引类聚在圐圙豪赌，一次输赢大几千万，赌场抽头，进账不菲，贾万三一月也得十几万奖金。

那一日，旗人武部部长派人送来五千发即将过期的子弹，几只半自动冲锋枪，十几套军装，供圐圙赌场实弹演习，添个新花样，博个好彩头。原来那部长前前后后总共在贾万三手里免了七八万的赌债，心存感激，寻机相报。贾万三也不推辞，收了枪支弹药军装，邀了几个有头有脸的人物，在圐圙后面的土崖底下圈了场子，立了靶子，还弄了十几只活鸡绑在靶子上。

众人穿上军装，有的一个扣子扣不上，有的两个扣子扣不上，还有的三个扣子扣不上，干脆敞了怀，扑扇扑扇的当作对襟小褂。一时间枪声大起，如爆竹炒豆轮枪放炮，打完收枪，枪枪脱靶，靶子上的鸡不是吓呆就是吓死，半点鸡血也不见。其中一位嫌不过瘾，举枪冲着土崖崖顶一阵扫射，扫得崖上沙土横飞。枪声未落，烟尘弥漫中从崖顶跳下一个人来。众人瞬间吓得比鸡还呆傻，眼也木了嘴也合不上了，以为出了人命，惹下了祸事。

贾万三正和两个赌客一边听枪响一边弄歪了领章，倒戴了军帽，搞起军裤扮土匪，猛然间腾的一下，大地颤动，飞沙走石，定睛细看，一个硕大的身躯扑倒尘埃。那坨肉山并不瘫软，鼓涌鼓涌，决然而起，身高一米九，肩膀高隆，胸宽背阔，腰大十围，两条腿粗如大象，两颗黄眼珠四射精光，满脸虬髯，根根硬似钢丝。真好一条大汉！贾万三一见心中就欢喜了几分，走上前去，抬头仰望，满面堆笑，盘问来历。

这从天而降的大汉正是胡愁乱恨、彷徨无依的巴特尔。锤死安田修三之后第三天，初次杀人的刺激激动兴奋飘然而去，战栗与迷惑一点一点拧紧他的神经，直到把他的神经拧成一根紧得不能再紧的马头琴弦。即便他们把他嚼碎了吞咽了排泄了，即便他们把他变成了一坨大粪，即便他想报复想得发疯，毁灭一条生命的沉重还是彻底压碎了一切理由和借口。

击碎安田修三头骨的声音在巴特尔脑海中回响，把他的脑袋回响成一个空荡荡的无比巨大的穹庐，他孤身一人立在穹庐之下，上不见天，下不见地，周围是冰冷的漆黑。他彻底迷失了。他永远也找不到归路了。他注定要与图兰和孩子们分离了。

于是他开始了梦游般的徘徊，不知身在何处，不知去向何方。全世界静悄悄的，但偏偏有一个声音不懈地在他耳边念着他根本听不懂的咒语。忧郁像一枚茧子将他重重扎裹。

这一日，巴特尔游荡到圐圙的土崖下，几户农舍不见人烟，只听见炮响，不闻狗叫。巴特尔推开一户人家的院门，院子里趴着一只无奈的板凳狗，两只爪子抱着鼻头，尾巴夹得紧，嘴巴闭得牢。巴特尔诧异，一个老农迎出来，给他端了一碗热茶。

巴特尔喝着茶递给老农一根苁蓉烟，老农抽着烟说："不敢乱跑！放枪哩！贾万三招呼老板们打活物，挨家挨户找鸡狗，看把这些狗吓的！打死了立马下锅炖，架火烤，这可是我们农户看家护院的伴伴呀！没办法，只好弄些公鸡母鸡对付。"

巴特尔听见有人开枪杀鸡屠狗，看见脚下那条心胆俱裂的性命，不由想起了被钢筋水泥森林困死的八根儿，一言不发，放下茶碗，出门爬上土崖，从崖顶向下仔细观瞧那一群杀生取乐的土豪，没想到却碰到了一梭子子弹。

巴特尔不是跳崖，如果从八九米高的土崖上跳下来，地上肯定被他砸出一个埋他的土坑。巴特尔像《水浒》里厌憎李忠和周通的鲁智深从二龙山后山跑路那样从土崖上连滚带爬溜了下来，所以尽管飞沙走石，地动山摇，他本人除了几处轻微的擦伤并无大碍。

不想这一溜却得了贾万三的欢心，这么猛的大汉那么高的崖，居然安全着陆，于高崖弹雨中履险如夷，岂非命大之人！贾万三喜欢命大的人，只有命大的人办事才办得利索顺畅，立即命人拾掇死鸡，拉着巴特尔熊掌般的大手回转圐圙。

圐圙大门口有一块拴牛石，通体漆黑，上有九窍，怕有三五百斤的分量。贾万三瞅着巴特尔微笑示意。巴特尔将上衣脱了，露出黑糁糁的胸膛、山丘般的筋肉，上前单手提起拴牛石朝地下一扔，"砰"的一声，砸进土里半尺。众人惊呼声中巴特尔双手将石头抱起，举过头顶，一声大吼，重重撇在地上，石头一半没入土中，吓得公牛甩着犄角，一溜烟跑得没了踪影。

贾万三大喜，问了巴特尔的来历，带进羊圈，现场杀一只手指羊试功夫，将圈圈的大厨杀得热泪盈眶，哀叹工作不保。贾万三当下开出一月五千，管吃管住，奖金另算的优惠条件，非要留巴特尔在圈圈里坐一把交椅。梁山泊还有操刀鬼曹正呢，老贾的圈圈岂能无有豪杰？巴特尔正愁没个着落，因此一口答应，留在圈圈里暂度时光。

他不想再见王民了，或者说他再也不想替王民杀人了。他知道如果他继续跟着王民，肯定还会有第二个、第三个，直到许多许多个。他将在血河中越沉越深，最后被鲜血彻底吞噬。他做过一个梦，他的半截身子浮在血河之上，脚下是王民的肩膀。

即便在那个大雪纷飞的日子里王民把几乎冻僵的他从雪地搬到拖车队的活动板房，即便王民用白雪给他擦身，把热汤一点一点灌进他紧咬的牙关，即便王民用洗澡水淹死了他身上的跳蚤虱子，剃了他满头满脸的毛发，即便王民把他当兄弟一般心焐着心，他还是不能再杀人了。

就算他们把他像臭屎一样拉到茅坑里，杀一个人也够了。杀一个安田修三也够了。杀一个日本人也够了。睡梦中他站在仅可立足的悬崖边沿，周围是铁一般的黑暗，是暴风骤雨，是无尽的孤寂，只有他一个人，只有他一个人默默站在那里。他不想掉下去。他紧紧抠住岩壁，他的脚指头挣扎着寻找岩石的缝隙。他不想掉下去。即便就那样站在那里，他也不想掉下去。

于是巴特尔小心翼翼地工作，像一个做贼心虚的潜伏特务。他把每一只羊宰得漂漂亮亮，把每一只羊烤得脆的脆、嫩的嫩，把每一盘手把肉炖得柔韧筋道。圈圈的大厨不服气，召集了两个帮手要收拾巴特尔。正赶上公牛偷偷奸淫下奶的母牛，巴特尔不打人，只是搂住公牛的脖子一使劲，把春情发作的七八百斤的牲口硬生生摔倒。大厨腿一软坐在地上，好像中了风，又像发了羊羔疯，被母牛淋了一头奶水。

从那天起巴特尔成了圐圙的大厨，贾万三没封，所有人默认。也就是从那一天起，成日里防贼似的防着公牛偷欢的贾万三的小姨子喜欢上了巴特尔，鞭子抽不疼的公牛都能掀翻，这样的汉子咋能不招人悦意。

贾万三的小姨子长得不难看，就是瘦得干干巴巴，像积木搭起来的偶人。巴特尔喜欢肥女人，见不得芦柴棒一般的货色，没奶没屁股搂着硌肋条。因此巴特尔躲着贾万三的小姨子。那瘦女人却是个暴脾气，追着巴特尔乱骂，叫起来像公鸡，笑起来似雷击，千方百计要把巴特尔变成那头按捺不住交欢欲望的公牛，也不管自己的奶子像极了茶鸡蛋，比母牛的乳房小了几十倍。

除了退位让贤降为二勺的大厨和春心激荡的贾万三的小姨子，贾万三本人也成了巴特尔的另一个磨难。巴特尔发现贾万三是一个话痨，最要命的是只有在他面前贾万三才彻底暴露话痨的真面目。

贾万三把巴特尔领进自己的蒙古包，拿起铺盖底下藏着的一支箭让巴特尔看，箭头是一块有一个窟窿眼的骨头，贾万三说这是鸣镝。巴特尔会射箭，但从未见过如此古老的鸣镝。贾万三说，从前有几座山，几座山下有几片草原，几片草原上有一群人，一群人里有一个单于。巴特尔不知道什是单于，以为是一条很馋的鱼，就随声附和，说鱼不馋不上钩，馋鱼好，容易咬饵，钓出黄河垮炖，能成圐圙的招牌菜。

贾万三苦口婆心给巴特尔解释，单于不是一条馋鱼，单于是酋长，是皇帝。巴特尔满面狐疑，觉得皇帝取这么一个背运名字天下肯定坐不长，迟早像一条馋鱼被人钓去垮炖。

贾万三不理会巴特尔的腹诽，滔滔不绝对巴特尔宣传。单于看一个儿子不顺眼，天天骂天天作践，那个儿子急了，就做了这么一个鸣镝，鸣镝射什，单于儿子的亲兵就射什，不射就杀，射不准也杀。后来单于的儿子拿鸣镝射他爹，于是他爹就被许多支箭射死了。于是单于的儿子就做了单于，从草原冲进中原，杀了一个地覆天翻。

巴特尔听得直眨巴黄眼珠子。贾万三说那个杀了他爹的单于名叫冒顿，那一群草原上的汉子有一个名字叫匈奴。巴特尔想去厨房烤羊背，又不敢打断新老板的兴致。他想说那个冒顿皇帝不但是一条馋鱼，还是一个凶恶的奴才，凡是杀亲爹的人都是凶恶的奴才，匈奴就是凶奴。话到嘴边又没说，怕掀开贾万三的话匣子，得抱着被窝听一宿。

消停了几天，贾万三又悄悄把巴特尔领进他的蒙古包，从炕桌里取出一面小旗子，上面画一颗狼头，狰狞恐怖，龇牙咧嘴。贾万三挥舞着小旗子对巴特尔说，那些馋鱼被汉人的汉朝赶到欧洲去了，但是那些馋鱼的外甥留在了草原上，竖起狼头纛，重打锣鼓另开张，整出来一个比舅舅还厉害的国家。

巴特尔瞅着贾万三手里的小旗子生气，就这么一把破蒲扇似的东西还画个狼头，真真把草原狼辱没死了！

贾万三把小旗子郑重其事地放回炕桌，摇头叹息，因为那些外甥们最后的下场也不咋地，被汉人的唐朝撵到许许多多的"斯坦"里去了，信了不能吃猪肉的伊斯兰教，跟阿拉伯人一起搭帮过日子。

巴特尔根本听不懂贾万三讲的究竟是些什，他觉得贾万三有病，而且病得不轻。贾万三说那些外甥们有个名字，叫突厥。巴特尔这回欢喜了，又突又撅，前突后撅，那岂不比贾万三的小姨子强百倍！看来外甥们的草原上都是突撅的漂亮女人，果真如此，也配得上狼头纛。好女配好男，好马配好鞍，电器沙发配瓷砖，绿水白云配青山。联想到漂亮女人们的好处，沉默的巴特尔不禁微笑。

巴特尔的微笑刺激了贾万三的兴致，他神秘兮兮地从橱柜里掏出一个长条布卷，抽出一幅画，在炕上缓缓铺开。巴特尔一看就来了电，因为画上的那只鹰着实抖擞，着实飒爽，着实气势凛冽，凌狂飙御天风。

贾万三说李神仙特别喜欢他重金采购的这幅秋鹘图，巴特尔那时还不知道谁是李神仙，也不明白为什要把好好一只鹰叫成秋鹘，莫非赌博赌疯了，求神鹰保佑和一次，把输了的钱赢回来。

贾万三读画里的诗，巴特尔一个字不认识，一句诗听不懂。贾万三饱含激情抒发了一番，这画中的秋鹘是禽中侠客，一条白蛇吞噬了一只鹰的雏鸟，那只鹰向秋鹘求助，秋鹘从天而降，抓裂白蛇。巴特尔听得如醉如痴。这才是蒙古草原的神鹰呢，非起个什古怪名字，叫什求胡！

贾万三仔细将画收起，妥帖放入橱柜，笑眯眯吐露机密，那些馋鱼的外甥，那些打狼头蘸的突撅，被一些吃糖的汉人打跑了，他们的后代统治了草原，叫回鹘，跟画中的神鹰同一个名字。巴特尔觉得来回和，多赢些钱，比馋鱼强，而且来回胡，多赢些钱，就能多找些前突后撅的肥腴女人受活。所以这些统治草原的人并不是黄鼠狼下崽，一窝不如一窝，而是开花的芝麻节节高。可是蒙古人跑哪里去了？为什贾万三不讲一讲成吉思汗与蒙古天骄们的英雄事迹呢？

巴特尔不高兴，那天晚上给贾万三上了一盘咬不动的手把肉，端了一碗淡如水的马奶酒，但贾万三既没吃肉也没喝酒，早早就被闷倒驴灌得六亲不认，吐得胡天胡地，被老婆和小姨子拖进了毡房。

暂时摆脱了贾万三话痨折磨的巴特尔坐在圐圙后院的草坡上看星星。星星很冷，冷得让他思念草原的篝火。如果可以搂着图兰，裹着毛毯，躺在寒冷的冬夜中灿灿的星空下面，他一辈子什也不求了。他想把他杀人的报酬塞进一个麻袋，或者一个编织袋，或者一个破烂的旅行袋，抱着背着扛着找图兰去。但是满身满心的罪孽呢？毕竟他杀了一个与他素不相识的人，即便那个人睡了他救命恩人的老婆。

巴特尔支着下巴凝望倒垂的银河，他想在银河中饮马，还想淹死在银河里。如果能淹死在银河里，那也算是长生天的恩赐了。他思念孩子们，心中痛楚，摸出一瓶闷倒驴。酒是止疼药，灌了不上吊。

一个竹竿似的人影从后面掩袭上来，拽住他一条臂膀，硬往他怀里钻。巴特尔吓了一跳，仔细一认，原来这个喘气像风箱，力大如母牛，上下前后左右一般粗细的货色竟然是贾万三的小姨子。

巴特尔一跃而起，竹竿女纠缠着他死死不放，巴特尔单臂回环，将竹竿女悠了几圈，竹竿女晕乎了，撒手一屁股扎进草堆。巴特尔脱身奔逃。竹竿女在草坡顶上大骂，声嘶力竭，尖锐如她姐夫珍藏的鸣镝。

从此巴特尔开始遭受女人的虐待。竹竿女在一切场合毫不掩饰地表达对巴特尔的蔑视痛恨鄙夷愤怒，往巴特尔的奶茶碗里撒胡椒粉，在巴特尔的莜面鱼鱼碗底埋草料，偷偷把羊粪蛋蛋塞进巴特尔的枕头，悄悄用公牛的精液涂抹巴特尔的衣领，弄得那个衣领金枪不倒，耸立如峰。最后连贾万三的老婆都看不过去了，让贾万三劝巴特尔，好歹给竹竿女个面子，假装些性趣，实在过不了关，睡了就睡了。这年头谁也不是贞洁烈女，空房守久了万一再把精神病守出来，那可真就老死嫁不出去了。

贾万三找到灌血肠的巴特尔，开门见山，直奔主题："傻子，你知道什女人好？你不知道，你哥我告诉你。俗话说，骑马骑肥马，日尻日瘦尻。女人瘦才有味道！为什狗爱啃骨头？就是这个道理！

"甭看我那小姨子瘦，你那家伙往里一插，直接把她插爆炸了。你爽她舒服，咋日也不糊涂！

"我咋知道？你洗澡我看见了，你那东西比小孩胳膊还粗，基本等于俩鸡蛋。我这辈子就没见过比你还粗的男人！

"我咋知道她要爆炸？日你妈你真是个傻子！姐夫小姨子，半拉腚沟子，我还量不出她的尺寸？"

巴特尔扎住一根血肠，提起来看了看，摇摇头，叹一口气。

贾万三骂道："你狗日的叹什气哩？还挑肥拣瘦的吃抽什哩？让你狗日的挑拣，等到憋急了，是个母狗你都掀尾巴往里扒呢！你还摇头叹气哩！你去打问打问，我贾万三的小姨子是多抢手的货！"

巴特尔把手里的血肠吊在架子上，瞅着贾万三认认真真问道："你有她半拉腚沟子？她那腚沟子尖得像锥子，你还要再拉一半？那可尖成什了？在你下头能把床扎透，在你上头还不把你的小肚子扎个窟窿？咋受活呢？只剩下受罪了吧？"

贾万三气得跳脚，怒发冲冠，紧接着开怀大笑，乐不可支，拧着巴特尔的耳朵说："你狗日的不是傻子！你狗日的才不傻哩！你是装憨，扮猪吃老虎呀！你嫌她沟子尖，她却喜欢你肉厚，再尖的沟子也扎不漏！她以后要是再骚扰你，你就寻一把锉子把她那尖尖沟子锉平！可不敢寻锯啊！只能锉不能锯！一锯就锯漏了！"

得了贾万三承诺的巴特尔十分高兴，怀着从今往后免了那骚扰之苦的喜悦，灌了几十根血肠，烤了两只全羊，煮了一大锅手把肉，红烧了四颗羊头，用五香料煨了八只羊眼睛。那一天摸彩压数来了几十位土豪，带着几十名美女，跟着高矮胖瘦形形色色的保镖。贾万三的圐圙除了推对子赌牌九打麻将砸金花之外，有一项勾魂摄魄的绝活，摸彩压数。

所谓摸彩压数规则简单，只有四个数，刻在四根签子上，四道压三道，三道压两道，两道压一道，一道压四道。赌客分别下注，圐圙派一个人摇签抽签定胜负。起先摇签的人头脸得用纱巾围脖箍得风雨不透、水泄不通，怕使眼色做表情日鬼，后来贾万三突发奇想，从四川请来一个变脸师傅，一边变脸一边摇签，再夹杂些插科打诨的酸戏、新鲜有趣的杂耍，弄得好不红火。赌客们被撩拨得眼花缭乱，灌饱了圐圙醇厚的玉米老酒，多大的注都敢下，一场下来，赌场抽头丰厚。贾万三怕整得太频繁失了瘾头，规定摸彩压数一月一次，勾得众土豪心痒难搔，大骂贾万三拿糖，管贾万三叫"贾月经"。

那天晚上做完饭的巴特尔生平第一次看变脸摇签。他立在门旗之下，透过篝火迸发的火星子和恣意跃动的火苗子，瞅见一堆女人跳舞，几乎把衣服都扭光了。他还瞅见两个小丑唱二人转，比来比去，就是比不出来谁老婆的那个东西大，据说不是篮球场就是足球场。然后一个穿黑披风的人突然出现在光影之中，穿过醉醺醺色迷迷胡号乱嚷的土豪们，举一把寒光闪闪的宝剑喷火。

贾万三安排下注，一麻袋一麻袋的钞票堆得齐齐整整。黑披风一边摇签一边喷火一边变脸，那一张脸幻化出赤橙黄绿青蓝紫，鬼气森森，狰狞可怖。巴特尔觉得贾万三应该请萨满老太来驱鬼跳大神。台下越来越安静，人们的目光全聚集在签筒上，那签筒上下翻飞，豁啷啷作响，偏偏一根签子也掉不出。

黑披风陡然间将四根签子一并掣在手中，一条火线在签子上流转，底下众人齐声惊呼，转眼间四根签子已落回签筒，整个签筒火光闪闪，渐渐变成了一个火球。众人屏气凝神，热汗流淌，酒气挥发在寒冷的夜风中，化作一道道白烟。

巴特尔听见一个声音高声断喝："压四的不要跑呀！来了个断头么啊！"

几个人上去把四号的麻袋扛走，压一的狂喜欢呼，压四的高声咒骂，压二压三的抱怨没摇到自己，一时间篝火圈中人声鼎沸，光影翻腾。一个身材丰肥健硕的蒙面女攀着一支立起的钢管爬上爬下，贾万三招呼服务员上酒上菜，准备第二次摇签。许多麻袋在光圈外面迅速移动，像一头头畏火逡巡的野兽。

巴特尔从门旗下走进黑暗，立在厨房旁的鸡窝前撒了一泡尿。他在想一个问题，到底是不是这些群魔乱舞的土豪将他啃光嚼碎拉进了茅坑。撒完尿他还没想明白，翻过圈圈的栅栏走进更加黑暗的地方继续想。

黑夜不是笼罩了一切吗？是的，黑夜笼罩了一切。所以，这些狗日的不像人的土豪们也像他一样被那个东西啃光嚼碎拉成一坨一坨的臭屎。但那个东西究竟是个什呢？它咋就能潜伏在光明世界，大摇大摆霸占了康庄大道呢？

巴特尔往回走，路过一辆黑乎乎的轿车。一男一女靠着车吵架，女的嫌男的输了钱，男的嫌女的扫帚星，男的还要再扛麻袋，女的死活不让。

男的咬牙切齿嘟囔："我要再干一次！"

女的也咬牙切齿哼唧："你看你那尿势子！你有本事先干我！"

吵着吵着，两个人纠缠成一团，先是靠着车干，接着打开车门去车里干，一辆车摇得嘎吱嘎吱比签筒的签子还响。

巴特尔默默绕过躁动的汽车，悄悄回到自己的毡房，静静躺下睡觉。

过了两天，贾建军来圈圈收账，贾万三捧上账本，敬上奶茶，还派了那个跳钢管舞的舞娘替贾建军捶腿捏腰。贾建军对收入很满意，夸了贾万三两句，许诺了十万块的奖金。寒冬已过，阳光乍暖，贾建军走出帐外，吩咐备马。贾万三忙叫人去牵那匹青骢骏，给贾建军点上一支烟，满脸堆笑陪着说话。

贾建军的藏獒立在旗下，通体漆黑，双睛血红，眉上两个黄点，胸口一撮金毛，口吐白沫，四蹄如铁。贾万三不敢看那双狗眼，说话气息不畅，后脊梁直冒冷汗。贾建军打了一个响指，那獒从喉咙里挤出一声低沉的咆哮，贾万三舌头抖得说不出圈圈话。贾建军笑眯眯弹了弹烟灰，伸手摩挲狗头，洋洋得意。

"这两百万花得值！你说值不值？从呼市到鄂尔多斯，就没一条狗能跟它对上手！太原那货不服，非要派车接去比一场，吹他的美国斗牛梗，下巴大得能挡住喉咙，咋也咬不死。结果咋样？两下就咬死了。你猜咋？大下巴都咬碎了！

"你知道它是从谁手里买的？那也是一个人物！带一群娘们疯跑，跑了一大堆世界冠军！我去日本，他给那些娘儿们特制的药在日本卖得火得不行！都是从王八身上提炼出来的金贵东西。这獒在那人的北京獒园一口价，少一毛钱都不行。日他妈！两百万！

"你算算得多少瓶子王八精！藏獒就是他炒起来的。炒完了疯跑的娘儿们炒王八，炒完了王八炒狗，你说他下一步炒什？我就给这獒起名字叫'两百万'，咋炒也是两百万。你说两百万能给炒锅添多少炭？"

两个人聊得热闹，一个眉飞色舞、滔滔不绝，一个唯唯诺诺、提心吊胆。正在这个当口，巴特尔拎着一颗羊头从帐篷后转出来。他不知道贾建军是谁，也不知道贾建军的獒凶暴，因此并不躲闪，大咧咧抄近道向厨房走。两百万并不发声，呼的一下猛扑，獒口直取巴特尔的咽喉。

巴特尔轻轻站定，纹丝不动，凝立等待，好像根本没看见阳光下闪烁寒光的犬牙。两百万半空中一个转折，落在巴特尔身前，悄无声息，金睛圆睁，吐出半截粗厚的舌头。巴特尔俯身递上羊头，两百万叼在嘴里，三下两下嚼碎吞咽下肚，伸舌头舔巴特尔的手。

贾建军看看贾万三，贾万三望望贾建军，一时无话。半晌，贾建军说："这货能去北京办事。"贾万三听了，招呼巴特尔近前，却被两百万冷冷一瞪，一口凉气噎在喉咙里，上下不得，连咳数声，不敢再出声，只是招手。

巴特尔走过来，两百万跟在后面。贾建军上下打量巴特尔，啧啧称赞。贾万三压低嗓音，好像做贼一般对巴特尔说："过两天你跟上他们去一趟北京。"

巴特尔不知道为什贾万三要让他去北京。他的脑海中浮现出一座放射金光的城门楼子。那是他从牧区防沙治蝗纪录片里获得的对北京的唯一印象。他答应一声，转身继续往厨房去。

贾建军指着巴特尔的背影对贾万三说："你狗日的捡回来一个煞神！"

第六十八章

贾建军让巴特尔去北京是因为贾家湾的贾杲杲跑到北京上访告状。

贾杲杲他爹给他起这个名字是想让他长成一棵沐浴阳光的大树，但他却瘦小枯干，浑身上下拿不出一块多余的肉，而且命运多舛，风尘困顿，越活越抽抽。贾杲杲思前想后，不解其中缘故，一咬牙一跺脚一放屁，备了一盒点心找李混田算命。

李混田说："日头是火，火太大把大树烤成小树不是什稀奇事。你看现如今什不火？煤火，油火，车火，房子火，地火，什都火。火来火去，就把你烤日塌了。不过你也可以火，木头上顶一把火，当一根火柴合适。你不要小看一根火柴，能点柴火垛，能放火纵火。你回家好好当你的火柴去，没事少出门，小心什邪门歪道的家伙把你撅折了。

"你把你这点心拿走。你看你这点心，皮皮硬得能把我的牙硌掉。这也叫点心？这明明就是烧饼么！比腾霄楼狗浇尿的皮皮还硬哩！你知道为什？火太大，把点心皮皮硬硬烤成烧饼皮皮了！你牙好，这点心你留着自己吃！"

贾杲杲听了李混田的言语，闷闷不乐，嫌世上这些尿攘的东西太火，害他从大树变成了火柴。因此他瞅那些当官的、有钱的、挖煤的、飙车的、赌博的、嫖娼的、征地的、盖房的等等火得一塌糊涂的货色就有些怒从心头起，恶向胆边生，立誓要用他那根火柴点一堆大火把狗日的全烧光。

为了找理论依据，贾杲杲天天捧一本毛选读《星星之火可以燎原》。他媳妇怕他钻牛角尖，他笑他媳妇痴傻，想他一个渴望燎原的小火柴钻了牛角尖却去什地方纵火，莫非要学那齐国人的火牛阵，在牛角上绑了尖刀火把，冲突那些盛气凌人咄咄逼人仗势欺人的狗杂碎不成？媳妇和家人不与他理论，倒渐渐养成了他牛心孤拐的变态脾气，瞅什什不顺眼，做什什不顺手，竟然变成了一个愤世嫉俗的愤青。

尴尬人难免尴尬事，倔骡子偏碰上尥蹶子的驴。旗里征地修高速公路，征到贾杲杲他们村，征了十七户，贾杲杲家也算一户。征地款下来贾杲杲寻村长贾恭道论理，嫌少了五十万。贾恭道骂贾杲杲不懂事，征地款村里能多要，旗里能多给，而且给得如此利索，不跑关系喂人情咋能顺当。吃喝打点的费用也不该全由村里负担，每户分摊天经地义。

贾杲杲说："十七户每户分摊五十万还不摊出一个金窝窝，八百五十万都摊到什关系上了？这关系咋这贵呢！"

村长知道贾杲杲是著名的愤青刺头，其余十六户偃旗息鼓，只要摆平眼下这独一份的蝎子囫囵，再无人敢兴风作浪，滋事生非。于是村长悄悄答应贾杲杲，从村里下一个农田水利基本建设工程款里拨五十万给他家填高速公路征地的窟窿，绝对不让贾杲杲吃亏，而且拍胸脯保证，来年开春水池子挖成就给钱，而且按一年百分之五付利息。贾杲杲见贾恭道低声下气给他赔话，而且有利可图，满足了愤青的虚荣心，乖乖回家等消息。

贾家湾虽在黄河边上，但并无引黄河水浇灌农田的水库堤坝，每年的平均降水量不到二百五十毫米，在农业上属于旱区，因此各村各镇年年都申请农田灌溉工程款。那一年贾恭道上蹿下跳，费尽九牛二虎之力，终于为村里争下一个工程指标，修造一个蓄水池和相应管线，以防旱情严重，减产绝收。贾恭道请旗长贾石头大驾光临，宣讲助农扶贫，还组织村民抬了一块匾额给贾石头送到办公室，恨不能在村中修庙供了贾石头的祖宗牌位，天天焚香祈祷，三拜九叩。贾恭道明白道道，从高速公路征地款中拿出一部分，封了一个大大的红兜兜，其实就是两个绣了鸳鸯春草的女人肚兜缝在一处，塞满钞票，鼓囊囊进了贡。贾石头高兴，大笔一挥，批下水池工程款五百万，交由贾恭道全权处置。

贾恭道发扬一万年太短只争朝夕的精神，带领全村人民加班加点，点灯熬油，油尽灯枯，以一个月的时间在村后挖了一个大坑，命名为蓄水池。农田水利基本建设项目必须接受旗水利局的验收，坑容易挖，坑下还要铺设水管通水，还要竖立喷管浇水，那些塑料管材没三五个月决然无法完工。贾恭道胸有成竹，施展偷天换日神功，坑下的水管一律不铺，只将一根根喷管插入土中三寸，森然陈列，蔚为壮观。

验收之日，并无一人下坑细查，验收组走马观花一般绕坑转了一圈，回到村中杀翻猪羊，灌饱村酿，一个个东倒西歪揣了验收费，醉醺醺起驾交差。于是那五百万工程款顺顺当当落进了贾恭道的私囊。

贾呆呆闻讯立即前去寻贾恭道要钱。贾恭道正在家中大摆筵席，招待三亲四友，蒸了一个稀烂的猪头，烤了一只一岁口的嫩羊，满了一缸二十年的汾酒。听贾呆呆申明来意，贾恭道笑道："你要那五十万有什凭证哩？没凭没据法院也不受理，你还跑来咋呼什哩？你实在穷急了就去把坑里那些喷管子拔了，拉到废品收购站换两个钱，我不追究你倒卖公物的罪！我有五十万我还送旗长哩！给你？你那尿势哪里受得起！"

贾呆呆闻言，胸中一把怒火直将顶门焚毁，也不说话，转身便走。这壁厢贾恭道与众宾客大碗喝酒，大块吃肉，从贾家湾寻来几个卖唱的助兴，好不红火。正热闹，贾呆呆推一辆粪车撞开院门，直冲堂屋，众人惊呼躲闪，不及拦阻，那一车粪将堂屋的门槛淹没了。

贾恭道一边大骂，一边挑干净地方下脚，像跳大神似的蹦跶到房檐下，招呼人手擒拿贾呆呆。贾呆呆浑然不惧，拎两只粪桶，上下翻飞，左砸右抢，男人们惧怕秽物，一时不敢上前。

贾呆呆两只粪桶正使到兴头上，不防脚下在粪水中一滑，站立不稳，众人趁机一拥而上，将贾呆呆踩进粪堆里，一顿脚尖脚后跟鞋底子。践踏了十几分钟，那贾呆呆浑身大粪，遍体青紫，变成了一个名副其实的"粪青"，被抬上粪车，拉回家去，交给他媳妇浣洗拾掇。

贾呆呆躺在炕上将息了五天，起身出门去旗里告状。他先找旗水利局，找了半个月没人搭理，倒跟门房老头混了个熟脸，时不时得老头赏的一根纸烟，抽了压火。水利局不行，他决定去寻旗长贾石头。贾石头来过他们村，他见了一面，敦实厚重，看着像个实在官。但旗衙门管理森严，一般人根本进不去，也没有古时候的鼓槌什的，搞不成击鼓鸣冤。

贾杲杲一咬牙，骑一辆电驴子跟踪旗长贾石头。贾石头到什地方吃饭他跟到什地方，贾石头到什地方视察他跟到什地方，贾石头到什地方洗脚他还跟到什地方，如影随形，宛如跗骨之蛆。贾石头被贾杲杲拦驾鸣冤数次，知道这不是一盏省油的灯，又听了贾恭道插管子装幌子，糊弄验收，侵吞工程款的劣迹，打电话将贾村长痛骂一顿，责令其洗心革面，痛改前非。

贾恭道找人将贾杲杲家砸了个稀巴烂，挑一个月明风清之夜将第二个红肚兜送进贾石头的房门，里面装了一百万，心疼得贾恭道止不住打嗝，话都没说利索。好在贾石头见肚兜沉重，心中满意，只当贾恭道被他气势所逼，心存敬畏，故此失态，并不计较。

因为一百万送得割肉剜心，贾恭道派人给贾杲杲敬尿。贾杲杲和他老婆正在砸得稀烂的家中坐困愁城，贾恭道的打手蜂拥而入，将贾杲杲按在炕上，往嘴里倒一吊瓶尿水水。贾杲杲他媳妇跪地哀求，磕头如捣蒜。

打手们说："这是贾村长他孙子的童子尿。贾村长吩咐，你家贾杲杲能搞，居然搞到旗长头上了，病得不轻，童子尿专治失心疯，美美灌上一肚子，过几天就好了。"

贾杲杲死活不喝，在炕上手刨脚蹬，无奈四肢被控，挣扎不脱。一个打手伸两根手指捏住贾杲杲的鼻子，不一时，贾杲杲大张了嘴巴喘气，那一吊瓶童子尿就势咕嘟嘟进了贾杲杲的哽嗓咽喉，涓滴不剩。

打手们扬长而去，临走撂下一句话："你贾杲杲喝了村长孙子的尿，下半辈子别当粪青了，正明公道混个尿青尝尝滋味。"

喝了童子尿的贾杲杲第二天动身去盟里告状。盟里告状要状子，贾杲杲寻了一个代笔的老汉写状子。老汉说这样的事情告不下就得起诉，光有状子没律师不行，没律师上了法院也寻不见读状子的人。

　　贾呆呆谢了老汉，满世界寻律师，连打听带看小广告，终于找到一家律师事务所。律师事务所里有五六个律师，贾呆呆挑了一个头发花白、圆满肥白的老头。老头问他有钱没，他说有，只要能告赢，他可以把高速公路拆迁费贡献出来。胖老头听说有钱，方才细细询问情况，贾呆呆一一道来，诉到苦处，怒发冲冠，双泪涟涟。

　　胖老头逐条记录完毕，让贾呆呆先交两万块钱代理费。贾呆呆嫌多，胖老头说不多，能给你出气就不多，气出不来再把人憋死了，留那些钱给谁花？贾呆呆觉得有理，交了钱，就近寻一个小旅馆落脚等消息。一个房间三张床，一张床一天三十块钱，枕巾床单污迹斑斑，一股子消毒水的味道。贾呆呆勉强忍耐，度日如年。

　　等来等去等了五天，胖老头律师给了回话，他的状子因为证据不足，法院不受理，打问了盟纪委的关系，只能发回旗里重新核查。贾呆呆一听就急了，发回旗里就是发回贾石头手里，发回贾石头手里就是发回贾恭道手里，那还告个屌毛啊！一把拽住胖老头律师，要那两万块钱定金，还要赔五天的店钱，五天的误工费，不给就住在律师所，再不就住到胖老头家里，横竖还有一死呢，他贾呆呆干脆给这家律师所挂一个肉门帘，让胖老头天天掀。

　　胖老头让贾呆呆闹，闹够了，闹累了，给贾呆呆倒水喝，给贾呆呆递烟抽，还给贾呆呆扇扇子。

　　贾呆呆不明所以，胖老头眯缝了一双笑眼说："你连死都不怕，何必给我挂肉门帘呢？你要是给盟长挂个肉门帘，他老人家还能不管你的事？"

　　贾呆呆一听，双膝跪地，眼泪长流，求胖老头指点迷津。胖老头不笑了，严肃了，拉过贾呆呆的耳朵，轻声说道："我收你两万块钱，给你盟长的汽车牌牌，告诉你什时候什地方往他老人家的车轱辘底下钻，你有没有那胆？"

　　贾呆呆睁着流泪眼反问："那要是把我轧死了呢？"

　　胖老头不回答贾呆呆的问题，继续轻声慢语嘱咐："盟长管了你的事，你再给我掏五万。贾恭道村长赔了你一个公道，你还得给我掏五万。"

　　贾呆呆擦干净眼泪，看清楚胖老头眼角的肉褶子，又问："我的头要是轧成一个烂倭瓜咋办？那不是白死了？我的命都没有了你还要钱呢！"

胖老头柔声细语撂下一句话："喝了童子尿都壮不了尿人的胆！"

贾呆呆揣着这句话回到小旅店思忖了一宿，第二天就去撞盟长的车。盟长中午接待经济开发区商户代表，陪自治区经贸委的领导喝了酒，迷迷糊糊靠在后座打盹。贾呆呆斜刺里冲出，一把揪住车子的后视镜。司机猛踩刹车，盟长一脑袋冲向前风挡玻璃，肥硕的身躯卡在前座之间，额头撞了仪表盘，肿起一个红包。司机赶忙下车打开后车门拔萝卜似的拔盟长大人高高撅起的大屁股，拔到一半，盟长"嗷"的一声把午饭的酒全吐了，满车恶臭，一身秽物。

被轿车拖行了十几米的贾呆呆从地上爬起来，帮司机把盟长拔出扶正，盟长惊魂甫定，不想丑态毕露于大庭广众之中，让贾呆呆上车，拉到一个僻静所在，一边擦身一边问明了事情的前因后果。

贾呆呆回家了。贾呆呆平安无事地回家了。贾呆呆也不明白他咋能什事都没有呢，古代告状还要滚钉板呢，他贾呆呆居然就这么囫囵回家了不成？他给胖老头律师的卡上打了五万块钱，再打一个电话请教其中奥妙，胖老头律师说："你连车轱辘都敢滚还论什滚钉板哩？盟长大人见了你这样不怕死讨公道的人还整治你做什哩？听没听过一句古话？民不畏死奈何以死惧之！话再说回来，你给盟长脑门上添了一个月牙牙，整了一个小包包，就是老天爷让盟长大人做包公哩！他要不替你主持公道，他都对不起包青天！"

贾呆呆放心了，贾恭道上门了。贾恭道一个人背一个挎包拎两瓶蒙古王像串门一般走进了曾经被砸得稀烂的贾呆呆家，将挎包往炕上一扔，"砰"的一声闷响，显得甚是沉重。贾恭道拉开拉锁，露出一线湛湛的光，对贾呆呆说："特意取的新钱！六十万！"

贾呆呆并不答话，吩咐媳妇炒菜烫酒，陪贾恭道上炕痛饮。一瓶蒙古王下去，贾恭道红着脸说："石头旗长把我朝死骂了一顿，因为盟长把他朝死骂了一顿。我一点也不生气！为什？打是亲骂是爱，盟长不爱石头旗长，石头旗长不爱我，咋能朝死骂哩！"

贾呆呆还是不答话，下炕搬开压在酸菜瓮上的大石头，捞一碗酸菜舀两勺酸汁让媳妇做一个酸菜烩黑猪肉，多放土豆粉条。

第二瓶蒙古王下去，贾恭道红着眼睛说："你不怕死把我朝死了告，我不死你也不死，这钱你收下，咱们的账就清楚了！"

贾杲杲不言语，让老婆带上堂屋门去院子里等待。贾恭道以为贾杲杲有什机密事，乜斜了醉眼笑骂道："你还装神弄鬼的！在这村里怕什哩？天王老子从这地界过也得给个好脸色哩！你拿个罐罐弄什哩？里头装的什？你狗日的是不是备下硬一夜的药了？"

贾恭道那话儿不行，满世界寻壮阳药。贾杲杲把罐罐放在炕头，对醺醺然的贾恭道耳语："咱俩还有一罐罐尿才能把账算清楚！"

不待贾恭道回过神来，早被贾杲杲按在炕上，抹肩头拢二臂捆了个结实，贾恭道是五十多岁上了年纪的人，又喝得烂醉，哪里挣扎得脱？正胡喊乱叫，伸脖子蹬腿，一罐尿从嘴巴鼻子眼灌将进去，呛得咳嗽哮喘。

贾杲杲放下尿罐罐，低头瞅着趴在炕沿声唤的贾恭道，笑道："你给我喝你孙子的尿，我给你喝我的尿。按辈分我是你侄子，你孙子也是我侄子，咱这账公道得不能再公道了。"

贾杲杲松了贾恭道的绑，贾恭道踉跄着冲进院子，蹲在地下哇哇吐。贾杲杲吩咐他媳妇："直眉瞪眼瞅什哩？还不赶快端洗脚水冲地！咦？村长你咋跑了？你跑什哩？冲地又不冲你，你怕什哩？村长你慢些！仔细院前沤的那一坑粪！哎呦！咕咚一声！村长，你真掉进沤粪坑里了！我寻我婶子来救你！"

村长贾恭道被灌尿掉粪坑的第二天，贾杲杲给盟里的胖老头律师去了一个电话，将所有情况讲述一遍，开怀大笑，志得意满，喜不自胜。

胖老头在电话那头叹气，抱怨道："你这不是把疙瘩往死里系哩？他横竖是村长，论辈分是你叔，你不分长幼还得看他那一顶村长的帽帽吧？咋也是个从九品的命官呀！你把你的尿灌他一肚子，还让他在你的沤粪坑里滚成一个老母猪，他的脸算是叫你撕扯完了！这事绝难善了！你快把欠我那五万块打给我，我今后再也不敢管你的事情了。你就是个二屎！光沟子撵狼，要你那大蛋哩！"

贾杲杲去旗里银行给胖老头的卡上打了五万块钱，买了一个羊头，两只羊蹄，一瓶河套王，哼着漫瀚调溜达回家，坐在炕上跟老婆对饮。他老婆不喝，给他用胡麻油调了一个绿豆芽拌胡萝卜丝,熬了一碗浓浓的飘着米油的小米粥备着解酒。

贾呆呆嘱咐他老婆:"贾恭道一定要来讨公道。公道不公道,自有天知道!他们只会拾掇我,不会为难你。你记下,千万不要让咱的娃娃们知道这个事,千里之外打工辛苦,招架不住家里添麻烦。我实话告诉你,如今出了这一口恶气,天打雷劈也值了,还怕他贾恭道的假公道!"

过了数日,一晚月明星稀,贾恭道带了三个人登门造访。贾呆呆坦然相迎,斟茶倒水敬烟,礼数样样不缺。贾呆呆他老婆脚软得站不住,扶着门框给贾恭道赔笑脸,手抖得像犯了鸡爪风。

贾恭道坐在炕沿上喝着茶抽着烟笑道:"你这是死猪不怕开水烫呀!我思谋要是猪活过来,它怕烫还是不怕烫?你知道咋能让死猪变活猪?"

贾呆呆不明白贾恭道的意思。贾恭道示意手下将一个蛇皮袋扔在贾呆呆脚下,跷着二郎腿,晃着脚尖说:"杀猪杀屁股,各有各的杀法。山核桃毛栗子,各有各的剥法。你贾呆呆豁出死,就没有软肋条了?不是!什人都有软肋条呢!只要你是个人,你就有软肋条哩!你看那些天不怕地不怕的货色,最后都得认怂!这些肋条你认一认。认识不认识?"

贾呆呆还是不明白,但浑身汗毛猛然直竖,不祥的预感像一张网将他罩住,越挣越紧,紧得胸口冷汗额上热汗一起迸落,呼吸艰难,口鼻燥热直欲喷血。

贾恭道朝蛇皮袋抬抬下巴,贾呆呆俯身解开袋口,朝里看了一眼,脸色灰白,面颊上滚过一层密密麻麻的小疙瘩。

贾恭道在炕沿上按灭烟头,眯缝着笑眼龇着黄牙轻声说:"这些是你祖坟里挖出来的肋条。政策早就不让土葬了,你快扛到贾家湾的殡仪馆火化了去。你是孝子贤孙啊!那些货办事不机密,毛手毛脚乱撤乱装,现在也弄不明白哪些是你爷爷奶奶的,哪些是你爹你娘的,干脆囫囵个一把火,烧干净了一起放在坛子里,省了你挨个上香麻烦!"

贾呆呆大叫一声,欲待挺身而起,却被六只手死死摁住,挣扎不脱,惨叫一声,口吐白沫,双目上挺,匍匐在地,浑身抽抽。

贾恭道对贾呆呆他老婆说:"穷山恶水出刁民哩!我好歹是村长,吃公家饭的人，你男人竟敢让我喝尿水，洗大粪澡，他不是刁民是什东西？刁民要整治哩！不整治就要翻天哩！我看这个平了祖坟的刁民咋在村里活人！"

平了祖坟的贾呆呆大病一场，皮包骨头，双目几乎哭瞎，落下一对孙猴子的风火眼，像两块烧得红彤彤的炭。五天过后，挣扎下床，直奔盟里告状，走到半路被旗联防治安队从长途车上揪下来，塞进皮卡拉回贾家湾。联防队长严正警告贾呆呆不得扰乱社会治安，破坏和谐发展，如有再犯，决不轻饶。贾呆呆不管，逮住机会就往盟里跑，屡跑屡抓，屡抓屡跑。老虎也有打盹的时候，终于逮住一次机会在盟里拦住了盟长的车。

盟长没下车，让司机给贾呆呆说好话，他这个青天大老爷是撞出来的，那个红包包一个月下不去，成了额上一块惹眼的红牌牌，人家还以为盟长出什事了，流言蜚语，沸反盈天。贾呆呆攀着车窗框框哭，说只要盟长替他伸冤，以后再也不往车轱辘底下钻了。

盟长见贾呆呆油盐不进，王八吃秤砣铁了心，不得不安排盟里的维稳人员将贾呆呆送回村，由村一级单位监护，批评教育，按照人民内部矛盾处理，大事化小，小事化了。

贾呆呆被送回家，村长贾恭道按照上峰指示，在贾呆呆家院子外面修了一个炮楼，派人登梯子上墙，日夜看守。贾呆呆瞅机会翻后墙逃跑，去省城告状。省城那么大，哪里寻得到门路递进状子去，每日东奔西跑，喝风灌雨。信访办的办事人员劝了许多次，依然横下一条心告个不休。告到后来把信访办告烦了，通知旗里来省城领人。

贾恭道正因贾呆呆失踪踏破铁鞋，突然得了确凿消息原来人在省城寻机作案，来不及提鞋，亲自带领人马将贾呆呆带回村。贾呆呆想脱了裤带上吊，无奈老婆寸步不离，想与贾恭道同归于尽，连人影都见不着，硬生生憋出一身疹子，浑身溃烂流脓，痛痒钻心，躺在炕上让他老婆用痒痒挠抓痒，抓烂了用纸擦，满炕满地腥臊恶臭。贾恭道召集村民开会，让村民去贾呆呆家瞻仰遭了天罚的流脓货色贾呆呆，看谁还敢做那不服管教、犯上作乱的刁民破落户。

贾呆呆他老婆向李混田问了一个方子，用绿茶水泡玉米须子擦洗贾呆呆的脓疙瘩，十天结痂，半月掉痂，又连服了三十服黑药汤子，终于去毒顺气，痊愈如初。贾杲杲对他老婆说，旗里盟里省城里都扳不倒贾恭道，算来只有拼一死，上京告御状，置之死地而后生，才有万一的机会报那偷坟掘墓的深仇大恨。

贾杲杲他老婆一听号啕大哭，又不敢让炮楼上监视的人听见，捂了嘴抖如筛糠，半晌，挣扎出一句话："你要再去告，我就上吊呀！"

贾杲杲搂住他老婆，气堵咽喉，双泪长流，也挣扎出一句话："你要不让我告，我就上吊呀！"

夫妻二人滚在炕上，抱头痛哭，权衡再三，决定谁也不上吊，让贾杲杲去告御状。贾杲杲他老婆只求贾杲杲一件事，无论御状告成告不成，他都得活着回贾家湾。

贾杲杲说："你放心！不是我想赖活！我是怕我死了你也活不成了！"

于是贾杲杲再次逃跑，一路绝尘直奔北京。贾恭道原以为满身脓包的贾杲杲只能躺在炕上苟延残喘，闭眼等死，料不到那厮居然咸鱼翻身，烂土豆发芽，愣装嫩水仙，万一省上哪个领导花了眼，再撞出一个包青天来，岂非祸从天降。贾恭道急命亲信赶赴省城，与信访办同心协力寻找贾杲杲这个吃了秤砣的王八，不想苦寻数日，全无消息。贾恭道忍耐不住，带人上门将贾杲杲他媳妇一条绳捆了，逼问贾杲杲的下落。贾杲杲他媳妇只得"招供"。

贾恭道一听，如同五雷轰顶。万一贾杲杲那厮横下一条心死在京城，那可真成了祖坟上的臭鸡蛋，连累了无数人，情急之下，慌不择路，饥不择食，四处寻人上京。

贾家湾一个土旮旯小镇子，什人能去京城呼风唤雨？再说，那么大一个北京，人山人海，寻贾杲杲还不是大海里捞一根针？贾恭道急得头晕脑涨，满嘴大泡，背上出疖子，屁股犯痔疮，躺在炕上声唤，翻不了身，下不了地。正在此上不着天下不着地之时，贾恭道的堂弟贾恭理闻讯前来探病，听了贾恭道的苦衷，哈哈一笑，伸出两根指头，讲了一番言语，恰似甘霖润了快旱死的麦苗子，白毛风里寻见了归家路，将贾恭道"噌"的一声从炕上激了起来，立马穿鞋下地，依计而行。

原来贾恭理是南沿村的村长，南沿村在中天煤业二号露天矿的东北角，二号露天矿煤层延伸的要害之处，打通了南沿村，二号露天矿就能与正在设计的三号露天矿完整连接，不必等设计批复即可采掘含硫低发热量高的优质煤炭，以量补价，以质取利，完成中天集团下达的利润指标。因此王国全特别在中天煤业中层领导干部大会上将南沿村征地列为今年必须完成的头等大事，并且让三号露天矿筹备组组长贾云立下军令状，年底拆迁，明年春节后动工，如有差池，就地免职。自打上次抢修电铲由王国全亲自出马解围，贾云满心感激，此次又蒙信任，委以大事，不由起了士为知己者死的豪情，慨然应诺，誓取南沿。

贾云命苦，经历了钻井村山大王的洗礼，又遇见了南沿村贾恭理的酒缸。面对踏破门槛、心急火燎商谈拆迁条件的贾云，贾恭理来回来去只用一招——喝酒。贾恭理家有九口大缸，装着南沿村的玉米烧。南沿村的玉米烧是山那面朔州雁门烧的兄弟，贾恭理他爷当年从雁门关逃难来到贾家湾，落脚南沿村，凭着酿雁门烧的手艺成为方圆几十里的大户。

贾恭理继承了他爷烧锅头的手艺，更有放倒五六条汉子的酒量，贾云来一次，他请贾云喝一次，喝一次贾云醉一次，醉了十几次，拆迁的价钱没谈上一次。贾云急了，赌咒发誓只要南沿村拆迁，他一头扎进贾恭理的酒缸里醉死。贾恭理声称他家的玉米烧醉人养人快活人，从来没有淹死过人，再说，堂堂一个中天煤业的矿长大人还能为了每户两千万的拆迁费淹死在酒缸里？国家有的是钱，中天煤业有的是钱，随便拿出来点就把南沿村从地球上抹了。

贾云将每户两千万的惊天竹杠抬到王国全耳朵里，王国全隔着电话让贾云把贾恭理掐死，不算谋杀，算正当防卫，因为贾恭理这一竹杠要把中天煤业往死里敲。南沿村一百五十户人家，每户两千万，一共三十亿，煤价已经跌无可跌，再没了这三十亿，中天煤业今年就得变成中天集团的一个亏损子公司。中天煤业赔得脱裤子，王国全的面子就是史东风的脚垫子。

贾云虽然心里想把贾恭理的脑袋拧下来当尿壶，但表面却不得不求爷爷告奶奶，好说歹说，贾恭理让了一步，每户一千八百万。贾云恨不能一把火烧了南沿村，当年麻翻钻井村的故伎又不得重演，只能派出一堆挖掘机推土机将南沿村重重包围，吓唬震慑。

贾恭理早安排下数十个村妇，等贾云的设备合围，齐声呐喊，脱衣脱裤冲杀出去，摇着肥屁股晃着大奶子将司机揪出驾驶室，在地上翻滚一番，然后爬进驾驶室往仪表盘上撒尿。中天煤业众人抱头鼠窜，因为电器短路造成诸多设备几十万元的损失，得了一个出师未捷遭尿水的下场。

正当贾云像一头拉磨的驴白天黑夜在家在办公室甚至在厕所转圈圈的时候，贾恭道找上门来，开门见山谈条件，只要中天煤业动用在京城的关系将刁民贾杲杲抓回贾家湾，南沿村的事好商量，他贾恭道可以替他兄弟贾恭理应承，每户一千五百万，先付一半，剩下那一半什时候有钱什时候给，绝不催账逼债。

贾云一听，恰似东方红太阳升，送走贾恭道，直奔王国全的办公室汇报最新情况。王国全听了，半晌无言。贾云一腔热血渐渐降温，前胸后背的热汗慢慢变成冷汗，太阳穴像扣了两个箍子，挤得脑瓜仁隐隐作痛。

王国全递给贾云一根烟，贾云捏在手里不敢抽。王国全让贾云抽，还给贾云点烟。贾云颤抖着双手捧着火点了烟，一口下去呛得咳嗽，满脸涨红。

王国全吐出一道长长的蓝雾，在蓝色的水晶烟灰缸里弹掉烟灰，轻声说："中天煤业不能出面。让贾建军找人摆平。不管白的黑的，都是养了千日的兵。"

第六十九章

巴特尔一行五人坐火车赶赴京城，领头的是贾万三的堂弟贾威风。贾威风一双小眼睛叽里咕噜乱转，一转一个心眼，干仗抬人老是偷偷摸摸下黑手，不是用砖头拍后脑勺就是拿钢管捅腰眼，每次群殴总能让对手抬几个直挺挺的伤员逃跑，因此得了一个"贾抬人"的外号。这一次贾建军得了王国全的指示，帮贾恭道寻找刁民贾呆呆，贾万三主动请缨，派贾抬人带着贾建军钦点的煞神巴特尔上京行动，务求稳准狠快，早除祸根。

呼和浩特到北京没有高铁也没有动车，晚上上车早上下车，整整一宿。贾抬人不让睡觉，占了餐车的一个角落，点了酒菜，开动员会。贾抬人喝酒不红脸，只红眼，睁着两只通红的眼睛红眼病似的瞪人，一边瞪人一边骂："寻见狗日的给我朝死里抬！你们知道村长们怕什哩？怕狗日的到京城里跳桥跳楼自焚哩！那狗日的在盟里钻过盟长的车轱辘你们知道不？要是在京城演上这一出，贾家湾还不得翻了天？所以不能让狗日的演！狗日的敢挣扎，先断了他的手脚，看狗日的咋钻车轱辘咋跳桥跳楼咋自焚！咱京城里有人罩着呢！你们狗日的不要怕，只管下手就是了。谁尿我割了谁的鸡巴喂狗！"

其余三人喏喏连声，只巴特尔不吭气。贾抬人不敢十分招惹巴特尔，一时又不易下台，只得指着酒瓶让巴特尔喝酒。巴特尔拿起一个二两的玻璃杯倒满，一口喝干。贾万三的队伍喝酒有一个规矩，五十以上五十以下，五十度以上五十块钱以下，除了闷倒驴要找合适的还挺困难。碰巧餐车的厨师们备了一箱自饮，贾抬人高价买了五瓶。

见巴特尔一口闷掉二两闷倒驴浑若无事,一个在吧台喝茶的厨师笑眯眯伸出大拇指。贾抬人使个眼色,三个兄弟纷纷向巴特尔敬酒,巴特尔酒到杯干,杯杯见底,气不长出,面不改色。吧台的厨师把炒菜的厨师叫了出来,三个厨师一起朝巴特尔拍巴掌,卖酒水饮料的女乘务员一双水汪汪的桃花眼上上下下把巴特尔睃了许多遍,还主动端上一壶热茶。

巴特尔将一个吃面的碗倒满闷倒驴,冲着贾抬人举了举,说:"我们草原人喜欢拿碗招呼,我敬头脑一碗!"说完,咕嘟嘟喝水一般将一碗闷倒驴喝得涓滴不剩,嘴角下巴碗底干干净净。整个餐车静得只听见车轮铁轨响,一个躺倒的空酒瓶默默震颤。

贾抬人压低声音问巴特尔:"我要把那狗日的贾杲杲抬死你是不是不愿意?"

巴特尔若有所思地盯着贾抬人的红眼睛反问:"为什非要抬死不行呢?你抬死一个人累不累?你抬死一个人以后累不累?"

贾抬人睁着一双火眼金睛,撑着眼睫毛一字一字回道:"好我的老天爷呀!那货都把盟长变成包青天了,还有什事办不成?盟长是什人?刮地皮能刮死土地爷的领导呀!你不抬死他贾杲杲那个惹事精,万一他再弄出来一个包公抬着狗头铡到贾家湾铡人咋办呀?都是些打断骨头连着筋的利害关系,铡谁不铡谁?一起铡了咱到什地方混饭吃?你光人一个拍拍屁股走得顺溜,我们这些拖家带口的可咋办呀?"

巴特尔想说他不是光人一个,他还有离他而去的老婆孩子,但还没来得及张嘴,贾抬人已经带着三个兄弟回卧铺睡觉去了。巴特尔打开一瓶闷倒驴慢慢喝,一个厨师端过来一盘五香花生米,另一个厨师调了一个西红柿拌黄瓜。那个总拿桃花眼睃巴特尔的女乘务员拿着一瓶啤酒坐到巴特尔对面,像举着一把刀,像拎着一瓶醋,更像攥着一个屎。

没了兴致的巴特尔离开餐车走到车厢连接处向外张望。夜黑如磐,远方漂浮的灯火像一长条肥皂泡。巴特尔第一次坐火车,晃动的车厢和叮咣乱响的铁轨把他肚里的酒激得猖狂了,一阵阵往嗓子眼涌。他奇怪在飞驰的夜色中越近的东西越模糊，天边的几颗星星倒清清楚楚。他觉得自己要醉了，不知身在何处，不知去向何方。

火车进站，巴特尔冲出车门，在昏黄的灯光中寻到一个黝黑的角落，吐了一个痛快。他的胃翻江倒海，他的心窝直淌热汗，他的眼中浮现出一条木头长凳，许多道漆黑的砖缝，铁丝网后面蓬勃的野草。他站起来，拭去额头的冷汗，走到灯光的边沿。车厢下的铁轨泛出冰冷的死光。

这是一个寒冷的春天，他嗅到了翻开的土地甜腥的味道，想起了拂过牧场的料峭春风。他已经失去了他的草场，已经失去了他的草原。他走进黑暗，在黑暗中悄悄打量橘黄色的站台。一个铁路值班员厌恶地盯着他，因为他是一个制造恶臭的醉汉。

他渴望图兰烧煮的滚烫的奶茶，只要一碗就好，只要一碗他就能马上焕然一新。遥远的星星的冷眼扎得他一激灵，他逃进车厢，钻进下铺的毯子，睁着眼睛等待瞌睡。

第二天早上到北京，一下车巴特尔就被人流撞晕了。人挨人，人挤人，人碰人，各式各样奇形怪状的行李包袱箱子麻袋，各式各样的衣服与各式各样的呼吸。这是一个人比牛羊多的地方，也许比蝗虫还多得多。草原上的蝗灾能让千里草场绝收，能饿死牛羊马驴，甚至连狗都能饿死。他只能跟随贾抬人顺着人流行进，寻找前来接站的朋友。

一个蛇皮袋横在巴特尔的下巴，不知什东西顶他的后腰和屁股。除了人巴特尔什也看不见。他曾经被蝗虫包裹，它们不咬人，只是蹦跶，嚼草叶啃草茎掘草根，随时随地排卵。巴特尔挤开一条通道，周围响起喃喃咒骂。人比蝗虫嘈杂。蝗虫还要安静些。

前来接站的是一条大汉，身高一米九，肩宽背厚，膀阔腰圆，两道粗刷子眉，一双铜铃铛眼，嘴大得能塞进一个馒头，鼻孔粗得能插进通条，一脑袋青皮，坑坑洼洼满是伤疤。巴特尔悄悄估摸，来人与他身高相仿，瘦半拉胳膊，一看就是个练家子，绝对不是蒙古摔跤，八成是中原武术。贾抬人说这人是三哥，大家便喊三哥。三哥很客气，挨个拉手打招呼，多看了巴特尔两眼，双目灼灼，精光四射。

一行人出火车站进地铁站，巴特尔头一回见钻在地底下的火车站，心中啧啧称奇。三哥给五个人一人一张软塑料票，自己拿一张硬板板月票。贾抬人笑眯眯恭捧着三哥说话，听那意思贾建军与三哥的师父相熟，而三哥的师父是开保镖公司的武林前辈，在北京替贾家湾的各路豪杰铲过不少事情，平过许多茬子，挣过大把票子，而且还收了贾建军做记名弟子，传授八卦掌。

巴特尔从未见过这么多人汇聚成这么拥挤的一条河，到处都是人肉，到处都是躯体，到处都是面孔。冷漠麻木毫无表情的面孔。他情不自禁恐惧，这么多人走向地下深处使他浮想到地狱、地火，以及妖魔鬼怪。他不敢上扶梯，即便看见别人若无其事地站在扶梯的黄色长条方框里被运送下去，他还是选择了楼梯。他像一头不知所措的黑熊，摇晃着伟岸的身躯，笨拙地迈下水泥阶梯，扭捏腼腆地躲闪着迎面涌来的人群，心虚胆怯地偷窥身后越过的一个个背影。他闻到了一股四处弥漫的臭气，那是人海汇集起来的焦灼、郁闷、沮丧，无奈和愤怒。他觉得自己就要被熏倒了，他的脚软了，他的腿沉了，他的脑门胳肢窝胸口淌满了冷的热的汗。在这条涌向地层深处的人海中，巴特尔生平第一次遭遇到被吞噬的痛苦。

他们登上地铁，车厢里挤得水泄不通，两个矮小男人的两颗小脑袋抵住巴特尔的腋窝，竭力挪开鼻子。巴特尔像体操运动员一样两只手紧紧握住吊环。这个拥挤窒息闷热恶臭的、呼啸着高速奔驰的东西让他害怕，他更害怕保持不住平衡摔倒，压倒压伤压死周围的人。一个女人紧贴着车窗玻璃，半边脸被挤瘪了，另一个女人夹在几个男人中间，高耸的奶子顶住一个不知道属于谁的肥硕颤抖的大肚子。

巴特尔想吐，昨夜的宿酒趁机卷土重来，搅酸奶一般搅他的胃，让他像一头反刍的牛。一阵悲催的音乐响起，巴特尔惊讶地发现人群居然开辟出一条通道，一个衣衫褴褛少了一条腿的肮脏乞丐匍匐爬行，向一双双鞋伸手乞讨。巴特尔从裤兜里摸出一张钞票，因为弯不下腰，只能撒手让钞票飘向乞丐。

那是一张百元大钞。许多道目光扫射巴特尔，好像他犯了弥天大罪。巴特尔从未被如此瞩目过，眩晕一阵阵袭来，他祈求长生天保佑他逃出生天。

他们终于拥出车厢。巴特尔深深呼吸。人潮汹涌，万头攒动，苍天依然被遮蔽于混凝土穹顶之外。巴特尔走在六个人最后，三哥突然回头冲他微微一笑，用涂油打蜡、滑不溜手的京腔称赞道："这兄弟那一百块大票儿扔得漂亮啊！"

巴特尔涨红了脸，嗫嚅着吐不出一句囫囵话。他想解释那张大票不是扔的，是因为弯腰不便它自己掉下去的，他还想强调他给那张大票是因为没有小票，他倒愿意兜里有张五块十块的意思一下，但偏偏只有一张大票。

贾抬人顺口接过话头说："我们贾家湾人实在！这货不但实在，还不识数！以前是牧民，羊马都数不清。"

三哥哈哈大笑，带领五人来到出站检票口。铁栏杆前面站着一个穿制服的漂亮女人，面颊粉红，双眼皮又宽又深，麻袋一般松松垮垮的制服也掩不住凹凸有致的身材，鼓胀胀的奶子把胸兜顶起一道松软的小桥。三哥笑嘻嘻跨步向前，将手中的硬板板月票往收票口里插，插不进去使劲插，使劲插不进去抠着票口往里插。

漂亮女人看见了，一边甩着大奶子往前小跑，一边大声叫喊："别插！别插！别插！"

但是三哥已经将月票插进收票口，转身望着娇喘微微的女人咧嘴笑。女人撅起圆滚滚的屁股检查收票口，怒气冲冲抱怨道："叫你别插偏要插！一下子插进去了，拔也拔不出来了，你说怎么办？"

三哥笑道："插也插了，拔也拔不出，你说怎么着就怎么着吧！"

贾抬人笑得像一只下蛋鸡。女检票员突然醒悟，满脸绯红，骂道："臭嘎嘣的！要流氓也不拣个地方！老鼠闹猫，嗷死呢！还不给姐姐我滚蛋！"

一行人嘻嘻哈哈走出地铁口，一瞬间巴特尔几乎无法呼吸。街道上是灰蒙蒙的雾，远处是更加灰蒙蒙的雾，天上是黑蒙蒙的雾，所有的雾里似乎飞舞着无穷无尽的黑点。巴特尔觉得某个腾云驾雾的妖怪降临了，这个妖怪的法力居然遮蔽了至高无上的长生天！

许多人捂着口罩，有的口罩隆起一个疙瘩盖在鼻子上，马路上拥堵的车辆按着刺耳的喇叭排队等待没入浓雾深处某个未知的角落。没有惊慌失措，没有四散奔逃，没有呼天抢地，没有顿足捶胸。所以没有那个法力无边的妖怪。巴特尔放心了。

一个白头发老头拍了拍他的肩膀，指着一个硕大的箱子请他帮忙。一个白头发老太太站在大箱子旁边向他微笑点头，形容大箱子像一块能压死人的大石头。巴特尔将箱子扛上肩膀，一直送下楼梯。老两口连声称谢，两颗花白的头颅上下起伏。

巴特尔不解，向老两口请教："为什上楼是电梯，下楼是水泥台台？不管上楼下楼，这大的行李你们怎么搬得动？是不是修完上楼的电梯没钱修下楼的了？"

白头发老头笑道："谁知道那帮龟孙子把钱弄到哪儿去了！好小伙子，你不知道那帮糊涂官的贼心眼子，他们是只想着上不想着下啊！赶明儿他们下来的时候就明白了，任他是谁，只要是个人，都得有下的时候啊！"

巴特尔恍然大悟。三哥站在台阶上向他招手，让他上去。许多小摊子包围了地铁口，空气中充斥着煎香肠摊鸡蛋的油腥味，一口口脏锅里煮着黑乎乎的茶叶蛋。巴特尔发觉自己饥肠辘辘，昨天晚上的食物早已陪伴着闷倒驴吐在了那个荒凉的小站，他站在一个煎饼摊前，看一个人摘掉口罩把一个煎饼咬得满嘴咯吱吱掉渣。

三哥笑着将巴特尔拽进一条胡同，胡同口两株大槐树，一只白尾巴喜鹊，窄道被巴特尔占了一半，一只躺在墙根的猫吓得刺溜一下子钻进一辆三轮。六个人穿过胡同，转过一条小街，三哥掀开几条塑料，挤进一家小店。

店主与三哥相熟，热情招呼，倒茶让座，不一时端上来六碗黑不溜秋的稠汤，三大盘热气腾腾的牛肚子，一盆炸得焦黄的油条。巴特尔一喝那黑稠汤，原来里面埋着猪肠子猪肝，耐不得那股腥臊，放下碗，抄一筷子牛肚子沾酱吃了，味道实在甘美，一分钟就干光了一盘子。

三哥欢喜，让店主专门给巴特尔单上两盘散丹，巴特尔几筷子抄光，就着半盆油条一起下肚。三哥高兴，让巴特尔敞开吃喝，将炒肝换了豆浆。不一时，五盘爆肚、一盆油条悉数报销。三哥见巴特尔吃得雄壮，心下爱惜，将一只手搭在巴特尔肩头摩挲。巴特尔挪开肩膀，因他的肩膀只让图兰和王民摩挲。

吃完早饭六个人又穿了几条胡同，来到一座小院，推开两扇掉漆的红门，天井里立着两株丁香，树坑旁的青石板上趴着一只西洋点子哈巴狗，转动两只忧郁潮湿的狗眼瞅人。穿过天井两侧的走廊，三哥将五个人直接带进后院。后院里几个精赤了上身的小伙子正在练功，刀拳交错，纵跃腾挪，地下撒着几个石锁，角门边上一棵巨松拔地而起，树冠亭亭如盖。

三哥请五个人在练武场边上的石凳坐了，招呼小弟用大铜壶倒大碗茶，说去请师父，让贾抬人稍候，转身没入巨松旁边一道小门。巴特尔喝了一碗茶，比砖茶淡比奶茶清，虽然不合口味，但确实解渴。小弟笑眯眯举起铜壶又给巴特尔添了一碗，巴特尔瞧那铜壶硕大，连壶带水怕有几十斤的分量，小弟只用一只手轻轻提控，宛若无物，不由暗暗称奇。

等了一阵子，贾抬人不耐烦，指使手下三个弟兄举石锁解闷。那三个笨货撅着屁股抻着脖子使出吃奶的劲才勉强将石锁举过肩膀，被练武的小伙子们围着取笑。贾抬人见失了面子，心中恼怒，一叠声催促巴特尔扮演举重运动员隆重登场。

巴特尔不理会那些石锁，径直走向一个半截埋在土里的石鼓，握住石鼓顶端的圆环，双臂向上只一拔，石鼓摇动，泥土翻滚，再一拔，将那石鼓连根拔出地面，露出一个黑洞。众人齐声惊呼。

巴特尔将石鼓向天上一丢，等落下来时稳稳抱在怀里，朝土洞一扔，那石鼓横着嵌进地里，"咚"的一声闷响，地皮颤动。一片欢呼。小弟放下铜壶，拉着巴特尔的手笑逐颜开，笑了一会儿，又拎起铜壶倒了一碗茶端给巴特尔，递上一条白手巾让他擦汗。

巨松下有人拍巴掌，众人回头一瞧，原来三哥陪着师父早立在松影里。师父一身白色唐装，隐绣团花，脚下一双黑面白底老北京布鞋，岁数瞅着既像四十又像五十，长眉入鬓，凤眼生威，左眉梢一点黑痣，右耳朵长了一粒粉红色的小肉瘤。

贾抬人慌忙带人上前拜见，双手抱拳，一躬到地，满面堆欢。师父抱拳回礼，笑着冲巴特尔招招手，指了指练武场。

三哥对巴特尔说："兄弟，我师父想跟你走两圈，见识见识蒙古摔跤的功夫。"

贾抬人急了，双手乱舞，大声说："他是什东西？仔细脏了老爷子的衣服！"

师父轻飘飘一跨步，已然入场，依然笑眯眯朝巴特尔招手。巴特尔迈步进场，脱了上衣系在腰间，双手合十，深深向师父行了一礼，抬起上臂夹紧胸膛，张手低头，晃腿上步，步伐紧凑结实。

师父随便将右掌朝巴特尔左手腕上一搭，巴特尔反手拉住师父掌缘，猛然发力，却失了发力的所在，不知怎的竟然被卸向一边。巴特尔吃惊，力气便不敢十分使足了。师父脚下紧绕着巴特尔转悠，巴特尔发力发力再发力，却全然使不上力，所有的劲道都被转着圈绕光了。巴特尔不再出击，两只胳膊牢牢护住头颈胸腔，盯住师父的步子，试图寻隙抱摔。

再看那师父全身皆轴，所有的关节似乎可以随意向任何一个方向旋扭，颈肩腕肘，腰胯膝足，无不运转如意。巴特尔正瞧得眼花缭乱，师父一掌贴住他的右肩，一掌贴住他的左腰，双掌一错，将他旋了出去。

巴特尔庞大的身躯失了重心，立脚不住，眼看就要摔倒，背心却抵住了巨松，连忙双臂一张，稳住身形，浑身大汗霎时涌出，将浓密的胸毛浸得精湿。

三哥对众师弟讲解："师父演练的是八卦掌的精髓，全身皆轴，运转发力，心到眼到步到掌到，寻瑕伺隙，犹如水银泄地，无孔不入。那发的力倒有一大半是对手的力，循环圆转，令对手自断其根。师父半年不下场，今天咱们可是大开眼界啊！"

众弟子鼓掌喝彩，贾抬人指挥三个兄弟跟着鼓掌喝彩。师父走到巴特尔跟前，微微一笑，轻声问道："你还收着三成劲呢。是怕我老骨头经不起，还是不敢把劲使足了？"

巴特尔嗫嚅道："是不敢使足了，怕跌跤。"

师父哈哈大笑，拍着巴特尔的肩膀说："怕跌跤就对了！岂不闻'吃饭防噎，走路防跌'这个老理儿呢？学武之人该怕就得怕，什么都不怕的主儿没有畏惧之心，终究成不了大器。我实话告诉你，我老头子还怕子弹呢！你要拿枪对着我，我保证举手投降，不敢参刺儿。八卦掌再厉害，太极拳再奥妙，也不能跟枪子儿拼不是？"

众人哄然大笑。师父问巴特尔："你在内蒙古是干吗的？"

巴特尔大声回答："师父，我在内蒙古放羊杀羊吃羊，一个当了厨子的牧民。"

师父乐呵呵接过三哥捧上的青花壶，对着壶嘴喝了一口茉莉花茶："你怎么不说你是个摔跤的呢？你那两下子还真不赖，在内蒙古绝对算得上角儿。那达慕大会得过跤王没有？"

巴特尔红着脸说只在盟里的那达慕拿过跤王，自治区的那达慕还没来得及参加就被赶进水泥鸡笼里，失了牧场和牧民的身份。

师父坐在三哥搬到巨松下的一把交椅里使劲一拍大腿，把青花茶壶往三哥手里一塞，怒道："我也不爱住那鸡笼子！把一家一户都当鸡养了，接不上地气，老人家的腿脚不是浮肿就是关节炎！谁让我拆迁住高楼大厦我跟谁急！我又不是下蛋打鸣的母鸡公鸡！牧民就应该放牧，农民就应该种地，都弄进城当鸡养着，都塞进鸡笼子憋着堵着屈着，那还得了？咱们大中国什么时候变成养鸡场了？"

巴特尔听得心中暖流滚滚，浑身热血腾腾，情不自禁脱口而出："师父，谁让人住鸡笼子把人当鸡养，您就用八卦掌拍他！好比苍蝇拍拍苍蝇，拍他个稀巴烂烂稀巴！"

一院子的笑惊起了巨松顶上的雀鸟。师父一边擦眼泪一边指着巴特尔摇头："你是头一个把八卦掌比成苍蝇拍的好汉！你是真不害怕我们董海川祖师爷被你气得活过来赏你一顿大巴掌啊！咱俩有缘！我爷爷的爷爷就是紫禁城里摔跤的布库，我爷爷就在天桥顶过大幡摆过跤场。咱们摔跤的人性子直，口无遮拦，董祖师爷那样的大豪杰指定不计较。

"傻小子，你也不想想，就算我是那个苍蝇拍，把那帮杂碎拍得稀巴烂也着实恶心不是？咱们可不能让他们添了恶心！咱弄些没缝的好蛋让苍蝇们叮不成不就完了吗！"

这一次连巴特尔都咧嘴大笑，一口白牙寒光闪闪。两只趴在屋檐上的猫被搅扰了清梦，垂头丧气卷着尾巴翻过屋脊。一只乌鸦立在檐角，勾着脑袋朝下张望。

师父双手拄在膝盖上对巴特尔说："咱俩有缘！你就别回内蒙古了，留在北京开个跤馆，或者在我这场子里练些拳脚，有我的杂面就有你的窝头，保不齐哪天撞了大运还能混碗炸酱面！你看如何？"

人人都盯着巴特尔，等他回话。贾抬人憋一口气，两撇小胡子鼓了起来。巴特尔搔了搔后脑勺，回话得很干脆麻利。

"师父，我怕被北京城的雾憋死！这哪里是雾？分明就是闹妖怪！乌烟瘴气成个什世界？师父，不如您跟我们到草原耍去！再过些日子夏天就来了，草也长了，马也肥了，女人们也漂亮了。那大太阳，照得人心里亮堂！我给师父您点篝火杀羊炖手把肉，强似在这里每天过那没日头的生活！"

满院鸦雀无声。一只猫又从屋脊上翻了回来，立在檐角弓背竖尾，悬在兽头下的铜铃像一个静止的黑色惊叹号。师父一声长啸，纵身跃起，身形晃动，飞上木桩，只见白影飘飘，掌风飒飒，瞻之在前，忽焉在后。

众人正瞧得目眩神驰，猛听得师父一声断喝："刀来！"

三哥抢步上前，从兵器架上摘下双刀，抛向桩头。师父单手抄刀，刀分左右，上下翻飞，寒光闪闪，不一时，在桩上演完一套八卦刀。众人暴雷也似喝彩。

师父跳下木桩，一只脚在树干上一蹬，双刀飞起，挥落一片松针，空中一个转身，稳稳站定。三哥上前双手接刀放回兵器架，小弟递上白手巾，师父擦了头面，小弟递上茶壶。

师父慢慢喝了一口，对巴特尔说："蒙古老弟啊！俗话讲得好，儿不嫌母丑，狗不嫌家贫。再霾它不也是个家不是？我这个老家伙离不了老窝老根老朋友，甘愿落叶归根，不做飘萍一片。你的老窝老根老朋友都在你老家呢，你老家的草原和你老婆等着你回去呢！人不可没了根本啊！得，耍了这两趟我也饿了，咱们中午吃炸酱面。"

于是大家蹲在巨松底下一起吃炸酱面，凉菜是拍黄瓜、芥末墩、糖拌西红柿、醋拌萝卜皮，热菜是一大锅热气腾腾的海带红烧肉。巴特尔吃不惯芥末墩，辣得眼泪鼻涕一把抓，海带有股腥味，猪肉太肥，所以巴特尔只就着拍黄瓜吃了三大碗面条。师父有单独一份小碗干炸，外加两片炸窝头蘸王致和臭豆腐，吃完了一抹嘴，站在树荫里一手叉腰一手执壶，与众弟子开玩笑。

"你们逮住好的吃个肚儿歪！我现在还能动换，还供得起你们炸酱面。赶明儿我老人家躺在床上动不了了，你们不断了我的炸窝头臭豆腐，就算对得起师父了！"

午饭吃毕，师父歇晌，三哥带贾抬人去信访局查贾呆呆的下落，留下巴特尔四人等消息。巴特尔不睡觉，推开巨松旁边那扇小门溜出去转悠。门外一条小胡同，穿出去是一个大池塘，初春荷叶，四散零落。巴特尔从未见过荷花，不甚在意，立在一座小石桥下看一个老头钓鱼。日头渐亮，雾霾渐散，老头钓上来一条三寸来长的鲫瓜儿，放进脚下的搪瓷盆。那小鱼才出水，在盆里转着圈翻腾，水花四溅。巴特尔瞅着欢喜，一站就站了一个多小时。

桥头来了两只狗，一只深棕泰迪，一只金毛松狮，小狗拼命朝大狗叫，浑身夯毛，主人根本拉不住。松狮对于泰迪的挑衅无奈撇嘴，转过脑袋不搭理。泰迪不依不饶，跳到松狮眼前转着圈吠，蹦起来伸两只前爪挥舞作势，小圆球尾巴抖得像跳街舞。

巴特尔上前一摸泰迪的耳朵，小狗立时安静，睁着黑不溜秋的小眼睛盯着巴特尔。巴特尔再一伸手，金毛松狮伸出深紫色的方舌头舔巴特尔的手指头。巴特尔想起了八根儿，心头酸楚。

一人两狗正痴缠，不防贾抬人寻了过来，埋怨巴特尔乱跑，一把扯回武馆，六个人聚在厢房商议。

原来贾呆呆到北京之后先在火车站旁一个小旅店住下，第二天打一辆出租车去信访局告状。北京的出租车司机有觉悟，对这种上京告御状的不安定分子保持高度警惕，二话不说，直接把贾呆呆拉到了上访收容中心。

收容中心的工作人员对他讲明工作流程，留下书面申诉材料，送他回原籍。这是出于稳定社会大局考虑，只能服从。贾呆呆在收容中心待了一晚上，第二天上了回内蒙古的火车。

贾抬人往贾家湾打电话，谁都说没见到贾呆呆的人。贾恭道赌咒发誓贾呆呆没回来，贾呆呆家一天二十四小时好几个人盯着，人要是回来了不可能看不见。三哥又让收容中心的朋友查，查来查去只是一个遣送离京，再无第二个说法。

众人诧异，活要见人，死要见尸，贾呆呆这么一个大活人咋能说没就没了呢？茅坑的石头一样又臭又硬的贾呆呆该不会搞出狗操猪稀里糊涂的新花样来日弄人吧？收容中心的工作人员将贾呆呆一行送上火车，一路有专人护送到呼和浩特，既没跳车也没自杀，到了呼和浩特又有相关单位接收，送回老家交给地方，咋也该有个下落啊。

一共十二个内蒙古告状的，其他十一个人都有了结果，偏贾呆呆踪迹皆无，这岂不成了电视里大变活人的戏法？大家七嘴八舌议论，一时拿不定主意。最后三哥做主，兵分两路，贾抬人带巴特尔去贾呆呆住过的旅馆打听消息，他领三个弟兄找那天送贾呆呆的人当面问个明白。于是贾抬人和巴特尔出门打车直奔火车站前的小旅馆。

小旅馆藏在背街的一条小巷子里，巷子口立了一块白底红字的铁牌牌，上写"旅馆"两个大字，下写一行小字："床铺五十一晚，单间一天一百，一小时二十。"巴特尔不明白什意思，只顾跟着贾抬人寻店门，寻来寻去，顺着一段破烂的水泥台台走下几米，钻进一道铝合金拉门才看见嘴角叼着一根烟眯着一双眼睛玩手机的店主。

贾抬人说明来意，掏出贾呆呆的照片，声明自己是贾呆呆的亲戚。店主乜斜着眼瞅照片，一对男女上前退房，交了二十块，取回一百块押金。巴特尔一见那女的，吓得转过脸不敢再看第二眼。北京城的雾霾咋把北京女人熏成妖怪了，眼睛两个黑窟窿，嘴巴一个大血洞洞，人鬼不像啊！

贾抬人摸出一百块钱塞给店主，店主捏在手里搓了搓，满面狐疑，声称贾抬人跟贾呆呆长得不像。贾抬人说远房亲戚，出了五服，不像就对了。店主掐灭烟头又点上一支，大烟圈套小烟圈，一圈圈朝贾抬人脸上套。贾抬人只得忍耐，赔着笑脸追问贾呆呆的下落，一只拳头在身后攥得白涅。

店主正磨叽，走廊上一片喧哗，头前跑一对男女，后面追一溜大汉。店主从柜台后面蹦到走廊上观瞧，被那一对男女撞个趔趄，还没站稳，又被后面的大汉推搡得东倒西歪。贾抬人扶住店主，眼见那几个大汉将那女人脑揪了头发按倒，男人一犹豫，躲闪不及，被一脚踢翻，拽了腿，跟女人一搭里被拖向店后的阴暗处。

店主人赶出门去，贾抬人和巴特尔紧跟，看那几个大汉将那对男女打翻在垃圾堆，皮鞋尖乱踹，一边踹一边骂，要将这一对数次上访的狗男女结果了性命。店主怕出人命，又不敢上前，正没开交处，猛听耳边一声大吼，巴特尔纵身向前，一把一揪，一揪一扔，只四下，将那四条大汉个个丢得四脚朝天，半天挣扎不起。

贾抬人埋怨巴特尔多事，巴特尔又一声吼，踏步向前，将试图掏家伙的四个人又挨个扔了一遍，每人被抛出两三米远，只摔得一佛出世二佛升天，大白天撞见星星，不辨南北。巴特尔再一声吼，四人拼死挣扎逃命，在窄巷中相互践踏着逃窜了。

那一对夫妻跪倒在地，一边磕头如捣蒜，感谢巴特尔的救命之恩，一边泪如泉涌，哭诉自家孩子惨死经过，直至气哽咽喉，抖如筛糠。巴特尔连忙再三再四扶起，身上沾了许多眼泪鼻涕垃圾。

店主在旁边催促："你们俩上访不要命的还不赶紧撒丫子颠儿！等那些恶鬼寻来索命呢！有多远走多远，差几天店钱我也不要了，只要甭在我店里弄出人命就行！"

夫妻二人起身往店里取行李，跑了两步又返身朝巴特尔跪倒，叩头作别。巴特尔慌忙跪下磕头还礼，三个人趴在地上，磕头不休。

店主气得乱骂："这是从哪儿冒出来仨磕头虫？还他妈磕呢！命都快磕没了！还不麻溜儿走人！"

夫妻二人去了，店主对巴特尔说："你们找的那主儿昨天下午让我把他留在店里的行李送到医院去。这是快递留下的送货单，上面有地址。你们也快走，走慢了再打起来，我的店一准儿稀巴烂！好我的大爷们呀！你们倒是紧着挪窝儿啊！"

贾抬人拽着巴特尔跑到巷口打车回武馆，一上车便埋怨巴特尔莽撞，充好汉装英雄惹是非，又得意一出马便得了贾呆呆的下落，能让三哥见识贾建军贾老大部下的手段。巴特尔不言语，心中暗喜，自觉打得痛快，满天的雾霾好像都稀薄了。一路堵车，巴特尔弄不明白为什要整这么多的车堵路，北京人都活傻了，这么宽的大马路非要堵起来才舒服。马路马路，不就是跑马的路吗！快马加鞭，一骑绝尘，那才是正经营生。

他靠着车后座打了一个盹，做了一个梦，梦见堵的那些车都变成了一只只蜗牛，又变成了一只只蝗虫，最后变成了一堆密密麻麻叫不上名字的虫子。他恶心醒了，听见贾抬人兴高采烈给贾万三打电话汇报贾呆呆的消息，山盟海誓一定将贾呆呆这颗企图祸害一锅香喷喷羊肉汤的老鼠屎捏得粉碎。贾万三在电话那头许愿封赏，乐得贾抬人合不拢嘴，口水含在嘴角，一个劲抽鼻子。司机嫌恶心，摇下车玻璃，抽一张卫生纸擦仪表盘上贾抬人喷的唾沫星子。

回到武馆已经晚上七点，不等贾抬人显摆功绩，三哥说师父已经定了银锭桥烤肉季的包间，请内蒙古来的弟兄们尝尝老北京清真牛羊肉。一行十人出了武馆，不到五分钟就进了烤肉季的大门，服务员恭恭敬敬带入包房，推窗临水，灯火阑珊。大盘烤肉端上，众人大碗喝酒，大块吃肉，好不快活。

师父说："早些年白天站在楼下的银锭桥上能望见西山，晚上顺着什刹海遛弯能瞅见满天的星星，现如今只剩下这烤肉季的味道没变，其他的全没了。"

巴特尔给师父敬酒，师父不喝酒，以茶代酒。巴特尔把师父的那一碗一起饮了，师父高兴，让三哥再给巴特尔上两个磨砂瓶的二锅头，自己离席去荷花市场散步。

三哥挨个给巴特尔等五人倒酒，一边倒酒一边将下午与信访局的解差见面的情况讲述一遍。原来贾呆呆在火车站突然逃跑，慌不择路，从站前天桥的二层台阶摔落地面，撞翻行人两个，跌断肋骨一根，崴了脚脖子，在人行道上乱滚。众解差连忙将贾呆呆包扎抬走，留下一人安抚被空中飞人贾呆呆撞伤的百姓，幸无大碍，只是受了惊吓，不需求医问药。

领队的解差跟弟兄们一商量，送饭过程中嫌犯自残，上面追究起来吃不了兜着走，不如大家统一口径，将这件事轻轻压下，先将贾呆呆送医院疗伤，等痊愈后再处理不迟。商议已定，兵分两路，一路将捆扎得如同粽子一般的贾呆呆送往医院，一路继续履行公务，将一干上访人员送上火车。于是贾呆呆摇身一变，从上访人员变成了病号，躺在京城的医院里享受高级医疗。

众人一听，七嘴八舌议论。有的说贾呆呆是拿糕擦屁股，没完没了，有的说人家是裤腰里揣着驴屌，硬人硬货。贾抬人被三哥抢了风头，有功无处表，比憋一泡屎还难受，一串话塞在喉咙底下，吐不出咽不下，再加上师父赏的那两个磨砂瓶二锅头三哥先给巴特尔倒了一满杯，把他这个领头的面子没搁住，几处邪火拱在一处，跳将起来，将手中的酒杯朝地上一摔，大声叫道："明天就把狗日的从医院拖出来，寻个僻静地方活埋了！他还骚情得要飞人哩，我让他结结实实成个土人！他还硬哩！一刀剁了他的驴屌做钱钱肉下酒，看是他的屎硬还是咱的牙硬！"

三哥笑道："好我的抬人兄弟啊！这里是紫禁城，皇城根，天子脚下，可不敢随便喊打喊杀，仔细惹出泼天大的祸事！咱们明天安排停当，三下五除二，利利索索将那没完没了、不见不散的贾呆呆弄出医院，一条绳儿捆个结实，连夜拉回贾家湾不就得了？还用得着在四九城埋人啃驴鸟！趁早打发了那个惹祸精，交差了事是正经！"

一席话说得贾抬人像穿了腮的大雁，蔫头耷脑，一言不发。众人离了烤肉季，逛了一圈什刹海，立在银锭桥下一个小酒吧听一个蒙古打扮的歌手唱了两首草原歌，一人揣着三瓶啤酒回武馆歇息。巴特尔早早睡了，贾抬人带着三个弟兄喝了半夜，胡乱躺下，一宿无话。

第二天一大早，三哥招呼一干人马饱餐早饭，奔赴医院捉拿贾呆呆。一路拥堵，到医院已是十点钟光景，三哥说巴特尔忒雄壮，今日并不是逛动物园，因此留他在大门口接应。巴特尔领命，在大门外的花坛上坐下，遮了半扇冬青。有人上前兜揽生意，推销旅馆，介绍陪护，黄牛挂号，白马卖药。那卖特效药的汉子穿一件白衬衣，脸长似马，故此巴特尔认作白马。半个小时过后，巴特尔如同一头不堪牛虻滋扰的猛牛，实在熬不过那折磨，万般无奈，只得离了花坛，躲进大门旁边一个小过道，蹲在墙根下狠狠抽烟解闷。

旁边一扇门里探出一个脑袋，巴特尔一抬头，那脑袋吓了一激灵，缩回去半天不敢再伸出来。巴特尔看那门面，是一间卖水果烟酒的小铺子，站起身要走，缩回去的脑袋带着一个瘦骨伶仃的身子飘出房门，递上一杯热水。巴特尔接了，递回一根香烟，店主笑嘻嘻摆手。两个人正客气，不提防一辆红色的快递三轮直撞进来，巴特尔一闪身，三轮的把手蹭着他的肚皮蹿过去，将一家小吃店的炒肝锅咣啷啷顶翻。

小吃店里蹦出一位须发苍然的北京大爷，手起盆落，泼出一盆泔水。快递员带着头盔，眼睛被泔水蒙了，又惊又慌，连车带人别死在墙角，怎么忙活也不得脱身。

老头儿跳着脚戟指大骂："孙子！你爷爷我见过骆驼祥子的三轮儿什么样儿，今儿居然让你这歪瓜裂枣的冒牌货撞翻了我熬了一宿的炒肝！你小子冒充骆驼祥子，你爷爷我就不揍你了？照揍不误！

"这老祖宗留下的四九城都让你们这帮孙子糟蹋成什么玩意儿了？连骆驼祥子的三轮都不放过！人家是拉人的，你们是撞人的，横行霸道的王八羔子，只顾挣钱，眼里还有人没有？你自己个儿是人不是？

"前天我那老兄弟是不是你冲上人行道撞的？老胳膊老腿儿都八瓣儿啦！人行道上飞车，你们是飞车党啊？是飞车党就得蒙面！这盆泔水就是你的屁股帘儿！"

巴特尔上前几步，双臂伸出，将那一辆电动三轮连带快递员平平举起，噔噔噔直端到道口。快递员头脸蒙了泔水，双目不得见物，耳边老头的怒斥声犹未绝，突然间身在半空，宛如腾云驾雾般全然没了着落，不觉双手乱舞，狂喊乱叫。

巴特尔将电动三轮放在道口，不理会惊魂未定的快递员，转身朝愤怒的大爷憨憨一笑。大爷的怒气早飞到九霄云外，眨巴着昏花老眼一时说不出话来。水果铺的老板张着嘴，呆着眼，含着口水瞅着巴特尔，一副就要吓哭的熊样，好像一只被点了穴道的瘦鸡，耷拉冠子耷拉毛，丝毫不得动弹。

半晌，老大爷望着快递员亡命逃窜的背影，挑起大拇指说："你是年画里走出来的门神不是？嘎嘣儿脆地就把那个三轮螃蟹打发了。我灶上还有半锅炒肝，一笼包子，够你塞牙缝儿不？不要钱！白给！你要没地儿去不如来我们街道戴个红箍儿得了，你瞅你那钟馗胡子，邪门歪道的小妖小鬼一准儿不敢近前！等着啊！我这就给你端去！"

巴特尔在水果店吃炒肝，店主免费提供一小包五香花生米和一袋烤馒头片。巴特尔把烤馒头片掰碎了泡在炒肝里，一口肥肠一口猪肝，一口馒头一口花生，稀里哗啦吃得山响。水果篮子后面钻出一个小脑袋，放着绿光的两只小眼睛死死盯住巴特尔胡须下开合的嘴唇，使劲鼓着腮帮子咽唾沫。

巴特尔不吃了，指着孩子问店主："你的孩子？咋饿成这样子？"

店主诧异道："你真是个神！你咋知道他饿？两天没给饭吃了！"

巴特尔放下饭碗，轻声道："你看那两个眼珠子比饿狼还绿。狼饿了可怕，人饿了更可怕！为什不给饭吃？你的孩子你不给饭吃？你是娃他爹？"

店主说："我是他后爹。他妈嫁给我的时候把他一起带过来的，我自己有个闺女。"

巴特尔眯缝着眼睛打量店主，店主后脊梁寒毛直竖，辩解道："不是我不让他吃饭，是他亲妈要饿他呢！我可不是那一种人！我不吃都要让娃娃吃饱呢！"

店主拉住巴特尔的手倾诉衷肠。他是陕西渭南人氏，前妻病故，留有幼女，再婚一河南女人，带一男娃。四人组成的新家靠亲戚介绍来京谋生，开了这一个小店糊口，一年也有七八万进项，横竖强过种地。不想这男娃数月前开始偷店里的钱给学校里的同学花，细问缘由，北京孩子瞧不起外地孩子，不花钱就没脸面没朋友受欺负。他妈打了两顿，依然不改，前天又拿了店里五十块钱给同学买煎饼果子，他妈一怒之下断了娃娃的饭食，不改就饿死，省得以后做了贼，进了监，连累得一家人不得好死。

巴特尔听罢，胸口酸楚，想起图兰和自己的一双儿女，不由得双目湿润。他挺身而起，一把薅住男娃娃的后脖领子从水果堆后提将出来，一时寻不到对景上嘴的言语，伸一根胡萝卜粗细的指头指一指钱匣子，再指一指孩子的小鼻子，一只胳膊上下抡动。可怜那孩子，脚一忽儿着地，头一忽儿碰梁，上上下下几个来回，一张小脸煞白，哭不出叫不出。

巴特尔停了胳膊电梯，瞪着娃娃运气。那娃娃机灵，明白了巴特尔的意思，伸一根肮脏的手指头指着钱匣子使劲摇摆。巴特尔去隔壁盛了一碗热乎乎的炒肝回转来，放在娃娃手中，娃娃捧着胡喝乱嚼，恨不能把脑袋埋进碗底。

店主搓着双手笑道："你这一弄只怕把他治好了！我是不敢管！为啥？我打我骂我饿他，怕人家说闲话！不是亲生的更不容易下手！一家人以后还要长长远远过日子哩！"

巴特尔离了千恩万谢的店主，回到医院大门口的花坛，日已过午，人流渐稀，正无聊，三哥带着贾抬人一干伙计喜气洋洋从大门里出来。巴特尔不言语，跟着队伍走街串巷来到一家饭馆，店面虽小，吃客盈门。三哥领众人去一个雅间坐了，一人一瓶白酒一小盆红烧牛肉，桌子中间放了一大盆豆角土豆红烧肉。

贾抬人对巴特尔说，贾杲杲已经找到，从跌打损伤的骨科转到了呼吸科，诊断为肺癌中晚期，基本没救，只能等死。贾抬人将此喜讯传回贾家湾，真真正正皆大欢喜。老天有眼，贾呆呆自作孽，不可活。谁耐烦跟一个死人计较，他爱告就让他告去，他爱上访就让他上访去，他爱死在京城还给贾家湾省了坟地。贾万三有令，锄奸队回转贾家湾领赏，村长贾恭道封了一个十万块的红包，贾抬人指挥有功，一人独分四万，提拔为圐圙的副总经理。

众人欢喜雀跃，吆五喝六痛饮。巴特尔不喝酒，也不吃肉，托着腮帮子瞅着窗户外面的雾霾发愣。三哥坐到巴特尔身边，巴特尔对三哥说，他不明白老天为什将贾呆呆弄成了肺癌，上访也不是该死的罪过呀，咋老天爷就这么不待见贾呆呆呢。其实贾呆呆是一个咬住肉骨头不松口、攥住驴尾巴不放手的可怜人，结果让驴一蹶子踢死了。

三哥忍不住笑，拢着巴特尔的肩膀赞叹："好兄弟，平时喝酒一喝就好几瓶，吃肉一吃就好几斤，如今为了一个上访的贾呆呆，酒也不喝肉也不吃，一门心思慈悲一个可怜人，怪不得我师父他老人家喜欢你。你这样恋故土的人留是留不住的，今后有事打我的手机，来北京找我，咱俩就算结拜了兄弟。"

巴特尔很欣慰，但他还是想不明白。他觉得有个什东西笼罩了他，不清不楚，混混沌沌，又像身体里藏了个什东西，就是不知道藏在什地方。众人皆醉，他一人独醒，琢磨了半宿。贾呆呆是个可怜人，他又何尝不是个可怜人？长生天为什让可怜人更可怜？莫非为了让可恨的人更可恨？

他被连皮带骨嚼得粉碎，再像屎一样拉出来，但他毕竟还活着，他这坨大粪在泥土中获得了重生的力量。但贾呆呆却要死了。一个倔强的愚蠢的可怜的贾呆呆却要死了。巴特尔很难受，像一只哭兔子的狐狸，更像一头哭狼的狼。他曾经打死过一头狼，另一头狼处着毛垂着尾巴嗷嗷叫了一整夜，叫得图兰在他怀里发抖。

长生天拾掇了贾呆呆。只能是长生天拾掇了贾呆呆！

巴特尔体会到一种深深的恐惧，比那一眼埋葬安田修三的枯井还深的恐惧。被糟蹋被踩蹦被侮辱被玩弄的贾呆呆就要无声无息地死去！原来这一切竟是长生天的安排！

巴特尔蒙着被子偷偷打哆嗦，满屋子醉汉的酒气发酵了他的惶惑。他在惶惑中睡去。

他的睡梦中充满雾霾，安田修三的头颅从雾霾中钻出来，絮絮叨叨说个不停。他为什杀他？他跟他往日无仇，近日无冤，他又没睡他的老婆，他又没抢他的孩子。他为什不杀了那个吊车司机，是那个吊车司机享受了他的生活，夺占了他的角色。巴特尔寻找铁锤，一无所获。安田修三继续喋喋不休。你的锤头子落在贾家湾了，你的兵器在千里之外，没了锤头子你算个什？没了锤头子你奈我何？巴特尔端起一盆泔水浇在安田修三脑袋上，安田修三大叫一声，泔水像硫酸一样烧化了脸皮和头骨。安田修三的头颅在雾霾中消失了。巴特尔可怜安田修三。那个日本鬼子也是个可怜货色。

他在怜悯中醒来。黎明前的黑暗。

夜幕降临时分，巴特尔坐火车离开了灰黑的京城。三哥送到月台上，提了一箱二锅头让他们火车上喝。巴特尔沉浸在他咋想也想不明白的困惑中，不知不觉冷淡了三哥的依依离情。他们走了，带着长生天替他们完成任务的光荣回到了贾家湾。

在黑夜与黎明交汇的那一刻巴特尔睁开双眼。无比漆黑的黑暗。所有的星辰已经陨落。如果是在茫茫草原，这一刻，骏马会轻轻喷着响鼻品尝草尖上的露水。如果是在天似穹庐、笼盖四野的圈圐，母牛会舔舐牛犊被露水打湿的耳朵和鼻子。很久很久以前的这一刻，图兰会更紧地蜷缩在他的怀抱里，脸庞贴住他的胸膛，咿唔的梦语香甜似花蜜。

但是现在，在这漆黑似铁的黑暗中，巴特尔静静地活着。他活着。在许多人许多人死去之后，他依然活着。咯吱咯吱的沙发好像就要塌陷了。他长长呼出一口气。是的，他还活着。

他把贾逵送去了黑云压城、雾霾弥漫的京城。贾逵是一个可怜人，背井离乡，有家难回，但贾逵可以活下去，可以在那个难以呼吸的地方活下去。活着就好，活着就有回来的那一天。

天亮了他就去找王民。杀掉一个日本男人之后，他还要杀掉一个中国女人。他就是一个杀人犯。他必须是一个杀人犯。

他一点也不紧张，一点也不激动，只是有一点踌躇。比草尖的露水还轻的一点踌躇。

他拨了王民的电话。他按断了那个正在拨出的号码。他想找一个人说说话。即便是商量怎么杀人，他也想找一个人说说话。但这却是一个死寂的世界。

他闭上眼睛，深深陷进沙发里。沙发支撑在崩溃的边缘。死亡不知藏身何处。但他依然活着，活在黎明前的黑暗中。

第七十章

第一缕曙色映白了窗户纸，王民轻轻推开怀中香梦沉酣的薛宝莲，悄悄起身下炕。薛宝莲翻身仰面朝天躺在炕上，毛巾被遮着肚子，露出两弯雪白的膀子和两条白花花的大腿。王民想起了李小花的尸体。不过这一次他没有恶心，也没有难受，更没有痛楚，因为他已经彻底摆脱了李小花阴魂的纠缠。在这张杀死李小花的炕上，他跟薛宝莲癫狂了一宿。他非常惬意。他用他的癫狂报复了李小花的淫荡。早知如此，不妨留那个淫妇一条性命。

他穿上裤子，把衬衣搭在肩头，走到外间抽烟。不弄死李小花就不会弄死球球。可惜球球为那个淫妇殉了葬！他穿上衬衣，洗了一把脸，仔仔细细刷了牙。他可不敢让王国全闻见他嘴里的烟味和酒臭。他刮了胡子，换了一双新袜子，用湿手将平头顶心参起的头发。

王民走出房子。一个清凉的早晨。东方天边的一块云彩已经红了，苍穹的淡青色正变成淡蓝，一只鸟静静立在墙头。他吐了一口唾沫。那是一只乌鸦。

他觉得他的新生开始了。大汉奸救了他，他的新生开始了。他娶了李小花，他的新生开始了。他第一次睡了薛宝莲，他的新生又开始了。

究竟是什么一次次毁灭了他的新生啊！他非常想操老天爷的娘。根本没有什新生！有新女人新衣服新袜子也没什新生！

王民开车奔向烟萝殿。他得去烟萝殿见王国全一面。他的新生就是杀了王国全的老婆。那到底是一个什女人？一个要摔死王国全的女人！他觉得有点意思。

杀这么一个女人有点意思。这个女人让王国全绝了后。不孝有三，无后为大。他也没后。也许薛宝莲能给他留个后。不管男女，是个后就行。

王民把车开到山梁上，下车撒尿。沟底的薄雾袅袅升腾，纵横的崖壑静静等待朝阳。它们是那么深邃。他使劲撒尿，撒得哗啦啦一片响亮，草科里蹦出一只土黄的蚂蚱，他用尿浇蚂蚱，蚂蚱被浇了一个跟头。

山梁背后飘出一道黑烟。他拉上裤裆的拉链，瞅着那道黑烟出了一会儿神。那是电石厂在放毒。大汉奸说过，贾家湾的人最后不是被电石厂毒死，就是被味精厂熏死。是有了钱了，但是不得好死。

贾家湾像一个撑死的醉汉，嘴里喉咙里肚子里全是腐烂的食物，胃已经爆裂，肠子已经崩断，连屁眼都胀炸了。

一个人饿死不容易，没吃没喝七八天，一杯水一块馒头就能救活，撑死一个人连一小时都用不了。

王民觉得大汉奸说的是真理。既然怎么都是一个死，干脆不要再思量，死就是了。他把胳膊肘搭在方向盘上抽了一支烟。咋都是一个死，何况他早就该死了。他死了也值了。

曙光破晓，行人稀少，王民慢悠悠下坡，拐一个弯再拐一个弯。他盯过贾红几天，知道贾红有一个相好的小混混，叫个什么要运粮。他冷笑着朝窗外使劲啐了一口唾沫。

他妈的，要运粮，狗日的应该叫要运钱才对！一个吃软饭的小白脸傍上了中天煤业董事长的老婆，还不拼命把银子往家里运，费那么大的劲运粮食能换几个钱？顶多也就混个吃饱了不饿。这年头谁还运粮啊，种粮的早就快死绝户了。

不过听说那小子并不是银样镴枪头，中看不中用，手底下利索敢玩命，等闲两三个人恐怕拾掇不下。贾红不光找了一个屌，还找了一个打手。这屄女人什时候吃过亏？能弄死小老婆的娃，能把老公朝死里摔，天底下还有什干不出来的事情？王民一口气顶上来，打了一个响亮的嗝，一股阴阴的怒火在胸腹间默默燃烧。

一辆运粪的清洁车上坡，王民关上车窗，让开道，贴边缓行。天不怕，地不怕，单怕粪车来打架。贾家湾哪一个开豪车的不怕粪车？再张狂的货色看在大粪的面子上也得躲三分。庄稼一枝花，全凭粪当家，旗里进贡盟里的天然无公害蔬菜没了大粪就蔫了。

他和要运粮都是臭大粪，巴特尔是被连皮带骨嚼碎了咽下去再拉出来的臭大粪，贾红干了那件事之后变成了堵塞屁眼的臭大粪，所以只要王国全点头，接下来就是一场属于臭大粪的你死我活的决斗。

为了大汉奸的嘱托他绝不能让王国全掉进粪坑里，哪怕一点粪沫子也不能沾，一点屎尿味道也闻不见。

王民在没有粪车的道路上飞驰。李神仙说过的弥勒教真有那么点意思。杀人如同捡粪，把脏的臭的拾掇干净就是功德。他在网上搜集了许多资料，弥勒教、明教、拜火教、白莲教什的，看得头晕眼花，如坠五里雾中，不辨南北。

杀人是慈悲，杀的人越多慈悲越广。捡粪是功德，捡的粪越多功德越厚。无论如何这个世界不能让大粪埋了。虽然这个世界不咋地，到处是电石厂的黑烟，味精厂的毒水，小煤窑的粉尘，黑作坊的臭肉，但毕竟不能让大粪给埋了。

沟壑里的轻雾消散殆尽，显露出深黑的褶皱，深绿的灌木，深厚的黄土。天尽头浮着一团青云，像极了一个怒目横须、鳞甲迸飞的龙头，龙口中吐出一道滔天大水，汹涌而来。王民停车凝视那条无形的巨流，心荡神驰，魂飞魄散。

一瞬间，山沟沟填满了，山梁梁消失了，他立在一个孤岛上，站在一块沙洲上，踏在一块石头上，无助地等待来自远古洪荒的大水的吞噬。

一个人在水上撑着船帆，那是一叶小舟，于惊涛巨浪中忽隐忽现。那个人是大汉奸，他看不见他的脸，但他知道那个人是大汉奸。他想过来接他，虽然他奋力划桨，逆流破浪，但他的船却一点点退向彼岸，退向大水袭来的某个地方。

王民点上一根烟使劲吸了一口，他就在这里等他，他相信他会来接他。他的手有点抖。所有的幻象真实得宛如在他眼前痴缠的淡蓝的烟雾。他又深深吸了一口。那条大河消失了。手指尖冒出灼热的刺痛。

王民继续开车。动手之前他要见王国全一面。他不知道王国全曾经为大汉奸做过什，他只知道那个大雪天大汉奸救了他和球球的命。那个从苍茫沟壑中的大水上来的人救了他的命。他也救过巴特尔的命。衣不蔽体、浑身恶臭的巴特尔冻僵之后比大象还沉，一条绽放棉花的大棉裤破了裤裆，胡子硬邦邦的扒拉不开，找不着嘴，脸蛋子上全是裂口，像一张张婴儿的小嘴。

王民又点上一支烟。大汉奸为了王国全杀人，他为了大汉奸杀人，巴特尔为了他杀人。他喜欢杀人。杀了安田修三和李小花他好生欢喜，杀贾红也让他涌动温淡的兴奋。他杀的人都该死。他也该死。他死之前得把那些该死的先弄死。

六点五十分，王民敲响了吴玉真的房门，开门的是瘸着一条腿拄着拐杖的王国全。王民轻轻闪进客厅，没有灯光，晨曦中的房间半明半暗，吴玉真坐在沙发上，双手捧着一本《圣经》，像个瓷人似的放出白花花的死光，连眼珠都像遮了翳子，雾蒙蒙的冰凉。王民深深吸了一口气。吴玉真的头发根白了一片。她还是那么美，只不过此时此刻美得像一具女尸。

吴玉真起身走到王民跟前，将手中的《圣经》举到王民鼻子底下，轻声说道："他们把他弄死了。他们把他钉在十字架上，他们给他戴上荆棘帽子，他们扒光了他的衣服，他们侮辱他。他们不知道他能让我的儿子复活！我的儿子其实没死！

"信他！信他得永生！我信他，我不要永生，我只要我儿子活过来。他才那么小，他还不会说话，连走路都走不了，满地爬呀爬的。现在，他就在我心窝里爬呀爬的，爬得我只想咽下这一口气！"

王民觉得吴玉真化身成了一个女巫，她冰一样的手指尖碰到他的下巴颏，他耳朵后面的头发全都竖了起来。

王国全牵着吴玉真的手把她带进一扇幽暗的门，转回身拉住王民的胳膊肘，慢声细语说道："她快疯了。我的儿子没了。那个要了我儿子的命还想要我的命的女人什都干得出！她已经疯了，巴不得全世界都给她陪葬。许多人会受牵连。你明白不？"

王民点点头。王国全浑身一股子韭菜味道。王民想起一大盘热气腾腾的韭菜猪肉馅饺子。王国全贴在王民耳边说了一番话。王民耳朵后面的头发又竖了一遍。王国全望着王民，眼神很奇怪，没有仇恨，除了凄凉感伤还有一点随波逐流。

他们不是在同一条河上吗？他们不是在同一条船上吗？但他们要去的地方不一样。王民想起了黄河岸边秋日里瑟瑟的芦苇。李神仙管那个叫荻花。一片混混沌沌的白絮絮。他垂下眼皮，低头转身，走出了那扇门。

王国全凝视吴玉真留在他手中的《圣经》，打开的那一页是一首短歌。

"我的鸽子栖息在山那边一块隐蔽的岩石之上，让我看见你的脸，让我听到你的声音。你的声音那么甜美，你的脸那么可爱。为我们抓住那只狐狸。那只小狐狸，它毁坏了我们的葡萄园。我们果实累累的葡萄园。"

下午三点，风尘仆仆的史东风轻车简从来到贾家湾。一小时前接到通知的王国全不及准备，将第二季度经营报告匆匆翻看一遍，核对了主要数据，正吩咐贾康精心准备晚饭，史东风已经到了楼下。王国全腿脚不便，不想增添拄拐迎驾的尴尬，索性待在办公室泡上一壶明前碧螺春，摆下两只北宋金底兔毫盏，静候史东风纡尊降贵，亲自登门。

门开处，史东风旋风般刮进来，一屁股坐在王国全对面，门框上支棱出贾康的小脑袋，满面通红，张嘴瞪眼，一副想叫叫不出、馒头噎了嗓子眼的猴急表情，想必是在楼下挨了史东风的训斥，一路撵不上史东风的步子，才憋得如此半死不活。

王国全瞪了贾康一眼，师爷般的小脑袋缩了回去，门轻轻带上，严丝合缝，发出"咯嘣"一声响。王国全满面堆笑站起身来，恭恭敬敬捧上金底兔毫盏，盏中热气袅袅，茶香沁沁，一丝赏心悦目的碧绿，几根倒立跃动的茶尖。史东风不接，王国全躬身将茶盏放在茶几上，瘸着腿挺身直立。

史东风拿起茶盏喝了一口，问道："这是北宋的兔毫盏？"不等王国全答话，紧跟着甩出一根大棒，"你那能跑能颠的兔腿都折了，兔子的尾巴还长得了长不了？等人家剥了你的皮做毛笔呢？捧骨灰盒似的捧出这劳什子兔毫盏祭奠你自己呢？自己给自己出丧？自己给自己上香？你可真应了贾家湾那句土话了，割了鸡巴敬神，你都疼死了，人家还嫌你不恭敬哩！你现在是站着撒尿拉出屎来，现脱裤子来不来得及？咋擦你那屁股？"

王国全没被这一棒子打蒙，倒是浑身上下火辣辣发烫，嘴唇眼眶耳朵根烧得慌，一股气于胸腹之间往来冲突，血脉偾张。

史东风放下茶盏，突然转移话题，像什么事都没有似的平平静静发问："第二季度的亏损怎样？你们有什么应对办法？"

王国全带着一身的火慢慢坐下，像坐在一个火球上，脚下如同踩着哪吒的风火轮，裤裆里好比窝着一个麻雷子。

"二季度的煤价比一季度下降了45块钱。一季度我们坑口煤每吨盈利23块，二季度每吨坑口煤亏损22块。按一个月500万吨产量计算，二季度共计亏损三亿三千万，两个季度加起来，盈亏基本持平。但由于全国电厂发电量严重萎缩，发电机组运转率只有百分之四十，第三第四季度的煤价可能还会下行。如果不减产，今年后六个月生产的三千万吨煤炭预计亏损十二个亿。中天煤业今年不但不能增加十五个亿的利润，反而会亏损十个亿。针对目前的严峻形式，我们准备了一套应急方案，等您同意批准后实行。"

史东风放下兔毫盏，轻轻挥了挥手。王国全继续说："如果集团批准，我们想每月减产200万吨煤炭，将中天煤业今年的产量控制在4800万吨，这样可以减亏六个亿。少了这1200万吨煤，节约的生产成本、维修成本，以及下调的部分一线员工工资奖金，估计还能再省两个亿。加上铁路运输和电厂的利润，今年能够做到基本持平。"

史东风微微一笑，反问道："谁让减产了？国资委让减产了还是发改委让减产了？迄今为止国务院根本没下过解决煤炭过剩产能的正式文件！你减产，别人减不减？你减了别人不减，市场白白扔给了竞争对手！明年怎么办？后年怎么办？大后年又怎么办？"

王国全默然。史东风斩钉截铁，一字一句："我告诉你，自古华山一条路，不减产，拼价格！先把撑不住的拼死，我们的日子自然就好过了！你不知道达尔文的进化论？只有你的竞争对手垮了，你才有机会重整河山！"

王国全无法反驳史东风的高瞻远瞩，更钦佩那一种舍我其谁、扫除一切绊脚石的气魄，只好拿出第二套方案。

"如果不减产，首先从物资供应着手降低采购成本。从第三季度起，所有的采购项目必须上网招标，而且投标商必须三家以上，最低价中标。

"削减百分之八十的计划采购，实行应急招标机制。使用单位缺少的备品备件不是急需的不采购。所有签署的长协供货合同逐一与使用部门核实，尽可能减少用量，与供货商再次谈判，降低价格。所有合同签订后延迟交货的在途设备及备件，审核后能取消的立即取消。贾中华立了军令状，这些规矩实施之后，到年底采购成本可以下降三个亿。"

史东风点头。王国全一边倒茶敬茶，一边上烟点烟，手不闲着，嘴头更加利索。

"露天维修中心是成本大户，一共十六个车间，电铲卡车发动机工程机械，哪一个每年都不少花。我要求每个总成大车间到明年五月降低生产费用三千万，特车、轮胎、吊车这些小车间的降幅必须达到原计划成本的百分之四十。

"维修外包是重中之重，不管什活，自己的工人都嚷嚷干不了，最后跑到承包商那里揽私活，还占用车间的资源，一堆吃里爬外的小蛀虫。我下了死命令，谁说干不了，一律劝退，回家拿基本工资待岗，所有外包修理合同暂停，到明年五月省不下六个亿，从维修中心经理到每个车间主任全部降职调岗！"

史东风拿起遥控器调低空调的温度，放下遥控器端起兔毫盏浅浅抿了一口，掏出一个羊皮烟草袋，用一根镂空的石楠根烟斗抽烟。王国全起身将窗户推开一条窄缝，烟斗深蓝色的烟雾凝聚在天花板上，像一个蘑菇盖子。

"洗煤厂的降本目标是三个亿，扩建项目停止运行，所有进口设备替换成国产设备，包括旋流器、渣浆泵、破碎机。尤其是那个外号'妈妈的'英国破碎机，从破碎齿到液力耦合器，全部垄断配件来源，一整就是天价。这个月国产破碎机就到货，那个'妈妈的'英国厂家的中国总经理跑到我办公室来质问，还云山雾罩讲了一大堆国学，扮演百家讲坛的教授。我让他回去找他老子娘学学怎么做中国人，就算集团有人我也不怕。"

王国全望了史东风一眼，史东风面无表情，吞云吐雾，跷着二郎腿，微微向右边歪着脑袋，活像某个若有所思的福尔摩斯。

"露天矿的主要成本在卡车柴油、轮胎损耗、基建工程、设备外包几个方面。油库主任已经分头与中石油中石化联系，为我们每年十万吨柴油谈个好价钱。咱们中天集团的煤制油项目也出油了，把握住这个筹码好好敲打两只油老虎一顿。好歹摸摸他们的屁股。

"至于轮胎我还是主张少用国产货，尤其是大轮胎，为省那几个钱弄出大事故，一辆卡车就赔上千万，得不偿失。

"两个矿长给土方剥离公司下了通牒，不降到每方土二十五块就让他们卷铺盖卷！前几年挣了中天那么多钱，现在咬着牙也得替中天扛两下。爹爹的担子千斤重，铁梅也要担八百斤。反正承揽土方的铁道部几个工程局也姓铁，学学他们的铁奶奶，一年怎么也能给我们省两个亿。"

史东风伸出一根手指制止了王国全洋溢的兴奋，他给王国全倒上一盏茶，盯着王国全，好像弹烟灰似的抛出一个铅球。

"看看这形势！都快把我们大名鼎鼎的王拼命逼疯了！你要干这么多好事，你准备了这许多妙招，想没想过会得罪多少人？老虎口里夺食啊！你就是变成一个王武松又能打多少只老虎呀？贾红为什么偏偏挑这个时候跟你决裂啊？这背后到底有没有别的隐情？

"挽救中天煤业亏损的代价不是你的牺牲。当然，你肯定会把握分寸，我是给你提个醒。你周围和身后还有不少兄弟呢，你倒了，倒的可不是你一个！都是一条绳上的蚂蚱，一条藤上的葫芦，一块田里的萝卜。"

王国全先是觉得他和史东风属于一个哑铃上的两个铅球，然后感到史东风抛过来的这个铅球变成了一根针，犹如芒刺在背，而且屁股蛋子一个点一个点地爆发刺痛，最后他突然明白了史东风前来贾家湾视察工作的目的与预亏防亏扭亏根本无关，只跟贾红那个取了他儿子性命并且谋杀亲夫未遂的女人有关。因为贾红可以扳倒他，他可以扳倒很多人，很多人又可以扳倒很多人。居然有那么多的蚂蚱捆在他这一根绳上？

也许史东风还有另一个目的。那个目的像一口深不见底的井。井口太小，贾红太丰满，得使劲塞才塞得进去。也许那个目的就是一根香肠，一把碎烂的肉末硬生生挤进肠衣，扎住口子，挂在杆子上墙上房梁上灶台上晾晒。

王国全什也不想说了，他被一个什东西噎住了。

史东风放下兔毫盏，磕干净烟斗，站起身对正在努力消化的王国全说："既然来了，随便四处看看也好。去电铲工作面走一遭，瞅瞅我们中天国产化的骄子。"

　　三年前太原重工推出五十五立方的新型电铲，逐步取代了世界采矿巨头美国比赛罗斯公司的产品，每台电铲的采购成本降低了一亿五千万，运行性能优异，虽然不如美国电铲故障率底，但性价比却得到了业内的一致认同。当年王国全向集团打报告申请试用国产电铲，史东风鼎力支持，两人一起吃了第一只螃蟹，将美国货逐渐挤出了中国采矿市场，行业轰动，名噪一时。今天史东风指名要看电铲作业，其中深意，不言自明。

　　集团董事长亲临，不让跟人也跟了十几号中天煤业的高管，五辆陆地巡洋舰风一般刮到露天矿，矿领导还蒙在鼓里。史东风站在工作面的挡土墙上，戴着墨镜，一手叉腰，一手拭去额头的汗水，问王国全："当年你是不是独立组装比赛罗斯495电铲的项目经理？"

　　王国全微笑点头。美国人指导组装要价五十万美元，中天自己干既省钱又锻炼队伍，他不想干老书记都得踢他的屁股催他干，他干不好老书记能把他腌在菜瓮里做成酸菜，然后再烩了山药蛋黑猪肉给弟兄们下一顿大酒。美国人根本不相信中天煤业能够独立组装，在2001年那个苦夏，一边在北京喝冰啤酒一边等王国全吹破牛皮，上门负荆请罪，趁机狠宰一刀。但王国全偏偏在那个夏天干成了那件事。所以每次无论是谁提起这件事，王国全都会微笑，不是意气风发的欢乐喜悦，而是沉淀在流逝岁月中的追忆感慨。

　　史东风瞅着王国全的腿，微蹙眉头笑道："当年你培训出来的电铲司机，正位、抓料、提料、转料、卸料五个操作动作，每个步骤的完成时间不得少于60秒。现在的电铲司机能不能达到以前的标准？是提高了还是退步了？想看你亲自比画两下吧，你老人家的腿偏偏出了状况。老了吧？后面有接班的没有？"

　　当年中国第一个能源合资企业平朔煤炭工业公司的电铲操作要求是每个步骤30秒，王国全提出质疑，30秒不足以应对突发情况，速度与处理突发情况的安全率成反比，因此，在全国煤炭企业电铲比武大会上，王国全首先提出了降速度保安全的操作规程，并且推出了每个操作步骤60秒的最佳时间量。今天史东风提出要考察相关领导在生产一线的实战操作能力，确实出乎意料，众人面面相觑，低头不语。

王国全向空中举起一个拳头大喊："史老板要看弟兄们的本事，哪一个下去遛遛，看看是骡子是马？不对，我说错了！看看那个下去遛的骑的骡子还是马！"

众人哈哈大笑。笑声未落，一人越众而出，一溜烟跑下挡墙，奔到电铲扶梯之下，手足并用，敏如狸猫，捷似猿猴，只几下便爬上边栏，钻进驾驶室。霎时间机器轰鸣，巍巍启动，大臂调正，铲斗凌空挥出，烟尘滚滚，如万马千军。王国全掐表计时，一铲土石落入 300 吨卡车的厢斗，五六个脑袋凑到表上凝目细看，正好五分五十八秒。

王国全挨个推脑袋，推开脑袋，举起手表宣布："从大臂动到铲斗空，一共五分五十八秒！"

史东风掏出福尔摩斯式烟斗点上，竖起大拇指顶住烟嘴，笑眯眯问道："这是谁呀？"

王国全回答："电铲车间主任贾大山。"

不等烟尘散净，贾大山从电铲的驾驶室原路奔回挡土墙，立在史东风和王国全跟前，气不长出，面不改色，安全帽上多了一层灰土，肩膀上蹭了些油污。

史东风跷了跷大拇指，王国全上前摘下贾大山的帽子，掸掸干净，扣在贾大山脑袋上，只说了一个字："行！"

史东风问贾大山的情况，王国全详细介绍，退伍兵，1998 年转业到中天煤业，参加过电铲独立组装项目，是当时最年轻的班组长，今年三十八岁，已经当了五年电铲车间主任，连续三年获选中天煤业优秀车间主任，去年电铲车间被评为中天集团优秀基层单位。

史东风拍了一下手，笑道："我说谁应声而出为你排忧解难，原来是你培养了多年的老部下。好！强将手下无弱兵！今天晚上我得敬他一杯，多叫几个这样的人才坐坐。"

晚饭摆在腾霄楼的宴会厅，贾兴旺亲自下厨，料理了几个史东风喜欢的本地菜。

一大盘红烧牛肉，足有七八斤，挑的都是腿筋夹肉处不肥不瘦的花肉，剔干净皮膜，用三分酒两分水煨熟，再用生抽收汁。那三分酒一分是黄酒，一分是高度白酒，一分是德国啤酒。整盘牛肉纯是牛肉的味道，并无葱姜蒜等调料的杂味，色泽红亮，犹如花糕。一大盘牛舌，开水浸泡，至舌苔发白，刮净白苔，跟牛肉同锅炖煨，出锅后略微过油一煎，约有五六斤的分量。

四只羊头，洗净切开，煮烂去骨，将嘴里的老皮扒掉，将羊眼切成两块，去掉黑皮，不要眼珠，做成碎丁，与羊头一起加香菇、笋丁、甜酒、酱油，用老母鸡汤煮好。两只羊头配胡椒葱沫姜片，取辣味，另两只煮时放顶级米醋，取酸味。

这三个肉菜一上，一张大圆桌就占去了一半，再配些胡麻油调的绿豆芽黑豆芽，醋拌苦菜胡萝卜，糖拌西红柿水萝卜，筛满一碗一碗的剑南春，真个是饕餮暴殄的气势排场。

一桌子八个人，除了史东风和王国全，剩下的全是当年电铲组装项目部的能人干将。酒过三碗，肉过半斤，众人放下了上下级之间的拘束，觥筹交错，言谈甚欢。史东风让讲组装电铲的趣事，五个人打开了话匣子，你一言我一语，吼喊了许多同甘共苦的经历。

电铲大臂齿轮油润滑，没有安全带，没有任何防护措施，一人拎一桶，一路小跑跑到离地三十多米的半空，把油灌进大臂前端的润滑孔，碰上刮大风，一桶油倒有半桶泼一身，一个个成了油乎乎的小肉人。

王国全点评："这帮小子命大，一个摔死的都没有。我倒吓出了恐高症！"

贾大山说："油乎乎的小肉人们下了班，洗澡换衣服。齿轮油只能用柴油洗，于是十几个人钻进一个倒满柴油的大铁桶，用柴油洗齿轮油，洗完了再用水把柴油冲干净。"

王国全再度点评："只要有一颗火星子，这些人就都成了烤猪了。不是烤羊，是绝对的烤猪。那时候能吃，一个人一天吃八个馒头，一斤猪肉炖土豆，胖成圪蛋了！"

贾大山的搭档贾小宝说："电铲履带单点润滑，我们一个挨一个爬进履带，猫着腰，膝盖顶着下巴颏，一干就一个下午。别人没事，我的腰受过伤，干完已经爬不动了，得让人薅着脖领子往外拽。那一个星期干下来，腰椎从此就没直过，走路总往前哈，阴雨天酸困得挪不动步子，像个小脚老太太。"

王国全说："也不是一点好处没有。你平常走路就比别人捡的钱多！"

众人大笑，一起碗干。贾喜喜、贾乐乐兄弟二人放下碗擦着嘴笑道："何止多捡些钱呢！我们中午歇晌在运输配件的集装箱里打扑克，谁输了拔一根尿毛。这货输了不拔毛，我们替他拔，他就势窝成个虾米圪蛋，捂个严严实实，倒少拔了好些呢！"

贾小宝自己干了一碗，笑骂道："我嫌你们俩那手膈应人哩！鸡爪不像鸡爪，猪蹄不像猪蹄，伸进我裤裆里疙里疙瘩的，毛早就吓掉了，根本不用拔！"

王国全笑着喝止。史东风要看贾喜喜和贾乐乐的手，兄弟二人伸出四只手，手心里一片黑点黑疤，活像筛了煤的四只筛子。

史东风问原因，王国全说："电铲风门的钢丝绳断了，绞进卷扬机里，没时间拆卸卷扬机，他们兄弟两个戴着橡胶手套往外掏，钢丝绳的碎片扎了满手，又是瘢痕体质，因此练成了这两双九阴白骨爪。"

史东风举碗，众人齐刷刷举碗。史东风不喝，指了指水桶般粗壮的一条矮汉。王国全连珠炮似的汇报："他叫贾铁锤，口吃，一句话得说五分钟。电铲大臂根部有一个销子，大臂着地的时候因为自身重力作用把销子咬死了，咋也砸不进去，只有举升大臂，在大臂的运动中用十二磅的大锤把销子揳进去。贾铁锤腰上拴一根安全带，悠在半空，借力挥锤，砸了三下就把销子砸进去了。只会灌酒弄锤头子，不会说话，因此桩子似的杵了一晚上。"

史东风一抬手，干了一碗。众人齐刷刷干了一碗，只听得杯盘响亮，一时间风卷残云，将桌上的菜肉吃了个狼藉。王国全吩咐上主食，贾兴旺端上来一盆土豆面油煎饼，一盆土豆炒猪肝，一盆土豆条小白菜汤。那饼外焦里嫩，第一口酥，第二口糯，第三口弹，就着看不见猪肝的土豆炒猪肝，把人香得一激灵一激灵。

原来那猪肝先切片炒六分熟，捞出切丝，入锅炒至八分，放入土豆翻炒，直到猪肝炒成一粒一粒糊在土豆条上才出锅。史东风最爱贾家湾贾兴旺这一个菜，逢宴必点，百吃不厌。土豆条小白菜汤里放了山里生的野胡椒，丝丝麻，入了汤味，在舌尖上翻来覆去地爬痒痒。八个人一顿抢，三个盆盆就光了。

史东风擦着嘴瞧着旁边坐着的第八个人。这个一直没有说话的人正是中天煤业的党委书记兼副董事长史浩博。

组装电铲那一年史浩博是中天集团最年轻的副处级干部，挂职中天煤业维修中心副经理，全程参与了独立组装比赛罗斯电铲的工作。两年前，史东风将已是中天集团总裁助理的史浩博再度派往中天煤业，与王国全搭档，争创全国最佳露天煤炭基地。但是今天史浩博却扮演了一个静默的旁观者，好像当年的奋斗拼搏完全与己无关。

王国全觉得史浩博的血凉凉的，史东风觉得史浩博的态度怪怪的，其他的五个车间主任干脆就当史浩博是空气，或者是雾霾，最不济是电石厂喷射的浓烟。

史浩博端起一碗酒对冷眉冷眼的五个半醉的好汉笑道："弟兄们辛苦！我敬你们一碗！"一仰脖，干了。

史东风继续瞅。史浩博又端起一碗酒，满脸诚恳说道："弟兄们都是为中天拼过命的功臣！我再敬你们一碗！"一仰脖，又干了。

五个汉子不接茬，史东风不转眼。史浩博斟满第三碗酒，王国全一抬手，把酒碗从史浩博手里接过去，干了。

"史书记来了两年，老兄弟们一个没提拔，上了一批二十几岁的小青年，副经理、经理、总经理助理一大堆。弟兄们四十的人了，再不进步，这一辈子就是车间主任了。

"一辈子的车间主任倒没什，关键一口气难忍。那些咋咋呼呼的年轻人什也不懂啊！外行指挥内行啊！干一年走了，到京城里拿着基层锻炼经验当跳板高升去了，又下来一批，这到什时候是个头啊！是好汉都受不得窝囊气，因此老兄弟们跟史书记结了疙瘩，越走越远，形同陌路。

"但是今天当着史老板我得替史书记喝这一碗。因为这事不能怪他。他不提行吗？你们知道人家的爹妈是谁？现在满世界都拼爹拼妈了，你们这些养爹养妈的还做梦呢！人家的命好，咱们的命苦，人就得认命！我这一碗敬命！"

史东风倒了一碗酒摆在面前，转着掏羊眼的小银勺，若有所思，缓言慢语："看样子我也该喝一碗。你们是王总的兄弟，跟他一起划了好长时间的船，同甘共苦，同舟共济，不容易。我老家在呼伦贝尔，穷得直到上了高中才第一次去呼伦湖耍水。

那个湖啊，我觉得比天都大，能把天含蓝了也含绿了。当时我爹带我上了一艘大木船，桅杆上的帆吃满了风，一路劈波斩浪，痛痛快快让我装了满眼满胸的大水。船靠岸以后我再看那船帆，没了风咋就成了一条臃肿破烂不入眼的大裤衩子似的东西呢！那条船帆一直让我记挂到现在，着实难忘！"

空气仿佛凝固了。空气中似乎鼓荡着风声。史东风夹起半只羊眼放进口中慢慢咀嚼，好像望着远处一个只有他能看见的地方。

"每个人都在黑暗中的一条大河上撑着自己的船帆。它既是船帆也是破布。我们知道往哪里去，也不知道往哪里去。既然都在一条船上，那就是缘分。我这一碗敬缘分。"

史东风饮干碗中酒，五个车间主任和史浩博悄悄退下，掩上房门。史东风抬手按住王国全的手背，一字一句轻轻说道："船不能沉。你和他们的船不能沉。咱们的船不能沉。天再黑，风再大，浪再凶，我们的船不能沉。"

史东风走了。王国全坐在空荡荡的屋里拨了一个空荡荡的电话。空荡荡的电话接通的声音像沙沙的雨点。他看见一个人，在黑暗的水上，在凄迷的风雨中，孤独地撑着船帆。

他听见自己空荡荡的声音说："动手。"

第七十一章

动手那一天是立秋。

早上开完例会，王国全准备去找李混田算一卦，刚要动身，一个女人推门而入，双泪涟涟，哀哀欲绝。王国全一看，是贾古董的老婆，连忙让座。女人不坐，站着，只是哭，不说话。王国全唤贾康泡茶，亲自搬一把椅子放到女人身子后面，女人这才用半拉屁股占了椅子的一个角角。

贾康端上茶，女人不喝，泪珠噼里啪啦往杯子里掉，掉得王国全恨不能在杯口盖一块塑料膜，心疼糟蹋了上等的西湖龙井。女人哭够了，放下茶杯，申明来意，讨要一年前贾古董借给王国全的那一件大明永乐官窑缠枝莲福寿青花大盘。

"得了癌症了，受罪啊！我男人一辈子命苦！免了职虽然丢脸，可总算开了自己的公司挣了钱。有了钱吧，又爱上了那些坛坛罐罐的古东西，弄一个大箱子，藏在床底下睡觉才踏实。现在得了这个瞎瞎病，都没个人模样了，还惦记着那个盘子，跟我说见不着盘子不闭眼。那盘子比我比娃娃金贵，见不着就要睁着眼睛走呀，你说吓人不吓人！"

王国全小心翼翼朝女人的茶杯里加了些热水，轻声慢语道："非要那个瓷家伙不行？你看折成现钱行不行？男人走了，你和娃娃还要过生活哩，钱存在银行里到底踏实安心。我问过了，那个盘子值八百万。收了钱吧！一碰就碎个瓷东西，你哪里操得下那个心哩！"

女人使劲一拍大腿，把王国全吓了一跳，茶杯里的茶泼出来一半，溅在地板上，水汪汪的汪得他难受。

女人放下湿漉漉的茶杯，直眉瞪眼，怨气冲天地倾诉："谁说不是哩！王总你倒替我们孤儿寡母着想，我那死老汉还往外撒钱呢！他在北京的医院住着，床底下的古董箱子换成了钱箱子，哪个护士照顾得周到，给一沓，哪个大夫治得到位，给一沓，哪个护工屎尿端得勤，也给一沓，谁去看他，谝得称心了，再给一沓。好我的老天爷啊，人都快死了还把钱往水里撒呢！他才不要那三百万哩，他只要他那命根子古董！"

王国全吃惊忍笑，情不自禁使劲眨了眨眼。这是贾古董？这是那个啬皮得洗下垢痂水都舍不得浇到别人田里去的吝货？

中天煤业筹备开发的时候王国全跟贾古董同在一排活动板房办公，贾古董省下粮票换老乡的鸡蛋羊肉，换完了还要饶一把碎烟末子卷纸烟，连工人们抽的八分钱一包的"羊群"也比不上。一个农民经贾古董介绍拉职工食堂的泔水，拉了一个月不干了，因为泔水喂猪，猪长膘猛，贾古董隔三岔五让农民给他弄猪肉烩酸菜。

后来管过一阵子油库，成了富得流油的专吃一年千分之三损耗的"油老鼠"，脚上一双鞋还是烂死搭伙像才走完两万五千里。那时中天煤业一年使用六万吨燃油，允许损耗一百八十吨，盘算盘算这里面白花花的银子就让所有人的眼睛比兔子还红。那一双双红眼眼瞅见了贾古董的破鞋鞋，就编派贾古董这个油漏子连鞋也漏了，日后怕连裤裆都要漏哩。

癌症的力量真伟大！死亡的权威如泰山！这个吝死人的漏裤裆的油耗子贾古董居然还没死就脱胎换骨了。

王国全叹了一声，瞥了不喝茶对着茶哭的女人一眼，送客道："你回去再劝劝，能要钱还是要钱，方便，一个大包包就送到家里了。实在不行我专门跑一趟北京，想办法把借出去的东西要回来。怕只怕是刘备借荆州，有借无还啊！钱能解决的事就不是事，钱解决不了的事才是事，但什事办到最后还是一个钱字。能办，能办，一定能办。你回去让古董安心养病，人只要在哩，什事情不好商量！"

贾古董的女人走了。王国全埋在椅子里，两只手叠在肚皮上，转着两根大拇指琢磨那个永乐青花大盘。的确是个好东西。好东西就是好东西，不懂的人看了也觉得好才是好东西。那个盘子从黄绫子里一亮相，王国全惊了一跳，能听见心在胸膛里沉重地蹦了一下。这就对了。要的就是这一下心跳。送给史老板的寿礼送的就是心跳。

那时候贾古董受了黄永安老婆的暗算，离了运销公司单干，瘦骨伶仃，前后招呼，左右逢源，给鉴定专家敬烟，给他端茶，一时半刻也不消停，两只眼盯着盘子骨碌碌乱转，喉结上下急剧滚动，像一枚失控的核桃。

王国全又叹了一声。这么个比猴子还精的人，现在正躺在北京的医院里像散花天女一般撒钱呢。猴精成了女妖，这世界到什地方说理去！王国全想笑，笑却干涩得粉碎了。

他想起了贾古董敬祖宗似的敬着的那位专家，大脸蛋子大眼珠子大嘴叉子大耳朵，活脱脱一盘扒猪脸。专家喝五十年的茅台、二十年的拉菲，还有他自己的尿。专家是饮尿族，在台湾故宫研究文物的时候落下的后遗症，特别灵验，高血压、糖尿病、脂肪肝统统根除，据说还管裤裆，六十来岁的人，喝尿喝得杠杠的，早上起来朝天一炷香，晚上睡觉铁杵磨成针。

专家指着青花大盘不屑地说："绝对真！伦敦苏富比拍回来的，手续齐全。您可听清楚了，伦敦苏富比拍的，没假。人家的拍卖公司保真，如假包换，还赔您损失。不像中国的拍卖行，不管真假只管拍，您打了眼您自个儿上药揉鸡蛋！"

一想象那个扒猪脸专家拿两枚鸡蛋磨蹭眼窝子，王国全就忍不住笑，他搞不清楚那样一个人怎么能混上电视风光八面地鉴宝，坐在琉璃厂的铺子里陪着一屋子光彩夺目的赝品瓷器假模假式地品头论足，让贾古董听得如醉如痴，魂灵出窍，崇拜得五体投地。

王国全点上一支中华，吸了一口，拿在手里观瞧袅袅青烟。史东风喜欢那个盘子。贾古董想把那个盘子要回去。一个快死的人可不好惹。贾古董偏不咽那一口气啊！

王国全打开抽屉，拿出一块手表，百达翡丽万年历。听说这款纪念版的手表全世界只发行了不到五十块。他不知道多少钱，只知道史东风从手腕上摘下这块表戴在了他的手腕上。史老板为什送他这么贵重的手表？因为那个盘子。

所以史老板还是非常喜欢那个盘子的，百达翡丽记录了时间的流逝，永乐青花凝固了流逝的时间。贾古董哪里配得上那个盘子？但那个奄奄一息的贾古董却偏要那个历久弥新的盘子陪葬。

王国全把百达翡丽戴到手腕上，左看右看，上看下看，越看越喜欢，越看越佩服。外国人烧不出中国的瓷器，中国人造不了外国的机器。把那个盘子送进史东风家里，然后戴着这块手表出门，还真不是一件容易事。

他打电话给史东风祝寿，史东风说老婆去英国看闺女，让他来家里一起吃一碗面条。王国全受宠若惊，感激史老板没拿自己当外人，但惊喜之后又煞费苦心，总不能拎着一个大锦盒登门拜访呀，这不摆明了给领导惹麻烦吗！王国全前思后想，长吁短叹，猛然间得了一计，不觉手舞足蹈。

王国全提着一篮子寿桃寿面来到史东风家楼下。那个楼住的全是中天集团的高管，随便拨拉一个都是王国全的领导。王国全拎着篮子从大门口走到楼门口，正是下班晚饭时分，碰见一个领导恭敬一番，五十米的距离王国全点头鞠躬握手走了二十分钟。领导们的反应几乎一致，首先是对史老板请到家中共进面条的王国全表示羡慕，其次对王国全手中的寿桃寿面不屑一顾，甚至形诸辞色。怎么把土得掉渣的寿星老儿的东西宝贝似的捧来了，也不怕寒碜了这一楼的精英！

王国全受着白眼，挨着冷语，满面堆欢，柔顺得像刚过门的小媳妇。小区的保安瞅着王国全皱眉，白眼仁翻成了白眼狼，不知道该把这个不懂事的土鳖怎么办，恨不能找根扁担让王国全把寿桃寿面挑上楼去才解气。

史东风开门迎客，腰间一条围裙，双手沾满白面，喊王国全放下寿桃做西红柿土豆羊肉臊子，酱已经炸好了，葱段、黄瓜片、糖心萝卜丝拾掇得齐齐整整，还有两瓶五块钱一斤的红星二锅头。王国全将篮子放在大茶几上，动手帮厨，不一时，面条出锅，一碗炸酱半盆臊子上桌。两人坐定，史东风剥了一碟子蒜，打开一包五香花生米，切了两个咸鸭蛋两个皮蛋，喝酒吃面，满头大汗。

王国全吃了一碗炸酱面、一碗臊子面，起身打开篮子，取出寿桃寿面，露出了那个永乐青花缠枝莲福寿大盘。幽幽的青花泛起海潮般的颜色，深沉明净亮泽肥润，宛如一只穿越时空的飞碟将淡淡的光芒晕满整个房间。

王国全出门的时候，史东风解下腕上的百达翡丽，亲手戴到王国全的腕子上。他一身二锅头的味道，把手插在裤兜里，在保安警惕的蔑视下逃离。

王国全的指尖滑过宝蓝色的百达翡丽。它像一个深邃的星空，星星眨眼。

王国全明白史东风送他手表的深意。永乐青花很好，他送永乐青花的方式更好。这块百达翡丽既是对永乐青花的激赏，也是对王国全智慧的肯定。史东风这样的领导一定会笼络出类拔萃的部下，他们是他的刀剑，是他的铺路石，是他的马前卒。

王国全凝望着手中寒冷的星空。王民就是这样一个部下，发来的信息一个字也没有。王国全瞥了一眼手机短信。一个字也没有。遥远的星空，无字的短信。

王国全轻轻哆嗦了一下。王民今天就会动手。

王民发了无字短信，心下又默默盘算了一回，事关重大，不能有丝毫闪失。贾五敲门汇报，周家湾的周财、周富、周禄到了，交来三台两立方的挖掘机，扛了一坛自酿的玉米酒，想与王民歃血为盟，入伙拖车队。王民闻听一笑，如果人人都把他这里当成水泊梁山，挨打遭剿的日子就不远了。

贾五不明白王民微笑是什意思。王民吩咐食堂备饭，杀翻一腔羊，打开一箱草原白，弟兄们红火一顿。贾五问为什，王民说，立秋了。

周家三兄弟立在院子里，见王民出来，周财抢上两步，两只手握住王民一只手，说："兄弟们来投奔哥哥你！这些机器我们不养了，没有生意，就是有生意也拿不上钱。我们三个一合计，不如交了这些劳什子，到哥哥手下干些养家的营生。"

王民笑道："不嫌我的庙小？你也交我也交他也交，美国猫收下这些旧机器又不能当饭吃，还不饿得吼喊得比叫春还厉害？美国猫都快破产了，你们交了机器来我这里也是个喝西北风呀！怕你们的老婆娃娃扎着脖子吊着嘴，心里头骂我的祖宗哩！"

周富拉住王民另一只手摇呀摇地诉苦："哥哥，什工程也拖着不给钱，拖钱比脱裤子容易，拖我们这些老百姓的钱好比脱我们的裤子，屎都露了一河滩了！

旗里欠钱欠得最多！修路挖渠栽树填坑，谁干谁等着，等得眼窝里冒火，家里揭不开锅，带着老婆娃娃要饭！旗长叫个贾石头，他那个石头砸了多少人家的锅灶！这样下去迟早是个饿死！哥哥给我们三兄弟指一条明路，免得我们在黑地里撞一头的疙瘩，啃满嘴的泥！"

王民把两只手抽出来，给周家三兄弟一人一支软中华，自己也点上一支："你们三兄弟在周家湾还愁什哩？三把铁锨，横冲直撞，当年连拖车队都被你们撅翻了！咋？今天成了没米煮的媳妇、没经念的和尚了？要我说就一句话，回家种地去！"

周禄把烟别到耳朵上，大声说："哥哥让我们拿铁锨抬谁去？哥哥让抬谁我们就抬谁，没二话！当年要不是哥哥仁义，放了我们一马，我们今天还不知道在什地方干什营生受什罪哩！现在机器也不养了，工程也不干了，光溜溜三个人，只要挣一口饭就行！"

王民把周家三兄弟带进食堂，一边吩咐贾五摆碗筷筛酒，一边掰开了揉碎了解释："你们说什是根本？现在看出来了吧？不是挖煤，不是修路，不是满世界播土扬尘，拆房盖房，盖房拆房。

"我在清水河看下五十亩地，种山药蛋蛋、莜麦荞麦，养上猪羊，咋还挣不上一口干净饭吃！你们兄弟三把铁锨，撅起屁股背朝天，汗蛋蛋砸也砸出一个踏实营生。

"什营生踏实？回去当农民种地么！离了地三十年，到了该回去的时候了！什时候埋人的都是一把黄土！趁那些闻汽油喝脏水吃毒物的瓜尻们还没灵醒过来，你们先去把肥田沃土占下。不信回去把我这主意给你爸宣讲宣讲，他老人家肯定高兴得把吃面的老碗扣到头上当帽子戴呢！"

周禄恍然大悟："好我的哥哥呀！你咋思谋得这么远呢！人死了不就是一抔黄土吗？还能烂在那些鸡笼子一样的水泥房子里头？我爸咋都不愿意搬迁住高楼，嫌住进去死得快！你看那些水泥筒筒子把多少老汉弄失塌了，还卖得贵死人！不病死都让贵死！随便寻一块原上的地，日急慌忙一盖，就几十万一套。你不买它还涨哩！好狗日的！"

周财反驳道："现在不是也没人要了？你看空下多少楼！咱贾家湾地方不大，没有鬼城，鬼楼倒确实不少。白天看是些透光的窟窿，晚上黑黢黢能把胆小的吓得尿裤子。你说也奇了怪了，涨的时候一窝蜂，生怕抢不上，尿都挤出来了！一降价谁也不买了，越降价越不买。两个开发商跳楼摔得人鬼不像，后头还有排队寻死的呢！哥哥说得对，这些日弄房子的早晚不得好死，咱弟兄们去清水河种地才是正经事！"

话音未落，只听一个脆生生的声音问道："谁说弄房子的不得好死？人家有杀鸡抹脖子的急事抵一下押一下周转一下，难道不是解难救急的仁义事情？全中国那么多人都买房子卖房子日弄房子，难道他们全都不得好死不成？这是哪里的混账糊涂话？"

众人惊起抬头，周家兄弟三双眼睛瞪成了六个铃铛，王民两只眼睛眯成两条缝，独贾五挤眉弄眼，嘬牙花子揉鼻子，弄出许多骚情的张致来。

一条超短花裙子底下一双薄丝袜缠裹得紧绷绷的大腿，腰肢露出一痕雪肤，深深的乳沟里夹着一条绿莹莹的翡翠鱼儿，颀长的脖颈上一点黑痣，烈焰红唇，一双勾魂摄魄的桃花眼，笑模样里带了三分嗔怒，两个翡翠耳环打秋千似的晃荡。正是吴玉真的姐姐吴艳霞。

周家兄弟咽着唾沫站起来，面红耳赤喘粗气，活像三只跃跃欲试的蛤蟆。王民坐着不动，轻声慢语说："你别跟他们三个粗人一般见识。他们不是故意形容你，把你当王母娘娘敬还怕缺了礼数呢！来得正好，给我们拖车队的弟兄们打打气，发些红包！"

吴艳霞甩开手里的路易威登包包砸了一下王民的脑袋，一屁股坐上桌子角，抱怨道："还打气呢！车胎都爆炸了！还发红包呢！杀猪盆盆里都没血了！我今天来跟你商量个事情，把拖车队解散了，把美国猫宰了做一锅龙虎斗，甩了这个累赘！你知道不？三个月了，每个月挖掘机生意亏几百万，卖出去的人家往回送，卖不出的堆了一院子！咱要这些废铜烂铁做什呢？现在这个跳楼的时候咋还能掏钱往这个烂窟窿里塞？"

王民"咳"的叹息一声，指着周家三兄弟说："解散就解散！经济形势不好了么！生意不行了么！不解散做什？我让他们三兄弟去清水河种地哩。你们说是不是？"

周家兄弟盯着吴艳霞坐在桌角上紧实丰肥的屁股，一起点头，像三只啄米的公鸡。王民点上烟抽一口，接着说："拖车队几十号人不能都去种地呀！解散了他们总得有个营生干，不能闲着等饿死呀！比方说贾五这货，他不在拖车队开车了，咱得给他另寻个开车的地方，要不然这货肯定跑到大同去，没日没夜量黄米哩！"

男人们哄笑。大同话里"黄米"是妓女，"量黄米"就是嫖娼。贾五的祖籍是大同，自古北地胭脂出大同，量黄米是贾五回老家最惬意的事，一回来能在拖车队绘声绘色讲三天，直讲得口吐白沫、舌灿莲花，把弟兄们的裤裆讲穿了才住口。今天在吴艳霞面前被王民揭了老底，不禁羞恼交集，无地自容，只得垂了头嘟囔："打人不打脸，骂人不揭短。"

吴艳霞扭着腰歪着头瞅着王民笑道："他们的出路我早就想好了，都给我要账去！欠我钱的人乱跑乱窜，躲黄世仁一样躲我，让他们去把那些装穷哭穷的杨白劳美美拾掇拾掇，把我的钱要回来！你带几个能打的给我当保镖，追着我屁股后头要账的也多得很，不是上吊跳楼就是拿刀动枪。你把他们挡得远远的。你看要买些枪不？弄些枪踏实！枪杆子里面出政权呢！"

周家兄弟你瞅瞅我，我看看你，异口同声说："我们还是去清水河种地。你们要账要累了，保镖保乏了就吃我们种的干净粮食。我们家倒是有一杆土枪，装铁砂子，能打黄鼠狼。你要我们白送，都是朋友兄弟，什钱不钱的，见外。"

贾五盯着吴艳霞腰上扭出来的那一道雪白的肉条，期期艾艾说道："我给你开车去。不管是要账还是保镖，没车不行。我早上接你晚上送你，你放心，一定把你伺候好了！"

王民拍拍巴掌站起来："既然准备拉杆子干仗，咱现在就把这个食堂改成聚义厅，像梁山好汉一样大碗喝酒大块吃肉快活一回！拖车队今天解散了！招呼弟兄们来红火！"

不一时，二三十人坐了四桌，杀翻的一腔羊做了手把肉和血肠，一大盆猪肉烩菜分成四份，一瓶瓶的闷倒驴倒在碗里，酒气冲天。吴艳霞禁不得手把肉的腥膻，厨师特意炒了一个西红柿鸡蛋，拌了一个沙葱土豆泥，焖了一屉莜面饨饨，调了一碗卤肉汁。吴艳霞吃了几口菜，示意王民出去说话，王民装没看见，埋头只顾喝酒吃肉。吴艳霞将卤肉汁浇了半碗莜面饨饨尝尝，觉得味道尚可。贾五凑上前敬酒，吴艳霞不搭理，拉起王民的手径直离席。

两个人来到后院，上了王民的大吉普，关上车门，吴艳霞抬起一只脚搭在王民的膝盖上。王民盯着那只脚，高跟鞋不但包住了脚指头，还挤出了四个肉窝窝，在薄丝袜幽暗的微光中绽放欲火的光芒。王民咽了一口唾沫。他今天要替这个淫妇的妹妹报仇雪恨，而这个淫妇却在他的车里勾引他。

吴艳霞解开王民的皮带，把手伸进王民的裤裆，没摸到毛，微露讶异之色。王民有点羞涩，他不长毛的秘密竟然被这个淫妇发觉了。吴艳霞摸弄那个东西，那个东西就硬了。王民很生气，因为那个东西不听话。他想起了薛宝莲，越想薛宝莲，那个东西越硬棒，坚热壮伟，鼓胀欲裂。薛宝莲如果知道了这件事非伤心死不可。

吴艳霞把那个东西扒拉出来，喘息着坐到王民的小肚子上，屁股夹住那个摩擦。王民想到大汉奸的那个东西也曾经进过这个门，不由得没了兴致，试图从放倒的座椅里坐起来。吴艳霞按住王民的肩膀，嘴唇含着王民的耳垂大声呻吟，不等王民那东西软下去就纳入了门户。王民没有快感，反而有点害怕，因为吴艳霞叫的声音太大，还因为车子晃荡得厉害。这么大个吉普咋就经不起两个人折腾呢？

吴艳霞在上面像个披头散发的女妖，她的脸扭歪了，睁大眼睛，雪白的牙齿咬住下嘴唇，浑身充满了飞跃的激情。王民觉得自己被强奸了。这个淫妇不就是想强奸所有男人吗？王民盼着这件事赶紧结束，但不知怎的，他那东西却被撩拨得没完没了。屄也有不听话的时候。他的屄骚情疯了。

终于完事之后吴艳霞窝在车座里像一条鱼一样张嘴喘气，眼神迷离，脸颊上残留着高潮的抽搐，奶罩拉到奶子底下，短裙子搓成一条带子缠在腰里，高跟鞋蹬掉了，肉感的脚丫子白花花堆在一起，脚趾紧勾着座椅下面的脚垫，一只丝袜褪到脚脖子，另一只溜到了膝盖弯。

王民拉上裤裆的拉链，胸中涌起极度的厌恶和空虚。他干了大汉奸的女人，还要替这个女人的妹妹杀人，而这个女人强奸他只是为了满足一种无耻的控制欲。吴艳霞是一个不折不扣的淫妇。

王民长长叹了一口气，打开车门，下车抽烟。他看见贾五躲在转角的柱子背后急切地张望，喉结滚动得像电视里开奖的双色球。王民走过去揪着贾五的耳朵一直扯到食堂，周家兄弟醉倒了，没醉的还在那里胡喊乱叫。

王民拨通了巴特尔的电话。天很高很蓝很干净。一队鸿雁飞过一团青青的云彩。

中午时分王国全走进李混田的院子，凉风飒飒，四顾无人，两只土鸡争啄一只虫，叠着翅膀在土墙下扑腾。王国全来到窗前，屋里有人说话，站住脚，侧耳细听。原来四宝窑子村的老村长请李混田看坟地的风水，李混田不去，老村长再三再四求肯，许下十万块钱。李混田不要钱，老村长以为嫌少，再加十万。

李混田不觉失笑：“你以为我是为钱哩？你说你快死了，让我给你选坟地，我咋看你还能再活十年哩。咱两个意见不统一么！我咋能给活人挑埋的地方哩？老哥你让我活埋你呀？”

老村长怒气填胸：“贾家湾人民医院诊断脑肿瘤，鄂尔多斯人民医院的医生们说没治了，检查做了几十次，什贵做什，咋查都是绝症！你比医院那些机器还厉害？你比那些戴眼镜穿白褂褂的大夫们还厉害？你就真是个神仙也得相信科学哩！你是不是嫌少？你只管说话！你要多少我给多少，眨一眨眼睛算我白活！我都是快死的人了，还有什放不下？”

李混田哈哈大笑：“好我的老哥呀！你不就是得了个瞌睡病么，咋就能诊断成脑肿瘤？要不你再睡一下，我再看一下，如果真是要命的病症，我马上动身给你寻一块宝地去！”

王国全扒着门缝朝堂屋里一瞅，只见一位白头发老汉立在李混田身前，歪着一张长得不能再长的马脸，闭着眼睛，半张着嘴，露出一口乱七八糟的黑牙，登时昏昏睡去。王国全不禁掩口失笑。原来这个四宝窑子村老村长王国全认识，二十多年前还有过一炕之缘，不料今日重逢，故人有疾，竟然得了这个说睡就睡的怪病。

那时候王国全还没跟贾红结婚，与贾文武同住过一段干打垒的土屋，两条光棍，白天忙死累活，晚上卧在床上想女人想得睡不着，裤裆里那根肉棍左躺右躺躺不平整。某日，贾文武兴头头寻王国全讲私房话，四宝窑子村开了一个窑子，搜罗了周围三村四庄的丰肥女人，着实红火，要与王国全相跟着逛窑子。

王国全惧怕老书记的黑脸，不敢去。贾文武说不怕，我干你不干，你是个开眼的货，我是个开马眼的货。

王国全犹豫半晌应承了。贾文武翻遍私房，只得三十块钱，一咬牙，将一口从煤矿食堂淘换来炖肉的高压锅卖了，凑齐五十元掖在裤带上，领着王国全，开着借来的矿山通勤吉普车直奔四宝窑子村的窑子。

到窑子一看，王国全大失所望，村妇们一张张猴屁股一般红的脸蛋子像冻硬了的杂面窝头，啃不动咬不动，卡在喉咙里咽不下犯恶心。贾文武望着一大堆裹在烂棉袄里面的肉蛋蛋兴奋得擦眼睛咽唾沫，与老鸨谈好价钱，十块钱一炮，五十块钱六炮，一脑袋扎进里屋干得热火朝天。

老鸨陪着王国全在外屋土炕上吃烟，吃完烟吃酒，没有下酒菜，只有腌酸菜就辣子。老鸨说他得先富起来，既然上面让一部分人先富起来，他就得是那先富起来的一部分人。王国全喝醉了，贾文武还在里屋折腾，女人们叫得嗷嗷的，像被捅了屁股的母猪。

老鸨下了一碗荞面给王国全解酒，面里窝了两个荷包蛋。王国全吃完面，给了两块钱，躺在炕上睡到后半夜贾文武完事。老鸨打着灯笼把他们送到村口，车开出老远还能看见那一点火光。

那个老鸨就是现在这个得了瞌睡病，随时随地都能打鼾的老村长。

王国全回身坐到堂屋的台阶上，点上一支烟听老村长鼾声如雷。这个先富起来的老鸨当上了村长，挣下一大堆钱，得了睡不醒的瞌睡病，再花一大堆钱请李混田看一块风水宝地。那他下一世托生是做老鸨呢？还是做村长呢？还是做先富起来的那一部分人呢？王国全有点想不明白。

争到虫子的土鸡一下一下地啄，没争到的那一只垂头丧气踱到檐下打嗝。王国全啐了一口痰，那鸡赶上来吃了，醉了，抿着翅膀在土里划拉鸡爪子。王国全晒着太阳看烟头一点点侵蚀白色的烟纸，谛听那一丝一丝的"嘶嘶"声，冷冷一笑。

　　一个老鸹，一个村长，一个富人，一个寻找美穴地的脑肿瘤患者，一个被李神仙判了活刑的想死的人。这个世界越来越奇怪。贾红今天要跟这个奇怪的世界永别。她的末日就在后晌的秋阳之下。

　　堂屋中一声响亮，李混田在老村长的后脖颈上拍了一巴掌，老汉从昏睡中惊醒，流着口水，耷拉着下嘴唇，呆着两眼茫然四顾，仿佛置身荒野。

　　李混田拉着老村长的手往外走，一边走一边劝："你真没有下世的光景，起码还有十年的阳寿哩。咱贾家湾的医院就会唬吓人，一天能诊断出一卡车的癌症，病不死的全都吓死了！为什？凭吓唬人挣钱呢！你去北京的医院检查一回，看人家天子脚底下的名医们咋说。可不敢杯弓蛇影，白日见鬼，自己吓自己。好好活着不比什强？站着睡觉可是贾家湾一号人物，咋能把你这人物说没就没呢？"

　　老村长扒着门框不想走："哎呀！好我的李神仙呀！我都把钱给儿女给亲戚给村里人分了，只剩下一笔后事银子，准备风光大葬，走得体体面面、排排场场。你现在说我死不了，那我那些钱岂不是白分了？我咋才能把那些钱弄回来？我为钱苦了一辈子，老了老了，倒落了个穷下场？哎呀！不行！你还是让我死尿算了！我死了比活着强哩！"

　　李混田掰开老村长的手指头："你要是能死下那就寻死去！只怕自己弄死自己不太容易哩！你跟我的门框又没有冤仇，仔细把门框扯脱了。咱可说好，你咋也不能死在我屋里我院里，我经常驱魔打鬼，万一误伤了你的冤魂，让你不得超生，那可是罪过呀！"

　　王国全笑着从台阶上站起身，看李混田将老村长一把一把掀出院去，关上院门，插上门栓。老村长在外头敲了半天敲不开，终于哼哼唧唧去了。

　　李混田拭汗笑道："真能累死人！我正在地里忙着哩，那寻死的老货把我害臊了这一个时辰。头伏荞麦末伏菜，立秋赶紧种白菜。耽误了我种白菜，这一冬的酸菜可寻谁施舍去？你有什事赶紧说，我连晌午饭还没吃上一口哩。"

　　王国全跟李混田进屋，往炕上一坐，笑道："耽搁你十分钟，抽一个签。"

　　李混田打开炕上的橱柜，拿出一个签筒，递给王国全。王国全站起身，面朝屋门，屏气凝神，默祷了一分钟，将签筒摇了三摇，抽出一只签子。李混田接过签子看了一眼，从签书中取出一页，放在炕桌上。

那一页发黄的薄纸上写了一首诗："寄语巫山窈窕娘，好将幽梦恼襄王。禅心已作沾泥絮，不逐东风上下狂。"

王国全一颗心将胸腔跳成了一个又空又深的洞。他听见了"咕咚咕咚"的巨响从心底震荡而来。但是他的手依然坚稳，没有颤抖，没有无力，没有酸麻。他缓缓坐到炕沿上，把签语放回签筒，慢慢点上一支香烟。

不逐东风上下狂。一只雀扑腾到窗纸上。一只蚂蚁钻进砖缝里。炕洞里的蛐蛐叫了一声。王国全站起来，迈步出门。

李混田在他身后说："不逐东风还有南风北风西风哩。立秋了，西风就要刮起来了。该扔的扔，该撤的撤，空着一双手，光着一个身子，寻个安稳窝窝比什都强！要不你吃了晌午饭再走？要不你下午帮我下地种白菜？今天别的事就不要干了。那事不能干。"

王国全默默跨出门槛。头上一片青天，地下两行苍苔。他走到院门口，推开院门。门外的浅沟里黄了尖的青草偃伏在秋风中，沟底泛起一层若有若无的淡烟。他站了一分钟。

高空闻雁。抬头望，苍穹湛湛，一无所有。

天凉好个秋。

第七十二章

巴特尔用湿布将那柄锤反复擦拭。锤头的斑斑铁锈泛出血红的亮点。他觉得自己一下一下的揩抹宛如掘井，这口井越掘越深，与埋葬安田修三的那口井渐渐相通，阴风从地底悄然涌出，将整个房间浸出丝丝寒意。

他又要杀一个奸夫。他还要杀一个淫妇。

一点温淡的兴奋像一个漂浮的水泡。干旱的草原下雨了，一个个水泡在雨水冲出的沟渠中结队远行。额吉给他一块塑料布，一块酥甜的奶皮子。他蹲在草坡上，裹着塑料布，嚼着奶皮子，目送那些欢快的水泡泡消逝，竖着耳朵倾听"叮咚"的余音。

巴特尔细细想了一遍王民的计划。那个奸夫要运粮拿着那个淫妇贾红给的钱开了一家汽车修理店，王民假扮成贾疙瘩的手下，以承包贾家湾出租车三年修理合同为诱饵，约要运粮今天晚上在修理店取回扣签合同。修理店没装探头，可以伪装成抢劫杀人的现场。干掉要运粮之后，用他随身携带的钥匙打开他家的门，结果住在里面的贾红。这对狗男女住的那一幢楼监控已经坏了一个星期，趁此良机下手，不会留下蛛丝马迹。

巴特尔把脸颊贴住锃亮的锤头，感受漆黑的铁的冰冷。他听见了鸿雁的声音。他在这个钢筋水泥的森林中听到了穿过一轮血红的落日，穿过落日中瑟瑟发抖的长草，穿过长草外飘零凄凉的芦花的鸿雁的长鸣。

离他家帐篷不远处有一个小水泊子，赶着牛羊饮水的秋日，会遇见一行行南飞的鸿雁。额吉搂着他，额吉的体温温暖他，额吉的牧歌伴着鸿雁的长鸣。他们一起目送南飞的鸿雁，他们一起在暮色中归家，他们一起在篝火边低吟轻唱。父亲的马头琴挂在壁毡上弹奏沉默。父亲死得太早了。他们从未与父亲一起聆听响彻长空的雁鸣。

鸿雁的哀鸣是他这辈子听过的最悲伤的天籁。

巴特尔把焐热的铁锤放在地上。听了遥远的雁鸣之后，他要杀两个人。为了那两个人的性命，王民提高了赏格，给他两百万。他有过比两百万还多的钱，但他被贾家湾这个地方嚼碎了吞咽了消化了变成屎拉出来了。这就是他的重生。不是浴火重生，是拉屎重生。

那些人为什要夺走他的草原，夺走他的帐篷，夺走他的一切？巴特尔咬牙切齿。杀了这两个人就更没办法面对图兰和孩子们了。但他们需要两百万块钱。那个开大吊车的司机可没地方赚这么多钱养活他们母子。

他听见了井底传来的沉闷的回声。那是安田修三的悲号。那口井。那个躺在井底的日本人。那口井在他的心底深不见底。

他只要再杀这两个人就能回到草原去了。回到草原该多好啊！他想放马放到死，牧羊牧到终。即便没了图兰和孩子们，即便只有他孤零零一个人，他也想埋在草原上。

贾凤仙打来电话说做好的饭放在厨房的纱笼下面。他走进厨房，拿开纱笼，一盘肉丝黄酱拉皮，一盆炖猪骨头，一碗拌菜，两根黄瓜，四个馏好的蒸馍。他吃不惯东北大酱，总觉得有一股子臭味。奶酪也有一股子臭味，但绝对不是东北大酱的这股子臭味。偏偏没有他喜欢的奶酪。巴特尔觉得不爽。猪骨头炖得味厚肉足，虽然他钟爱牛大骨，但这些骨头也罢了，终究过得去，就四个馒头也算一顿饱饭。

贾凤仙做的饭和图兰做的饭是给两个世界的人吃的，而他巴特尔就是这两个世界的人。

贾凤仙对他越来越好，他越来越亏心，因为他心里只有一个离他而去的图兰。他啃着骨头琢磨着结束他和贾凤仙的关系。如果人家一股脑的心思全放在他身上，那他可该担当多大的欺心罪过。他不能连累一个欢喜他的女人，即便这个女人是一个老鸨子，即便这个女人是一个大奶子老鸨子，她是一个好女人。

他抬头凝思片刻。对，贾凤仙是一个好女人，比世上那些所谓的好女子还要好些的好女人。他不能连累她。

巴特尔捧着一根猪骨头发了一阵呆。白狼洮儿河是山地草原，不是广阔辽远的，是幽深曲折的，不是望极天际的，是白云出岫的，不是马快风疾的，是呦呦鹿鸣的。白狼洮儿河不是他故乡的草原，是贾凤仙故乡的草原。他对贾凤仙那一种说不清道不明的情感深深缠绕在对白狼洮儿河的回忆中。

他慢慢将猪骨啃得一干二净。也许杀完这一对狗男女之后他应该离开她。也许他应该给她留一些钱。他知道她有很多钱，她好像比王民讲的那个活在很久之前抱着百宝箱投了河的姓杜的妓女还有钱。她告诉他歌厅最火的时候一晚上坐台的小费和出台的提成有好几千。她不需要钱，图兰需要钱。也许他再也见不到贾凤仙了。也许他再也见不到白狼洮儿河的山地草原了。也许他再也见不到图兰和孩子们了。

应该的。注定的。一切都是长生天的安排。

王民打来电话，情况稍有变化，原定的计划添加了一个巴特尔搞不明白的插曲。他提着铁锤去卧室睡午觉。贾凤仙买了一张大床，足够他伸展四肢舒舒服服躺在上面胡屎乱搞。他把铁锤放在床下，一沾枕头就扯起了雷鸣般的鼾声。

他梦见一只大雁叼走了他的铁锤，一辆大吊车吊走了他的铁锤，从深井中爬出来的安田修三偷走了他的铁锤。安田修三的脸上长满了苔藓，一条蛇盘在那个铁锤砸开的伤口中吞吐血红的信子。然后他梦见了黑漆漆的草原。一个没有额吉，没有图兰，没有白昼和阳光的草原。

王国全推开房门。吴玉真一身白衣站在客厅中间，把整个房间都站黑了。午后的阳光在窗台上流淌，在地板上划出一道边界。黑暗与光明的边界。吴玉真独立于黑暗与光明之外。王国全沉浸于光明与黑暗之中。

他们失去了他们唯一的儿子，但他们的爱情依然存在。难道他不是更爱她了吗？是的，他更爱她了。他的一颗心又酸又沉，甚至感觉不到痛苦。

吴玉真手中捧着《圣经》，赤裸的双足宛如两朵枯槁的莲花。他闭上眼睛，深深呼吸。吴玉真走到他面前，把《圣经》放进他手里。那一页写着一句话："如果有人拿走了属于你的东西，不要索取。"

王国全不明白，他望着吴玉真苍白憔悴的面容，望着那一双布满血丝的眼眸，望着像干旱的土地般皲裂的嘴唇，心痛得不能呼吸。

吴玉真说："她拿走了我儿子的性命。我不向她索命，我只是再赔上我这条命罢了。我活不了了，活不下去了，死了倒干净呢。我实在活不成了！"

王国全闻听此言，心如刀绞。他曾经拯救过她，现在，他还要再一次拯救她。如果吴玉真死了，他的心也就彻底死了。他拿什么拯救她呢？只有一件东西能解开吴玉真的心结，那就是贾红的性命。

他将李混田的嘱咐丢到九霄云外，撇开《圣经》，双手捧住吴玉真的脸，紧紧盯住吴玉真的眼睛，一字一句地说："咱们一定要索命！为了咱们的孩子！你一定要活下去！你会亲眼看见仇人的下场！"

吴玉真眼中的死光消失了，她把《圣经》重新捧在前心，若有所思地眨了眨眼。阳光在窗台上爬得像一条虫。王国全好像听见了水声，从某个遥远的地方奔流而来。

吴玉真悄声问道："我能亲眼看见她的下场？"

王国全点点头。吴玉真双手死死攥住《圣经》，急切地扑到王国全耳边，将灼热的气流呵进王国全的耳朵眼："什么时候？什么时候？什么时候？"

王国全瞅着吴玉真攥得发白的指节和手背上凸起的青筋，不敢看吴玉真的眼睛。他望见一个即将崩塌的悬崖，悬崖下的深渊无声地盯着他。也许那就是他和吴玉真的归宿。急速的坠落将他的心脏提到了嗓子眼，他伸出手指抚摸被吴玉真的指甲掐出凹痕的《圣经》的烫金封面，嗫嚅道："今天晚上。"

瞬间，吴玉真焕发出一种神采，仿佛弃她而去的鲜血重新涌回了躯体，她的面颊，她的嘴唇，她的脖颈，她的手足，陡然间如获甘霖。她的鼻息拂过王国全的下颌，轻柔温润，她的眼神秋水盈盈，蕴藏着无比的兴奋和幸福。

她就像一个挣脱了桎梏束缚的复仇女神。王国全胆战心惊。杀戮的欲望如破浪之舟扑面而来，令他无处藏身。

吴玉真拿起《圣经》，翻到以德报怨那一页，伸出葱管般两根手指头，慢慢地，轻轻地，坚定地撕了下来。他们盯着那一页离开厚重的《圣经》的纸，它轻如鸿毛。

吴玉真把那张纸团成一团捏在手心里，问王国全："今天晚上？亲眼目睹？"

王国全说不出话，只能点头。阳光在暗影中弥漫，渐渐消散，光影的交界处浮现出窗帘锯齿状的褶皱。一只鸟从窗外掠过。不是鸿雁，是乌鸦。

吴玉真微笑说道："我得好好准备一下！今天可是个大日子！"

王国全拨通了王民的电话。王民听了吩咐，只说了一句："到时候我来接人。"

他们依偎着坐在一起。房子大得像个锅盖。那条大河注入大锅。他们瞄着犹犹豫豫的阳光，手握着手，额头顶着额头，静静等待黄昏和黑夜的来临。

要运粮埋头算账，计算器按得噼啪响，落日的余晖洒满写字台，黑猫蹲在桌角，侧过脑袋舔后腿上的毛。这只野猫从要运粮盘下店面装修开始一直流连不去，每天晚上捉一只鼠，咬死了摆在台阶上，好像特意要让运粮看见，显摆功劳。修理店正式开张那一天要运粮把野猫留下了。他寻了一个小塑料碗，搁了些鲮鱼罐头，放在门背后。黑猫蹑手蹑脚溜进来，将一只碗舔得干干净净，从此跟着要运粮形影不离。

贾红嫌猫脏，不让往家里带，只能养在店里。那猫乖巧，但眼睛却有些吓人，黑地里绿得鬼气森森。

现在不是黑夜，黄昏的光亮柔和得宛如河上粼粼的水波。要运粮拿起账单仔细看了一遍，开业一个月，纯利九万块，不由得心花怒放，喜上眉梢。一年就是一百万啊！一个修车店，挂上一块授权代理的牌子，洗洗车换换零件，一年就有一百万啊！他可以在贾家湾买一套房子，把他的瘫子爹从老家接来养老送终，从此再不受村长的鸟气，逍遥快活安度晚年。如果贾疙瘩的关系能把整个贾家湾的出租车都安排在他的店里维修，他还能挣更多的钱，干更大的事。

要运粮抚摸着黑猫丝缎般的顶瓜皮"嘿嘿"笑出声来。他爹给他取了个好名字，要运粮嘛，可不就是要把粮食往家里运嘛！现如今粮食是什？粮食就是钱嘛！

用车把钱往家里拉，那该是多过瘾的一件事体！老天爷开眼，终于让他要运粮翻身了！

黑猫察觉到了要运粮的激动，懒洋洋翻起眼皮，抖了抖胡须，将四肢蜷缩起来，弓着背蹲坐，一条黑尾巴从写字台边上垂下去。暮霭四合，远方的烟树若有若无，天上挂出来一个淡薄的月亮影子。那一丝凄凉又来了。要运粮一声叹息，用残损的手夹住一根没有点燃的香烟。

那个孩子不该死。谁也没想伤害那个孩子。贾红扑上去剪绳子的那一刻要运粮吓得彷徨无主，甚至都没看清楚孩子怎么一下子就摔在了地上。活到今天，他从未企图结束过任何一个人的生命。但贾红确实渴望结果王国全的性命，而那个孩子真的摔死了。

要运粮放下没点着的香烟。黑猫试图蹦到他肩膀上，他轻轻闪开，黑猫凌空翻转，悄然落地，毫无声息。这个鬼东西试图讨他的欢喜。

淡淡的夜色推窗而来。

无论如何那个孩子不该死。可那个孩子偏偏就死了。老天爷真他妈的日弄人哩！要运粮望着黑猫越来越绿的眼珠子，犹豫是不是拉开台灯。

自从那个孩子死了以后，贾红对他好得不得了，知疼知热，温柔缠绵，再没有以前那种冷若冰霜、颐指气使。要运粮被搞得战战兢兢。他总想起贾红举着剪刀扑上去剪绳子的疯魔表情，那个画面在梦里变成了一个披头散发的女人剪掉了一个男人的屌。一个血淋淋的毛屌！只要他挣了钱发了财，他一定离贾红远远的，这个女人能把人吓死！

要运粮拉亮了台灯。黑猫悻悻地走到墙角窝成一堆，猫脑袋顶着猫屁股。现在还得凑合，现在他还需要贾红的钱，还要住贾红买的房子，还得伺候贾红那一身肥肉。他有点腻歪了。要了一次又一次，没完没了。那简直就是个咋填也填不满的无底洞啊！

要运粮又算了一遍账。再有两年，攒够了钱，他就找一个好地方种地去。瘫子老爹住在平房里接地气，彻底撇开贾家湾这些钢筋水泥的鸡笼子。几百万足够他寻些好水，种些好粮食，养些干净牲口，过上舒服日子，还能找下个好媳妇。

他要给他的瘫子爹养老送终，他要和他媳妇生几个孩子，他还要帮他兄弟成个家。他要干的事情多着呢。

他的孩子可不能遇见贾红这种恶女人！王国全再咋也不该断子绝孙。一个男人，没了种，死了咋见祖宗哩！就算不是成心，弄死那个襁褓中的孩子也是弥天大罪啊！他真不知道那个孩子是咋摔的，他要是在边上肯定顺手就接住了。

要运粮重重"嘻"了一声，黑猫抬起头，用绿眼珠子瞪他。他骂黑猫："日你妈，你瞪谁哩？老子这是悔罪哩！难道非要硬着头皮一条路走到黑，黑得比你还黑才受活？冤魂缠身可咋闹呀！你那绿眼珠子能把鬼吓跑？做你娘的美梦！"

门铃响亮，要运粮跑去拉开大门，猛然吃了一惊。门外夜幕中好似堆了一座肉山，将月亮遮进了黑豆地。要运粮下意识地退了两步，那座肉山迈进门槛，脑袋几乎顶住了天花板，一张满是虬髯的大脸充斥了要运粮的整个视野。看清了来人的面目，要运粮倒松了一口气，受尽磨难的下苦人特有的悲凉困惑催生了第六感的条件反射，他就是下苦人，天底下哪有同类不认得同类的道理？这座肉山的目光中蕴含的凄怆与要运粮埋藏在心底的愤恨瞬间碰撞出灼热的火花。

贾疙瘩派来拿钱的当然应该是这样的货色，要不他贾疙瘩可咋拿疙瘩硌人呢，要不他贾疙瘩可咋让人害怕得像灰孙子呢。要运粮关上房门，领着肉山穿过修理间走进经理室。黑猫"嚓"地一下从角落里蹦起来，弓着背，竖着尾巴，奓起脖子上的毛，刹那间凝固成一个搏斗的剪影。

要运粮问了巴特尔几句话，巴特尔带着一点呆滞的表情，回答得严丝合缝。要运粮取下腰间的钥匙串，准备开保险箱拿十万块钱。他下意识回头瞥了一眼巴特尔拎着的旧书包，巴特尔骤然发红的细眼喷射出两道红光，扎得他拿钥匙的手一哆嗦。他转过身来，巴特尔跨上一步，抬手薅住他的领子，将他悬空提起。

要运粮的脑袋"嗡"的一声响，抡双拳直贯巴特尔的太阳穴。挨了猛击的巴特尔轻轻摇了摇头，一把将要运粮扔在地上。要运粮背痛欲裂，一时挣扎不起。巴特尔再一次将要运粮拎起来，两只手钢钳般卡住要运粮的脖子。要运粮紫涨了脸，吐出半截舌头，拼命一脚踢中了巴特尔的腹股沟。巴特尔微微蹙眉，双手略松，要运粮挣脱控制，冲向屋门。巴特尔合身将要运粮扑倒，拧住要运粮的脖子，发力揪扯。

要运粮觉得自己的脑袋马上就要被这个巨灵神般的怪物掰掉了。其实巴特尔只要几秒钟就能扭断要运粮的脖子，但碎裂的睾丸激发了他虐待猎物的天性，非要生生揪掉要运粮的首级。

一道黑光，黑猫的利爪挠破了巴特尔的眼皮，巴特尔一声大吼，攥住黑猫的脑袋，一拳捶得粉碎。要运粮再一次挣脱了死神的掌控。巴特尔拭去糊满眼睛的鲜血，要运粮抓起桌上的裁纸刀，奋力一跃，刀锋深深刺进巴特尔的后颈。

巴特尔一手擦眼，一手拔刀。锋刃离颈，热血喷溅。要运粮拽开房门，冲将出去。巴特尔提起装着铁锤的旧书包，猛力一掷，正中要运粮后心。这一击无可抵挡，要运粮口吐鲜血，瘫倒在地。巴特尔走出房间，一只手试图按住后颈的伤口，但怎么捂也捂不住。他捡起书包，取出铁锤，一锤锤碎了要运粮的头颅。

血越流越多，蜿蜒成河。巴特尔拽下要运粮腰间的钥匙串，坐在尸体旁边，靠着墙拨通了王民的手机。他走不动了，王民得亲自来拿贾红的钥匙。周围的一切变得模糊，一阵阵透骨的寒冷漫过他的身体。那个要命的冬天好像又来了，他躺在光秃秃的雪地里，四肢僵硬，寸步难移。他爬到大门口，拉开门锁。王民还没来。他知道他等不及了。

黑夜从门缝溜进来，在巴特尔撕裂的眼睑前展开一条漫漫长途。只有他一个人。没有图兰，没有孩子，没有额吉。他居然从门缝里望见了一颗星星。温暖的星光彻底夺走了他所有的眷恋。他平静了呼吸，默默祈祷长生天的垂怜。

贾红做了一个梦。她进入一间空荡荡的大房子，一个面目模糊的人递给她一个瓶子，瓶子里的药水泡着一个孩子。她不要，那个没面目的人非让她要。她对没面目的人说，她的孩子没保住，为了王国全那个畜生，她把她的孩子弄掉了。

瓶子掉在地上，碎片四溅。泡在药水里的孩子满地乱跑，找爹找妈，一把抱住贾红的腿，顺着她的腿往上爬。贾红的腿变得好长，变成了一条裹脚布。孩子被裹脚布缠得像一根白萝卜。

没面目的人说，孩子死了。贾红拼命放声大哭。没面目的人咯咯笑。那个死孩子也笑。贾红也笑。

贾红笑醒了，窝在沙发里，抱着腿聆听黑夜的动静。要运粮还没回来。她现在没要运粮躺在身边就彻夜难眠，只能将就打一两个盹，润润干涩的眼睛。她老是梦见那个孩子。她只是推了他妈一把，谁承想把他摔死了。

不怨她，怨吴玉真。那个骚货为了救王国全一命，把亲生儿子舍弃了。王国全该死，吴玉真该死，那个孩子命中注定该死。她贾红咋能成心要一个吃奶娃的性命哩？但那娃娃偏偏缠住她不放过。

她明天去油松王烧香，请和尚超度亡灵。听说油松王下的庙里新来了一个法力无边的大和尚，灵验得很，比李混田厉害。自从那个娃娃死了，她几次三番怕见李神仙。她怕李神仙给她定罪。李神仙定了的罪，天上地下恐怕也是难赎难免，不如躲着避着，另请高人消弭这笔孽债。

其实造孽的是王国全。那个忘恩负义、薄情寡义、人面兽心的狗东西才真该死呢！她咋就没早一分钟割断那条绳子呢！贾红胸中气血翻涌，头晕目眩，耳中嗡嗡作响。她不要王国全的钱，她只要王国全完蛋！瞅瞅恨有多深吧！

王国全不完蛋她贾红就没法子逍遥快活。现在王国全已经断子绝孙了，但王国全披枷戴锁，蹲在大牢里品味断子绝孙的味道岂不更好？她已经没有回头路了。她就是想回头，王国全也不会让她回头。他们之间是一段你死我活、鱼死网破的孽缘。

贾红从沙发上爬起来去厕所。她当初只想捉王国全的奸，拍照留下铁证，让王国全今后服服帖帖过日子。哪想到那个铁了心的王八宁可跳楼也不就范！那一刻她满脑子只有一个念头，把王国全摔死，摔成八瓣，摔成一堆碎肉。这一切都是王国全逼的。为了不让她称心如意，王国全把他儿子都搭上了。他不会放过她。她也不会放过他。

客厅里有动静。要运粮最近老躲着她，经常一个人偷偷溜到客厅的沙发上睡觉，说是回来晚怕扰她休息。天底下的男人都是一个屎样子！玩够了，玩腻了，脑袋后头一扔，再寻能让屎硬的去。如今她捡回来的这个狗腿子终究养成了白眼狼。但要运粮是当下的必需品，所以她必须隐忍。

她弄了这么大一个房子与王国全分居，又谋杀亲夫不成，失手整死了亲夫的私生子，贾家湾的人早就把她骂成烂货了。不要钱不要脸不要同情不要亲人，只要一摊稀巴烂的烂货。贾红她哥劝她好合好散，贾红她嫂子劝她，宁吃一块肉不啃硬骨头。她把她哥她嫂子撵走了。她就是要一条道跑到黑！谁点火把给她照路，她把谁踹进沟里。她哥她嫂子像躲瘟神一样躲她，所有的亲戚朋友把她当成佛头上的鸟屎，忍着恶心敬而远之。

她贾红孤家寡人一个总得有人使唤呀，不管是图她的钱还是图她的身子，没个看家护院的咋能睡踏实哩！现在要运粮真拿出下人的本色了，她这个主子倒要赔笑迁就，热脸贴那个冷屁股。

客厅里站了一个人影。贾红不高兴了，宁肯在黑地里站着也不稀罕她的床。一个男人蔑视一个女人的炕是对一个女人最大的侮辱。贾红气吼吼一把按下开关，陡然明亮的客厅展露出一张完全陌生的男人的脸。贾红睁大眼睛，张开嘴巴。不等贾红出声，那个男人一扬手，贾红太阳穴上挨了重重一击，保持着脸上惊诧的表情，哼也没哼一声，像一只装满肉的口袋扑地倒了。她昏迷前最后一眼看见的是一双锃亮的皮鞋尖。

王民拽着脚将贾红拖进浴室。贾红苍白的满是皱纹的脸像一个面具。如果不是因为这个女人，巴特尔不会死。巴特尔一直等他等到热血变冷，一直等他等到用最后一口气把要运粮的钥匙交到他手中。巴特尔睁着的眼睛怎么合也合不上。就是因为这个女人的嫉妒和狠毒，他的兄弟才丢了性命。王民咬牙切齿，恨满胸膛。

他将贾红双手捆绑，吊到淋浴龙头上。瘫软的肉体沉重无比，弄了王民一身大汗。王民将贾红的睡衣扒了。贾红像一口悬在冷库中的肥猪。但她的肉体还是柔软的、温暖的，她的皮肤依然充满弹性，她的心跳依然有力。所以吴玉真不会丧失复仇的快感。接下来上演的剧目精彩程度取决于他替吴玉真准备的工具。王民泛起兴奋的战栗，鸡皮疙瘩飕飕暴起，爬满手臂。

吴玉真飘进浴室，望着挂在浴缸上的贾红，脸色煞白，呼吸紊乱，双眼亮得吓人。她手里攥着一把锋利的不锈钢厨刀，德国货，寒光闪闪。

王民打开水龙头，用冷水浇贾红的脸。贾红慢慢睁开眼睛，不等呻吟出声，早被一条毛巾将嘴堵了个结实。王民退出浴室，靠在门框上。

他得给吴玉真腾地方。浴室很大，一面玻璃墙从各个角度映出贾红等待宰割的裸体。王民又退了一步。他不知道吴玉真会怎样挥刀。他不想溅一身血。

吴玉真只挥了一刀。她双手攥住刀把，用尽全身气力猛刺。刀尖从贾红垂挂的两个八字奶中间插入，直没至柄。贾红一下子睁大了眼睛，没有即刻毙命，开始垂死挣扎，两个脚后跟一下一下蹬缸壁。

吴玉真并不拔刀，而是竭力下拉。王民打了一个哆嗦。吴玉真要拉开贾红的肚子。开膛需要速度和力量，捅进去是一回事，捅进去再拉开是另一回事。吴玉真不具备那种力量，所以贾红受尽煎熬，眼睛越睁越大，眼珠子儿乎瞪出眶外。

吴玉真就那么一点一点剖下去，直剖到贾红最后一次拽长了扭曲的肉体，毫无生气地耷拉着，像一片垂挂的肉帘子。

王民说："她已经死了。"

吴玉真满面微笑，神采焕发地走出浴室。王民陪她一路下楼，离开小区，来到街心花园背后王国全停车的地方。那里没有安装监控探头。吴玉真上了车，王国全打开车窗一寸，瞅了王民一眼。王民点了点头。车子绝尘而去。

王民站在冬青丛中抽烟。他永远失去了他的蒙古兄弟。他还得将贾红毁尸灭迹。他很平静。薛宝莲在家里等他回去。他把一切都拾掇干净了就回去。他还有一个家，他还有一个女人，他还有一张床。

漫天星光清冷。漆黑如铁的夜宛如一张遮蔽苍穹的大幕，掩住了那一条倒悬的天河。

2016 年 5 月 5 日初稿完于西安

2016 年 5 月 28 日改于布拉格

2016 年 7 月 5 日再改于奥克兰

2016 年 9 月 15 日改于巴塞罗那

2016 年 10 月 17 日校改于陕煤黄陵矿业宾馆

图书在版编目（CIP）数据

那条割裂生命的河 . 第三卷 / 刘晓刚著 . —— 武汉：长江文艺出版社，
2016.12

ISBN 978-7-5354-9247-0

I.①那… II.①刘… III.①长篇小说—中国—当代 IV.① I247.5

中国版本图书馆 CIP 数据核字 (2016) 第 266426 号

那条割裂生命的河 . 第三卷

刘晓刚 著

选题产品策划生产机构 | 北京长江新世纪文化传媒有限公司
选题策划 | 金丽红 黎 波 安波舜
责任编辑 | 张 维 装帧设计 | 郭 璐 媒体运营 | 刘 峥
助理编辑 | 赵晨阳 内文制作 | 张景莹 责任印制 | 张志杰
法律顾问 | 张艳萍
总 发 行 | 北京长江新世纪文化传媒有限公司
电 话 | 010-58678881 传 真 | 010-58677346
地 址 | 北京市朝阳区曙光西里甲 6 号时间国际大厦 A 座 1905 室 邮 编 | 100028

出 版 | 长江出版传媒 长江文艺出版社
地 址 | 湖北省武汉市雄楚大街 268 号湖北出版文化城 B 座 9-11 楼 邮 编 | 430070
印 刷 | 北京玥实印刷有限公司
开 本 | 710 毫米 ×1000 毫米 1/16 印 张 | 18.5
版 次 | 2016 年 12 月第 1 版 印 次 | 2016 年 12 月第 1 次印刷
字 数 | 273 千字
定 价 | 40.00 元